U0135309

〔清〕蒲松龄 著

竹马书坊 校注

聊斋

志异

选

民主与建设出版社

·北京·

© 民主与建设出版社，2023

图书在版编目（CIP）数据

聊斋志异选 / （清）蒲松龄著；竹马书坊校注. --
北京：民主与建设出版社，2023.8
ISBN 978-7-5139-4308-6

Ⅰ.①聊… Ⅱ.①蒲… ②竹… Ⅲ.①笔记小说—中
国—清代 Ⅳ.① I242.1

中国国家版本馆 CIP 数据核字（2023）第 144887 号

聊斋志异选
LIAOZHAI ZHIYI XUAN

著　　者　〔清〕蒲松龄
校 注 者　竹马书坊
责任编辑　宁莲佳
封面设计　言　成
出版发行　民主与建设出版社有限责任公司
电　　话　（010）59417747　59419778
社　　址　北京市海淀区西三环中路 10 号望海楼 E 座 7 层
邮　　编　100142
印　　刷　天宇万达印刷有限公司
版　　次　2023 年 8 月第 1 版
印　　次　2023 年 10 月第 1 次印刷
开　　本　880mm×1230mm　1/32
印　　张　11.5
字　　数　268 千字
书　　号　ISBN 978-7-5139-4308-6
定　　价　58.00 元

注：如有印、装质量问题，请与出版社联系。

婴宁

香玉

画皮

白秋练

画壁

劳山道士

罗刹海市

陆判

侠女

聂小倩

编辑说明

《聊斋志异》是一部成书于清朝前期的文言短篇小说集。它继承了自干宝《搜神记》，唐、宋传奇以来的历代文言小说传统，以写花妖狐魅、畸人异行闻名于世，既是中国文学的瑰宝，更是世界文学的明珠。

全书共有小说近五百篇，个个精彩，显示出作者"聊斋先生"蒲松龄的才华之高。蒲松龄从二十几岁开始撰写《聊斋志异》，三十岁时初步成书，此后四十年间不断撰写新篇章，终写成这部巨著。

本书编辑部从《聊斋志异》原著中挑选的八十余篇小说，都堪称艺术精品，以文学古籍刊行社手稿影印本为底本，参照康熙抄本、铸雪斋抄本、异史本、青柯亭本修订，特邀复旦大学教授，博士生导师，中国聊斋学会（筹）副会长、秘书长，聊斋学与中国小说研究中心主任李桂奎参与选篇、导读撰写及内容审订，以精粹的语言帮助广大读者认识名著《聊斋志异》。此外，结合书中内容，附上了多幅原创插画，让读者直观感受"聊斋故事之美"。

导　读

　　清代初年，蒲松龄的《聊斋志异》横空问世，成为文坛大事。这部小说集，是作者蒲松龄几乎拼尽一生心血完成的杰作。自诞生以来，它即赢得广大读者厚爱和交口赞誉。或被称为中国古代文言小说集的佼佼者，或被称为中国文言小说的巅峰之作，或被称为中国文言短篇小说之王，如此各种赞誉，几乎无以复加。

　　这部小说集所叙说的那些花妖狐魅故事，令人津津乐道，回味无穷。无论是从思想高度而言，还是从艺术造诣来说，这部小说集中的精品都对各个阶层的读者产生过很大的吸引力，并将提起更多读者的阅读兴趣。

　　为使广大读者在较短的时间里高效地读取其中的精华，我们特地推出了这部《聊斋志异》珍藏本。

　　我们知道，《聊斋志异》既是一部寄托遥深、写情写梦的"孤愤之书"，又是一部叙事婉转、饱含人生感悟的古典名著。

　　该书从原著近500篇作品中精选不同层面的代表作80余篇，

涉及官场、科场、情场、商场等人生各种场域，回荡着作者的一往情深的生命体验，以及不甘流俗而又未能免俗的人生梦幻。

通过阅读这些文本，我们可以感受到作者文战屡屡败北的苦楚和无可奈何的哀叹，可以领略到作者异想天开、想入非非的恋情幻想和"曲终人不见"的凄凉哀婉，可以观览到作者对明末清初名利场上的巧取豪夺、世态炎凉众生相的搬演……

与以往的选本相比，该书除了注重精编精选、版式美观大方外，还注重体例的实用和别致。其中，为给广大读者阅读提供方便，该书为生僻字做了注释，对疑难字加了注音，克服了接受上的语言生涩难关。为不浪费笔墨，编选者在注音、注释对象的选择上，注重恰如其分，恰到好处。

此外，对酷爱"聊斋"的广大读者而言，该书的亮点还有插入的十幅精美原创画作，做到了图文并茂，必将令人爱不释手。

复旦大学教授，博士生导师
中国聊斋学会（筹）副会长、秘书长
聊斋学与中国小说研究中心主任
李桂奎

目 录

聊斋自志

　　披萝带荔，三闾氏感而为骚[①]；牛鬼蛇神，长爪郎[②]吟而成癖。自鸣天籁，不择好音，有由然矣。松落落秋萤之火，魑魅争光；逐逐野马之尘，罔两见笑。才非干宝[③]，雅爱搜神；情类黄州[④]，喜人谈鬼。闻则命笔，遂以成编。久之，四方同人，又以邮筒相寄，因而物以好聚，所积益夥。甚者：人非化外，事或奇于断发之乡；睫在眼前，怪有过于飞头之国。遄飞逸兴，狂固难辞；永托旷怀，痴且不讳。展如之人，得毋向我胡卢耶？然五父衢头，或涉滥听；而三生石上，颇悟前因。放纵之言，有未可概以人废者。松悬弧时，先大人梦一病瘠瞿昙，偏袒入室，药膏如钱，圆粘乳际。寤而松生，果符墨志。且也：少羸多病，长命不犹。门庭之凄寂，则冷淡如僧；笔墨之耕耘，则萧条似钵。每搔头自念：勿亦面壁人果是吾前身耶？盖有漏根因，未结人天之果；而随风荡堕，竟成藩溷之花。茫茫六道[⑤]，何可谓无其理哉！独

---

① 三闾氏：指屈原。屈原（约前340—约前278），名平，战国时楚国诗人，曾做过三闾大夫。骚：以屈原《离骚》为代表的一种文体，也称"楚辞体"，此处指屈原的《九歌》。——后文如无特殊说明，本书注释皆为编者所加。

② 长爪郎：指李贺。李贺（790—816），字长吉，唐中期诗人，《李长吉小传》记载："长吉细瘦，通眉，长指爪。能苦吟疾书。"

③ 干宝：字令升，东晋文学家、史学家，著有《搜神记》。

④ 黄州：此处指苏轼。苏轼（1037—1101），字子瞻，号东坡居士，北宋文学家。以作诗"谤讪朝廷"罪被贬黄州（今湖北黄冈市），任团练副使。

⑤ 六道：一般指天道、人道、阿修罗道、饿鬼道、畜生道、地狱道。《妙法莲华经·序品》说："六道众生，生死所趋。"佛教一般认为众生根据生前善恶在六道转世轮回。

是子夜荧荧，灯昏欲蕊；萧斋瑟瑟，案冷疑冰。集腋为裘，妄续幽冥之录；浮白载笔，仅成孤愤之书；寄托如此，亦足悲矣！嗟乎！惊霜寒雀，抱树无温；吊月秋虫，偎阑自热。知我者，其在青林黑塞间乎！

康熙己未^① 春日

---

① 康熙己未：康熙是清圣祖爱新觉罗·玄烨的年号；己未指康熙十八年，即公元1679 年。

考城隍

予姊丈之祖宋公，讳焘，邑廪生^①。一日病卧，见吏人持牒，牵白颠马^②来，云："请赴试。"公言："文宗^③未临，何遽得考？"吏不言，但敦促之。公力病乘马从去，路甚生疏，至一城郭，如王者都。移时入府廨^④，宫室壮丽。上坐十余官，都不知何人，惟关壮缪^⑤可识。檐下设几、墩各二，先有一秀才坐其末，公便与连肩。几上各有笔札。俄题纸飞下，视之有八字，云："一人二人，有心无心。"二公文成，呈殿上。公文中有云："有心为善，虽善不赏。无心为恶，虽恶不罚。"诸神传赞不已。召公上，谕曰："河南缺一城隍，君称其职。"公方悟，顿首泣曰："辱膺宠命，何敢多辞？但老母七旬，奉养无人，请得终其天年，惟听录用。"上一帝王像者，即命稽母寿籍。有长须吏捧册翻阅一过，白："有阳算九年。"共踌躇间，关帝曰："不妨令张生摄篆^⑥九年，瓜代^⑦可也。"乃谓公："应即赴任，今推仁孝之心，给假九年。及期当复相召。"又勉励秀才数语。二公稽首并下。秀才握手，送诸

---

① 邑廪生：指本县廪膳生员。据《明史》卷六九《选举一》记载，明洪武二年（1369）开始，凡府、州、县学额定考取入学者（即生员，俗称秀才），月廪米六斗以助学。清代沿袭了明代的相关制度。

② 白颠马：即白额马。

③ 文宗：文章大家，这里指考官。

④ 府廨：官署，古代对官府衙门的通称。廨，音 xiè。

⑤ 关壮缪：指关羽（约 160—220），字云长，河东解县（今山西临猗县西南）人。东汉末年名将，壮缪是南宋高宗建炎二年（1128）追赠给关羽的封号。

⑥ 摄篆：代掌印信，指代理官职。

⑦ 瓜代：此处是接任的意思。

郊野，自言长山^①张某。以诗赠别，都忘其词，中有"有花有酒春常在，无烛无灯夜自明"之句。

公既骑，乃别而去，及抵里，豁若梦寤。时卒已三日，母闻棺中呻吟，扶出，半日始能语。问之长山，果有张生于是日死矣。后九年，母果卒，营葬既毕，浣濯入室而没。其岳家居城中西门里，忽见公镂膺朱幩^②，舆马甚众。登其堂，一拜而行。相共惊疑，不知其为神，奔询乡中，则已殁矣。公有自记小传，惜乱后无存，此其略耳。

---

① 长山：古县名，大概是今山东省邹平市东部。
② 镂膺朱幩：形容马具的华美显赫。镂膺，马胸部镂金饰带。朱幩，红色辔饰。幩，音 fén。

瞳人语

长安^①士方栋，颇有才名，而佻脱^②不持仪节。每陌上见游女，辄轻薄尾缀之。

清明前一日，偶步郊郭。见一小车，朱茀绣幰^③，青衣数辈款段以从。内一婢乘小驷，容光绝美。稍稍近覘之，见车幔洞开，内坐二八女郎，红妆艳丽，尤生平所未睹。目炫神夺，瞻恋弗舍，或先或后，从驰数里。忽闻女郎呼婢近车侧，曰："为我垂帘下。何处风狂儿郎，频来窥瞻！"婢乃下帘，怒顾生曰："此芙蓉城^④七郎子新妇归宁，非同田舍娘子，放教秀才胡觑！"言已，掬辙土飏生。

生眯目不可开。才一拭视，而车马已渺。惊疑而返，觉目终不快，倩人启睑拨视，则睛上生小翳，经宿益剧，泪簌簌不得止；翳渐大，数日厚如钱；右睛起旋螺。百药无效，懊闷欲绝，颇思自忏悔。闻《光明经》^⑤能解厄，持一卷浼人教诵。初犹烦躁，久渐自安。且晚无事，惟跌坐捻珠。持之一年，万缘俱净。

---

① 长安：即今陕西省西安市。
② 佻脱：行为轻佻，轻薄而活跃。佻，音 tiāo。
③ 朱茀绣幰：红色车帘，绣花车帷。古代女子乘车，车篷前后挂帘遮蔽，叫茀，音 fú；幰，车上的帐幔，音 xiǎn。
④ 芙蓉城：传说中的仙境。
⑤ 《光明经》：佛教经典《金光明经》的简称。佛教认为《金光明经》《法华经》《仁王经》是镇护国家的三部经书。

忽闻左目中小语如蝇，曰："黑漆似，叵耐杀人^①！"右目中应曰："可同小遨游，出此闷气。"渐觉两鼻中蠕蠕作痒，似有物出，离孔而去。久之乃返，复自鼻入眶中。又言曰："许时不窥园亭，珍珠兰遽枯瘠死！"生素喜香兰，园中多种植，日常自灌溉，自失明，久置不问。忽闻此言，遽问妻："兰花何使憔悴死？"妻诘其所自知。因告之故。妻趋验之，花果槁矣，大异之。静匿房中以俟之，见有小人，自生鼻内出，大不及豆，营营然竟出门去。渐远，遂迷所在。俄连臂归，飞上面，如蜂蚁之投穴者。如此二三日。又闻左言曰："隧道迂，还往甚非所便，不如自启门。"右应曰："我壁子厚，大不易。"左曰："我试辟，得与而^②俱。"遂觉左眶内隐似抓裂。少顷开视，豁见几物。喜告妻，妻审之，则脂膜破小窍，黑睛荧荧，才如劈椒。越一宿，幛尽消；细视，竟重瞳也。但右目旋螺如故。乃知两瞳人合居一眶矣。生虽一目眇，而较之双目者殊更了了。由是益自检束，乡中称盛德焉。

异史氏曰^③："乡有士人，偕二友于途，遥见少妇控驴出其前，戏而吟曰：'有美人兮！'顾二友曰：'驱之！'相与笑骋，俄追及，乃其子妇，心赧气丧，默不复语。友伪为不知也者，评骘殊亵^④。士人忸怩，吃吃^⑤而言曰：'此长男妇也。'各隐笑而罢。轻薄者往往自侮，良可笑也。至于眯目失明，又鬼神之惨报矣。芙蓉城主不知何神，岂菩萨现身耶？然小郎君生辟门户，鬼神虽恶，亦何尝不许人自新哉！"

---

① 叵耐杀人：令人难以容忍。叵，不可，音pǒ。杀，同"煞"。

② 而：同"尔"，你。

③ 异史氏曰：《史记》《左传》等古代史学典籍中常有"君子曰"或"太史公曰"的论赞体例，本书作者有意模仿，从而方便在故事的末尾处直接发表议论。异史氏，即作者蒲松龄自称。

④ 评骘殊亵：指评论十分下流、不堪。骘，评定，音zhì。

⑤ 吃吃：形容说话结结巴巴。

画壁

　　江西^①孟龙潭与朱孝廉客都中，偶涉一兰若，殿宇禅舍，俱不甚弘敞，惟一老僧挂褡其中。见客入，肃衣出迓，导与随喜^②。殿中塑志公^③像，两壁画绘精妙，人物如生。东壁画散花天女^④，内一垂髫者，拈花微笑，樱唇欲动，眼波将流。朱注目久，不觉神摇意夺，恍然凝思；身忽飘飘如驾云雾，已到壁上。见殿阁重重，非复人世。一老僧说法座上，偏袒绕视者^⑤甚众，朱亦杂立其中。少间似有人暗牵其裾。回顾，则垂髫儿囅然^⑥竟去，履即从之，过曲栏，入一小舍，朱次且^⑦不敢前。女回首，摇手中花，遥遥作招状，乃趋之。舍内寂无人，遽拥之，亦不甚拒，遂与狎好。既而闭户去，嘱勿咳。夜乃复至。如此二日，女伴共觉之，共搜得生，戏谓女曰："腹内小郎已许大，尚发蓬蓬学处子耶？"共捧簪珥促令上鬟^⑧。女含羞不语。一女曰："妹妹姊姊，吾等勿久住，恐人不欢。"群笑而去。生视女，髻云高簇，鬟凤低垂，比垂髫时尤艳绝也。四顾无人，渐入猥亵，兰麝熏心，乐方未艾。

　　忽闻吉莫靴铿铿甚厉，缧锁锵然，旋有纷嚣腾辨之声。女惊起，与朱

---

① 江西：清代行省名，辖境约当今江西省。

② 随喜：佛家语，指游览寺院。

③ 志公：指南朝僧人保志。保志（418—514），也作"宝志"，相传自宋泰始（465—471）初，他表现出种种神异的言行，齐、梁时王侯士庶视之为"神僧"。

④ 散花天女：佛经故事中的神女。

⑤ 偏袒绕视者：此指和尚。

⑥ 囅然：笑的样子。囅，音 chǎn。

⑦ 次且：同"趑趄"。进退犹豫。音 zī jū。

⑧ 上鬟：即"上头"。旧时习俗，女子临嫁梳妆冠笄、插戴首饰，称"上头"。

窃窥，则见一金甲使者，黑面如漆，绾锁挈槌，众女环绕之。使者曰："全未？"答言："已全。"使者曰："如有藏匿下界人即共出首，勿贻伊戚^①。"又同声言："无。"使者反身鹗顾^②，似将搜匿。女大惧，面如死灰，张皇谓朱曰："可急匿榻下。"乃启壁上小扉，猝遁去。朱伏不敢少息。俄闻靴声至房内，复出。未几烦喧渐远，心稍安；然户外辄有往来语论者。朱局蹐^③既久，觉耳际蝉鸣，目中火出，景状殆不可忍，惟静听以待女归，竟不复忆身之何自来也。

时孟龙潭在殿中，转瞬不见朱，疑以问僧。僧笑曰："往听说法去矣。"问："何处？"曰："不远。"少时以指弹壁而呼曰："朱檀越^④！何久游不归？"旋见壁间画有朱像，倾耳伫立，若有听察。僧又呼曰："游侣久待矣！"遂飘忽自壁而下，灰心木立，目瞪足软。孟大骇，从容问之。盖方伏榻下，闻叩声如雷，故出房窥听也。共视拈花人，螺髻翘然^⑤，不复垂髫矣。朱惊拜老僧而问其故。僧笑曰："幻由人生，贫道何能解！"朱气结而不扬，孟心骇叹而无主。即起，历阶而出。

异史氏曰："'幻由人生'，此言类有道者。人有淫心，是生亵境；人有亵心，是生怖境。菩萨点化愚蒙，千幻并作，皆人心所自动耳。老婆心切^⑥，惜不闻其言下大悟，披发入山也。"

---

① 勿贻伊戚：意为不要自招罪罚。
② 反身鹗顾：反转身来，瞋目四顾。鹗，猛禽，双目深陷，神色凶狠。
③ 局蹐：同"跼蹐"。
④ 檀越：也作"檀那"，梵语"陀那钵底"的音译，意译为"施主"，指向寺院施舍财物的俗家人。
⑤ 螺髻翘然：螺形发髻高高翘起，为已婚妇女的发式。
⑥ 老婆心切：教人心切。佛家称教导学人亲切叮咛者曰老婆，寓慈悲之意。

王六郎

许姓，家淄之北郭①，业渔。每夜携酒河上，饮且渔。饮则酹酒于地，祝云："河中溺鬼得饮。"以为常。他人渔，迄无所获，而许独满筐。

一夕方独酌，有少年来，徘徊其侧。让之饮，慨与同酌。既而终夜不获一鱼，意颇失。少年起曰："请于下流②为君驱之。"遂飘然去。少间复返曰："鱼大至矣。"果闻唼呷③有声。举网而得数头，皆盈尺。喜极，申谢。欲归，赠以鱼，不受，曰："屡叨佳酝，区区何足云报。如不弃，要当以为长④耳。"许曰："方共一夕，何言屡也？如肯永顾，诚所甚愿，但愧无以为情。"询其姓字，曰："姓王，无字，相见可呼王六郎。"遂别。明日，许货鱼益利，沽酒。晚至河干，少年已先在，遂与欢饮。饮数杯，辄为许驱鱼。如是半载，忽告许曰："拜识清扬⑤，情逾骨肉，然相别有日矣。"语甚凄楚。惊问之，欲言而止者再，乃曰："情好如吾两人，言之或勿讶耶？今将别，无妨明告：我实鬼也。素嗜酒，沉醉溺死，数年于此矣。前君之获鱼独胜于他人者，皆仆之暗驱以报酹奠耳。明日业满⑥，当有代者，将往投生。相聚只今夕，故不能无感。"许初闻甚骇，然亲狎既久，不复恐怖。因亦欷歔，酌而言曰："六

---

① 淄之北郭：指淄川县城北郊。淄，淄川县，今属山东省淄博市。郭，外城，这里指城郊。下文"河"，当指流经淄川的孝妇河。

② 下流：河的下游。

③ 唼呷：鱼吞吸食物的声音。音 shà xiā。

④ 要当以为长：意思是将经常为他驱鱼。要当，将要。长，通"常"。

⑤ 清扬：对人容颜的颂称，犹言丰采。

⑥ 业满：佛家语，谓业报已满。业，业报，谓所行善恶，必将得到相应的报应。

郎饮此，勿戚也。相见遽违，良足悲恻。然业满劫脱，正宜相贺，悲乃不伦①。"遂与畅饮。因问："代者何人？"曰："兄于河畔视之，亭午有女子渡河而溺者是也。"听村鸡既唱，洒涕而别。明日，敬伺河边，以觇其异。果有妇人抱婴儿来，及河而堕。儿抛岸上，扬手掷足而啼。妇沉浮者屡矣，忽淋淋攀岸以出，藉地少息，抱儿径去。当妇溺时，意良不忍，思欲奔救；转念是所以代六郎者，故止不救。及妇自出，疑其言不验。抵暮，渔旧处，少年复至，曰："今又聚首，且不言别矣。"问其故。曰："女子已相代矣；仆怜其抱中儿，代弟一人，遂残二命，故舍之。更代不知何期。或吾两人之缘未尽耶？"许感叹曰："此仁人之心，可以通上帝矣。"由此相聚如初。

数日又来告别，许疑其复有代者，曰："非也。前一念恻隐，果达帝天。今授为招远县邬镇土地②，来日赴任。倘不忘故交，当一往探，勿惮修阻。"许贺曰："君正直为神，甚慰人心。但人神路隔，即不惮修阻，将复如何？"少年曰："但往勿虑。"再三叮咛而去。许归，即欲制装东下，妻笑曰："此去数百里，即有其地，恐土偶③不可以共语。"许不听，竟抵招远。问之居人，果有邬镇。寻至其处，息肩逆旅，问祠所在。主人惊曰："得无客姓为许？"许曰："然。何见知？"又曰："得无客邑为淄？"曰："然。何见知？"主人不答，遽出。俄而丈夫抱子，媳女窥门，杂沓而来，环如墙堵。许益惊。众乃告曰："数夜前梦神言：淄川许友当即来，可助一资斧④。祗候已久。"许亦异之，乃往祭于祠而祝曰："别君后，寤寐不去心⑤，远践夙约。

---

① 不伦：谓当喜而悲，不合情理。

② 招远县邬镇土地：招远县，今属山东省。邬镇，村镇名。土地，土地神，古称"社神"。

③ 土偶：泥塑神像。

④ 资斧：路费。

⑤ 寤寐不去心：犹言日夜思念。寤，醒来时；寐，睡着时。

又蒙梦示居人，感篆中怀。愧无腆物，仅有卮酒，如不弃，当如河上之饮。"祝毕焚钱纸。俄见风起座后，旋转移时始散。至夜梦少年来，衣冠楚楚，大异平时，谢曰："远劳顾问①，喜泪交并。但任微职，不便会面，咫尺河山，甚怆于怀。居人薄有所赠，聊酬凤好。归如有期，尚当走送。"居数日，许欲归，众留殷勤，朝请暮邀，日更数主。许坚辞欲行。众乃折柬抱襆②，争来致賮，不终朝，馈遗盈橐。苍头稚子毕集，祖送出村。欻有羊角风③起，随行十余里。许再拜曰："六郎珍重！勿劳远涉。君心仁爱，自能造福一方，无庸故人嘱也。"风盘旋久之乃去。村人亦嗟讶而返。

许归，家稍裕，遂不复渔。后见招远人问之，其灵应如响云。或言即章丘石坑庄。未知孰是？

异史氏曰："置身青云④无忘贫贱，此其所以神也。今日车中贵介，宁复识戴笠人⑤哉？余乡有林下者⑥，家綦贫。有童稚交，任肥秩，计投之必相周顾。竭力办装，奔涉千里，殊失所望。泻囊货骑⑦始得归。其族弟甚谐，作月令嘲之云：'是月也，哥哥至，貂帽解，伞盖不张，马化为驴，靴始收声。'念此可为一笑。"

---

① 顾问：亲临看望。

② 折柬抱襆：拿着礼帖，抱着礼品。柬，通"简"。

③ 羊角风：旋风。此指六郎在隐形送行。

④ 置身青云：此处指王六郎高升为土地之神。青云，指高空，喻指高官显位。

⑤ 戴笠人：指贫贱时结交的故人。戴笠，指处于贫贱的地位。

⑥ 林下者：指乡居不仕之人。

⑦ 泻囊货骑：花空钱袋，卖掉坐骑。囊，指钱袋。

偷桃

　　童时赴郡试①，值春节②。旧例，先一日各行商贾，彩楼鼓吹赴藩司，名曰"演春"。余从友人戏瞩。

　　是日游人如堵。堂上四官皆赤衣，东西相向坐，时方稚，亦不解其何官，但闻人语哜嘈③，鼓吹聒耳。忽有一人率披发童，荷担而上，似有所白；万声汹动，亦不闻其为何语，但视堂上作笑声。即有青衣人大声命作剧。其人应命方兴，问："作何剧？"堂上相顾数语，吏下宣问所长。答言："能颠倒生物。"吏以白官。少顷复下，命取桃子。

　　术人应诺，解衣覆笥上，故作怨状，曰："官长殊不了了！坚冰未解，安所得桃？不取，又恐为南面者④怒，奈何！"其子曰："父已诺之，又焉辞？"术人惆怅良久，乃曰："我筹之烂熟。春初雪积，人间何处可觅？惟王母园⑤中，四时常不凋谢，或有之。必窃之天上，乃可。"子曰："嘻！天可阶而升乎？"曰："有术在。"乃启笥，出绳一团，约数十丈，理其端，望空中掷去；绳即悬立空际，若有物以挂之。未几，愈掷愈高，渺入云中，手中绳亦尽。乃呼子曰："儿来！余老惫，体重拙，不能行，得汝一往。"遂以

----

① 童时赴郡试：童年时赴府城应试。试，此处指"童试"。童试一共分为三个阶段，依次是县试、府试、院试。作者蒲松龄是淄川人。淄川清代时属济南府管辖，此处郡试应该是指在济南府举行的考试童生的府试。

② 春节：这里指立春。

③ 人语哜嘈：人声嘈杂。哜，音 jì。

④ 南面者：这里指堂上长官。古代以坐北朝南为尊位。

⑤ 王母园：西王母的蟠桃园。王母，即西王母，神话中的女神。

绳授子，曰："持此可登。"子受绳，有难色，怨曰："阿翁亦大愦愦^①！如此一线之绳，欲我附之以登万仞之高天，倘中道断绝，骸骨何存矣！"父又强呜拍之，曰："我已失口，追悔无及，烦儿一行。儿勿苦，倘窃得来，必有百金赏，当为儿娶一美妇。"子乃持索，盘旋而上，手移足随，如蛛趁丝，渐入云霄，不可复见。久之，坠一桃，如碗大。术人喜，持献公堂。堂上传示良久，亦不知其真伪。

忽而绳落地上，术人惊曰："殆矣！上有人断吾绳，儿将焉托！"移时，一物坠，视之，其子首也。捧而泣曰："是必偷桃为监者所觉。吾儿休矣！"又移时，一足落；无何，肢体纷坠，无复存者。术人大悲，一一拾置笥中而阖之，曰："老夫止此儿，日从我南北游。今承严命，不意罹此奇惨！当负去瘗之。"乃升堂而跪，曰："为桃故，杀吾子矣！如怜小人而助之葬，当结草以图报^②耳。"坐官骇诧，各有赐金。

术人受而缠诸腰，乃扣笥而呼曰："八八儿，不出谢赏，将何待？"忽一蓬头童首抵笥盖而出，望北稽首，则其子也。以其术奇，故至今犹记之。后闻白莲教^③能为此术，意此其苗裔耶？

---

① 大愦愦：太昏庸。大，通"太"。愦，音 kuì。

② 结草以图报：此句用典，意为感恩报德、至死不忘。

③ 白莲教：也称"白莲社"，元明清时流行于民间，是一个民间秘密宗教组织。白莲教在不断发展中成为民众反抗朝廷的组织者，屡遭镇压。

劳山道士

邑有王生，行七，故家子^①。少慕道，闻劳山^②多仙人，负笈往游。登一顶，有观宇甚幽。一道士坐蒲团上，素发垂领，而神光爽迈。叩而与语，理甚玄妙。请师之，道士曰："恐娇惰不能作苦。"答言："能之。"其门人甚众，薄暮毕集，王俱与稽首，遂留观中。

凌晨，道士呼王去，授一斧，使随众采樵。王谨受教。过月余，手足重茧，不堪其苦，阴有归志。一夕归，见二人与师共酌，日已暮，尚无灯烛。师乃剪纸如镜，粘壁间，俄顷月明辉室，光鉴毫芒。诸门人环听奔走。一客曰："良宵胜乐，不可不同。"乃于案上取酒壶分赉^③诸徒，且嘱尽醉。王自思：七八人，壶酒何能遍给？遂各觅盎盂，竞饮先釂^④，惟恐樽尽，而往复把注^⑤，竟不少减。心奇之。俄一客曰："蒙赐月明之照，乃尔寂饮，何不呼嫦娥来？"乃以箸掷月中。见一美人自光中出，初不盈尺，至地遂与人等。纤腰秀项，翩翩作"霓裳舞^⑥"。已而歌曰："仙仙乎！而还乎！而幽我于广寒乎！"其声清越，烈如箫管。歌毕，盘旋而起，跃登几上，惊顾之间，已复

---

① 故家子：世家大族的后代。
② 劳山：也称"崂山"或"牢山"，在今青岛市东北，宋元以来，成为道教名山，有上清宫、太平宫、白云洞、狮子峰等名胜古迹。
③ 分赉：分赐。赉，赏赐，音 lài。
④ 竞饮先釂：争先干杯。釂，饮尽杯中酒，音 jiào。
⑤ 往复把注：指众人传来传去地倒酒。把，音 yì。
⑥ 霓裳舞：即《霓裳羽衣舞》，唐代天宝年间宫廷盛行的一种舞蹈，据传经唐玄宗改制而成。

为箸。三人大笑。又一客曰："今宵最乐，然不胜酒力矣。其饯我于月宫可乎？"三人移席，渐入月中。众视三人，坐月中饮，须眉毕见，如影之在镜中。移时月渐暗，门人然烛来，则道士独坐，而客杳矣。几上肴核尚存；壁上月，纸圆如镜而已。道士问众："饮足乎？"曰："足矣。""足，宜早寝，勿误樵苏。"众诺而退。王窃欣慕，归念遂息。

又一月，苦不可忍，而道士并不传教一术。心不能待，辞曰："弟子数百里受业仙师，纵不能得长生术，或小有传习，亦可慰求教之心。今阅两三月，不过早樵而暮归。弟子在家，未谙此苦。"道士笑曰："吾固谓不能作苦，今果然。明早当遣汝行。"王曰："弟子操作多日，师略授小技，此来为不负也。"道士问："何术之求？"王曰："每见师行处，墙壁所不能隔，但得此法足矣。"道士笑而允之。乃传一诀，令自咒毕，呼曰："入之！"王面墙不敢入。又曰："试入之。"王果从容入，及墙而阻。道士曰："俯首骤入，勿逡巡！"王果去墙数步奔而入，及墙，虚若无物，回视，果在墙外矣。大喜，入谢。道士曰："归宜洁持，否则不验。"遂助资斧，遣之归。

抵家，自诩遇仙，坚壁所不能阻，妻不信。王效其作为，去墙数尺，奔而入；头触硬壁，蓦然而踣。妻扶视之，额上坟起如巨卵焉。妻挪揄之。王惭忿，骂老道士之无良而已。

异史氏曰："闻此事，未有不大笑者，而不知世之为王生者正复不少。今有伧父①，喜疢毒而畏药石②，遂有舐吮痈痔者，进宣威逞暴之术，以迎其旨，诒之曰：'执此术也以往，可以横行而无碍。'初试未尝不小效，遂谓天下之大，举可以如是行矣，势不至触硬壁而颠蹶不止也。"

---

① 伧父：多指粗俗、鄙贱之人。伧，音 cāng。
② 喜疢毒而畏药石：意为喜好阿谀逢迎又害怕苦口直言的人。疢，音 chèn。

蛇人

　　东郡①某甲，以弄蛇为业。尝蓄驯蛇二，皆青色，其大者呼之大青，小曰二青。二青额有赤点，尤灵驯，盘旋无不如意。蛇人爱之异于他蛇。

　　期年大青死，思补其缺，未暇遑也。一夜寄宿山寺。既明启笥，二青亦渺，蛇人怅恨欲死。冥搜亟呼，迄无影兆②。然每至丰林茂草，辄纵之去，俾得自适，寻复返；以此故，冀其自至。坐伺之，日既高，亦已绝望，快快遂行。出门数武，闻丛薪错楚中③窸窣④作响，停趾愕顾，则二青来也。大喜，如获拱璧⑤。息肩路隅，蛇亦顿止。视其后，小蛇从焉。抚之曰："我以汝为逝矣。小侣而所荐耶⑥？"出饵饲之，兼饲小蛇。小蛇虽不去，然瑟缩不敢食。二青含哺之，宛似主人之让客者。蛇人又饲之，乃食。食已，随二青俱入笥中。荷去教之，旋折辄中规矩，与二青无少异，因名之小青。衔技四方，获利无算。

　　大抵蛇人之弄蛇也，止以二尺为率，大则过重，辄便更易。缘二青驯，故未遽弃。又二三年，长三尺余，卧则笥为之满，遂决去之。一日至淄邑东山间，饲以美饵，祝而纵之。既去，顷之复来，蜿蜒笥外。蛇人挥曰："去之！世无百年不散之筵。从此隐身大谷，必且为神龙，笥中何可以久居也？"蛇乃去。蛇人目送之。已而复返，挥之不去，以首触笥，小青在中亦

----

① 东郡：秦置郡名，治所在濮阳（今河南濮阳县西南）。

② 影兆：形影迹象。

③ 丛薪错楚中：草木错杂之处。

④ 窸窣：形容声音细碎。这里指蛇行草丛中的声音。音 xī sū。

⑤ 拱璧：大璧。

⑥ 小侣而所荐耶：这个小伙伴是你引来的吗？而，你。荐，荐引。

震震而动。蛇人悟曰："得毋欲别小青也？"乃发笥，小青径出，因与交首吐舌，似相告语。已而委蛇并去。方意小青不还，俄而踽踽^①独来，竟入笥卧。由此随在物色^②，迄无佳者，而小青亦渐大，不可弄。后得一头亦颇驯，然终不如小青良。而小青粗于儿臂矣。

先是，二青在山中，樵人多见之。又数年，长数尺，围如碗，渐出逐人，因而行旅相戒，罔敢出其途。一日蛇人经其处，蛇暴出如风，蛇人大怖而奔。蛇逐益急，回顾已将及矣。而视其首，朱点俨然，始悟为二青。下担呼曰："二青，二青！"蛇顿止。昂首久之，纵身绕蛇人如昔弄状，觉其意殊不恶，但躯巨重，不胜其绕，仆地呼祷，乃释之。又以首触笥，蛇人悟其意，开笥出小青。二蛇相见，交缠如饴糖状，久之始开。蛇人乃祝小青曰："我久欲与汝别，今有伴矣。"谓二青曰："原君引之来，可还引之去。更嘱一言：深山不乏食饮，勿扰行人，以犯天谴。"二蛇垂头，似相领受。遽起，大者前，小者后，过处林木为之中分。蛇人伫立望之，不见乃去。此后行人如常，不知二蛇何往也。

异史氏曰："蛇，蠢然一物耳，乃恋恋有故人之意^③，且其从谏也如转圜^④。独怪俨然而人也者，以十年把臂之交^⑤，数世蒙恩之主，转思下井复投石^⑥焉；又不然则药石相投^⑦，悍然不顾，且怒而仇焉者，不且出斯蛇下哉。"

---

① 踽踽：独行的样子。音 jǔ jǔ。
② 随在物色：随时随地访求。
③ 故人之意：老朋友的感情。故人，旧交，昔日的朋友。
④ 从谏也如转圜：意思是听从规劝像转动圆物那样容易。
⑤ 把臂之交：亲密的友谊。把臂，挽着手臂，只有极亲密的朋友间才如此。
⑥ 下井复投石：即落井下石，喻乘人之危加以陷害的卑劣行为。
⑦ 药石相投：投以药物、砭石，以治疗疾病。喻苦口相劝，纠正人的过失。

娇娜

孔生雪笠,圣裔①也。为人蕴藉②,工诗。有执友令天台③,寄函招之。生往,令适卒,落拓④不得归,寓菩陀寺,佣为寺僧抄录。寺西百余步有单先生第,先生故公子,以大讼萧条⑤,眷口寡,移而乡居,宅遂旷焉。

一日大雪崩腾,寂无行旅。偶过其门,一少年出,丰采甚都。见生,趋与为礼,略致慰问,即屈降临。生爱悦之,慨然从入。屋宇都不甚广,处处悉悬锦幕,壁上多古人书画。案头书一册,签云:"琅嬛琐记⑥。"翻阅一过,皆目所未睹。生以居单第,以为第主,即亦不审官阀。少年细诘行踪,意怜之,劝设帐授徒。生叹曰:"羁旅之人,谁作曹丘⑦者?"少年曰:"倘不以驽骀⑧见斥,愿拜门墙⑨。"生喜,不敢当师,请为友。便问:"宅何久锢?"答曰:"此为单府,曩以公子乡居,是以久旷。仆,皇甫氏,祖居陕。以家宅焚于野火,暂借安顿。"生始知非单。当晚谈笑甚欢,即留共榻。

---

① 圣裔:孔子的后代。

② 蕴藉:宽厚有涵养。

③ 执友:志趣相投的朋友。令天台:任天台县县令。天台,今浙江省所属县,在天台山下。

④ 落拓:落魄。穷困潦倒,漂泊无依。

⑤ 以大讼萧条:因为一场干系重大的官司,家道破落下来。

⑥ 琅嬛琐记:虚构的书名。这里以"琅嬛琐记"代指奇书秘籍。

⑦ 曹丘:指汉初的曹丘生。《史记·季布列传》载,曹丘生曾到处称扬季布的任侠义勇,季布因而传名四方。后世多用"曹丘生"作为荐引人的代指。

⑧ 驽骀:劣马,比喻没有才能的人。骀,音 tái。

⑨ 拜门墙:拜师。

昧爽①，即有僮子炽炭火于室。少年先起入内，生尚拥被坐。僮入，白："太翁来。"生惊起。一叟入，鬓发皤然②，向生殷谢曰："先生不弃顽儿，遂肯赐教。小子初学涂鸦，勿以友故，行辈视之也。"已而进锦衣一袭，貂帽、袜、履各一事。视生盥栉③已，乃呼酒荐馔。几、榻、裙、衣，不知何名，光彩射目。酒数行，叟兴辞，曳杖而去。餐讫，公子呈课业，类皆古文词，并无时艺。问之，笑云："仆不求进取也。"抵暮，更酌曰："今夕尽欢，明日便不许矣。"呼僮曰："视太公寝未，已寝，可暗唤香奴来。"僮去，先以绣囊将琵琶至。少顷一婢入，红妆艳艳。公子命弹湘妃④，婢以牙拨勾动，激扬哀烈，节拍不类凡闻。又命以巨觞行酒，三更始罢。次日早起共读。公子最惠，过目成咏，二三月后，命笔警绝。相约五日一饮，每饮必招香奴。一夕酒酣气热，目注之。公子已会其意，曰："此婢乃为老父所豢养。兄旷邈无家⑤，我夙夜代筹久矣，行当为君谋一佳耦。"生曰："如果惠好，必如香奴者。"公子笑曰："君诚'少所见而多所怪'者矣。以此为佳，君愿亦易足也。"居半载，生欲翱翔郊郭，至门，则双扉外扃，问之，公子曰："家君恐交游纷意念，故谢客耳。"生亦安之。

时盛暑溽热，移斋园亭。生胸间瘇起如桃，一夜如碗，痛楚呻吟。公子朝夕省视，眠食俱废。又数日创剧，益绝食饮。太翁亦至，相对太息。公子曰："儿前夜思先生清羌，娇娜妹子能疗之，遣人于外祖母处呼令归。何久不至？"俄僮入白："娜姑至，姨与松姑同来。"父子即趋入内。少间，引

---

① 昧爽：拂晓。

② 鬓发皤然：多形容须发皆白。皤，白，音 pó。

③ 盥栉：洗脸、梳头。音 guàn zhì。

④ 湘妃：湘水女神。传说，嫁给舜的两女娥皇、女英，在舜死后投湘水而死。这里指根据这个故事谱写的乐曲。

⑤ 旷邈无家：旷邈，辽远。此处指人独居无妻。

妹来视生。年约十三四，娇波流慧，细柳生姿。生望见艳色，嚬呻顿忘，精神为之一爽。公子便言："此兄良友，不啻同胞也，妹子好医之。"女乃敛羞容，揄长袖，就榻诊视。把握之间，觉芳气胜兰。女笑曰："宜有是疾，心脉动矣。然症虽危，可治；但肤块已凝，非伐皮削肉不可。"乃脱臂上金钏安患处，徐徐按下之。创突起寸许，高出钏外，而根际余肿，尽束在内，不似前如碗阔矣。乃一手启罗衿①，解佩刀，刃薄于纸，把钏握刃，轻轻附根而割，紫血流溢，沾染床席。生贪近娇姿，不惟不觉其苦，且恐速竣割事，偎傍不久。未几割断腐肉，团团然如树上削下之瘿。又呼水来，为洗割处。口吐红丸，如弹大，着肉上，按令旋转。才一周，觉热火蒸腾；再一周，习习作痒；三周已，遍体清凉，沁入骨髓。女收丸入咽，曰："愈矣！"趋步出。

生跃起走谢，沉痼若失。而悬想容辉，苦不自已。自是废卷痴坐，无复聊赖。公子已窥之，曰："弟为兄物色，得一佳耦。"问："何人？"曰："亦弟眷属。"生凝思良久，但云："勿须也！"面壁吟曰："曾经沧海难为水，除却巫山不是云。"公子会其指，曰："家君仰慕鸿才，常欲附为婚姻。但止一少妹，齿太稚②。有姨女阿松，年十八矣，颇不粗陋。如不见信，松姊日涉园亭，伺前厢可望见之。"生如其教，果见娇娜偕丽人来，画黛弯蛾，莲钩蹴凤③，与娇娜相伯仲也。生大悦，求公子作伐。公子异日自内出，贺曰："谐矣。"乃除别院，为生成礼。是夕鼓吹阗咽④，尘落漫飞，以望中仙人，忽同衾幄，遂疑广寒宫殿，未必在云霄矣。合卺⑤之后，甚惬心怀。

---

① 罗衿：罗衣的下摆。

② 齿太稚：年纪太小。

③ 莲钩蹴凤：小脚穿着凤头鞋。

④ 鼓吹阗咽：齐声演奏乐曲。阗，音 tián。

⑤ 合卺：举行婚礼。卺，音 jǐn。

一夕公子谓生曰："切磋之惠，无日可以忘之。近单公子解讼归，索宅甚急，意将弃此而西。势难复聚，因而离绪萦怀。"生愿从之而去。公子劝还乡间，生难之。公子曰："勿虑，可即送君行。"无何，太翁引松娘至，以黄金百两赠生。公子以左右手与生夫妇相把握，嘱闭目勿视。飘然履空，但觉耳际风鸣，久之，曰："至矣。"启目果见故里。始知公子非人。喜叩家门，母出非望，又睹美妇，方共忻慰。及回顾，则公子逝矣。松娘事姑孝，艳色贤名，声闻遐迩。

后生举进士，授延安司李①，携家之任。母以道远不行。松娘生一男名小宦。生以忤直指，罢官，罣碍②不得归。偶猎郊野，逢一美少年跨骊驹，频频瞻视。细看则皇甫公子也。揽辔停骖，悲喜交至。邀生去，至一村，树木浓昏，荫翳天日。入其家，则金沤浮钉③，宛然世家。问妹子，已嫁；岳母，已亡。深相感悼。经宿别去，偕妻同返。娇娜亦至，抱生子掇提而弄曰："姊姊乱吾种矣。"生拜谢襄德。笑曰："姊夫贵矣。创口已合，未忘痛耶？"妹夫吴郎亦来谒拜。信宿乃去。

一日公子有忧色，谓生曰："天降凶殃，能相救否？"生不知何事，但锐自任④。公子趋出，招一家俱入，罗拜堂上。生大骇，亟问。公子曰："余非人类，狐也。今有雷霆之劫。君肯以身赴难，一门可望全生；不然，请抱子而行，无相累。"生矢共生死。乃使仗剑于门，嘱曰："雷霆轰击，勿动也！"生如所教。果见阴云昼暝，昏黑如磐。回视旧居，无复闬闳，惟见高

---

① 延安司李：延安府的推官。延安，府名，辖境在今陕西省北部，治所为延安。司李，也称"司理"，宋代各州掌狱讼的官员。

② 罣碍：古代官员因行政错误被罢官之后，须留在住所等候进一步处理，在此期间，不得自由行动。罣，音 guà。

③ 金沤浮钉：形容门饰的华美。沤，音 ōu。

④ 但锐自任：却立即表示自己愿意承担。锐，迅疾。

冢岿然，巨穴无底。方错愕间，霹雳一声，摆簸山岳，急雨狂风，老树为拔。生目眩耳聋，屹不少动。忽于繁烟黑絮之中，见一鬼物，利喙长爪，自穴攫一人出，随烟直上。瞥睹衣履，念似娇娜。乃急跃离地，以剑击之，随手堕落。忽而崩雷暴裂，生仆，遂毙。

少间晴霁，娇娜已能自苏。见生死于旁，大哭曰："孔郎为我而死，我何生矣！"松娘亦出，共异生归。娇娜使松娘捧其首，兄以金簪拨其齿，自乃撮其颐，以舌度红丸入，又接吻而呵之。红丸随气入喉，格格作响，移时豁然而苏。见眷口满前，恍如梦寤。于是一门团圞①，惊定而喜。生以幽圹不可久居，议同旋里。满堂交赞，惟娇娜不乐。生请与吴郎俱，又虑翁媪不肯离幼子。终日议不果。忽吴家一小奴，汗流气促而至。惊致研诘，则吴郎家亦同日遭劫，一门俱没。娇娜顿足悲伤，涕不可止。共慰劝之。而同归之计遂决。

生入城，勾当数日，遂连夜趣装。既归，以闲园寓公子，恒反关之；生及松娘至，始发扃。生与公子兄妹，棋酒谈宴，若一家然。小宦长成，貌韶秀，有狐意。出游都市，共知为狐儿也。

异史氏曰："余于孔生，不羡其得艳妻，而羡其得腻友也。观其容，可以疗饥；听其声，可以解颐。得此良友，时一谈宴，则'色授魂与②'，尤胜于'颠倒衣裳'矣。"

---

① 团圞：团圆。圞，音 luán。
② 色授魂与：这里指男女精神上的恋爱。

三生

刘孝廉，能记前身事①。自言一世为搢绅②，行多玷。六十二岁而殁，初见冥王，待如乡先生③礼，赐坐，饮以茶。觑冥王盏中茶色清彻，己盏中浊如醪。暗疑迷魂汤得勿此乎？乘冥王他顾，以盏就案角泻之，伪为尽者。

俄顷稽前生恶录④，怒命群鬼捽下，罚作马。即有厉鬼絷去。行至一家，门限甚高，不可逾。方趑趄间，鬼力楚之，痛甚而蹶。自顾，则身已在枥下矣。但闻人曰："骊马生驹矣，牡也。"心甚明了，但不能言。觉大馁，不得已，就牝马求乳。逾四五年间，体修伟。甚畏挞楚，见鞭则惧而逸。主人骑，必覆障泥，缓辔⑤徐徐，犹不甚苦；惟奴仆圉人，不加鞯装以行，两踝夹击，痛彻心腑。于是愤甚，三日不食，遂死。

至冥司，冥王查其罚限未满，责其规避，剥其皮革，罚为犬。意懊丧不欲行。群鬼乱挞之，痛极而窜于野。自念不如死，愤投绝壁，颠莫能起。自顾则身伏窦中，牝犬舐而腓字⑥之，乃知身已复生于人世矣。稍长，见便液亦知秽，然嗅之而香，但立念不食耳。为犬经年，常忿欲死，又恐罪其规避。而主人又豢养不肯戮。乃故啮主人，脱股肉，主人怒，杖杀之。

---

① 前身事：前生的经历。前身：佛教用语，又作"前生"。
② 搢绅：指古代有官职的或做过官的人。也作缙绅。音 jìn shēn。
③ 乡先生：指辞官回乡或在乡教学的老人。
④ 恶录：迷信传说中阴司记载世人生平恶行的簿籍。
⑤ 缓辔：放松缰绳，骑马缓行。
⑥ 腓字：庇护喂养。腓，音 féi。

冥王鞫状^①，怒其狂獧，笞数百，俾作蛇。囚于幽室，暗不见天。闷甚，缘壁而上，穴屋而出。自视，则身伏茂草，居然蛇矣。遂矢志不残生类，饥吞木实。积年余，每思自尽不可，害人而死又不可，欲求一善死之策而未得也。一日卧草中，闻车过，遽出当路，车驰压之，断为两。

冥王讶其速至，因蒲伏自剖。冥王以无罪见杀原之，准其满限复为人，是为刘公。公生而能言，文章书史，过辄成诵。辛酉^②举孝廉。每劝人：乘马必厚其障泥；股夹之刑，胜于鞭楚也。

异史氏曰："毛角之俦，乃有王公大人在其中。所以然者，王公大人之内，原未必无毛角者在其中也。故贱者为善，如求花而种其树；贵者为善，如已花而培其本：种者可大，培者可久。不然，且将负盐车，受羁馽^③，与之为马。不然，且将啖便液，受烹割，与之为犬。又不然，且将披鳞介，葬鹤鹳^④，与之为蛇。"

---

① 鞫状：审讯情由。鞫．审讯，音 jū。
② 辛酉：指明熹宗天启元年，公元 1621 年。
③ 受羁馽：比喻牵制、束缚。馽，音 zhí。
④ 葬鹤鹳：意为葬身鹤和鹳等禽鸟之腹。

叶生

　　淮阳①叶生者，失其名字。文章词赋，冠绝当时，而所如不偶②，困于名场。会关东丁乘鹤来令是邑，见其文，奇之，召与语，大悦。使即官署，受灯火③，时赐钱谷恤其家。值科试，公游扬于学使④，遂领冠军。公期望綦切，闱后⑤索文读之，击节称叹。不意时数限人，文章憎命，榜既放，依然铩羽。生嗒丧⑥而归，愧负知己，形销骨立，痴若木偶。公闻，召之来而慰之；生零涕不已。公怜之，相期考满⑦入都，携与俱北。生甚感佩。辞而归，杜门不出。无何，寝疾。公遗问不绝，而服药百裹，殊罔所效。

　　公适以忤上官免，将解任去。函致之，其略云："仆东归有日，所以迟迟者，待足下耳。足下朝至，则仆夕发矣。"传之卧榻。生持书啜泣，寄语

①　淮阳：县名，在河南省东部。
②　所如不偶：指命运不好，运气不佳。
③　即官署，受灯火：意为留居县衙中，得到照明等学习费用的资助。灯火，此指照明
　　费用。
④　游扬：随处称扬。学使：即提督学政，又称提学使、提学、学院、学台、学政等。
⑤　闱后：指秋闱（即乡试）之后。各省乡试在仲秋八月举行，因称秋闱。闱，科举
　　考试，明、清两代每三年一次在各个省城举行的考试。
⑥　嗒丧：沮丧，失魂落魄。嗒，音 tà。
⑦　考满：是明清两代对政府官员的考绩办法之一。《清史稿》卷一一一·《选举六·考
　　绩》："三载考绩之法……京官曰京察，外官曰大计，吏部考功司掌之……大计以
　　寅巳申亥岁，先期藩、臬、道、府递察其属贤否，申之督、抚，督、抚核其事状，
　　注考缮册送部覆核。才守俱优者，举以卓异。劣者，劾以六法。不入举劾者为平
　　等。卓异官自知县而上，皆引见候旨。六法处分如京察，贪酷者特参。"

来使："疾革难遽瘥①，请先发。"使人返白。公不忍去，徐待之。

　　逾数日，门者忽通叶生至。公喜，逆而问之。生曰："以犬马病②，劳夫子久待，万虑不宁。今幸可从杖履。"公乃束装戒旦。抵里，命子师事生，夙夜与俱。公子名再昌，时年十六，尚不能文。然绝慧，凡文艺三两过，辄无遗忘。居之期岁③，便能落笔成文。益之公力，遂入邑庠④。生以生平所拟举子业，悉录授读，闱中七题，并无脱漏，中亚魁⑤。公一日谓生曰："君出余绪⑥，遂使孺子成名。然黄钟长弃⑦，若何！"生曰："是殆有命！借福泽为文章吐气，使天下人知半生沦落，非战之罪也，愿亦足矣。且士得一人知己可无憾，何必抛却白纻，乃谓之利市哉！"公以其久客，恐误岁试，劝令归省⑧。生惨然不乐，公不忍强，嘱公子至都为之纳粟⑨。公子又捷南宫⑩，授部中主政⑪，携生赴监，与共晨夕。逾岁，生入北闱⑫，竟领乡荐⑬。会公子差南

---

① 疾革难遽瘥：病重难以迅速痊愈。革，同"亟"，音 jí；瘥，病愈，音 chài。

② 犬马病：对自己疾病的谦称。

③ 期岁：满一年。期，音 jī。

④ 入邑庠：成为县学生员，俗称秀才。邑庠，县学。

⑤ 亚魁：乡试第六名。第一名称乡魁、乡元或解元。

⑥ 出余绪：才学的剩余部分。

⑦ 黄钟长弃：比喻贤才被长期埋没。

⑧ 岁试：又称"岁考"，指对生员进行甄别考试，来区分优劣。在外地的生员须回原籍参加岁试，所以丁公劝叶生归省。归省：本义是回乡探望父母，这里实指回乡应试。

⑨ 纳粟：明清设国子监于京城，国子监生员称监生，明代科举制度准许人捐纳钱财入国子监，由生员捐纳者称纳贡，由普通民人捐纳者称例监。

⑩ 捷南宫：指考中进士。捷，谓获胜、取中。

⑪ 部中主政：明清于中央六部各设主事若干员。主政是主事的别称。

⑫ 入北闱：指参加在北京举行的乡试。明代在顺天府（北京）和应天府（南京）各设国子监，两处乡试应考生员多为国子监生，因而分别称为北闱和南闱。

⑬ 领乡荐：指考中举人。

河典务①，因谓生曰："此去离贵乡不远。先生奋迹云霄②，锦还为快。"生亦喜。择吉就道，抵淮阳界，命仆马送生归。

归见门户萧条，意甚悲恻。逡巡至庭中，妻携簸具以出，见生，掷具骇走。生凄然曰："今我贵矣！三四年不觏，何遂顿不相识？"妻遥谓曰："君死已久，何复言贵？所以久淹君柩者，以家贫子幼耳。今阿大亦已成立，将卜窀穸③，勿作怪异吓生人。"生闻之，怃然惆怅。逡巡入室，见灵柩俨然，扑地而灭。妻惊视之，衣冠履舄如脱委焉。大恸，抱衣悲哭。子自塾中归，见结驷于门，审所自来，骇奔告母。母挥涕告诉。又细询从者，始得颠末。从者返，公子闻之，涕堕垂膺。即命驾哭诸其室；出橐为营丧，葬以孝廉礼。又厚遗其子，为延师教读。言于学使，逾年游泮。

异史氏曰："魂从知己，竟忘死耶？闻者疑之，余深信焉。同心倩女，至离枕上之魂；千里良朋，犹识梦中之路。而况茧丝蝇迹，呕学士之心肝；流水高山，通我曹之性命者哉！嗟乎！遇合难期，遭逢不偶。行踪落落，对影长愁；傲骨嶙嶙，搔头自爱。叹面目之酸涩，来鬼物之揶揄。频居康了之中，则须发之条条可丑；一落孙山之外，则文章之处处皆疵。古今痛哭之人，卞和惟尔；颠倒逸群之物，伯乐伊谁？抱刺于怀，三年灭字，侧身以望，四海无家。人生世上，只须合眼放步，以听造物之低昂而已。天下之昂藏④沦落如叶生者，亦复不少，顾安得令威复来而生死从之也哉？噫！"

---

① 差南河典务：被委派巡视南河，办理河道事务。南河，南河分司的简称。

② 奋迹云霄：指一举成名，前程远大。此即指中举人。

③ 卜窀穸：选择墓地，指安葬。窀穸，墓穴，音 zhūn xī。

④ 昂藏：气概不凡的样子。

成仙

文登①周生与成生少共笔砚，遂订为杵臼交②。而成贫，故终岁依周。论齿则周为长，呼周妻以嫂。节序登堂如一家焉③。周妻生子，产后暴卒，继聘王氏，成以少故，未尝请见之。一日王氏弟来省姊，宴于内寝。成适至，家人通白，周坐命邀之，成不入，辞去。周追之而还，移席外舍。

甫坐，即有人白别业之仆为邑宰重笞者。先是，黄吏部家牧佣，牛蹊周田，以是相诟。牧佣奔告主，捉仆送官，遂被笞责。周因诘得其故，大怒曰："黄家牧猪奴何敢尔！其先世为大父服役，促得志，乃无人耶！"气填吭臆④，忿而起，欲往寻黄。成捻而止之，曰："强梁世界⑤，原无皂白。况今日官宰，半强寇不操矛弧者耶？"周不听。成谏止再三，至泣下，周乃止。怒终不释，转侧达旦，谓家人曰："黄家欺我，我仇也，姑置之。邑令朝廷官，非势家官，纵有互争，亦须两造，何至如狗之随嗾⑥者？我亦呈治其佣，视彼将何处分。"家人悉怂恿之，计遂决。以状赴宰，宰裂而掷之，周怒，语侵宰。宰惭恚，因逮系之。

---

① 文登：县名，即今山东省文登县。
② 杵臼交：不计贫富贵贱的朋友。杵臼，捣米的木杵和石臼。
③ "节序登堂"句：四时八节，成生必定携卷到周生家拜问兄嫂，亲密如一家兄弟。是称赞成生恪守古训，对周生夫妻亲而有礼。节序，犹言四时八节。我国旧称春夏秋冬四季为四时或四序，称四立两分两至为八节。
④ 气填吭臆：怒气充咽填胸。
⑤ 强梁世界：强暴横行的社会。
⑥ 嗾：指挥狗的声音。音 sǒu。

辰后^①，成往访周，始知入城讼理。急奔劝止，则已在图圄^②矣。顿足无所为计。时获海寇三名，宰与黄赂嘱之，使捏周同党。据词申黜顶衣^③，搒掠酷惨。成入狱，相顾凄酸。谋叩阙。周曰："身系重犴^④，如鸟在笼，虽有弱弟，止堪供囚饭耳。"成锐身自任。曰："是予责也。难而不急，乌用友也！"乃行。周弟照之，则去已久矣。至都，无门入控。相传驾将出猎，成预隐木市中。俄驾过，伏舞哀号，遂得准。驿送而下，着部院审奏^⑤。时阅十月余，周已诬服论辟^⑥。院接御批，大骇，复提躬谳。黄亦骇，谋杀周。因赂监，绝其饮食，弟来馈问，苦禁拒之。成又为赴院声屈，始蒙提问，业已饥饿不起。院台怒，杖毙监者。黄大怖，纳数千金，嘱为营脱，以是得朦胧题免^⑦。宰以枉法拟流。

周放归，益肝胆成。成自经讼系，世情灰冷，招周偕隐。周溺少妇，辄迂笑之。成虽不言，而意甚决。别后数日不至。周使探诸其家，家人方疑其在周所；两无所见，始疑。周心知其异，遣人踪迹之，寺观岩壑，物色殆遍。时以金帛恤其子。

又八九年，成忽自至，黄巾氅服^⑧，岸然道貌。周喜把臂曰："君何往，使我寻欲遍？"成笑曰："孤云野鹤，栖无定所。别后幸复顽健。"周命置

---

① 辰后：辰时过后。辰时，相当于早上七点至九点。

② 图圄：指监狱。音 líng yǔ。

③ 据词申黜顶衣：依据海盗供词，申报革去周生功名。《清史稿》卷一〇六《选举一》："凡优恤诸生，例免差徭。廪生贫生给学租养赡。违犯禁令，小者府、州、县行教官责惩，大者申学政，黜革后治罪，地方官不得擅责。"

④ 重犴：牢狱深处，拘禁重罪犯人的地方。犴，牢狱。音 zhòng àn。

⑤ 着部院审奏：责成（山东）巡抚审理奏闻。

⑥ 诬服论辟：含冤屈招，被判死刑。辟，大辟，即死刑。

⑦ 朦胧题免：含糊其词地报请朝廷免罪。朦胧，喻措辞含混。题，题本，上奏公事。

⑧ 黄巾氅服：道冠道袍。氅，鸟羽织的外套，这里是对道士袍服的美称，音 chǎng。

酒，略通间阔^①，欲为变易道装。成笑不语。周曰："愚哉！何弃妻孥犹敝屣也？"成笑曰："不然。人将弃予，其何人之能弃？"问所栖止，答在劳山上清宫。既而抵足寝，梦成裸伏胸上，气不得息。讶问何为，殊不答。忽惊而寤，呼成不应。坐而索之，杳然不知所往。定移时，始觉在成榻，骇曰："昨不醉，何颠倒至此耶！"乃呼家人。家人火之，俨然成也。周固多髭，以手自捋，则疏无几茎。取镜自照，讶曰："成生在此，我何往？"已而大悟，知成以幻术招隐。意欲归内，弟以其貌异，禁不听前。周亦无以自明，即命仆马往寻成。

　　数日入劳山，马行疾，仆不能及。休止树下，见羽客往来甚众。内一道人目周，周因以成问。道士笑曰："耳其名矣，似在上清。"言已径去。周目送之，见一矢之外，又与一人语，亦不数言而去。与言者渐至，乃同社生。见周，愕曰："数年不晤，人以君学道名山，今尚游戏人间耶？"周述其异。生惊曰："我适遇之而以为君也。去无几时，或亦不远。"周大异，曰："怪哉！何自己面目觌面而不之识？"仆寻至，急驰之，竟无踪兆。一望寥阔，进退难以自主。自念无家可归，遂决意穷追。而怪险不复可骑，遂以马付仆归，逶迤自往。遥见一童独立，趋近问程，且告以故。童自言为成弟子，代荷衣粮，导与俱行。星饭露宿，逴行殊远^②。三日始至，又非世之所谓上清。时十月中，山花满路，不类初冬。童入报，成即出，始认己形。执手而入，置酒宴语。见异彩之禽，驯人不惊，声如笙簧，时来鸣于座上，心甚异之。然尘俗念切，无意留连。地下有蒲团二，曳与并坐。至二更后，万虑俱寂^③，

① 间阔：久别之情。间，隔。阔，久别。
② 逴行殊远：高一步低一步走了很远。逴，音 chuō。
③ 万虑俱寂：各种尘世杂念都泯灭而归于空寂；是佛道修行的一种境界。万虑，指一切思维活动。寂，空寂。

忽似瞥然一眴，身觉与成易位。疑之，自抚颔下，则于思者如故矣。既曙，浩然思返。成固留之。越三日，乃曰："迄少寐息，早送君行。"甫交睫，闻成呼曰："行装已具矣。"遂起从之。所行殊非旧途。觉无几时，里居已在望中。成坐候路侧，俾自归。周强之不得，因踽踽至家门。叩不能应，思欲越墙，觉身飘似叶，一跃已过。凡逾数重垣，始抵卧室，灯烛荧然，内人未寝，哝哝与人语。舐窗一窥，则妻与一厮仆同杯饮，状甚狎亵。于是怒火如焚，计将掩执，又恐孤力难胜。遂潜身脱扃而出，奔告成，且乞为助。成慨然从之，直抵内寝。周举石挝门，内张皇甚。擂愈急，内闭益坚。成拨以剑，划然顿辟。周奔入，仆冲户而走。成在门外，以剑击之，断其肩臂。周执妻拷讯，乃知被收时即与仆私。周借剑决其首，胃肠庭树间。乃从成出，寻途而返。

蓦然忽醒，则身在卧榻，惊而言曰："怪梦参差，使人骇惧！"成笑曰："梦者兄以为真，真者乃以为梦。"周愕而问之。成出剑示之，溅血犹存。周惊怛欲绝，窃疑成诪张为幻①。成知其意，乃促装送之归，茌苒至里门，乃曰："畴昔之夜，倚剑而相待者非此处耶！吾厌见恶浊，请还待君于此。如过晡不来，予自去。"周至家，门户萧索，似无居人。还入弟家。弟见兄，双泪交坠，曰："兄去后，盗夜杀嫂，剖肠去，酷惨可悼。于今官捕未获。"周如梦醒，因以情告，戒勿究。弟错愕良久。周问其子，乃命老妪抱至。周曰："此襁褓物，宗绪所关，弟善视之。兄欲辞人世矣。"遂起径去。弟涕泗追挽，笑行不顾。至野外见成，与俱行。遥回顾，曰："忍事最乐。"弟欲有言，成阔袖一举，即不可见。怅立移时，痛哭而返。周弟朴拙，不善治家人生产，居数年，家益贫；周子渐长，不能延师，因自教读。一日，早至斋，

---

① 诪张为幻：施弄幻术骗人。诪，音 zhōu。

见案头有函书，缄封甚固，签题"仲氏启"，审之为兄迹。开视则虚无所有，只见爪甲一枚，长二指许，心怪之。以甲置砚上，出问家人所自来，并无知者。回视，则砚石灿灿，化为黄金，大惊。以试铜铁，皆然。由此大富。以千金赐成氏子，因相传两家有点金术云。

王成

　　王成，平原①故家子。性最懒，生涯日落，惟剩破屋数间，与妻卧牛衣②中，交谪不堪③。

　　时盛夏燠热④。村外故有周氏园，墙宇尽倾，惟存一亭。村人多寄宿其中，王亦在焉。既晓，睡者尽去，红日三竿，王始起，逡巡欲归。见草际金钗一股，拾视之，镂有细字云："仪宾府制。"王祖为衡府⑤仪宾，家中故物，多此款式，因把钗踌躇。欻一妪来寻钗。王虽贫，然性介，遽出授之。妪喜，极赞盛德，曰："钗值几何，先夫之遗泽也⑥。"问："夫君伊谁？"答云："故仪宾王柬之也。"王惊曰："吾祖也，何以相遇？"妪亦惊曰："汝即王柬之之孙耶！我乃狐仙。百年前与君祖缱绻⑦，君祖殁，老身遂隐。过此遗钗，适入子手，非天数耶！"王亦曾闻祖有狐妻，信其言，便邀临顾。妪从之。

　　王呼妻出见，负败絮⑧，菜色黯焉。妪叹曰："嘻！王柬之之孙，乃一贫至此哉！"又顾败灶无烟，曰："家计若此，何以聊生？"妻因细述贫状，呜咽饮泣。妪以钗授妇，使姑质钱市米，三日外请复相见。王挽留之。妪

---

① 平原：县名，清代隶属德州，即今山东省平原县。

② 牛衣：一种用草、麻编织的给牛御寒用的覆盖物。

③ 交谪不堪：妻子责怨，难以度日。

④ 燠热：炎热，酷热。燠，暖，热，音 yù。

⑤ 衡府：指青州衡王府。

⑥ 先夫之遗泽：已故丈夫的遗物。

⑦ 缱绻：形容男女间情意深厚，难舍难分。

⑧ 负败絮：穿着破棉袄。

曰："汝一妻犹不能存活，我在，仰屋而居①，复何裨益？"遂径去。王为妻言其故，妻大怖。王诵其义，使姑事之②，妻诺。逾三日果至，出数金籴粟麦各一石。夜与妇宿短榻。妇初惧之，然察其意殊拳拳，遂不之疑。

翌日谓王曰："孙勿惰，宜操小生业，坐食乌可长也！"王告以无资。妪曰："汝祖在时，金帛凭所取，我以世外人无需是物，故未尝多取。积花粉之金③四十两，至今犹存。久贮亦无所用，可将去悉以市葛，刻日赴都，可得微息。"王从之，购五十余端以归。妪命趣装，计六七日可达燕都④。嘱曰："宜勤勿惰，宜急勿缓，迟之一日，悔之已晚！"王敬诺，囊货就路。中途遇雨，衣履浸濡。王生平未历风霜，委顿不堪，因暂休旅舍。不意淙淙彻暮，檐雨如绳，过宿泞益甚。见往来行人践淖没胫，心畏苦之。待至亭午⑤始渐燥，而阴云复合，雨又滂沱。信宿乃行。将近京，传闻葛价翔贵⑥，心窃喜。入都解装客店，主人深惜其晚。先是，南道初通，葛至绝少。贝勒⑦府购致甚急，价顿昂，较常可三倍。前一日方购足，后来者并皆失望。主人以故告王。王郁郁不乐。越日葛至愈多，价益下，王以无利不肯售。迟十余日，计食耗烦多，倍益忧闷。主人劝令贱卖，改而他图。从之，亏资十余两，悉脱去。早起将作归计，起视囊中，则金亡矣。惊告主人，主人无所为计。或劝鸣官，责主人偿。王叹曰："此我数也，于主人何尤？"主人闻

---

① 仰屋而居：指困居家中，愁闷无计。仰屋，抬头望着屋顶，愁苦无计的样子。

② 使姑事之：让妻子像对待婆母那样待奉狐妪。

③ 花粉之金：旧时妇女以购置化妆品为名积蓄的零用钱，即私房钱或体己钱。

④ 燕都：北京。北京地区为周时燕国旧地，故名。

⑤ 亭午：正午。

⑥ 翔贵：腾贵，指价格飞涨。

⑦ 贝勒：清代封爵之一，满语"多罗贝勒"的省称。是授予皇族和蒙古外藩的封爵，品位仅次于亲王、郡王。

而德之，赠金五两，慰之使归。

自念无以见祖母，蹀躞①内外，进退维谷。适见斗鹑者，一赌数千；每市一鹑，恒百钱不止。意忽动，计囊中资仅足贩鹑，以商主人，主人亟怂恿之。且约假寓饮食，不取其直。王喜，遂行。购鹑盈儋②，复入都。主人喜，贺其速售。至夜，大雨彻曙，天明衢水如河，淋零犹未休也。居以待晴，连绵数日，更无休止。起视笼中，鹑渐死。王大惧，不知计之所出。越日死愈多，仅余数头，并一笼饲之。经宿往窥，则一鹑仅存。因告主人，不觉涕堕，主人亦为扼腕。王自度金尽罔归，但欲觅死，主人劝慰之。共往视鹑，审谛之曰："此似英物③。诸鹑之死，未必非此之斗杀之也。君暇亦无事，请把之，如其良也，赌亦可以谋生。"王如其教。

既驯，主人令持向街头赌酒食。鹑健甚，辄赢。主人喜，以金授王，使复与子弟决赌，三战三胜。半年蓄积二十金，心益慰，视鹑如命。

先是大亲王④好鹑，每值上元，辄放民间把鹑者入邸相角。主人谓王曰："今大富宜可立致，所不可知者在子之命矣。"因告以故，导与俱往。嘱曰："脱败则丧气出耳。倘有万分一，鹑斗胜，王必欲市之，君勿应；如固强之，惟予首是瞻，待首肯而后应之。"王曰："诺。"至邸，则鹑人肩摩于墀下。顷之，王出御殿。左右宣言："有愿斗者上。"即有一人把鹑，趋而进。王命放鹑，客亦放。略一腾踔⑤，客鹑已败。王大笑。俄顷登而败者数人。主人曰："可矣。"相将俱登。王相之，曰："睛有怒脉，此健羽也，不

---

① 蹀躞：踱来踱去。义同徘徊。音 dié duó。
② 儋：通"担"，即担子。
③ 英物：超群杰出的人或物。
④ 大亲王：指亲王中行辈之尊长者。清代以亲王为封爵之号，位在郡王之上。
⑤ 腾踔：义同下文"腾跃"，谓鼓翼跃起，奋力搏击。

可轻敌。"命取铁喙者当之。一再腾跃,而王鹑铩羽。更选其良,再易再败。王急命取宫中玉鹑。片时把出,素羽如鹭,神骏不凡。王成意馁,跪而求罢,曰:"大王之鹑神物也,恐伤吾禽,丧吾业矣。"王笑曰:"纵之,脱斗而死,当厚尔偿。"成乃纵之。玉鹑直奔之。而玉鹑方来,则伏如怒鸡以待之。玉鹑健啄,则起如翔鹤以击之。进退颉颃①,相持约一伏时。玉鹑渐懈,而其怒益烈,其斗益急。未几,雪毛摧落,垂翅而逃。观者千人,罔不叹羡。王乃索取而亲把之,自喙至爪,审周一过,问成曰:"鹑可货否?"答曰:"小人无恒产,与相依为命,不愿售也。"王曰:"赐尔重值,中人之产可致。颇愿之乎?"成俯思良久,曰:"本不乐置;顾大王既爱好之,苟使小人得衣食业,又何求?"王问直,答以千金。王笑曰:"痴男子!此何珍宝而千金直也?"成曰:"大王不以为宝,臣以为连城之璧不过也。"王曰:"如何?"曰:"小人把向市中,日得数金,易升斗粟,一家十余食指无冻馁,是何宝如之?"王曰:"予不相亏,便与二百金。"成摇首。又增百数。成目视主人,主人色不动,乃曰:"承大王命,请减百价。"王曰:"休矣!谁肯以九百易一鹑者!"成囊鹑欲行。王呼曰:"鹑人来,实给六百,肯则售,否则已耳。"成又目主人,主人仍自若。成心愿盈溢,惟恐失时,曰:"以此数售,心实快快。但交而不成,则获戾滋大。无已,即如王命。"王喜,即秤付之。成囊金拜赐而出。主人怼曰:"我言如何,子乃急自鬻也!再少靳之②,八百金在掌中矣。"成归,掷金案上,请主人自取之,主人不受。又固让之,乃盘计饭直而受之。王治装归。至家,历述所为,出金相庆。妪命置良田三百亩,起屋作器,居然世家。妪早起,使成督耕、妇督织。稍

---

① 颉颃:上下飞翔,这里指腾跃搏斗。音 xié háng。

② 少靳之:稍微坚持一下要价。

惰，辄诃之。夫妇相安，不敢有怨词。过三年家益富，姫辞欲去。夫妇共挽之，至泣下。姫亦遂止。旭旦候之^①，已杳然矣。

异史氏曰："富皆得于勤，此独得于惰，亦创闻也。不知一贫彻骨而至性不移^②，此天所以始弃之而终怜之也。懒中岂果有富贵乎哉！"

---

① 旭旦候之：清早向狐姫问安。候，问候，请安。
② 至性：纯厚无伪的天性。不移：不因境遇贫困而改变。

青凤

太原①耿氏，故大家，第宅弘阔。后凌夷②，楼舍连亘，半旷废之，因生怪异，堂门辄自开掩，家人恒中夜骇哗。耿患之，移居别墅，留一老翁门焉。由此荒落益甚，或闻笑语歌吹声。

耿有从子去病，狂放不羁，嘱翁有所闻见，奔告之。至夜，见楼上灯光明灭，走报生。生欲入觇其异，止之不听。门户素所习识，竟拨蒿蓬，曲折而入。登楼，初无少异。穿楼而过，闻人语切切。潜窥之，见巨烛双烧，其明如昼。一叟儒冠南面坐，一媪相对，俱年四十余。东向一少年，可二十许。右一女郎，才及笄③耳。酒胾满案，围坐笑语。生突入，笑呼曰："有不速之客一人来！"群惊奔匿。独叟诧问："谁何入人闺闼？"生曰："此我家也，君占之。旨酒自饮，不邀主人，毋乃太吝？"叟审谛之，曰："非主人也。"生曰："我狂生耿去病，主人之从子耳。"叟致敬曰："久仰山斗！"乃揖生入，便呼家人易馔，生止之。叟乃酌客。生曰："吾辈通家，座客无庸见避，还祈招饮。"叟呼："孝儿！"俄少年自外入。叟曰："此豚儿④也。"揖而坐，略审门阀。叟自言："义君姓胡。"生素豪，谈论风生，孝儿亦倜傥，倾吐间，雅相爱悦。生二十一，长孝儿二岁，因弟之。叟曰："闻君祖

---

① 太原：清代府名，治所在今山西省太原市。
② 凌夷：同"陵夷"。衰败，颓替；此处指家势衰落。
③ 及笄：古代女子一般十五岁结发插簪，以示成年。笄，音 jī。
④ 豚儿：旧时指人谦称己子为"豚儿"或"犬子"。

纂《涂山外传》①，知之乎？"答曰："知之。"叟曰："我涂山氏之苗裔也。唐以后，谱系犹能忆之；五代而上无传焉。幸公子一垂教也。"生略述涂山女佐禹之功②，粉饰多词，妙绪泉涌。叟大喜，谓子曰："今幸得闻所未闻。公子亦非他人，可请阿母及青凤来共听之，亦令知我祖德也。"孝儿入帏中③。少时媪偕女郎出，审顾之，弱态生娇，秋波流慧，人间无其丽也。叟指媪曰："此为老荆④。"又指女郎："此青凤，鄙人之犹女⑤也。颇慧，所闻见辄记不忘，故唤令听之。"生谈竟而饮，瞻顾女郎，停睇不转。女觉之，俯其首。生隐蹑莲钩，女急敛足，亦无愠怒。生神志飞扬，不能自主，拍案曰："得妇如此，南面王不易也！"媪见生渐醉益狂，与女俱起，遽搴帏去。生失望，乃辞叟出。而心萦萦，不能忘情于青凤也。

至夜复往，则兰麝犹芳，而凝待终宵，寂无声咳。归与妻谋，欲携家而居之，冀得一遇。妻不从。生乃自往，读于楼下。夜方凭几，一鬼披发入，面黑如漆，张目视生。生笑，拈指研墨自涂，灼灼然相与对视，鬼惭而去。次夜，更既深，灭烛欲寝，闻楼后发扃，辟之閛然⑥。急起窥觇，则扉半启。俄闻履声细碎，有烛光自房中出。视之，则青凤也。骤见生，骇而却退，遽阖双扉。生长跽而致词曰："小生不避险恶，实以卿故。幸无他人，得一握手为笑，死不憾耳。"女遥语曰："惓惓深情，妾岂不知？但吾叔闺训严谨，不敢奉命。"生固哀之，曰："亦不敢望肌肤之亲，但一见颜色足矣。"女似

① 《涂山外传》：狐叟杜撰的书名。涂山，指涂山氏，禹之妻。

② 涂山女佐禹之功：夏禹娶涂山氏后第四天便去治水，无暇顾家。夏启生后，"涂山独明教训，启化其德，卒致令名……能继禹之道"。

③ 帏中：指闺房。帏，设于内室的帐幔。

④ 老荆：老妻。一般称拙荆。荆，谓荆钗布裙。

⑤ 犹女：侄女。

⑥ 辟之閛然：砰的一声，门被推开了。閛，这里形容门扇的撞击声，音 pēng。

肯可，启关出，捉其臂而曳之。生狂喜，相将[1]入楼下，拥而加诸膝。女曰："幸有夙分，过此一夕，即相思无益矣。"问："何故？"曰："阿叔畏君狂，故化厉鬼以相吓，而君不动也。今已卜居他所，一家皆移什物赴新居，而妾留守，明日即发矣。"言已欲去，云："恐叔归。"生强止之，欲与为欢。方持论间，叟掩入。女羞惧无以自容，俯首倚床，拈带不语。叟怒曰："贱辈辱我门户！不速去，鞭挞且从其后！"女低头急去，叟亦出。生尾而听之，诃诟万端，闻青凤嘤嘤啜泣。生心意如割，大声曰："罪在小生，与青凤何与！倘宥青凤，刀锯铁钺[2]，愿身受之！"良久寂然，乃归寝。自此第内绝不复声息矣。生叔闻而奇之，愿售以居，不较直。生喜，携家口而迁焉。居逾年，甚适，而未尝须臾忘青凤也。

会清明上墓归，见小狐二，为犬逼逐。其一投荒窜去；一则皇急道上，望见生，依依哀啼，蹑耳辑首，似乞其援。生怜之，启裳衿提抱以归。闭门，置床上，则青凤也。大喜，慰问。女曰："适与婢子戏，遭此大厄。脱非郎君，必葬犬腹。望无以非类见憎。"生曰："日切怀思，系于魂梦。见卿如得异宝，何憎之云！"女曰："此天数也，不因颠覆，何得相从？然幸矣，婢子必言妾已死，可与君坚永约耳。"生喜，另舍居之。

积二年余，生方夜读，孝儿忽入。生辍读，讶诘所来，孝儿伏地怆然曰："家君有横难，非君莫救。将自诣恳，恐不见纳，故以某来。"问："何事？"曰："公子识莫三郎否？"曰："此吾年家子也。"孝儿曰："明日将过，倘携有猎狐，望君留之也。"生曰："楼下之羞，耿耿在念，他事不敢预闻。必欲仆效绵薄，非青凤来不可！"孝儿零涕曰："凤妹已野死三年矣。"

---

① 相将：携手。

② 铁钺：音 fū yuè，斫刀和大斧。

生拂衣曰："既尔，则恨滋深耳！"执卷高吟，殊不顾瞻。孝儿起，哭失声，掩面而去。生如青凤所，告以故。女失色曰："果救之否？"曰："救则救之。适不之诺者，亦聊以报前横①耳。"女乃喜曰："妾少孤，依叔成立。昔虽获罪，乃家范应尔。"生曰："诚然，但使人不能无介介②耳。卿果死，定不相援。"女笑曰："忍哉！"次日，莫三郎果至，镂膺虎韔，仆从甚赫。生门逆之③。见获禽甚多，中一黑狐，血殷毛革。抚之皮肉犹温。便托裘敝，乞得缀补。莫慨然解赠，生即付青凤，乃与客饮。客既去，女抱狐于怀，三日而苏，展转复化为叟。举目见凤，疑非人间。女历言其情。叟乃下拜，惭谢前愆④，喜顾女曰："我固谓汝不死，今果然矣。"女谓生曰："君如念妾，还祈以楼宅相假，使妾得以申返哺之私⑤。"生诺之。叟赧然谢别而去，入夜果举家来，由此如家人父子，无复猜忌矣。生斋居，孝儿时共谈宴。生嫡出子渐长，遂使傅之⑥，盖循循善教，有师范焉。

---

① 报前横：报复胡叟从前的粗暴干涉。

② 介介：犹言耿耿，意思是耿耿于怀，不能忘却。

③ 门逆之：到大门外迎接客人；表示殷勤尽礼。逆，迎。

④ 惭谢前愆：面色羞惭地对往日过失表示歉意。谢，告罪，道歉。愆，过失，音 qiān。

⑤ 申返哺之私：表达对长辈的孝心。私，私衷，指孝心。

⑥ 傅之：做孩子的老师。

画皮

　　太原王生，早行，遇一女郎，抱襆独奔[①]，甚艰于步，急走趁之，乃二八姝丽[②]。心相爱乐，问："何夙夜[③]踽踽独行？"女曰："行道之人，不能解愁忧，何劳相问。"生曰："卿何愁忧？或可效力，不辞也。"女黯然曰："父母贪赂，鬻妾朱门。嫡妒甚，朝詈而夕楚辱之，所弗堪也，将远遁耳。"问："何之？"曰："在亡[④]之人，乌有定所。"生言："敝庐不远，即烦枉顾。"女喜从之。生代携襆物，导与同归。女顾室无人，问："君何无家口？"答云："斋耳。"女曰："此所良佳。如怜妾而活之，须秘密勿泄。"生诺之。乃与寝合。使匿密室，过数日而人不知也。生微告妻。妻陈，疑为大家媵妾，劝遣之，生不听。偶适市，遇一道士，顾生而愕。问："何所遇？"答言："无之。"道士曰："君身邪气萦绕，何言无？"生又力白。道士乃去，曰："惑哉！世固有死将临而不悟者！"生以其言异，颇疑女。转思明明丽人，何至为妖，意道士借魇禳[⑤]以猎食者。无何，至斋门，门内杜不得入，心疑所作，乃逾垝垣，则室门已闭。蹑足而窗窥之，见一狞鬼，面翠色，齿巉巉如锯，铺人皮于榻上，执彩笔而绘之。已而掷笔，举皮如振衣状，披于身，遂化为女子。睹此状，大惧，兽伏而出。急追道士，不知所往。遍迹

---

①　抱襆独奔：怀抱包袱，独自赶路。襆，同"袱"，包袱。奔，急行，赶路。

②　二八姝丽：十六岁上下的美女。姝，美女。

③　夙夜：早夜，天色未明。

④　在亡：处于逃亡境地。

⑤　魇禳：镇压邪祟叫魇，驱除灾变叫禳，均属道教法术，音 yǎn ráng。

之，遇于野，长跪求救，请遣除之。道士曰："此物亦良苦，甫能觅代者，予亦不忍伤其生。"乃以蝇拂①授生，令挂寝门。临别约会于青帝庙。生归，不敢入斋，乃寝内室，悬拂焉。一更许，闻门外戢戢有声，自不敢窥，使妻窥之。但见女子来，望拂子不敢进，立而切齿，良久乃去。少时复来，骂曰："道士吓我，终不然，宁入口而吐之耶！"取拂碎之，坏寝门而入，径登生床，裂生腹，掬生心而去。妻号。婢入烛之，生已死，腔血狼藉②。陈骇涕不敢声。

明日使弟二郎奔告道士。道士怒曰："我固怜之，鬼子乃敢尔！"即从生弟来。女子已失所在。既而仰首四望，曰："幸遁未远。"问："南院谁家？"二郎曰："小生所舍也。"道士曰："现在君所。"二郎愕然，以为未有。道士问曰："曾否有不识者一人来？"答曰："仆早赴青帝庙，良不知，当归问之。"去少顷而返，曰："果有之，晨间一妪来，欲佣为仆家操作，室人止之③，尚在也。"道士曰："即是物矣。"遂与俱往。仗木剑立庭心，呼曰："孽鬼！偿我拂子来！"妪在室，惶遽无色，出门欲遁，道士逐击之。妪仆，人皮划然而脱，化为厉鬼，卧嗥如猪。道士以木剑枭其首④。身变作浓烟，匝地作堆。道士出一葫芦，拔其塞，置烟中，飗飗然如口吸气，瞬息烟尽。道士塞口入囊。共视人皮，眉目手足，无不备具。道士卷之，如卷画轴声，亦囊之，乃别欲去。

陈氏拜迎于门，哭求回生之法。道士谢不能⑤。陈益悲，伏地不起。道

---

① 蝇拂：又名拂尘，用马尾之类制成的拂子，用以驱蝇，旧时道士常手持之。

② 狼藉：此指血迹模糊。

③ 室人止之：我的妻子把她留下了。室人，妻。止，留。

④ 枭其首：砍下他的头。古代斩人首悬于高杆，借以警众，叫枭首。

⑤ 谢不能：推辞无能为力。谢，推辞。

士沉思曰："我术浅，诚不能起死。我指一人或能之。"问："何人？"曰："市上有疯者，时卧粪土中，试叩而哀之。倘狂辱夫人，夫人勿怒也。"二郎亦习知之，乃别道士，与嫂俱往。见乞人颠歌道上，鼻涕三尺，秽不可近。陈膝行而前。乞人笑曰："佳人爱我乎？"陈告以故。又大笑曰："人尽夫也，活之何为！"陈固哀之。乃曰："异哉！人死而乞活于我，我阎罗耶？"怒以杖击陈，陈忍痛受之。市人渐集如堵。乞人咯痰唾盈把，举向陈吻曰："食之！"陈红涨于面，有难色；既思道士之嘱，遂强啖焉。觉入喉中，硬如团絮，格格而下，停结胸间。乞人大笑曰："佳人爱我哉！"遂起，行已不顾。尾之，入于庙中。追而求之，不知所在，前后冥搜，殊无端兆，惭恨而归。既悼夫亡之惨，又悔食唾之羞，俯仰哀啼，但愿即死。方欲展血敛尸[1]，家人伫望，无敢近者。陈抱尸收肠，且理且哭。哭极声嘶，顿欲呕，觉鬲中[2]结物，突奔而出，不及回首，已落腔中。惊而视之，乃人心也，在腔中突突犹跃，热气腾蒸如烟然。大异之。急以两手合腔，极力抱挤。少懈，则气氤氲自缝中出，乃裂缯帛急束之。以手抚尸，渐温，覆以衾裯。中夜启视，有鼻息矣。天明竟活。为言："恍惚若梦，但觉隐痛耳。"视破处，痂结如钱，寻愈。

异史氏曰："愚哉世人！明明妖也，而以为美。迷哉愚人！明明忠也，而以为妄。然爱人之色而渔[3]之，妻亦将食人之唾而甘之矣。天道好还，但愚而迷者不悟耳。哀哉！"

---

① 展血敛尸：擦去血污，收尸入棺。展，展抹，拂拭。
② 鬲中：胸腹之间。鬲，通"膈"，胸腔腹腔之间的膈膜。
③ 渔：贪取；这里指渔色，即贪婪地追求和占有女色。

陆判

　　陵阳①朱尔旦，字小明，性豪放，然素钝，学虽笃，尚未知名。一日文社②众饮，或戏之云："君有豪名，能深夜负十王殿左廊下判官③来。众当酿④作筵。"盖陵阳有十王殿⑤，神鬼皆以木雕，妆饰如生。东庑⑥有立判，绿面赤须，貌尤狞恶。或夜闻两廊下拷讯声，入者毛皆森竖，故众以此难朱。朱笑起，径去。居无何，门外大呼曰："我请髯宗师至矣！"众起。俄负判入，置几上，奉觞酹⑦之三。众睹之，瑟缩不安于坐，仍请负去。朱又把酒灌地，祝曰："门生狂率不文，大宗师谅不为怪。荒舍匪遥，合乘兴来觅饮，幸勿为畛畦⑧。"乃负之去。次日众果招饮，抵暮半醉而归，兴未阑，挑灯独酌。

　　忽有人搴帘入，视之，则判官也。起曰："噫，吾殆将死矣！前夕冒渎，今来加斧锧耶？"判启浓髯微笑曰："非也。昨蒙高义相订，夜偶暇，敬践达人之约。"朱大悦，牵衣促坐，自起涤器爇火。判曰："天道温和，可以冷饮。"朱如命，置瓶案上，奔告家人治肴果。妻闻大骇，戒勿出。朱不听，立俟治具以出。易盏交酬，始询姓氏。曰："我陆姓，无名字。"与谈典故，

----

① 陵阳：旧县名。今为陵阳镇，属安徽省青阳县。
② 文社：科举时代，秀才们讲学作文的结社。
③ 判官：官名。此指迷信传说中为阎王掌簿册的佐吏。
④ 酿：凑钱饮酒，音 jù。
⑤ 十王殿：庙宇名。十王，中国佛教所传十个主管地狱的阎王之总称，也称"十殿阎君"，略称"十王"，后道教也沿用此称。
⑥ 东庑：即东廊。庑，音 wǔ，殿堂下周围的走廊或廊屋。此指廊屋。
⑦ 酹：以酒浇地，祭祀鬼神。音 lèi。
⑧ 勿为畛畦：不要为人鬼异域所限。畛畦，音 zhěn qí，田间小路，引申为界限、隔阂。

应答如响。问："知制艺否？"曰："妍媸亦颇辨之。阴司诵读，与阳世亦略同。"陆豪饮，一举十觥。朱因竟日饮，遂不觉玉山倾颓[1]，伏几醺睡。比醒，则残烛昏黄，鬼客已去。自是三两日辄一来，情益洽，时抵足卧。朱献窗稿，陆辄红勒[2]之，都言不佳。一夜朱醉先寝，陆犹自酌。忽醉梦中，脏腹微痛。醒而视之，则陆危坐床前，破腔出肠胃，条条整理。愕曰："夙无仇怨，何以见杀？"陆笑云："勿惧！我与君易慧心耳。"从容纳肠已，复合之，末以裹足布束朱腰。作用毕，视榻上亦无血迹，腹间觉少麻木。见陆置肉块几上，问之。曰："此君心也。作文不快，知君之毛窍塞耳。适在冥间，于千万心中，拣得佳者一枚，为君易之，留此以补缺数。"乃起，掩扉去。天明解视，则创缝已合，有线而赤者存焉。自是文思大进，过眼不忘。数日又出文示陆，陆曰："可矣。但君福薄，不能大显贵，乡、科而已。"问："何时？"曰："今岁必魁。"未几，科试冠军，秋闱果中经元。同社中诸生素揶揄之，及见闱墨[3]，相视而惊，细询始知其异。共求朱先容，愿纳交陆。陆诺之。众大设以待之。更初陆至，赤髯生动，目炯炯如电。众茫乎无色，齿欲相击，渐引去。

朱乃携陆归饮，既醺，朱曰："湔肠伐胃[4]，受赐已多。尚有一事相烦，不知可否？"陆便请命。朱曰："心肠可易，面目想亦可更。山荆，予结发人[5]，下体颇亦不恶，但面目不甚佳丽。欲烦君刀斧，如何？"陆笑曰："诺！容徐以图之。"过数日，半夜来叩门。朱急起延入，烛之，见襟裹一

---

① 玉山倾颓：形容酒醉。玉山，形容体态、仪表美好。
② 红勒：用朱笔删削、批改。
③ 闱墨：清代于每届乡试、会试之后，由主考官选取中式试卷，编辑成书，叫作"闱墨"。
④ 湔肠伐胃：洗肠剖胃。湔，音 jiān。
⑤ 结发人：原配妻子。

物。诘之，曰："君曩所嘱，向艰物色。适得美人首，敬报君命。"朱拨视，颈血犹湿。陆力促急入，勿惊禽犬。朱虑门户夜扃。陆至，以手推扉，扉自开。引至卧室，见夫人侧身眠。陆以头授朱抱之，自于靴中出白刃如匕首，按夫人项，着力如切腐状，迎刃而解，首落枕畔。急于朱怀取美人首合项上，详审端正，而后按捺。已而移枕塞肩际，命朱瘗首静所，乃去。朱妻醒，觉颈间微麻，面颊甲错①，搓之得血片。甚骇，呼婢汲盥。婢见面血狼藉，惊绝，濯之，盆水尽赤。举首则面目全非，又骇极。夫人引镜自照，错愕不能自解，朱入告之。因反覆细视，则长眉掩鬓，笑靥承颧②，画中人也。解领验之，有红线一周，上下肉色，判然而异。

先是，吴侍御有女甚美，未嫁而丧二夫，故十九犹未醮③也。上元游十王殿时，游人甚杂，内有无赖贼窥而艳之，遂阴访居里，乘夜梯入，穴寝门，杀一婢于床下，逼女与淫，女力拒声喊，贼怒而杀之。吴夫人微闻闹声，叫婢往视，见尸骇绝。举家尽起，停尸堂上，置首项侧，一门啼号，纷腾终夜。诘旦启衾，则身在而失其首。遍挞诸婢，谓所守不坚，致葬犬腹。侍御告郡，郡严限捕贼，三月而罪人弗得。渐有以朱家换头之异闻吴公者。吴疑之，遣媪探诸其家。入见夫人，骇走以告吴公。公视女尸故存，惊疑无以自决。猜朱以左道杀女，往诘朱。朱曰："室人梦易其首，实不解其何故，谓仆杀之则冤也。"吴不信，讼之。收家人鞫之，一如主言，郡守不能决。朱归，求计于陆。陆曰："不难，当使伊女自言之。"吴夜梦女曰："儿为苏溪杨大年所杀，无与朱孝廉。彼不艳其妻，陆判官取儿首与之易之，是儿身死而头生也。愿勿相仇。"醒告夫人，所梦同。乃言于官。问之，果有杨大

---

① 甲错：鳞甲错杂。此指面颊血污结痂，像鱼鳞似的。

② 笑靥承颧：女子笑时口旁现出两个酒窝。

③ 醮：古时婚礼中的一种仪节，此指女子嫁人。音 jiào。

年。执而械之，遂伏其罪。吴乃诣朱，请见夫人，由此为翁婿。乃以朱妻首合女尸而葬焉。

朱三入礼闱，皆以场规被放，于是灰心仕进。积三十年，一夕，陆告曰："君寿不永矣。"问其期，对以五日。"能相救否？"曰："惟天所命，人何能私？且自达人观之，生死一耳，何必生之为乐，死之为悲？"朱以为然，即制衣衾棺椁。既竟，盛服而没。翌日夫人方扶柩哭，朱忽冉冉自外至。夫人惧。朱曰："我诚鬼，不异生时。虑尔寡母孤儿，殊恋恋耳。"夫人大恸，涕垂膺，朱依依慰解之。夫人曰："古有还魂之说，君既有灵，何不再生？"朱曰："天数不可违也。"问："在阴司作何务？"曰："陆判荐我督案务，受有官爵，亦无所苦。"夫人欲再语，朱曰："陆判与我同来，可设酒馔。"趋而出。夫人依言营备。但闻室中笑语，亮气高声，宛若生前。半夜窥之，窅然已逝。

自是三数日辄一来，时而留宿缱绻，家中事就便经纪。子玮方五岁，来辄捉抱，至七八岁，则灯下教读。子亦慧，九岁能文，十五入邑庠，竟不知无父也。从此来渐疏，日月至焉而已。又一夕来谓夫人曰："今与卿永诀矣。"问："何往？"曰："承帝命为太华卿[1]，行将远赴，事烦途隔，故不能来。"母子持之哭，曰："勿尔！儿已成立，家计尚可存活，岂有百岁不拆之鸾凤耶！"顾子曰："好为人，勿堕父业。十年后一相见耳。"径出门去，于是遂绝。

后玮二十五举进士，官行人[2]。奉命祭西岳，道经华阴[3]，忽有舆从羽葆

---

① 太华卿：华山山神。太华，即西岳华山，在今陕西华阴县南。因其西有少华山，故又称"太华"。

② 行人：官名。专职捧节、奉使之事的官员，一般是正八品，多以进士充任。

③ 华阴：县名。今属陕西省。

驰冲卤簿①。讶之。审视车中人，其父也，下车哭伏道左。父停舆曰："官声好，我瞑目矣。"玮伏不起。朱促舆行，火驰不顾。去数步回望，解佩刀遣人持赠。遥语曰："佩之则贵。"玮欲追从，见舆马人从，飘忽若风，瞬息不见。痛恨良久。抽刀视之，制极精工，镌字一行，曰："胆欲大而心欲小，智欲圆而行欲方。"玮后官至司马②。生五子，曰沉，曰潜，曰沕，曰浑，曰深。一夕梦父曰："佩刀宜赠浑也。"从之。浑仕为总宪③，有政声。

异史氏曰："断鹤续凫，矫作者妄。移花接木，创始者奇。而况加凿削于心肝，施刀锥于颈项者哉？陆公者，可谓媸皮裹妍骨④矣。明季至今，为岁不远，陵阳陆公犹存乎？尚有灵焉否也？为之执鞭，所忻慕焉。"

---

① 卤簿：官员出行的仪仗队。这里指朱玮的仪仗。
② 司马：官名。古代为管领军队的高级官员的称谓。
③ 总宪：明、清为都察院左都御史的别称。
④ 媸皮裹妍骨：相貌丑陋而内心美好。媸，音 chī，丑陋。媸皮，丑陋的相貌。妍，美。

婴宁

　　王子服，莒①之罗店人，早孤，绝慧，十四入泮②。母最爱之，寻常不令游郊野。聘萧氏，未嫁而夭，故求凰未就也。

　　会上元③，有舅氏子吴生邀同眺瞩④，方至村外，舅家仆来招吴去。生见游女如云，乘兴独游。有女郎携婢，拈梅花一枝，容华绝代，笑容可掬。生注目不移，竟忘顾忌。女过去数武，顾婢子笑曰："个儿郎⑤目灼灼似贼！"遗花地上，笑语自去。生拾花怅然，神魂丧失，怏怏遂返。至家，藏花枕底，垂头而睡，不语亦不食。母忧之，醮禳⑥益剧，肌革锐减。医师诊视，投剂发表，忽忽若迷。母抚问所由⑦，默然不答。适吴生来，嘱秘诘之。吴至榻前，生见之泪下，吴就榻慰解，渐致研诘，生具吐其实，且求谋画。吴笑曰："君意亦痴！此愿有何难遂？当代访之。徒步于野，必非世家，如其未字，事固谐矣，不然，拼以重赂，计必允遂。但得痊瘳，成事在我。"生闻之，不觉解颐。吴出告母，物色女子居里。而探访既穷，并无踪迹。母大忧，无所为计。然自吴去后，颜顿开，食亦略进。数日吴复来，生问所谋。吴绐之曰："已得之矣。我以为谁何人，乃我姑之女，即君姨妹，今尚待聘。

---

①　莒：古国名，后置为州县，在今山东省莒县一带。

②　入泮：入县学为生员。

③　上元：上元节，农历正月十五。

④　眺瞩：居高望远。此指观赏景物。

⑤　个儿郎：这个小伙子。个，这个。儿郎，指青年男子。

⑥　醮禳：祈祷消灾。醮，祭神。禳，消除灾祸。音 jiào ráng。

⑦　抚问所由：爱抚地问其得病的原因。

虽内戚有婚姻之嫌，实告之，无不谐者。"生喜溢眉宇，问："居何里？"吴诡曰："西南山中，去此可三十余里。"生又嘱再四，吴锐身自任而去。

生由是饮食渐加，日就平复。探视枕底，花虽枯，未便雕落，凝思把玩，如见其人。怪吴不至，折柬招之，吴支托不肯赴招。生恚怒，悒悒不欢。母虑其复病，急为议姻，略与商榷，辄摇首不愿，惟日盼吴。吴迄无耗，益怨恨之。转思三十里非遥，何必仰息他人？怀梅袖中，负气自往，而家人不知也。伶仃独步，无可问程，但望南山行去。约三十余里，乱山合沓①，空翠爽肌、寂无人行，止有鸟道。遥望谷底，丛花乱树中，隐隐有小里落。下山入村，见舍宇无多，皆茅屋，而意甚修雅。北向一家，门前皆丝柳，墙内桃杏尤繁，间以修竹，野鸟格磔②其中。意其园亭，不敢遽入。回顾对户，有巨石滑洁，因坐少憩。俄闻墙内有女子长呼："小荣！"其声娇细。方伫听间，一女郎由东而西，执杏花一朵，俯首自簪；举头见生，遂不复簪，含笑拈花而入。审视之，即上元途中所遇也。心骤喜，但念无以阶进。欲呼姨氏，顾从无还往，惧有讹误。门内无人可问，坐卧徘徊，自朝至于日昃③，盈盈望断，并忘饥渴。时见女子露半面来窥，似讶其不去者。忽一老媪扶杖出，顾生曰："何处郎君，闻自辰刻来，以至于今。意将何为？得勿饥也？"生急起揖之，答云："将以盼亲。"媪聋聩不闻。又大言之。乃问："贵戚何姓？"生不能答。媪笑曰："奇哉！姓名尚自不知，何亲可探？我视郎君亦书痴耳。不如从我来，啖以粗粝，家有短榻可卧。待明朝归，询知姓氏，再来探访，不晚也。"生方腹馁思啖，又从此渐近丽人，大喜。从媪入，见门内白石砌路，夹道红花片片坠阶上，曲折而西，又启一关，豆棚

---

① 合沓：重叠。

② 格磔：鸟鸣声。磔，音 zhé。

③ 日昃：太阳偏西。昃，音 zè。

花架满庭中。肃客入舍，粉壁光如明镜，窗外海棠枝朵，探入室中，裀藉几榻，罔不洁泽。甫坐，即有人自窗外隐约相窥。媪唤："小荣！可速作黍。"外有婢子嗷声而应。坐次，具展宗阀。媪曰："郎君外祖，莫姓吴否？"曰："然。"媪惊曰："是吾甥也！尊堂，我妹子。年来以家婆贫，又无三尺之男，遂至音问梗塞。甥长成如许，尚不相识。"生曰："此来即为姨也，匆遽遂忘姓氏。"媪曰："老身秦姓，并无诞育，弱息①亦为庶产。渠母改醮②，遗我鞠养。颇亦不钝，但少教训，嬉不知愁。少顷，使来拜识。"未几婢子具饭，雏尾盈握。媪劝餐已，婢来敛具。媪曰："唤宁姑来。"婢应去。良久，闻户外隐有笑声。媪又唤曰："婴宁，汝姨兄在此。"户外嗤嗤笑不已。婢推之以入，犹掩其口，笑不可遏。媪瞋目曰："有客在，咤咤叱叱，是何景象？"女忍笑而立，生揖之。媪曰："此王郎，汝姨子。一家尚不相识，可笑人也。"生问："妹子年几何矣？"媪未能解；生又言之。女复笑，不可仰视。媪谓生曰："我言少教诲，此可见矣。年已十六，呆痴如婴儿。"生曰："小于甥一岁。"曰："阿甥已十七矣，得非庚午属马者耶？"生首应之。又问："甥妇阿谁？"答曰："无之。"曰："如甥才貌，何十七岁犹未聘？婴宁亦无姑家，极相匹敌。惜有内亲之嫌。"生无语，目注婴宁，不遑他瞬。婢向女小语云："目灼灼贼腔未改！"女又大笑，顾婢曰："视碧桃开未？"遽起，以袖掩口，细碎连步而出。至门外，笑声始纵。媪亦起，唤婢襆被，为生安置。曰："阿甥来不易，宜留三五日，迟迟送汝归。如嫌幽闷，舍后有小园，可供消遣；有书可读。"次日至舍后，果有园半亩，细草铺毡，杨花

---

① 弱息：本指幼弱的子女，后多指女儿。

② 改醮：改嫁。

糁径①。有草舍三楹，花木四合其所。穿花小步，闻树头苏苏有声，仰视，则婴宁在上，见生来，狂笑欲堕。生曰："勿尔，堕矣！"女且下且笑，不能自止。方将及地，失手而堕，笑乃止。生扶之，阴捘其腕。女笑又作，倚树不能行，良久乃罢。生俟其笑歇，乃出袖中花示之。女接之，曰："枯矣！何留之？"曰："此上元妹子所遗，故存之。"问："存之何益？"曰："以示相爱不忘。自上元相遇，凝思成病，自分化为异物②；不图得见颜色，幸垂怜悯。"女曰："此大细事，至戚何所靳惜③？待郎行时，园中花，当唤老奴来，折一巨捆负送之。"生曰："妹子痴耶？"女曰："何便是痴？"生曰："我非爱花，爱拈花之人耳。"女曰："葭莩之情④，爱何待言。"生曰："我所为爱，非瓜葛⑤之爱，乃夫妻之爱。"女曰："有以异乎？"曰："夜共枕席耳。"女俯首思良久，曰："我不惯与生人睡。"语未已，婢潜至，生惶恐遁去。少时会母所，母问："何往？"女答以园中共话。媪曰："饭熟已久，有何长言，周遮⑥乃尔。"女曰："大哥欲我共寝。"言未已，生大窘，急目瞪之。女微笑而止。幸媪不闻，犹絮絮究诘。生急以他词掩之，因小语责女。女曰："适此语不应说耶？"生曰："此背人语。"女曰："背他人，岂得背老母？且寝处亦常事，何讳之？"生恨其痴，无术可悟之。

食方竟，家人捉双卫⑦来寻生。先是，母待生久不归，始疑。村中搜觅

---

① 杨花糁径：杨花粉粒，星星点点散落在小路上。糁，音sǎn，碎米屑，泛指散乱的粒状细物。

② 化为异物：指人死亡。

③ 靳惜：吝惜。

④ 葭莩之情：亲戚情谊。葭莩，音jiā fú，芦苇内壁的薄膜，喻指疏远的亲戚，亦泛指亲戚。

⑤ 瓜葛：指亲戚。

⑥ 周遮：言语烦琐。

⑦ 捉双卫：牵着两头驴子。捉，牵。卫，驴的别称。

已遍，竟无踪兆，因往寻吴。吴忆曩言，因教于西南山村寻觅。凡历数村，始至于此。生出门，适相值，便入告媪，且请偕女同归。媪喜曰："我有志，匪伊朝夕。但残躯不能远涉，得甥携妹子去，识认阿姨，大好！"呼婴宁，宁笑至。媪曰："有何喜，笑辄不辍？若不笑，当为全人。"因怒之以目。乃曰："大哥欲同汝去，可便装束。"又饷家人酒食，始送之出，曰："姨家田产丰裕，能养冗人。到彼且勿归，小学诗礼，亦好事翁姑。即烦阿姨择一良匹与汝。"二人遂发。至山坳回顾，犹依稀见媪倚门北望也。

抵家，母睹姝丽，惊问为谁。生以姨妹对。母曰："前吴郎与儿言者，诈也。我未有姊，何以得甥？"问女，女曰："我非母出。父为秦氏，没时儿在襁中，不能记忆。"母曰："我一姊适秦氏良确。然姐谢^①已久，那得复存？"因审诘面庞、志赘，一一符合。又疑曰："是矣！然亡已多年，何得复存？"疑虑间，吴生至，女避入室。吴询得故，惝然久之，忽曰："此女名婴宁耶？"生然之。吴极称怪事。问所自知，吴曰："秦家姑去世后，姑丈鳏居^②，祟于狐，病瘵死。狐生女名婴宁，绷卧床上，家人皆见之。姑丈没，狐犹时来。后求天师符粘壁上，狐遂携女去。将勿此耶？"彼此疑参，但闻室中嗤嗤，皆婴宁笑声。母曰："此女亦太憨。"吴生请面之。母入室，女犹浓笑不顾。母促令出，始极力忍笑，又面壁移时方出。才一展拜，翻然遽入，放声大笑。满室妇女，为之粲然。

吴请往觇其异，就便执柯^③。寻至村所，庐舍全无，山花零落而已。吴忆葬处仿佛不远，然坟垄湮没，莫可辨识，诧叹而返。母疑其为鬼，入告吴言，女略无骇意。又吊其无家，亦殊无悲意，孜孜憨笑而已。众莫之测，母

---

① 姐谢：死亡。

② 鳏居：无妻独居。

③ 执柯：做媒。

令与少女同寝止，昧爽即来省问，操女红精巧绝伦。但善笑，禁之亦不可止。然笑处嫣然，狂而不损其媚，人皆乐之。邻女少妇，争承迎之。母择吉为之合卺，而终恐为鬼物，窃于日中窥之，形影殊无少异。

至日，使华装行新妇礼，女笑极不能俯仰，遂罢。生以其憨痴，恐泄漏房中隐事，而女殊密秘，不肯道一语。每值母忧怒，女至，一笑即解。奴婢小过，恐遭鞭楚，辄求诣母共话，罪婢投见，恒得免。而爱花成癖，物色遍戚党；窃典金钗，购佳种，数月，阶砌藩溷无非花者。庭后有木香一架，故邻西家，女每攀登其上，摘供簪玩①。母时遇见辄诃之，女卒不改。一日西人子见之，凝注倾倒。女不避而笑。西人子谓女意属己，心益荡。女指墙底笑而下，西人子谓示约处，大悦。及昏而往，女果在焉，就而淫之，则阴如锥刺，痛彻于心，大号而踣。细视非女，则一枯木卧墙边，所接乃水淋窍也。邻父闻声，急奔研问，呻而不言；妻来，始以实告。热火烛窍，见中有巨蝎如小蟹然，翁碎木，捉杀之。负子至家，半夜寻卒。邻人讼生，讦发婴宁妖异。邑宰素仰生才，稔知其笃行士，谓邻翁讼诬，将杖责之，生为乞免，遂释而出。母谓女曰："憨狂尔尔，早知过喜而伏忧也。邑令神明，幸不牵累。设鹘突官宰，必逮妇女质公堂，我儿何颜见戚里？"女正色，矢不复笑。母曰："人罔不笑，但须有时。"而女由是竟不复笑，虽故逗之亦终不笑，然竟日未尝有戚容。

一夕，对生零涕。异之。女哽咽曰："曩以相从日浅，言之恐致骇怪。今日察姑及郎，皆过爱无有异心，直告或无妨乎？妾本狐产。母临去，以妾托鬼母，相依十余年，始有今日。妾又无兄弟，所恃者惟君。老母岑寂山阿，无人怜而合厝之，九泉辄为悼恨。君倘不惜烦费，使地下人消此怨恫，

---

① 簪玩：妇女折花，或插戴在发髻之上，或插养于瓶中赏玩。

庶养女者不忍溺弃。"生诺之，然虑坟冢迷于荒草。女言无虑。刻日，夫妇舆榇①而往。女于荒烟错楚②中，指示墓处，果得媪尸，肤革犹存。女抚哭哀痛。异归，寻秦氏墓合葬焉。是夜生梦媪来称谢，寤而述之。女曰："妾夜见之，嘱勿惊郎君耳。"生恨不邀留。女曰："彼鬼也。生人多，阳气胜，何能久居？"生问小荣，曰："是亦狐，最黠。狐母留以视妾，每摄饵相哺，故德之常不去心；昨问母，云已嫁之。"由是岁值寒食，夫妇登秦墓，拜扫无缺。女逾年生一子，在怀抱中，不畏生人，见人辄笑，亦大有母风云。

异史氏曰："观其孜孜憨笑，似全无心肝者。而墙下恶作剧，其黠孰甚焉！至凄恋鬼母，反笑为哭，我婴宁何常憨耶。窃闻山中有草，名'笑矣乎'，嗅之则笑不可止。房中植此一种，则合欢、忘忧，并无颜色矣。若解语花，正嫌其作态耳。"

---

① 舆榇：以车载棺。榇，棺材。
② 错楚：错杂的树丛。

聂小倩

　　宁采臣，浙人，性慷爽，廉隅①自重。每对人言："生平无二色。"适赴金华②，至北郭，解装兰若。寺中殿塔壮丽，然蓬蒿没③人，似绝行踪。东西僧舍，双扉虚掩，惟南一小舍，扃键如新。又顾殿东隅，修竹拱把，阶下有巨池，野藕已花。意甚乐其幽杳④。会学使案临⑤，城舍价昂，思便留止，遂散步以待僧归。日暮有士人来启南扉，宁趋为礼，且告以意。士人曰："此间无房主，仆亦侨居。能甘荒落，且暮惠教，幸甚！"宁喜，藉藁代床，支板作几，为久客计。是夜月明高洁，清光似水，二人促膝殿廊，各展姓字。士人自言燕姓，字赤霞。宁疑为赴试者，而听其音声，殊不类浙。诘之，自言秦⑥人，语甚朴诚。既而相对词竭，遂拱别归寝。

　　宁以新居，久不成寐。闻舍北喁喁⑦，如有家口。起，伏北壁石窗下微窥之，见短墙外一小院落，有妇可四十余；又一媪衣䚄绯，插蓬沓⑧，鲐背龙钟，偶语月下。妇曰："小倩何久不来？"媪曰："殆好至矣。"妇曰："将无向姥姥有怨言否？"曰："不闻，但意似蹙蹙。"妇曰："婢子不宜好相识。"

---

① 廉隅：棱角，喻品行端方。

② 金华：府名，府治在今浙江省金华县。

③ 没：遮蔽；淹没。音 mò。

④ 幽杳：清幽静寂。

⑤ 学使案临：科举时代，各省学使在三年任期内，依次巡行所辖各府考试生员，称"案临"。

⑥ 秦：指陕西。

⑦ 喁喁：低语声。音 yú yú。

⑧ 插蓬沓：簪插着大银栉。蓬沓，古时越地妇女的头饰。

言未已，有十七八女子来，仿佛艳绝。媪笑曰："背地不言人，我两个正谈道，小妖婢悄来无迹响，幸不訾着短处。"又曰："小娘子端好是画中人，遮莫老身是男子，也被摄魂去。"女曰："姥姥不相誉，更阿谁道好？"妇人女子又不知何言。宁意其邻人眷口，寝不复听；又许时始寂无声。

方将睡去，觉有人至寝所，急起审顾，则北院女子也。惊问之，女笑曰："月夜不寐，愿修燕好^①。"宁正容曰："卿防物议，我畏人言。略一失足，廉耻道丧。"女云："夜无知者。"宁又咄之。女逡巡若复有词。宁叱："速去！不然，当呼南舍生知。"女惧，乃退。至户外忽返，以黄金一锭置褥上。宁掇掷庭墀，曰："非义之物，污我囊橐！"女惭出，拾金自言曰："此汉当是铁石。"

诘旦，有兰溪生携一仆来候试，寓于东厢，至夜暴亡。足心有小孔，如锥刺者，细细有血出，俱莫知故。经宿仆一^②死，症亦如之。向晚燕生归，宁质之，燕以为魅。宁素抗直，颇不在意。宵分女子复至，谓宁曰："妾阅人多矣，未有刚肠如君者。君诚圣贤，妾不敢欺。小情，姓聂氏，十八夭殂，葬于寺侧，被妖物威胁，历役贱务，腆颜向人，实非所乐。今寺中无可杀者，恐当以夜叉来。"宁骇求计。女曰："与燕生同室可免。"问："何不惑燕生？"曰："彼奇人也，固不敢近。"又问："迷人若何？"曰："狎昵我者，隐以锥刺其足，彼即茫若迷，因摄血以供妖饮。又惑以金，非金也，乃罗刹鬼骨，留之能截取人心肝。二者，凡以投时好耳。"宁感谢，问戒备之期，答以明宵。临别泣曰："妾堕玄海^③，求岸不得。郎君义气干云，必能拔生救苦。倘肯囊妾朽骨，归葬安宅，不啻再造。"宁毅然诺之。因问葬处，

① 修燕好：结为夫妇。燕好，亲好，指夫妇闺房之乐。
② 一：疑作"亦"。
③ 玄海：佛家语，指苦海。

曰：“但记白杨之上，有乌巢者是也。”言已出门，纷然而灭。

明日恐燕他出，早诣邀致。辰后具酒馔，留意察燕。既约同宿，辞以性癖耽寂①。宁不听，强携卧具来，燕不得已，移榻从之，嘱曰：“仆知足下丈夫，倾风良切。要有微衷，难以遽白。幸勿翻窥箧襆，违之两俱不利。”宁谨受教。既各寝，燕以箱箧置窗上，就枕移时，齁如雷吼。宁不能寐。近一更许，窗外隐隐有人影。俄而近窗来窥，目光睒闪。宁惧，方欲呼燕，忽有物裂箧而出，耀若匹练，触折窗上石棂，飙然一射，即遽敛入，宛如电灭。燕觉而起，宁伪睡以觇之。燕捧箧检征，取一物，对月嗅视，白光晶莹，长可二寸，径韭叶许。已而数重包固，仍置破箧中。自语曰：“何物老魅，直尔大胆，致坏箧子。”遂复卧。宁大奇之，因起问之，且告以所见。燕曰：“既相知爱，何敢深隐。我剑客也。若非石棂，妖当立毙；虽然，亦伤。”问：“所缄何物？”曰：“剑也。适嗅之有妖气。”宁欲观之。慨出相示，荧荧然一小剑也。于是益厚重燕。

明日，视窗外有血迹。遂出寺北，见荒坟累累，果有白杨，乌巢其颠。迨营谋既就，趣装欲归。燕生设祖帐，情义殷渥，以破革囊赠宁，曰：“此剑袋也。宝藏可远魑魅。”宁欲从受其术。曰：“如君信义刚直，可以为此，然君犹富贵中人，非此道中人也。”宁托有妹葬此，发掘女骨，敛以衣衾，赁舟而归。宁斋临野，因营坟葬诸斋外，祭而祝曰：“怜卿孤魂，葬近蜗居，歌哭相闻，庶不见凌于雄鬼。一瓯浆水饮，殊不清旨，幸不为嫌！”祝毕而返，后有人呼曰：“缓待同行！”回顾，则小倩也。欢喜谢曰：“君信义，十死不足以报。请从归，拜识姑嫜，媵御无悔。”审谛之，肌映流霞，足翘细笋，白昼端相，娇丽尤绝。遂与俱至斋中。嘱坐少待，先入白母。母愕然。

---

① 耽寂：极爱静寂。

时宁妻久病，母戒勿言，恐所骇惊。言次，女已翩然入，拜伏地下。宁曰："此小倩也。"母惊顾不遑。女谓母曰："儿飘然一身，远父母兄弟。蒙公子露覆，泽被发肤，愿执箕帚，以报高义。"母见其绰约可爱，始敢与言，曰："小娘子惠顾吾儿，老身喜不可已。但生平止此儿，用承桃绪，不敢令有鬼偶。"女曰："儿实无二心。泉下人既不见信于老母，请以兄事，依高堂，奉晨昏，如何？"母怜其诚，允之。即欲拜嫂，母辞以疾，乃止。女即入厨下，代母尸饔。入房穿榻，似熟居者。

日暮母畏惧之，辞使归寝，不为设床褥。女窥知母意，即竟去。过斋欲入，却退，徘徊户外，似有所惧。生呼之。女曰："室有剑气畏人。向道途中不奉见者，良以此故。"宁悟为革囊，取悬他室。女乃入，就烛下坐；移时，殊不一语。久之，问："夜读否？妾少诵《楞严经》，今强半遗忘。浼求一卷，夜暇就兄正之。"宁诺。又坐，默然，二更向尽，不言去。宁促之。愀然曰："异域孤魂，殊怯荒墓。"宁曰："斋中别无床寝，且兄妹亦宜远嫌。"女起，蹙蹙欲啼，足俭儴而懒步，从容出门，涉阶而没。宁窃怜之，欲留宿别榻，又惧母嗔。女朝旦朝母，捧匜沃盥，下堂操作，无不曲承母志。黄昏告退，辄过斋头，就烛诵经。觉宁将寝，始惨然出。

先是，宁妻病废，母劬不堪；自得女，逸甚，心德之。日渐稔，亲爱如己出，竟忘其为鬼，不忍晚令去，留与同卧起。女初来未尝饮食，半年渐啜稀饨。母子皆溺爱之，讳言其鬼，人亦不知辨也。无何，宁妻亡，母隐有纳女意，然恐于子不利。女微知之，乘间告曰："居年余，当知肝膈。为不欲祸行人，故从郎君来。区区①无他意，止以公子光明磊落，为天人所钦瞩，实欲依赞三数年，借博封诰，以光泉壤。"母亦知无恶，但惧不能延宗嗣。

---

① 区区：自称的谦辞。

女曰：“子女惟天所授。郎君注福籍[1]，有亢宗子三，不以鬼妻而遂夺也。”母信之，与子议。宁喜，因列筵告戚党。或请觌新妇，女慨然华妆出，一堂尽眙，反不疑其鬼，疑为仙。由是五党诸内眷，咸执贽以贺，争拜识之。女善画兰、梅，辄以尺幅酬答，得者藏之什袭，以为荣。一日俯颈窗前，怊怅若失。忽问：“革囊何在？”曰：“以卿畏之，故缄致他所。”曰：“妾受生气已久，当不复畏，宜取挂床头。”宁诘其意，曰：“三日来，心怔忡无停息，意金华妖物，恨妾远遁，恐旦晚寻及也。”宁果携革囊来。女反复审视，曰：“此剑仙将盛人头者也。敝败至此，不知杀人几何许！妾今日视之，肌犹粟栗。”乃悬之。次日又命移悬户上。夜对烛坐，约宁勿寝。歘有一物，如飞鸟至。女惊匿夹幕[2]间。宁视之，物如夜叉状，电目血舌，睒闪攫拿而前，至门却步，逡巡久之，渐近革囊，以爪摘取，似将抓裂。囊忽格然一响，大可合篑[3]，恍惚有鬼物突出半身，揪夜叉入，声遂寂然，囊亦顿缩如故。宁骇诧，女亦出，大喜曰：“无恙矣！”共视囊中，清水数斗而已。

后数年，宁果登进士。女举一男。纳妾后，又各生一男，皆仕进有声。

---

① 注福籍：指命中有福。注，载入。福籍，传说中记载人间福禄的簿籍。

② 夹幕：帷幕。

③ 大可合篑：约有两个竹筐合起来那么大。篑，盛土的竹器，音 kuì。

凤阳士人

凤阳一士人[①]，负笈远游。谓其妻曰："半年当归。"十余月竟无耗问，妻翘盼綦切[②]。一夜才就枕，纱月摇影，离思萦怀，方反侧间，有一丽人，珠鬓绛帔[③]，搴帷而入，笑问："姊姊得无欲见郎君乎？"妻急起应之。丽人邀与共往，妻惮修阻，丽人但请无虑。即挽女手出，并踏月色，约行一矢之远。觉丽人行迅速，女步履艰涩，呼丽人少待，将归着复履。丽人牵坐路侧，自乃捉足，脱履相假。女喜着之，幸不凿枘。复起从行，健步如飞。

移时见士人跨白骡来，见妻大惊，急下骑，问："何往？"女曰："将以探君。"又顾问丽人伊谁[④]。女未及答，丽人掩口笑曰："且勿问讯。娘子奔波非易。郎君星驰夜半，人畜想当俱殆。妾家不远，且请息驾[⑤]，早旦而行，不晚也。"顾数武之外[⑥]，即有村落，遂同行。入一庭院，丽人促睡婢起供客，曰："今夜月色皎然，不必命烛，小台石榻可坐。"士人絷骞檐梧[⑦]，乃即坐。丽人曰："履大不适于体，途中颇累赘否？归有代步，乞赐还也。"女称谢付之。

---

① 凤阳：府名。治所在今安徽凤阳县西。士人：读书人。
② 翘盼綦切：十分殷切地盼望着。翘盼，形容盼望之切。翘，翘企，仰着头、踮起脚。綦，甚，极，音 qí。
③ 珠鬓绛帔：头戴珠翠，身着红色披肩。
④ 顾问：以目示意而问。伊谁：是谁。
⑤ 息驾：请别人停下休息的敬词。息，停止。驾，车乘。
⑥ 顾数武之外：见数步之外。顾，看。
⑦ 絷骞檐梧：把骡拴在檐前柱上。絷，拴系，音 zhí。

俄顷，设酒果，丽人酌曰："鸾凤久乖①，圆在今夕，浊醪一觞，敬以为贺。"士人亦执盏酬报。主客笑言，履舄交错②。士人注视丽者，屡以游词③相挑。夫妻乍聚，并不寒暄一语。丽人亦眉目流情，而妖言隐谜。女惟默坐，伪为愚者。久之渐醺，二人语益狎。又以巨觥劝客，士人以醉辞，劝之益苦。士人笑曰："卿为我度一曲，即当饮。"丽人不拒，即以牙杖抚提琴而歌曰："黄昏卸得残妆罢，窗外西风冷透纱。听蕉声，一阵一阵细雨下。何处与人闲磕牙？望穿秋水，不见还家，潸潸泪似麻。又是想他，又是恨他，手拿着红绣鞋儿占鬼卦④。"歌竟，笑曰："此市井之谣，有污君听。然因流俗所尚，姑效颦耳。"音声靡靡，风度狎亵，士人摇惑，若不自禁。少间，丽人伪醉离席，士人亦起，从之而去。久之不至。婢子乏疲，伏睡厢下。女独坐无侣，颇难自堪。思欲遁归，而夜色微茫，不忆道路。辗转无以自主，因起而觇之。甫近窗，则断云零雨之声，隐约可闻。又听之，闻良人与己素常猥亵之状，尽情倾吐。女至此手颤心摇，殆不可遏，念不如出门窜沟壑以死。愤然方行，忽见弟三郎乘马而至，遽便下问。女具以告。三郎大怒，立与姊回，直入其家，则室门扃闭，枕上之语犹喁喁也。三郎举巨石抛击窗棂，三五碎断。内大呼曰："郎君脑破矣！奈何！"女闻之大哭，谓弟曰："我不谋与汝杀郎君，今且若何？"三郎撑目曰："汝呜呜促我来；甫能消此胸中恶，又护男儿、怒弟兄，我不惯与婢子供指使！"返身欲去。女牵衣曰："汝不携我去，将何之？"三郎挥姊仆地，脱体而去。女顿惊寤，始知其梦。越日，士人果归，乘白骡。女异之而未言。士人是夜亦梦，所见所

---

① 鸾凤久乖：谓夫妻久离。鸾凤，鸾鸟和凤凰，旧时喻指夫妻。乖，离。
② 履舄交错：鞋子杂乱地放在一起，形容宾客众多。舄，音 xì，鞋。
③ 游词：浮浪嬉戏的话。
④ 占鬼卦：闺中少妇思夫盼归的占卜游戏。

遭，述之悉符，互相骇怪。既而三郎闻姊夫自远归，亦来省问。语次，问士人曰："昨宵梦君，今果然，亦大异。"士人笑曰："幸不为巨石所毙。"三郎愕然问故，士以梦告。三郎大异之。盖是夜，三郎亦梦遇姊泣诉，愤激投石也。三梦相符，但不知丽人何许耳。

胡四姐

尚生泰山①人，独居清斋。会值秋夜，银河高耿。明月在天，徘徊花阴，颇存遐想。忽一女子逾垣来，笑曰："秀才何思之深？"生就视，容华若仙。惊喜拥入，穷极狎昵。自言胡氏，名三姐。问其居第，但笑不言。生亦不复置问，惟相期永好而已。自此临无虚夕。一夜与生促膝灯幕，生爱之，瞩盼不转②。女笑曰："眈眈视妾何为？"曰："我视卿如红药碧桃③，虽竟夜视勿厌也。"三姐曰："妾陋质，遂蒙青盼④如此，若见吾家四妹，不知如何颠倒。"生益倾动，恨不一见颜色，长跽哀请。

逾夕果偕四姐来。年方及笄，荷粉露垂，杏花烟润，嫣然含笑，媚丽欲绝。生狂喜，引坐。三姐与生同笑语，四姐惟手引绣带，俯首而已。未几三姐起别，妹欲从行，生曳之不释，顾三姐曰："卿卿⑤烦一致声。"三姐乃笑曰："狂郎情急矣！妹子一为少留。"四姐无语，姊遂去。二人备尽欢好，既而引臂替枕，倾吐生平，无复隐讳。四姐自言为狐，生依恋其美，亦不之怪。四姐因言："阿姊狠毒，业杀三人矣，惑之无不毙者。妾幸承溺爱，不忍见灭亡，当早绝之。"生惧，求所以处。四姐曰："妾虽狐，得仙人正法⑥，

---

① 泰山：郡名。汉置。治所在今山东省泰安市。
② 瞩盼不转：目不转睛，瞩目而视。
③ 红药碧桃：为两种观赏植物。红药即芍药，初夏开花，大而美艳。碧桃，碧桃花。此均喻女子姿容美艳。
④ 青盼：垂青，即见爱、看重。
⑤ 卿卿：男女间的爱称。
⑥ 正法：与左道（邪魔外道）相对而言，指合于正道的仙术。

当书一符粘寝门，可以却之。"遂书之。既晓三姐来，见符却退，曰："婢子负心，倾意新郎，不忆引线人^①矣。汝两人合有夙分，余亦不相仇，但何必尔？"乃径去。数日四姐他适，约以隔夜。

是日生偶出门眺望，山下故有槲林，苍莽中出一少妇，亦颇风韵。近谓生曰："秀才何必日沾沾恋胡家姊妹？渠又不能以一钱相赠。"即以一贯授生，曰："先持归贳良酝^②，我即携小肴馔来，与君为欢。"生怀钱归，果如所教。少间妇果至，置几上燔鸡、咸觭肩各一，即抽刀子缕切为肴。酾酒调谑，欢洽异常。继而灭烛登床，狎情荡甚。既明始起，方坐床头，捉足易舄，忽闻人声。倾听，已入帏幕，则胡姊妹也。妇乍睹，仓惶而遁，遗舄于床。二女遂叱曰："骚狐！何敢与人同寝处！"追去，移时始返。四姐怨生曰："君不长进，与骚狐相匹偶，不可复近！"遂悻悻欲去。生惶恐自投，情词哀恳；三姊从旁解免，四姐怒稍释，由此相好如初。

一日有陕人骑驴造门，曰："吾寻妖物，匪伊朝夕^③，乃今始得之。"生父以其言异，讯所由来。曰："小人日泛烟波，游四方，终岁十余月，常八九离桑梓^④，被妖物蛊杀吾弟。归甚悼恨，誓必寻而殄灭之。奔波数千里，殊无迹兆，今在君家。不剪，当有继吾弟而亡者。"时生与女密迹，父母微察之，闻客言大惧，延入令作法。出二瓶，列地上，符咒良久，有黑雾四团，分投瓶中。客喜曰："全家都到矣。"遂以猪脬裹瓶口，缄封甚固。生父亦喜，坚留客饭。

生心恻然，近瓶窃听，闻四姐在瓶中言："坐视不救，君何负心？"生

---

① 引线人：犹媒人。

② 贳良酝：买好酒。贳，买。酝，酒。

③ 匪伊朝夕：不是一朝一夕，言为时已久。

④ 桑梓：桑与梓为古时宅旁常栽的两种树，后因代指故乡。

意感动。急启所封，而结不可解。四姐又曰："勿须尔！但放倒坛上旗，以针刺脬作空，予即出矣。"生如其言。果见白气一丝自孔中出，凌霄而去。客出，见旗垂地，大惊曰："遁矣！此必公子所为。"摇瓶俯听，曰："幸止亡其一。此物合不死，犹可赦。"乃携瓶别去。

后生在野督佣刈麦，遥见四姐坐树下。生就近之，执手慰问。且曰："别后十易春秋，今大丹已成。但思君之念未忘，故复一拜问。"生欲与偕归。女曰："妾今非昔比，不可以尘情染，后当复见耳。"言已，不知所在。又二十年余，生适独居，见四姐自外至，生喜与语。女曰："我今名列仙籍，不应再履尘世。但感君情，特报撤瑟之期①。可早处分后事，亦勿悲忧。妾当度君为鬼仙，亦无苦也。"乃别而去。至日生果卒。尚生乃友人李文玉之戚好，尝亲见之。

---

① 撤瑟之期：即死期。

侠女

顾生金陵[1]人，博于材艺，而家綦贫。又以母老，不忍离膝下。惟日为人书画，受贽以自给。行年二十有五，伉俪[2]犹虚。对户旧有空第，一老妪及少女税居其中，以其家无男子，故未问其谁何。一日偶自外入，见女郎自母房中出，年约十八九，秀曼都雅[3]，世罕其匹，见生不甚避，而意凛如[4]也。生入问母。母曰："是对户女郎，就吾乞刀尺[5]，适言其家亦止一母。此女不似贫家产。问其何为不字，则以母老为辞。明日当往拜其母，便风以意，倘所望不奢，儿可代养其母。"明日造其室，其母一聋媪耳。视其室，并无隔宿粮，问所业，则仰女十指[6]。徐以同食之谋试之，媪意似纳，而转商其女；女默然，意殊不乐。母乃归。详其状而疑之曰："女子得非嫌吾贫乎？为人不言亦不笑，艳如桃李，而冷如霜雪，奇人也！"母子猜叹而罢。

一日生坐斋头，有少年来求画，姿容甚美，意颇儇佻[7]。诘所自，以"邻村"对。嗣后三两日辄一至。稍稍稔熟，渐以嘲谑，生狎抱之亦不甚拒，遂私焉。由此往来昵甚。会女郎过，少年目送之，问为谁，对以"邻

---

① 金陵：今江苏省南京市。战国时楚置为金陵邑，故名。

② 伉俪：配偶，此指妻子。伉，相当。俪，配偶。音 kàng lì。

③ 秀曼都雅：秀丽美雅。曼，美，长。都，美。

④ 凛如：犹凛然，严肃可畏的样子。

⑤ 乞刀尺：借剪刀和尺子。乞，借、讨。

⑥ 仰女十指：依靠女郎针黹（缝纫、刺绣）为生。

⑦ 儇佻：轻佻；轻薄浮滑。

女"。少年曰："艳丽如此，神情何可畏？"少间生入内，母曰："适女子来乞米，云不举火者经日矣。此女至孝，贫极可悯，宜少周恤之。"生从母言，负斗米款门，达母意。女受之，亦不申谢。日尝至生家，见母作衣履，便代缝纫，出入堂中，操作如妇。生益德之。每获馈饵，必分给其母，女亦略不置齿颊^①。母适疳生隐处，宵旦号啕。女时就榻省视，为之洗创敷药，日三四作。母意甚不自安，而女不厌其秽。母曰："唉！安得新妇如儿，而奉老身以死也！"言讫悲哽，女慰之曰："郎子大孝，胜我寡母孤女什百矣。"母曰："床头蹀躞^②之役，岂孝子所能为者？且身已向暮，旦夕犯雾露^③，深以祧续为忧耳。"言间生入，母泣曰："亏娘子良多，汝无忘报德。"生伏拜之。女曰："君敬我母，我勿谢也，君何谢焉？"于是益敬爱之。然其举止生硬，毫不可干。

一日女出门，生目注之，女忽回首，嫣然而笑。生喜出意外，趋而从诸其家，挑之亦不拒，欣然交欢。已，戒生曰："事可一而不可再。"生不应而归。明日又约之，女厉色不顾而去。日频来，时相遇，并不假以词色^④。少游戏之，则冷语冰人。忽于空处问生："日来少年谁也？"生告之。女曰："彼举止态状，无礼于妾频矣。以君之狎昵，故置之。请更寄语：再复尔，是不欲生已也！"生至夕，以告少年，且曰："子必慎之，是不可犯！"少年曰："既不可犯，君何私犯之？"生白其无。曰："如其无，则猥亵之语，何以达君听哉？"生不能答。少年曰："亦烦寄告：假惺惺^⑤勿作态；不然，我将遍

---

① 略不置齿颊：大意是不作感谢之言。齿颊，犹言口舌、言语。

② 床头蹀躞：指床前侍奉其母的杂役。蹀躞，小步走路的样子，音dié xiè。

③ 犯雾露：外感致病；此指罹病而死。雾露，指风寒。

④ 假以词色：给予表示友好的话语和脸色。假，给予。

⑤ 假惺惺：装假。此指假装正经的人，是对侠女的蔑称。

播扬。"生甚怒之，情见于色，少年乃去。

一夕方独坐，女忽至，笑曰："我与君情缘未断，宁非天数。"生狂喜而抱于怀，欸闻履声籍籍，两人惊起，则少年推扉入矣。生惊问："子胡为者？"笑曰："我来观贞洁人耳。"顾女曰："今日不怪人耶？"女眉竖颊红，默不一语，急翻上衣，露一革囊，应手而出，则尺许晶莹匕首也。少年见之，骇而却走。追出户外，四顾渺然。女以匕首望空抛掷，戛然有声，灿若长虹，俄一物堕地作响。生急烛之，则一白狐身首异处矣。大骇。女曰："此君之娈童也。我固恕之，奈渠定不欲生何！"收刃入囊。生曳令入，曰："适妖物败意，请俟来宵。"出门径去。次夕女果至，遂共绸缪。诘其术，女曰："此非君所知。宜须慎秘，泄恐不为君福。"又订以嫁娶，曰："枕席焉，提汲①焉，非妇伊何也？业夫妇矣，何必复言嫁娶乎？"生曰："将勿憎吾贫耶？"曰："君固贫，妾富耶？今宵之聚，正以怜君贫耳。"临别嘱曰："苟且之行，不可以屡。当来我自来，不当来相强无益。"后相值，每欲引与私语，女辄走避。然衣绽炊薪，悉为纪理，不啻妇也。

积数月，其母死，生竭力葬之。女由是独居。生意孤寝可乱，逾垣入，隔窗频呼，迄不应。视其门，则空室扃焉。窃疑女有他约。夜复往，亦如之。遂留佩玉于窗间而去之。越日，相遇于母所。既出，而女尾其后曰："君疑妾耶？人各有心，不可以告人。今欲使君无疑，乌得可？然一事烦急为谋。"问之，曰："妾体孕已八月矣，恐旦晚临盆。'妾身未分明②'，能为君生之，不能为君育之。可密告母觅乳媪，伪为讨螟蛉③者，勿言妾也。"生

---

① 提汲：从井中提水，喻操持家务。

② 妾身未分明：我的身份尚未明确；此指侠女与顾生没有公开的夫妇名分。妾，古代妇女自称的谦辞。

③ 螟蛉：养子。音 míng líng。

诺，以告母。母笑曰："异哉此女！聘之不可，而顾私于我儿。"喜从其谋以待之。又月余，女数日不至，母疑之，往探其门，萧萧闭寂。叩良久，女始蓬头垢面自内出。启而入之，则复阖之。入其室，则呱呱者在床上矣。母惊问："诞几时矣？"答云："三日。"捉绷席①而视之，则男也，且丰颐而广额②。喜曰："儿已为老身育孙子，伶仃一身，将焉所托？"女曰："区区隐衷，不敢掬示老母。俟夜无人，可即抱儿去。"母归与子言，窃共异之。夜往抱子归。

更数夕，夜将半，女忽款门入，手提革囊，笑曰："我大事已了，请从此别。"急询其故，曰："养母之德，刻刻不去诸怀。向云'可一而不可再'者，以相报不在床笫也。为君贫不能婚，将为君延一线之续。本期一索而得③，不意信水④复来，遂至破戒而再。今君德既酬，妾志亦遂，无憾矣。"问："囊中何物？"曰："仇人头耳。"检而窥之，须发交而血模糊。骇绝，复致研诘。曰："向不与君言者，以机事不密，惧有宣泄。今事已成，不妨相告：妾浙人，父官司马⑤，陷于仇，彼籍吾家⑥。妾负老母出，隐姓名，埋头项⑦，已三年矣。所以不即报者，徒以有母在；母去，又一块肉累腹中，因而迟之又久。曩夜出非他，道路门户未稔，恐有讹误耳。"言已出门，又嘱曰："所生儿，善视之。君福薄无寿，此儿可光门闾。夜深不得惊老母，我去矣！"方凄然欲询所之，女一闪如电，瞥尔间遂不复见。生叹惋木立，若

---

① 捉绷席：指抱起婴儿。捉，抱持。绷席，犹言"襁褓"。

② 丰颐而广额：下巴丰满，上额广阔；指面庞方圆。

③ 一索而得：此谓初次欢会，即可孕胎。

④ 信水：月经。

⑤ 司马：官名。明清时称府同知为"司马"。

⑥ 籍吾家：抄没我家财产。籍，没收、登记。

⑦ 埋头项：隐藏不敢露面。

丧魂魄。明以告母，相为叹异而已。后三年生果卒。子十八举进士，犹奉祖母以终老云。

异史氏曰："人必室有侠女，而后可以畜^①娈童也。不然，尔爱其艾豭，彼爱尔娄猪矣！"

---

① 畜：养。

莲香

桑生名晓，字子明，沂州[1]人。少孤，馆于红花埠。桑为人静穆自喜[2]，日再出，就食东邻，余时坚坐而已。东邻生戏曰："君独居，不畏鬼狐耶？"笑答曰："丈夫何畏鬼狐？雄来吾有利剑，雌者尚当开门纳之。"邻生归与友谋，梯妓于垣而过之，弹指叩扉。生窥问其谁，妓自言为鬼。生大惧，齿震震有声，妓逡巡自去。邻生早至生斋，生述所见，且告将归。邻生鼓掌曰："何不开门纳之？"生顿悟其假，遂安居如初。积半年，一女子夜来叩斋，生意友人之复戏也，启门延入，则倾国之姝。惊问所来。曰："妾莲香，西家妓女。"埠上青楼故多，信之。息烛登床，绸缪甚至。自此，三五宿辄一至。

一夕独坐凝思，一女子翩然入。生意其莲，承逆与语。觑面殊非，年仅十五六，婵袖垂髫[3]，风流秀曼，行步之间，若还若往。大愕，疑为狐。女曰："妾良家女，姓李氏。慕君高雅，幸能垂盼。"生喜，握其手，冷如冰，问："何凉也？"曰："幼质单寒，夜蒙霜露，那得不尔。"既而罗襦衿解，俨然处子。女曰："妾为情缘，葳蕤之质[4]，一朝失守，不嫌鄙陋，愿常侍枕席。房中得毋有人否？"生云："无他，止一邻娼，顾不常至。"女曰：

---

① 沂州：州名。治所在今山东临沂县。

② 静穆自喜：以沉静平和自矜。

③ 婵袖垂髫：双肩瘦削，头发下垂。婵，音 duǒ。婵袖，垂袖。髫，头发下垂，此谓少女，音 tiáo。

④ 葳蕤之质：指处女柔弱。葳蕤，草名，音 wēi ruí。

"当谨避之。妾不与院中人^①等，君秘勿泄。彼来我往，彼往我来可耳。"鸡鸣欲去，赠绣履一钩，曰："此妾下体所着，弄之足寄思慕。然有人慎勿弄也！"受而视之，翘翘如解结锥，心甚爱悦。越夕无人，便出审玩。女飘然忽至，遂相款昵。自此每出履，则女必应念而至。异而诘之。笑曰："适当其时耳。"

　　一夜莲来，惊曰："郎何神气萧索^②？"生言："不自觉。"莲便告别，相约十日。去后，李来恒无虚夕。问："君情人何久不至？"因以相约告。李笑曰："君视妾何如莲香美？"曰："可称两绝，但莲卿肌肤温和。"李变色曰："君谓双美，对妾云尔。渠必月殿仙人^③，妾定不及。"因而不欢。乃屈指计，十日之期已满，嘱勿漏，将窃窥之。次夜莲香果至，笑语甚洽。及寝，大骇曰："殆矣！十日不见，何益惫损？保无有他遇否？"生询其故。曰："妾以神气验之，脉析析如乱丝，鬼症也。"次夜李来，生问："窥莲香何似？"曰："美矣。妾固谓世间无此佳人，果狐也。去，吾尾之，南山而穴居。"生疑其妒，漫应之。逾夕戏莲香曰："余固不信，或谓卿狐者。"莲亟问："是谁所云？"笑曰："我自戏卿。"莲曰："狐何异于人？"曰："惑之者病，甚则死，是以可惧。"莲香曰："不然。如君之年，房后三日精气可复，纵狐何害？设旦旦而伐之，人有甚于狐者矣。天下痨尸瘵鬼^④，宁皆狐蛊死耶？虽然，必有议我者。"生力白其无，莲诘益力。生不得已，泄之。莲曰："我固怪君惫也。然何遽至此？得勿非人乎？君勿言，明宵当如渠窥妾者。"是夜李至，才三数语，闻窗外嗽声，急亡去。莲入曰："君殆矣！是真

---

① 院中人：妓院中人，指妓女。
② 萧索：本指秋日景物凄凉，此谓精神萎靡、气色灰暗。
③ 月殿仙人：传说中的月中仙女，即嫦娥。旧时诗文常用以喻美丽的女子。
④ 痨尸瘵鬼：指因患肺病而死的人。旧时肺结核为不治之症，称痨瘵。

鬼物！昵其美而不速绝，冥路近矣！"生意其妒，默不语。莲曰："固知君不忘情，然不忍视君死。明日当携药饵，为君以除阴毒。幸病蒂尤浅，十日恙当已。请同榻以视痊可。"次夜，果出刀圭药啖生。顷刻，洞下三两行[1]，觉脏腑清虚，精神顿爽。心虽德之，然终不信为鬼。莲香夜夜同衾偎生，生欲与合，辄止之。数日后肤革充盈。欲别，殷殷嘱绝李，生谬应之。及闭户挑灯，辄捉履倾想，李忽至。数日隔绝，颇有怨色。生曰："彼连宵为我作巫医，请勿为祟[2]，情好在我。"李稍怿。生枕上私语曰："我爱卿甚，乃有谓卿鬼者。"李结舌良久，骂曰："必淫狐之惑君听也！若不绝之，妾不来矣！"遂呜呜饮泣。生百词慰解乃罢。隔宿莲香至，知李复来，怒曰："君必欲死耶！"生笑曰："卿何相妒之深？"莲益怒曰："君种死根，妾为若除之，不妒者将复何如？"生托词以戏曰："彼云前日之病，为狐祟耳。"莲乃叹曰："诚如君言，君迷不悟，万一不虞[3]，妾百口何以自解？请从此辞。百日后当视君于卧榻中。"留之不可，怫然径去。由是与李夙夜必偕。约两月余，觉大困顿。初犹自宽解，日渐羸瘠，惟饮饘粥一瓯。欲归就奉养，尚恋恋不忍遽去。因循数日，沉绵不可复起。邻生见其病惫，日遣馆僮馈给食饮。生至是始疑李，因请李曰："吾悔不听莲香之言，以至于此！"言讫而瞑。移时复苏，张目四顾，则李已去，自是遂绝。生羸卧空斋，思莲香如望岁。

一日方凝想间，忽有搴帘入者，则莲香也。临榻哂曰："田舍郎[4]，我岂

---

① 洞下三两行：泻了两三次。洞下，中医术语，下泻。

② 为祟：产生怨恨。

③ 不虞：没有意料到的事，指遭遇危险、祸患。

④ 田舍郎：农家子弟，含讥讽之意的戏称。

妄哉！"生哽咽良久，自言知罪，但求拯救。莲曰："病入膏肓^①，实无救法。姑来永诀，以明非妒。"生大悲曰："枕底一物，烦代碎之。"莲搜得履，持就灯前，反复展玩。李女欻入，卒见莲香，返身欲遁。莲以身蔽门，李窘急不知所出。生责数之，李不能答。莲笑曰："妾今始得与阿姨面相质^②。昔谓郎君旧疾，未必非妾致，今竟何如？"李俯首谢过。莲曰："佳丽如此，乃以爱结仇耶？"李即投地陨泣，乞垂怜救。莲遂扶起，细诘生平。曰："妾，李通判^③女，早夭，瘗于墙外。已死春蚕，遗丝未尽。与郎偕好，妾之愿也；致郎于死，良非素心。"莲曰："闻鬼利人死，以死后可常聚，然否？"曰："不然！两鬼相逢，并无乐处。如乐也，泉下少年郎岂少哉！"莲曰："痴哉！夜夜为之，人且不堪，而况于鬼！"李问："狐能死人，何术独否？"莲曰："是采补者流，妾非其类。故世有不害人之狐，断无不害人之鬼，以阴气盛也。"生闻其语，始知鬼狐皆真，幸习常见惯，颇不为骇。但念残息如丝，不觉失声大痛。莲顾问："何以处郎君者？"李赧然逊谢。莲笑曰："恐郎强健，醋娘子要食杨梅也。"李敛衽曰："如有医国手，使妾得无负郎君，便当埋首地下，敢复靦然于人世耶！"莲解囊出药，曰："妾早知有今，别后采药三山，凡三阅月，物料始备，瘵蛊至死，投之无不苏者。然症何由得，仍以何引，不得不转求效力。"问："何需？"曰："樱口中一点香唾耳。我一丸进，烦接口而唾之。"李晕生颐颊，俯首转侧而视其履。莲戏曰："妹所得意惟履耳！"李益惭，俯仰若无所容。莲曰："此平时熟技，今何吝焉？"遂以丸纳生吻，转促逼之，李不得已，唾之。莲曰："再！"又唾之。凡三四唾，丸已下咽。少间，腹殷然如雷鸣，复纳一丸，自乃接唇而布以

---

① 病入膏肓：病情恶化无药可医。

② 面相质：当面对质。质，询问。

③ 通判：官名。分掌粮运、督捕及农田水利等事务。

气。生觉丹田火热，精神焕发。莲曰："愈矣！"

李听鸡鸣，彷徨别去。莲以新瘥，尚须调摄，就食非计，因将户外反关，伪示生归，以绝交往，日夜守护之。李亦每夕必至，给奉殷勤，事莲犹姊，莲亦深怜爱之。居三月，生健如初，李遂数夕不至；偶至，一望即去。相对时亦悒悒不乐。莲常留与共寝，必不肯。生追出，提抱以归，身轻若刍灵①。女不得遁，遂着衣假卧，蜷其体不盈二尺。莲益怜之，阴使生狎抱之，而撼摇亦不得醒。生睡去，觉而索之已杳。后十余日更不复至。生怀思殊切，恒出履共弄。莲曰："窈娜如此，妾见犹怜，何况男子！"生曰："昔日弄履则至，心固疑之，然终不料其鬼。今对履思容，实所怆恻。"因而泣下。

先是，富室张姓有女子燕儿，年十五，不汗而死。终夜复苏，起顾欲奔。张扃户，不得出。女自言："我通判女魂。感桑郎眷注，遗舄犹存彼处。我真鬼耳，锢我何益？"以其言有因，诘其至此之由。女低徊反顾，茫不自解。或有言桑生病归者，女执辨其诬。家人大疑。东邻生闻之，逾垣往窥，见生方与美人对语。掩入逼之，张皇间已失所在。邻生骇诘。生笑曰："向固与君言，雌者则纳之耳。"邻生述燕儿之言。生乃启关，将往侦探，苦无由。张母闻生果未归，益奇之。故使佣媪索履，生遂出以授。燕儿得之喜。试着之，鞋小于足者盈寸，大骇。揽镜自照，忽恍然悟己之借躯以生也者，因陈所由。母始信之。女镜面大哭曰："当日形貌，颇堪自信，每见莲姊，犹增惭怍。今反若此，人也不如其鬼也！"把履号啕，劝之不解。蒙衾僵卧，食之，亦不食，体肤尽肿；凡七日不食，卒不死，而肿渐消；觉饥不可忍，乃复食。数日，遍体瘙痒，皮尽脱。晨起，睡舄遗堕，索着之，则硕大

---

① 刍灵：旧时为送葬扎的草人。

无朋矣。因试前履，肥瘦吻合，乃喜。复自镜，则眉目颐颊，宛肖生平[1]，益喜。盥栉见母，见者尽眙。

莲香闻其异，劝生媒通之，而以贫富悬邈，不敢遽进。会媪初度，因从其子婿行，往为寿。媪睹生名，故使燕儿窥帘认客。生最后至，女骤出捉袂，欲从与俱归。母诃谯之，始惭而入。生审视宛然，不觉零涕，因拜伏不起。媪扶之，不以为侮。生出，浼女舅执柯，媪议择吉赘生。生归告莲香，且商所处。莲怅然良久，便欲别去，生大骇泣下。莲曰："君行花烛于人家，妾从而往，亦何形颜？"生谋先与旋里而后迎燕，莲乃从之。生以情白张。张闻其有室，怒加诮让。燕儿力白之，乃如所请。至日生往亲迎，家中备具颇甚草草。及归，则自门达堂，悉以罽毯[2]贴地，百千笼烛，灿列如锦。莲香扶新妇入青庐[3]，搭面既揭，欢若生平。莲陪卺饮，因细诘还魂之异。燕曰："尔日抑郁无聊，徒以身为异物，自觉形秽。别后愤不归墓，随风漾泊。每见生人则羡之。昼凭草木，夜则信足浮沉。偶至张家，见少女卧床上，近附之，未知遂能活也。"莲闻之，默默若有所思。

逾两月，莲举一子。产后暴病，日就沉绵。捉燕臂曰："敢以孽种相累，我儿即若儿。"燕泣下，姑慰藉之。为召巫医，辄却之。沉痼弥留，气如悬丝，生及燕儿皆哭。忽张目曰："勿尔！子乐生，我乐死。如有缘，十年后可复得见。"言讫而卒。启衾将敛，尸化为狐。生不忍异视，厚葬之。子名狐儿，燕抚如己出。每清明必抱儿哭诸其墓。后生举于乡，家渐裕，而燕苦不育。狐儿颇慧，然单弱多疾。燕每欲生置媵。一日，婢忽白："门外一妪，携女求售。"燕呼入，卒见，大惊曰："莲姊复出耶！"生视之，真似，亦

---

① 宛肖生平：宛然与往日容貌一样。肖，像。
② 罽毯：毛毯。罽，一种毛织品，音 jì。
③ 青庐：古时北方举行婚礼之处。

骇。问："年几何？"答云："十四。""聘金几何？"曰："老身止此一块肉，但俾得所，妾亦得啖饭处，后日老骨不至委沟壑，足矣。"生优价而留之。燕握女手入密室，撮其颔而笑曰："汝识我否？"答言："不识。"诘其姓氏，曰："妾韦姓。父徐城卖浆者，死三年矣。"燕屈指停思，莲死恰十有四载。又审视女仪容态度，无一不神肖者。乃拍其顶而呼曰："莲姊，莲姊！十年相见之约，当不欺吾！"女忽如梦醒，豁然曰："咦！"熟视燕儿。生笑曰："此'似曾相识燕归来'也。"女泫然曰："是矣。闻母言，妾生时便能言，以为不祥，犬血饮之，遂昧宿因。今日始如梦寤。娘子其耻于为鬼之李妹耶？"共话前生，悲喜交至。一日，寒食，燕曰："此每岁妾与郎君哭姊日也。"遂与亲登其墓，荒草离离，木已拱矣。女亦太息。燕谓生曰："妾与莲姊，两世情好，不忍相离，宜令白骨同穴。"生从其言，启李冡得骸，异归而合葬之。亲朋闻其异，吉服临穴①，不期而会者数百人。余庚戌②南游至沂，阻雨，休于旅舍。有刘生子敬，其中表亲，出同社王子章所撰《桑生传》，约万余言，得卒读。此其崖略③耳。

异史氏曰："嗟乎！死者而求其生，生者又求其死，天下所难得者非人身哉？奈何具此身者，往往而置之，遂至觍然而生不如狐，泯然而死不如鬼。"

---

① 吉服临穴：穿着吉庆冠服到墓地参加葬礼。穴，墓穴。
② 庚戌：康熙九年，即公元 1670 年。
③ 崖略：梗概，大略。

阿宝

粤西①孙子楚，名士也。生有枝指②；性迂讷，人诳之，辄信为真。或值座有歌妓，则必遥望却走。或知其然，诱之来，使妓狎逼之，则赪颜③彻颈，汗珠珠下滴，因共为笑。遂貌其呆状，相邮传作丑语④，而名之"孙痴"。

邑大贾某翁，与王侯埒富⑤，姻戚皆贵胄。有女阿宝，绝色也，日择良匹，大家儿争委禽妆，皆不当翁意。生时失俪⑥，有戏之者劝其通媒，生殊不自揣，果从其教，翁素耳其名而贫之。媒媪将出，适遇宝，问之，以告。女戏曰："渠去其枝指，余当归之⑦。"媪告生。生曰："不难。"媒去，生以斧自断其指，大痛彻心，血益倾注，滨死。过数日始能起，往见媒而示之。媪惊，奔告女；女亦奇之，戏请再去其痴。生闻而哗辨，自谓不痴，然无由见而自剖。转念阿宝未必美如天人，何遂高自位置如此？由是曩念顿冷。

会值清明，俗于是日妇女出游，轻薄少年亦结队随行，恣其月旦。有同社数人强邀生去。或嘲之曰："莫欲一观可人否？"生亦知其戏己，然以受女揶揄故，亦思一见其人，忻然随众物色之。遥见有女子憩树下，恶少年环如墙堵。众曰："此必阿宝也。"趋之，果宝也。审谛之，娟丽无双。少顷，

---

① 粤西：约当今广西壮族自治区。粤，古百粤之地，辖今广东、广西地区。

② 枝指：歧指，骈指。俗称"六指"。

③ 赪颜：脸红。赪，红色，音 chēng。

④ 相邮传作丑语：互相传扬，当作丑话。邮传，古时传递文书的驿站，此指传播。

⑤ 埒富：同样富有。埒，相等，音 liè。

⑥ 失俪：丧妻。

⑦ 归之：嫁给他。

人益稠。女起,遽去。众情颠倒,品头题足,纷纷若狂;生独默然。及众他适,回视生犹痴立故所,呼之不应。群曳之曰:"魂随阿宝去耶?"亦不答。众以其素讷,故不为怪,或推之,或挽之以归。至家,直上床卧,终日不起,冥如醉,唤之不醒。家人疑其失魂,招于旷野,莫能效。强拍问之,则朦胧应云:"我在阿宝家。"及细诘之,又默不语,家人惶惑莫解。初,生见女去,意不忍舍,觉身已从之行,渐傍其衿带间,人无呵者。遂从女归,坐卧依之,夜辄与狎,甚相得。然觉腹中奇馁,思欲一返家门,而迷不知路。女每梦与人交,问其名,曰:"我孙子楚也。"心异之,而不可以告人。生卧三日,气休休若将渐灭①。家人大恐,托人婉告翁,欲一招魂其家。翁笑曰:"平昔不相往还,何由遗魂吾家?"家人固哀之,翁始允。巫执故服、草荐以往。女诘得其故,骇极,不听他往,直导入室,任招呼而去。巫归至门,生榻上已呻。既醒,女室之香奁什具,何色何名,历言不爽。女闻之,益骇,阴感其情之深。

生既离床寝,坐立凝思,忽忽若忘。每伺察阿宝,希幸一再进之。浴佛节②,闻将降香水月寺,遂早旦往候道左,目眩睛劳。日涉午,女始至,自车中窥见生,以掺手搴帘,凝睇不转。生益动,尾从之。女忽命青衣来诘姓字。生殷勤自展,魂益摇。车去,始归。归复病,冥然绝食,梦中辄呼宝名,每自恨魂不复灵。家旧养一鹦鹉,忽毙,小儿持弄于床。生自念:倘得身为鹦鹉,振翼可达女室。心方注想,身已翩然鹦鹉,遽飞而去,直达宝所。女喜而扑之,锁其肘,饲以麻子。大呼曰:"姐姐勿锁!我孙子楚也!"女大骇,解其缚,亦不去。女祝曰:"深情已篆中心。今已人禽异类,姻好

---

① 休休:同"咻咻",喘气声。渐灭:停止;尽。

② 浴佛节:即佛诞节,纪念释迦牟尼诞生的节日。中国汉族地区,一般以农历四月初八日为释迦诞辰。

何可复圆？"鸟云："得近芳泽，于愿已足。"他人饲之不食，女自饲之则食；女坐则集其膝，卧则依其床。如是三日，女甚怜之。阴使人瞯生，生则僵卧，气绝已三日，但心头未冰耳。女又祝曰："君能复为人，当誓死相从。"鸟云："诳我！"女乃自矢。鸟侧目若有所思。少间，女束双弯，解履床下，鹦鹉骤下，衔履飞去。女急呼之，飞已远矣。

女使妪往探，则生已窨。家人见鹦鹉衔绣履来，堕地死，方共异之。生既苏，即索履，众莫知故。适妪至，入视生，问履所在。生曰："是阿宝信誓物。借口相覆，小生不忘金诺也。"妪反命，女益奇之，故使婢泄其情于母。母审之确，乃曰："此子才名亦不恶，但有相如之贫。择数年得婿若此，恐将为显者笑。"女以履故，矢不他。翁媪从之，驰报生。生喜，疾顿瘳。翁议赘诸家。女曰："婿不可久处岳家。况郎又贫，久益为人贱。儿既诺之，处蓬茅而甘藜藿①，不怨也。"生乃亲迎成礼，相逢如隔世欢。

自是家得奁妆，小阜，颇增物产。而生痴于书，不知理家人生业。女善居积，亦不以他事累生，居三年家益富。生忽病消渴，卒。女哭之痛，泪眼不晴，至绝眠食，劝之不纳，乘夜自经。婢觉之，急救而醒，终亦不食。三日集亲党，将以殓生。闻棺中呻以息，启之，已复活。自言："见冥王，以生平朴诚，命作部曹。忽有人白：'孙部曹之妻将至。'王稽鬼录，言：'此未应便死。'又白："不食三日矣。'王顾谓：'感汝妻节义，姑赐再生。'因使驭卒控马送余还。"由此体渐平。值岁大比，入闱之前，诸少年玩弄之，共拟隐僻之题七，引生僻处与语，言："此某家关节，敬秘相授。"生信之，昼夜揣摩制成七艺，众隐笑之。时典试者虑熟题有蹈袭弊，力反常经，题纸

① 处蓬茅而甘藜藿：住茅舍，吃野菜，都心甘情愿。蓬茅，茅屋。甘，乐意。藜藿，野菜，指粗茶淡饭。

下，七艺皆符。生以是抡魁。明年举进士，授词林。上闻异，召问之，生具启奏，上大嘉悦。后召见阿宝，赏赉有加焉。

异史氏曰："性痴则其志凝，故书痴者文必工，艺痴者技必良。世之落拓而无成者，皆自谓不痴者也。且如粉花荡产，卢雉倾家[①]，顾痴人事哉！以是知慧黠而过，乃是真痴，彼孙子何痴乎！"

集痴类十：窖镪食贫，对客辄夸儿慧，爱儿不忍教读，讳病恐人知，出资赚人嫖，窃赴饮会赚人赌，倩人作文欺父兄，父子账目太清，家庭用机械，喜子弟善赌。

---

① 粉花荡产，卢雉倾家：意谓因嫖赌而倾家荡产。粉花，脂粉烟花，指女色。卢雉，卢和雉都是古代博戏中的胜彩，指赌博。

张诚

豫^①人张氏者，其先齐^②人，明末齐大乱，妻为北兵^③掠去。张常客豫，遂家焉。娶于豫，生子讷。无何，妻卒，又娶继室牛氏，生子诚。牛氏悍甚，每嫉讷，奴畜之，啖以恶草具^④。使樵，日责柴一肩，无则挞楚诟诅，不可堪。隐畜甘脆饵诚，使从塾师读。

诚渐长，性孝友，不忍兄劬，阴劝母；母弗听。一日讷入山樵，未终，值大风雨，避身岩下，雨止而日已暮。腹中大馁，遂负薪归。母验之少，怒不与食。饥火烧心，入室僵卧。诚自塾中来，见兄嗒然，问："病乎？"曰："饿耳。"问其故，以情告。诚愀然便去，移时怀饼来饵兄。兄问其所自来。曰："余窃面倩邻妇为之，但食勿言也。"讷食之。嘱弟曰："后勿复然，事泄累弟。且日一啖，饥当不死。"诚曰："兄故弱，乌能多樵！"次日食后，窃赴山，至兄樵处。兄见之，惊问："将何作？"答曰："将助樵采。"问："谁之遣？"曰："我自来耳。"兄曰："无论弟不能樵，纵或能之，且犹不可。"于是速之归。诚不听，以手足断柴助兄。且云："明日当以斧来。"兄近止之。见其指已破，履已穿，悲曰："汝不速归，我即以斧自刭死！"诚乃归。兄送之半途，方复回樵。既归，诣塾嘱其师曰："吾弟年幼，宜闭之。

---

① 豫：今河南省古为豫州之地，故别称为豫。
② 齐：今山东省泰山以北地区及胶东半岛，在春秋战国时属于齐国的国土，后世沿袭了此说法。
③ 北兵：指清兵。
④ 恶草具：粗劣的食物。

山中虎狼多。"师曰："午前不知何往，业夏楚之^①。"归谓诚曰："不听吾言，遭笞责矣！"诚笑曰："无之。"明日怀斧又去，兄骇曰："我固谓子勿来，何复尔？"诚不应，刘薪且急，汗交颐不少休。约足一束，不辞而返。师又责之，乃实告之。师叹其贤，遂不之禁。兄屡止之，终不听。

一日与数人樵山中，欻有虎至，众惧而伏，虎竟衔诚去。虎负人行缓，为讷追及，讷力斧之，中胯。虎痛狂奔，莫可寻逐，痛哭而返。众慰解之，哭益悲。曰："吾弟，非犹夫人之弟；况为我死，我何生焉！"遂以斧自刭其项。众急救之，入肉者已寸许，血溢如涌，眩瞀殒绝。众骇，裂之衣而约之，群扶而归。母哭骂曰："汝杀吾儿，欲劙^②颈以塞责耶！"讷呻云："母勿烦恼，弟死，我定不生！"置榻上，创痛不能眠，惟昼夜依壁坐哭。父恐其亦死，时就榻少哺之，牛辄诟责，讷遂不食，三日而毙。村中有巫走无常者，讷途遇之，缅诉衷苦。因询弟所，巫言不闻，遂反身导讷去。至一都会，见一皂衫人自城中出，巫要遮代问之。皂衫人于佩囊中检牒审顾，男妇百余，并无犯而张者。巫疑在他牒。皂衫人曰："此路属我，何得差逮。"讷不信，强巫入内城。城中新鬼、故鬼往来憧憧，亦有故识，就问，迄无知者。忽共哗言："菩萨至！"仰见云中有伟人，毫光彻上下，顿觉世界通明。巫贺曰："大郎^③有福哉！菩萨几十年一入冥司拔诸苦恼，今适值之。"便捽讷跪。众鬼囚纷纷籍籍，合掌齐诵慈悲救苦之声，哄腾震地。菩萨以杨柳枝遍洒甘露，其细如尘；俄而雾收光敛，遂失所在。讷觉颈上沾露，斧处不复作痛。巫乃导与俱归，望见里门，始别而去。讷死二日，豁然竟苏，悉述所

---

① 业夏楚之：已体罚了他。夏楚，同"榎楚"，古代学校用榎（jiǎ）木、荆条制成的体罚学生的用具。

② 劙：浅割。音 lí。

③ 大郎：指张讷。郎，对少年男子的敬称。

遇，谓诚不死。母以为撰造之诬，反诟骂之。讷负屈无以自伸，而摸创痕良瘥。自力起，拜父曰："行将穿云入海往寻弟，如不可见，终此身勿望返也。愿父犹以儿为死。"翁引空处与泣，无敢留之，讷乃去。

每于冲衢访弟耗，途中资斧断绝，丐而行。逾年达金陵，悬鹑[1]百结，伛偻道上。偶见十余骑过，走避道侧。内一人如官长，年四十已来，健卒怒马，腾踔前后。一少年乘小驷，屡视讷。讷以其贵公子，未敢仰视。少年停鞭少驻，忽下马，呼曰："非吾兄耶！"讷举首审视，诚也，握手大痛失声。诚亦哭曰："兄何漂落以至于此？"讷言其情，诚益悲。骑者并下问故，以白官长。官命脱骑载讷，连辔归诸其家，始详诘之。初，虎衔诚去，不知何时置路侧，卧途中经宿，适张别驾自都中来，过之，见其貌文，怜而抚之，渐苏。言其里居，则相去已远，因载与俱归。又药敷伤处，数日始痊。别驾无长君，子之。盖适从游瞩也。诚具为兄告。言次，别驾入，讷拜谢不已。诚入内捧帛衣出，进兄，乃置酒燕叙。别驾问："贵族在豫，几何丁壮？"讷曰："无有。父少齐人，流寓于豫。"别驾曰："仆亦齐人。贵里何属？"答曰："曾闻父言属东昌[2]辖。"惊曰："我同乡也！何故迁豫？"讷曰："明季清兵入境，掠前母去。父遭兵燹，荡无家室。先贾于西道，往来颇稔，故止焉。"又惊问："君家尊何名？"讷告之。别驾瞠而视，俯首若疑，疾趋入内。无何，太夫人出。共罗拜已，问讷曰："汝是张炳之之孙耶？"曰："然。"太夫人大哭，谓别驾曰："此汝弟也。"讷兄弟莫能解。太夫人曰："我适汝父三年，流离北去，身属黑固山半年，生汝兄。又半年固山死，汝兄补秩旗下迁此官。今解任矣。每刻刻念乡井，遂出籍，复故谱。屡遣人至

---

① 悬鹑：指衣服破烂。

② 东昌：府名，府治在今山东省聊城市东昌府区。

齐，殊无所觅耗，何知汝父西徙哉！"乃谓别驾曰："汝以弟为子，折福死矣！"别驾曰："曩问诚，诚未尝言齐人，想幼稚不忆耳。"乃以齿序：别驾四十有一，为长；诚十六，最少；讷二十二，则伯而仲矣，别驾得两弟，甚欢，与同卧处，尽悉离散端由，将作归计。太夫人恐不见容。别驾曰："能容则共之，否则析之。天下岂有无父之国？"

于是鬻宅办装，刻日西发。既抵里，讷及诚先驰报父。父自讷去，妻亦寻卒；块然一老鳏，形影自吊。忽见讷入，暴喜，恍恍以惊；又睹诚，喜极不复作言，潸潸以涕。又告以别驾母子至，翁辍泣愕然，不能喜，亦不能悲，蚩蚩①以立。未几，别驾入，拜已；太夫人把翁相向哭。既见婢媪厮卒，内外盈塞，坐立不知所为。诚不见母，问之，方知已死，号嘶气绝，食顷始苏。别驾出资建楼阁，延师教两弟。马腾于厩，人喧于室，居然大家矣。

异史氏曰："余听此事至终，涕凡数堕。十余岁童子，斧薪助兄，慨然曰：'王览固再见乎！'于是一堕。至虎衔诚去，不禁狂呼曰：'天道愦愦如此！'于是一堕。及兄弟猝遇，则喜而亦堕。转增一兄，又益一悲，则为别驾堕。一门团圞，惊出不意，喜出不意，无从之涕，则为翁堕也。不知后世亦有善涕如某②者乎？"

---

① 蚩蚩：痴呆貌。

② 某：指代"我"。

红玉

　　广平①冯翁有一子，字相如，父子俱诸生。翁年近六旬，性方鲠②，而家屡空。数年间，媪与子妇又相继逝，井臼③自操之。一夜，相如坐月下，忽见东邻女自墙上来窥。视之，美；近之，微笑；招以手，不来亦不去。固请之，乃梯而过，遂共寝处。问其姓名，曰："妾邻女红玉也。"生大爱悦，与订永好，女诺之。夜夜往来，约半年许。翁夜起闻女子含笑语，窥之见女，怒，唤生出，骂曰："畜产所为何事！如此落寞，尚不刻苦，乃学浮荡耶？人知之，丧汝德；人不知，促汝寿！"生跪自投，泣言知悔。翁叱女曰："女子不守闺戒，既自玷，而又以玷人。倘事一发，当不仅贻寒舍羞！"骂已，愤然归寝。女流涕曰："亲庭罪责，良足愧辱！我二人缘分尽矣！"生曰："父在，不得自专。卿如有情，尚当含垢为好。"女言辞决绝，生乃洒涕。女止之曰："妾与君无媒妁之言、父母之命，逾墙钻隙④，何能白首？此处有一佳耦，可聘也。"告以贫。女曰："来宵相俟，妾为君谋之。"次夜女果至，出白金四十两赠生。曰："去此六十里，有吴村卫氏，年十八矣，高其价，故未售也。君重啖之⑤，必合谐允。"言已别去。

　　生乘间语父，欲往相之，而隐馈金不敢告。翁自度无资，以是故止之。

---

① 广平：县名，在今河北省。明、清时属广平府。

② 方鲠：方正耿直。

③ 井臼：操持家务。

④ 逾墙钻隙：指男女不遵礼法，私相结合。

⑤ 重啖之：用重金满足其要求。

生又婉言："试可乃已。"翁颔之。生遂假仆马，诣卫氏。卫故田舍翁，生呼出，引与间语。卫知生望族，又见仪采轩豁，心许之，而虑其靳于资。生听其词意吞吐，会其旨，倾囊陈几上。卫乃喜，浼邻生居间，书红笺而盟焉，生入拜媪。居室逼侧，女依母自幛。微睨之。虽荆布之饰，而神情光艳，心窃喜。卫借舍款婿，便言："公子无须亲迎。待少作衣妆，即合卺送去。"生与期而归。诡告翁，言卫爱清门，不责资。翁亦喜。至日卫果送女至。女勤俭，有顺德，琴瑟甚笃。逾二年举一男，名福儿。会清明抱子登墓，遇邑绅宋氏。宋官御史，坐行赇免[1]，居林下，大煽威虐。是日亦上墓归，见女艳之，问村人知为生配。料冯贫士，诱以重赂，冀可摇，使家人风示之。生骤闻，怒形于色。既思势不敌，敛怒为笑，归告翁。翁大怒，奔出，对其家人，指天画地，诟骂万端。家人鼠窜而去。宋氏亦怒，竟遣数人入生家，殴翁及子，汹若沸鼎。女闻之，弃儿于床，披发号救。群篡舁之，哄然便去。父子伤残，吟呻在地，儿呱呱啼室中。邻人共怜之，扶之榻上。经日，生杖而能起；翁忿不食，呕血，寻毙。生大哭，抱子兴词，上至督抚，讼几遍，卒不得直。后闻妇不屈死，益悲。冤塞胸吭，无路可伸。每思要路刺杀宋，而虑其扈从繁，儿又冈托。日夜哀思，双睫为之不交。忽一丈夫吊诸其室，虬髯阔颔[2]，曾与无素。挽坐，欲问邦族。客遽曰："君有杀父之仇，夺妻之恨，而忘报乎？"生疑为宋人之侦，姑伪应之。客怒，眦欲裂，遽出曰："仆以君人也，今乃知不足齿之伧！"生察其异，跪而挽之，曰："诚恐宋人饻我。今实布腹心：仆之卧薪尝胆者，固有日矣。但怜此褓中物，恐坠宗祧。君义士，能为我杵臼否[3]？"客曰："此妇人女子之事，非所能。君所欲

---

① 坐行赇免：因行贿罪而免职。坐，因。赇，贿赂，音 qiú。

② 虬髯：拳曲的络腮胡。阔颔：宽下巴。

③ 能为我杵臼否：人名，指公孙杵臼。此处用典，意思是能否为我保护孤儿。

托诸人者，请自任之；所欲自任者，愿得而代庖焉。"生闻，崩角在地，客不顾而出。生追问姓字，曰："不济，不任受怨；济，亦不任受德。"遂去。生惧祸及，抱子亡去。至夜，宋家一门俱寝，有人越重垣入，杀御史父子三人，及一媳一婢。宋家具状告官。官大骇。宋执谓相如，于是遣役捕生，生遁不知所之，于是情益真。宋仆同官役诸处冥搜，夜至南山，闻儿啼，踪得之，系缧而行。儿啼愈嗔，群夺儿抛弃之，生冤愤欲绝。见邑令，问："何杀人？"生曰："冤哉！某以夜死，我以昼出，且抱呱呱者，何能逾垣杀人？"令曰："不杀人，何逃乎？"生词穷，不能置辩。乃收诸狱。生泣曰："我死无足惜，孤儿何罪？"令曰："汝杀人子多矣，杀汝子何怨？"生既褫革，屡受梏惨，卒无词。令是夜方卧，闻有物击床，震震有声，大惧而号。举家惊起，集而烛之；一短刀铦利如霜，剁床入木者寸余，牢不可拔。令睹之，魂魄丧失。荷戈遍索，竟无踪迹。心窃馁，又以宋人死，无可畏惧，乃详诸宪，代生解免，竟释生。

　　生归，瓮无升斗，孤影对四壁。幸邻人怜馈食饮，苟且自度。念大仇已报，则辗然喜；思惨酷之祸几于灭门，则泪潸潸堕；及思半生贫彻骨，宗支不续，则于无人处大哭失声，不复能自禁。如此半年，捕禁益懈。乃哀邑令，求判还卫氏之骨。及葬而归，悲悍欲死，辗转空床，竟无生路。忽有款门者，凝神寂听，闻一人在门外，吠吠与小儿语。生急起窥觇，似一女子。扉初启，便问："大冤昭雪，可幸无恙！"其声稔熟，而仓卒不能追忆。烛之，则红玉也。挽一小儿，嬉笑跨下。生不暇问，抱女呜哭，女亦惨然。既而推儿曰："汝忘尔父耶？"儿牵女衣，目灼灼视生。细审之，福儿也。大惊，泣问："儿那得来？"女曰："实告君，昔言邻女者，妄也，妾实狐。适宵行，见儿啼谷中，抱养于秦。闻大难既息，故携来与君团聚耳。"生挥涕拜谢，儿在女怀，如依其母，竟不复能识父矣。天未明，女即遽起，问之，答曰："奴欲去。"生裸跪床头，涕不能仰。女笑曰："妾诳君耳。今家道新创，非凤兴夜寐^①不可。"乃剪莽拥篲，类男子操作。生忧贫乏，不自给。女曰："但请下帷读^②，勿问盈歉，或当不瘁饿死。"遂出金治织具，租田数十亩，雇佣耕作。荷镵诛茅，牵萝补屋^③，日以为常。里党闻妇贤，益乐资助之。约半年，人烟腾茂，类素封家。生曰："灰烬之余，卿白手再造矣。然一事未就安妥，如何？"诘之，答曰："试期已迫，巾服尚未复也。"女笑曰："妾前以四金寄广文，已复名在案。若待君言，误之已久。"生益神之。是科遂领乡荐。时年三十六，腴田连阡，夏屋渠渠矣。女袅娜如随风欲飘去，而操作过农家妇。虽严冬自苦，而手腻如脂。自言二十八岁，人视之，常若二十许人。

异史氏曰："其子贤，其父德，故其报之也侠。非特人侠，狐亦侠也。遇亦奇矣！然官宰悠悠，竖人毛发^④，刀震震入木，何惜不略移床上半尺许哉？使苏子美读之，必浮白曰：'惜乎击之不中！'"

---

① 凤兴夜寐：早起晚睡。

② 下帷读：放下悬挂的帷幕，引申为闭门苦读。

③ 牵萝补屋：意思是勉强应付生活上的困苦。

④ 竖人毛发：令人发指，使人愤怒。

连琐

　　杨于畏移居泗水①之滨，斋临旷野，墙外多古墓，夜闻白杨萧萧，声如涛涌。夜阑秉烛，方复凄断，忽墙外有人吟曰："玄夜凄风却倒吹，流萤惹草复沾帏。"反复吟诵，其声哀楚。听之，细婉似女子。疑之。明日，视墙外，并无人迹，惟有紫带一条遗荆棘中，拾归置诸窗上。向夜二更许，又吟如昨。杨移杌登望，吟顿辍。悟其为鬼，然心向慕之。

　　次夜，伏伺墙头，一更向尽，有女子珊珊②自草中出，手扶小树，低首哀吟。杨微嗽，女忽入荒草而没。杨由是伺诸墙下，听其吟毕，乃隔壁而续之曰："幽情苦绪何人见？翠袖单寒月上时。"久之寂然，杨乃入室。方坐，忽见丽者自外来，敛衽曰："君子固风雅士，妾乃多所畏避。"杨喜，拉坐。瘦怯凝寒③，若不胜衣，问："何居里，久寄此间？"答曰："妾陇西④人，随父流寓。十七暴疾殂谢，今二十余年矣。九泉荒野，孤寂如鹜。所吟乃妾自作以寄幽恨者，思久不属⑤，蒙君代续，欢生泉壤。"杨欲与欢，蹙然曰："夜台朽骨，不比生人，如有幽欢，促人寿数，妾不忍祸君子也。"杨乃止。戏以手探胸，则鸡头之肉⑥，依然处子。又欲视其裙下双钩。女俯首笑曰："狂生太罗唣矣！"杨把玩之，则见月色锦袜，约彩线一缕；更视其一，则紫带系之。问：

---

① 泗水：又叫泗河，源出山东省泗水县；因四源合为一水，故名。

② 珊珊：这里形容女子慢行、缓行。

③ 瘦怯凝寒：身体瘦弱，从肌肤中透露出一股寒气。

④ 陇西：县名，即今甘肃省陇西县。

⑤ 思久不属：文思久不连贯。意思是长期思路未通，因而前诗未能成篇。属，音 zhǔ。

⑥ 鸡头之肉：喻女子乳头。

"何不俱带？"曰："昨宵畏君而避，不知遗落何所。"杨曰："为卿易之。"遂即窗上取以授女。女惊问何来，因以实告。女乃去线束带。既翻案上书，忽见《连昌宫词》①，慨然曰："妾生时最爱读此。今视之殆如梦寐！"与谈诗文，慧黠可爱，剪烛西窗②，如得良友。自此每夜但闻微吟，少顷即至。辄嘱曰："君秘勿宣。妾少胆怯，恐有恶客见侵。"杨诺之。两人欢同鱼水，虽不至乱，而闺阁之中，诚有甚于画眉③者。女每于灯下为杨写书，字态端媚。又自选宫词百首，录诵之。使杨治棋枰，购琵琶，每夜教杨手谈④。不则挑弄弦索，作"蕉窗零雨"之曲⑤，酸人胸臆；杨不忍卒听，则为"晓苑莺声"之调⑥，顿觉心怀畅适。挑灯作剧，乐辄忘晓，视窗上有曙色，则张皇遁去。

一日薛生造访，值杨昼寝。视其室，琵琶、棋枰俱在，知非所善。又翻书得宫词，见字迹端好，益疑。杨醒，薛问："戏具何来？"答："欲学之。"又问诗卷，托以假诸友人。薛反复检玩，见最后一叶细字一行云："某月日连琐书。"笑曰："此是女郎小字，何相欺之甚？"杨大窘，不能置词。薛诘之益苦，杨不以告。薛卷挟，杨益窘，遂告之。薛求一见，杨因述所嘱。薛仰慕殷切，杨不得已，诺之。夜分女至，为致意焉。女怒曰："所言伊何？乃已喋喋向人！"杨以实情自白，女曰："与君缘尽矣！"杨百词慰解，终不欢，起而别去，曰："妾暂避之。"明日薛来，杨代致其不可。薛

---

① 《连昌宫词》：元稹作于元和十二年（817）的七言长篇叙事诗，全诗共九十句，借宫边老人的叙述回顾了安史之乱前唐玄宗与杨贵妃的奢靡生活，表达了作者对政治清明的向往。连昌宫，是唐代行宫之一，始建于显庆三年（658），故址在今河南宜阳县。

② 剪烛西窗：语出李商隐《夜雨寄北》诗："何当共剪西窗烛，却话巴山夜雨时。"原指夫妻久别重聚长谈，后泛指亲友相聚畅谈。

③ 甚于画眉：夫妻感情亲密，比起丈夫亲自为妻子画眉，更进一层。

④ 手谈：下围棋。

⑤ "蕉窗零雨"之曲：隔窗聆听雨打芭蕉音响的曲子，指意境凄清落寞的旋律。

⑥ "晓苑莺声"之调：清晨聆听园林中黄莺鸣声的曲子，指意境明快欢畅的旋律。

疑支托，暮与窗友二人来，淹留不去，故挠之，恒终夜哗，大为杨生白眼，而无如何。众见数夜杳然，浸有去志，喧嚣渐息。忽闻吟声，共听之，凄婉欲绝。薛方倾耳神注，内一武生王某，掇巨石投之，大呼曰："作态不见客，那甚得好句。呜呜恻恻，使人闷损！"吟顿止，众甚怨之，杨恚愤见于词色。次日始共引去。杨独宿空斋，冀女复来，而殊无影迹。逾二日，女忽至，泣曰："君致恶宾，几吓煞妾！"杨谢过不遑，女遽出，曰："妾固谓缘分尽也，从此别矣。"挽之已渺。由是月余，更不复至。杨思之，形销骨立，莫可追挽。一夕方独酌，忽女子搴帏入。杨喜极，曰："卿见宥耶？"女涕垂膺，默不一言。亟问之，欲言复忍，曰："负气去，又急而求人，难免愧恧。"杨再三研诘，乃曰："不知何处来一龌龊隶，逼充媵妾。顾念清白裔，岂屈身舆台之鬼？然一线弱质乌能抗拒？君如齿妾在琴瑟之数[1]，必不听自为生活。"杨大怒，愤将致死，但虑人鬼殊途，不能为力。女曰："来夜早眠，妾邀君梦中耳。"于是复共倾谈，坐以达曙。

女临去，嘱勿昼眠，留待夜约。杨诺之，因于午后薄饮，乘醺登榻，蒙衣假卧。忽见女来，授以佩刀，引手去。至一院宇，方阖门语，闻有人搭石挝门[2]。女惊曰："仇人至矣！"杨启户骤出，见一人赤帽青衣，猬毛绕喙。怒咄之。隶横目相仇，言词凶谩。杨大怒，奔之。隶捉石以投，骤如急雨，中杨腕，不能握刃。方危急间，遥见一人，腰矢野射。审视之，王生也。大号乞救。王生张弓急至，射之，中股；再射之，殪。杨喜感谢，王问故，具告之。王自喜前罪可赎，遂与共入女室。女战惕羞缩，遥立不作一语。案上有小刀，长仅尺余，而装以金玉，出诸匣，光芒鉴影。王叹赞不释手。与杨

---

[1] 齿妾在琴瑟之数：把我看作妻子。齿，列。琴瑟，喻夫妻。
[2] 搭石挝门：拿起石头砸门。

略话，见女惭惧可怜，乃出，分手去。杨亦自归，越墙而仆，于是惊寤，听村鸡已乱鸣矣。觉腕中痛甚；晓而视之，则皮肉赤肿。亭午王生来，便言夜梦之奇。杨曰："未梦射否？"王怪其先知。杨出手示之，且告以故。王忆梦中颜色，恨不真见。自幸有功于女，复请先容。夜间，女来称谢。杨归功王生，遂达诚恳。女曰："将伯之助，义不敢忘，然彼赳赳，妾实畏之。"既而曰："彼爱妾佩刀，刀实妾父出使粤中，百金购之。妾爱而有之，缠以金丝，瓣以明珠。大人怜妾夭亡，用以殉葬。今愿割爱相赠，见刀如见妾也。"次日，杨致此意，王大悦。至夜女果携刀来，曰："嘱伊珍重，此非中华物也。"由是往来如初。

积数月，忽于灯下笑而向杨，似有所语，面红而止者三。生抱问之，答曰："久蒙眷爱，妾受生人气，日食烟火，白骨顿有生意。但须生人精血，可以复活。"杨笑曰："卿自不肯，岂我故惜之？"女云："交接后，君必有念余日大病，然药之可愈。"遂与为欢。既而着衣起，又曰："尚须生血一点，能拚痛以相爱乎？"杨取利刃刺臂出血，女卧榻上，便滴脐中。乃起曰："妾不来矣。君记取百日之期，视妾坟前有青鸟鸣于树头，即速发冢。"杨谨受教。出门又嘱曰："慎记勿忘，迟速皆不可！"乃去。

越十余日，杨果病，腹胀欲死。医师投药，下恶物如泥，浃辰而愈。计至百日，使家人荷锸以待。日既夕，果见青鸟双鸣。杨喜曰："可矣！"乃斩荆发圹[1]，见棺木已朽，而女貌如生。摩之微温。蒙衣舁归置暖处，气咻咻然，细于属丝[2]。渐进汤酏，半夜而苏。每谓杨曰："二十余年如一梦耳。"

---

[1] 发圹：掘开墓穴。圹，音 kuàng。
[2] 属丝：一丝相连，喻气息微弱。

夜叉国

交州^①徐姓，泛海为贾，忽被大风吹去。开眼至一处，深山苍莽。冀有居人，遂缆船而登，负糗腊^②焉。方入，见两崖皆洞口，密如蜂房，内隐有人声。至洞外仡足一窥，中有夜叉二，牙森列戟^③，目闪双灯，爪劈生鹿而食。惊散魂魄，急欲奔下，则夜叉已顾见之，辍食执入。二物相语，如鸟兽鸣，争裂徐衣，似欲啖噉。徐大惧，取橐中糗糒，并牛脯^④进之。分啖甚美。复翻徐橐，徐摇手以示其无，夜叉怒，又执之。徐哀之曰："释我。我舟中有釜甑^⑤可烹饪。"夜叉不解其语，仍怒。徐再与手语，夜叉似微解。从至舟，取具入洞，束薪燃火，煮其残鹿，熟而献之。二物啖之喜。夜以巨石杜门^⑥，似恐徐遁，徐曲体遥卧，深惧不免。天明，二物出，又杜之。少顷，携一鹿来付徐，徐剥革，于深洞处流水，汲煮数釜。俄有数夜叉至，群集吞啖讫，共指釜，似嫌其小。过三四日，一夜叉负一大釜来，似人所常用者。于是群夜叉各致狼麋^⑦。既熟，呼徐同啖。居数日，夜叉渐与徐熟，出亦不施禁锢，聚处如家人。徐渐能察声知意，辄效其音，为夜叉语。夜叉益悦，携一

---

① 交州：古地名，汉武帝设置交趾刺史部，东汉改置交州刺史部，辖五岭以南，今广东、广西以至越南北部地区。

② 糗腊：炒熟的米麦和干肉。糗是用炒熟的米麦捣成的细粉，音 qiǔ。腊是晒干的肉，音 xī。

③ 牙森列戟：牙齿密布如同仪仗般排列。森，繁密貌。牙，前齿。

④ 牛脯：干牛肉。"腊"的一种。

⑤ 釜甑：煮饭的锅和蒸笼。甑，古代瓦制炊具。

⑥ 杜门：把门堵上。杜，堵塞。

⑦ 各致狼麋：送来狼与麋鹿等猎物。致，送。麋，麋鹿。

雌来妻徐。徐初畏惧莫敢伸，雌自开其股就徐，徐乃与交，雌大欢悦。每留肉饵徐，若琴瑟之好。

一日，诸夜叉早起，项下各挂明珠一串，更番出门，若伺贵客状。命徐多煮肉，徐以问雌，雌云："此天寿节[①]。"雌出谓众夜叉曰："徐郎无骨突子[②]。"众各摘其五，并付雌。雌又自解十枚，共得五十之数，以野苎[③]为绳，穿挂徐项。徐视之，一珠可直百十金。俄顷俱出。徐煮肉毕，雌来邀去，云："接天王。"至一大洞，广阔数亩，中有石滑平如几，四围俱有石坐，上一坐蒙一豹革，余皆以鹿。夜叉二三十辈，列坐满中。少顷，大风扬尘，张皇都出。见一巨物来，亦类夜叉状，竟奔入洞，踞坐鹗顾[④]。群随入，东西列立，悉仰其首，以双臂作十字交。大夜叉按头点视。问："卧眉山众[⑤]尽于此乎？"群哄应之。顾徐曰："此何来？"雌以"婿"对，众又赞其烹调。即有二三夜叉，奔取熟肉陈几上，大夜叉掬啖尽饱，极赞嘉美，且责常供。又顾徐云："骨突子何短？"众曰："初来未备。"物于项上摘取珠串，脱十枚付之，俱大如指顶，圆如弹丸，雌急接，代徐穿挂，徐亦交臂作夜叉语谢之。物乃去，蹑风而行，其疾如飞。众始享其余食而散。

居四年余，雌忽产，一胎而生二雄一雌，皆人形，不类其母。众夜叉皆喜其子，辄共拊弄。一日皆出攫食，惟徐独坐，忽别洞来一雌欲与徐私，徐不肯。夜叉怒，扑徐踣地上。徐妻自外至，暴怒相搏，龁断其耳。少顷其

---

① 天寿节：此指夜叉王的生日。封建帝王以天寿称自己诞辰。

② 骨突子：指夜叉们佩戴的珠串。骨突子，圆形杖头，即朝廷仪仗中的金瓜。珍珠圆形与之相似，所以夜叉们称之为骨突子。

③ 野苎：野生的苎麻。苎，音 zhù。

④ 踞坐鹗顾：叉开两腿坐着，用鹗一般的目光左右顾视。踞坐，坐时两腿伸直、叉开，是一种傲慢尊大的坐态。鹗，一种猛禽，目光锐利凶狠，停落时经常转睛顾盼。

⑤ 卧眉山众：据后文，即卧眉国的公民。卧眉国是夜叉国之一。

雄亦归，解释令去。自此雌每守徐，动息不相离。又三年，子女俱能行步，徐辄教以人言，渐能语，啁啾①之中有人气②焉，虽童也，而奔山如履坦途，与徐依依有父子意。

一日雌与一子一女出，半日不归，而北风大作。徐恻然念故乡，携子至海岸，见故舟犹存，谋与同归。子欲告母，徐止之。父子登舟，一昼夜达交。至家，妻已醮。出珠二枚，售金盈兆③，家颇丰。子取名彪，十四五岁，能举百钧，粗莽好斗。交帅④见而奇之，以为千总。值边乱，所向有功，十八为副将。

时一商泛海，亦遭风，飘至卧眉，方登岸，见一少年，视之而惊。知为中国人，便问居里，商以告。少年曳入幽谷一小石洞，洞外皆丛棘，且嘱勿出。去移时，挟鹿肉来啖商。自言："父亦交人。"商问之，而知为徐，商在客中尝识之。因曰："我故人也。今其子为副将。"少年不解何名。商曰："此中国之官名。"又问："何以为官？"曰："出则舆马，入则高堂，上一呼而下百诺，见者侧目视，侧足立⑤，此名为官。"少年甚歆动。商曰："既尊君在交，何久淹此？"少年以情告。商劝南旋，曰："余亦常作是念。但母非中国人，言貌殊异，且同类觉之必见残害，用是辗转。"乃出曰："待北风起，我来送汝行。烦于父兄处，寄一耗问。"商伏洞中几半年。时自棘中外窥，见山中辄有夜叉往还，大惧，不敢少动。一日北风策策⑥，少年忽至，引与急奔。嘱曰："所言勿忘却。"商应之。又以肉置几上，商乃归。

---

① 啁啾：鸟鸣声。这里形容小儿学语。音 zhōu jiū。

② 有人气：有人类语言的味道。

③ 盈兆：极言其多。

④ 交帅：交州的军事首脑。

⑤ 侧目视，侧足立：形容因畏惧而不敢正视，不敢对面站立。

⑥ 策策：风吹枯叶声。

敬①抵交，达副总府，备述所见。彪闻而悲，欲往寻之。父虑海涛妖薮，险恶难犯，力阻之。彪抚膺痛哭，父不能止。乃告交帅，携两兵至海内。逆风阻舟，摆簸海中者半月。四望无涯，咫尺迷闷，无从辨其南北。忽而涌波接汉，乘舟倾覆，彪落海中，逐浪浮沉。久之，被一物曳去，至一处，竟有舍宇。彪视之，一物如夜叉状。彪乃作夜叉语，夜叉惊讯之，彪乃告以所往。夜叉喜曰："卧眉我故里也，唐突可罪！君离故道已八千里。此去为毒龙国，向卧眉非路。"乃觅舟来送彪。夜叉在水中，推行如矢，瞬息千里，过一宵已达北岸，见一少年临流瞻望。彪知山无人类，疑是弟，近之，果弟，因执手哭。既而问母及妹，并云健安。彪欲偕往，弟止之，仓忙便去。回谢夜叉，则已去。未几母妹俱至，见彪俱哭。彪告其意，母曰："恐去为人所凌。"彪曰："儿在中国甚荣贵，人不敢欺。"归计已决，苦逆风难渡。母子方徊徨间，忽见布帆南动，其声瑟瑟。彪喜曰："天助吾也！"相继登舟，波如箭激，三日抵岸，见者皆奔。彪向三人脱分袍裤。抵家，母夜叉见翁怒骂，恨其不谋，徐谢过不遑②。家人拜见家主母，无不战栗。彪劝母学作华言，衣锦，厌粱肉，乃大欣慰。母女皆男儿装，类满制。数月稍辨语言，弟妹亦渐白皙。

弟曰豹，妹曰夜儿，俱强有力。彪耻不知书，教弟读，豹最慧，经史一过辄了③。又不欲操儒业，仍使挽强弩，驰怒马，登武进士第，聘阿游击女，夜儿以异种，无与为婚。会标下袁守备失偶，强妻之。夜儿开百石弓，百余步射小鸟，无虚落。袁每征辄与妻俱，历任同知将军，奇勋半出于闺门。豹

---

① 敬：特意，专诚。
② 谢过不遑：急忙连声道歉。
③ 经史一过辄了：经书、史书学过一遍就能通晓。了，了然，通晓。

三十四岁挂印，母尝从之南征，每临巨敌，辄擐甲执锐[1]，为子接应，见者莫不辟易[2]。诏封男爵。豹代母疏辞，封夫人。

异史氏曰："夜叉夫人，亦所罕闻，然细思之而不罕也。家家床头有个夜叉在。"

---

[1] 擐甲执锐：穿甲胄，拿武器。擐，穿，音 huàn。
[2] 辟易：退避，逃躲。

连城

　　乔生，晋宁①人，少负才名。年二十余，犹淹蹇②，为人有肝胆。与顾生善，顾卒，时恤其妻子。邑宰以文相契重，宰终于任，家口淹滞不能归，生破产扶柩，往返二千余里。以故士林益重之，而家由此益替。

　　史孝廉有女字连城，工刺绣，知书，父娇爱之。出所刺《倦绣图》，征少年题咏，意在择婿。生献诗云："慵鬟高髻绿婆娑，早向兰窗绣碧荷。刺到鸳鸯魂欲断，暗停针线蹙双蛾。"又赞挑绣③之工云："绣线挑来似写生，幅中花鸟自天成。当年织锦非长技，幸把回文感圣明。"女得诗喜，对父称赏，父贫之。女逢人辄称道，又遣媪矫父命，赠金以助灯火④。生叹曰："连城我知己也！"倾怀结想，如饥思啖。

　　无何，女许字⑤于蹉贾⑥之子王化成，生始绝望，然梦魂中犹佩戴之。未几女病瘵⑦，沉痼不起，有西域头陀自谓能疗，但须男子膺肉一钱，捣合药屑。史使人诣王家告婿，婿笑曰："痴老翁，欲我剜心头肉也！"使返。史乃言于人曰："有能割肉者妻之。"生闻而往，自出白刃，刲膺授僧。血濡袍

---

① 晋宁：明清县名，治所在今云南省晋宁县。

② 淹蹇：滞留困顿，谓科举不得志。

③ 挑绣：挑花和刺绣，绣花时的两道工艺。

④ 助灯火：资助乔生读书费用。

⑤ 许字：许婚。

⑥ 蹉贾：盐商。蹉，音 cuó。

⑦ 瘵：痨病，即肺病，音 zhài。

裤，僧敷药始止。合药三丸，三日服尽，疾若失。史将践其言[1]，先告王。王怒，欲讼官。史乃设筵招生，以千金列几上。曰："重负大德，请以相报。"因具白背盟之由。生怫然[2]曰："仆所以不爱膺肉者，聊以报知己耳。岂货肉哉！"拂袖而归。女闻之，意良不忍，托媪慰谕之，且云："以彼才华，当不久落。天下何患无佳人？我梦不祥，三年必死，不必与人争此泉下物[3]也。"生告媪曰："'士为知己者死'，不以色也。诚恐连城未必真知我，但得真知我，不谐何害[4]？"媪代女郎矢诚自剖。生曰："果尔，相逢时当为我一笑，死无憾！"媪既去。逾数日，生偶出，遇女自叔氏归，眤之，女秋波转顾，启齿嫣然。生大喜曰："连城真知我者！"

会王氏来议吉期，女前症又作，数月寻死。生往临吊，一痛而绝。史舁送其家。生自知已死，亦无所戚，出村去，犹冀一见连城。遥望南北一道，行人连绪如蚁，因亦混身杂迹其中。俄顷入一廨署，值顾生，惊问："君何得来？"即把手将送令归。生太息，言："心事殊未了。"顾曰："仆在此典牍[5]，颇得委任，倘可效力，不惜也。"生问连城，顾即导生旋转多所，见连城与一白衣女郎，泪睫惨黛[6]，藉坐廊隅[7]。见生至，骤起似喜，略问所来。生曰："卿死，仆何敢生！"连城泣曰："如此负义人，尚不吐弃之，身殉何为？然已不能许君今生，愿矢来世耳。"生告顾曰："有事君自去，仆乐死不愿生矣。但烦稽连城托生何里，行与俱去耳。"顾诺而去，白衣女郎问生何

---

① 践其言：履行自己的诺言。指把女儿嫁给乔生。

② 怫然：生气的样子。

③ 泉下物：指死人。谓己不久将死。

④ 不谐：不能成事；指不能结为夫妻。何害：何妨。

⑤ 典牍：主管文书案卷。

⑥ 泪睫惨黛：犹言愁眉泪眼。惨，悲伤。黛，眉。

⑦ 藉坐廊隅：在廊下一角，席地而坐。

人，连城为缕述之，女郎闻之，若不胜悲。连城告生曰："此妾同姓，小字宾娘，长沙史太守[1]女。一路同来，遂相怜爱。"生视之，意态怜人。方欲研问，而顾已返，向生贺曰："我为君平章已确[2]，即教小娘子从君返魂，好否？"两人各喜。方将拜别，宾娘大哭曰："姊去，我安归？乞垂怜救，妾为姊捧帨耳。"连城凄然，无所为计，转谋生。生又哀顾，顾难之，峻辞以为不可，生固强之。乃曰："试妄为之。"去食顷而返，摇手曰："何如！诚万分不能为力矣！"宾娘闻之，宛转娇啼，惟依连城肘下，恐其即去。惨怛无术，相对默默，而睹其愁颜戚容，使人肺腑酸柔。顾生愤然曰："请携宾娘去，脱有愆尤[3]，小生拚身受之！"宾娘乃喜，从生出，生忧其道远无侣。宾娘曰："妾从君去，不愿归也。"生曰："卿大痴矣！不归，何以得活也？他日至湖南，勿复走避，为幸多矣。"适有两媪摄牒[4]赴长沙，生属宾娘，泣别而去。

途中，连城行蹇缓，里余辄一息，凡十余息始见里门。连城曰："重生后，惧有反覆，请索妾骸骨来，妾以君家生，当无悔也。"生然之，偕归生家。女惕惕若不能步，生伫待之。女曰："妾至此，四肢摇摇，似无所主。志恐不遂，尚宜审谋，不然，生后何能自由？"相将入侧厢中。默定少时，连城笑曰："君憎妾耶？"生惊问其故。赧然曰："恐事不谐，重负君矣。请先以鬼报也。"生喜，极尽欢恋。因徘徊不敢遽生，寄厢中者三日。连城曰："谚有之：'丑妇终须见姑嫜。'戚戚于此，终非久计。"乃促生入，才至灵

①　太守：知府、知州的古称。明清于长沙置府。

②　平章已确：商办已妥。平章，商量处理。

③　脱有愆尤：假若有罪责、过失。

④　摄牒：携带公文。指出公差。

寝①，豁然顿苏。家人惊异，进以汤水。生乃使人要史来，请得连城之尸，自言能活之。史喜，从其言。方舁入室，视之已醒。告父曰："儿已委身乔郎矣，更无归理。如有变动，但仍一死！"史归，遣婢往役给奉。王闻，具词申理，官受赂，判归王。生愤懑欲死，亦无奈之。连城至王家，忿不饮食，惟乞速死，室无人，则带悬梁上。越日，益惫，殆将奄逝，王惧，送归史；史复舁归生。王知之亦无如何，遂安焉。连城起，每念宾娘，欲遣信探之，以道远而艰于往。一日家人进曰："门有车马。"夫妇出视，则宾娘已至庭中矣。相见悲喜。太守亲诣送女，生延入。太守曰："小女子赖君复生，誓不他适，今从其志。"生叩谢如礼。孝廉亦至，叙宗好②焉。生名年，字大年。

异史氏曰："一笑之知，许之以身，世人或议其痴。彼田横五百人岂尽愚哉③！此知希之贵，贤豪所以感结而不能自已也。顾茫茫海内，遂使锦绣才人④，仅倾心于蛾眉之一笑也。悲夫！"

---

① 灵寝：灵床，即停尸床。
② 叙宗好：叙同宗之族谊。孝廉与太守同姓史。
③ "彼田横五百人"句：此为作者以田横部下五百人忠于田横，赞扬乔生"士为知己者死"的精神。田横，秦末齐人。拒项羽，复齐地，自立为齐王。刘邦称帝后，田横率五百士逃往海岛。刘邦怕他作乱，下诏强迫他入洛阳，并答应把他封王封侯。田横行至距洛阳三十里，因耻于向刘邦称臣，与从者皆自杀。岛上五百人闻讯后也全部自杀。
④ 锦绣才人：才学富艳、诗文精美的读书人。此指乔生。

雷曹

　　乐云鹤、夏平子二人，少同里，长同斋①，相交莫逆。夏少慧，十岁知名。乐虚心事之。夏相规不倦；乐文思日进，由是名并著。而潦倒场屋②，战辄北③。无何，夏遘疫④而卒，家贫不能葬，乐锐身自任之。遗襁褓子及未亡人⑤，乐以时恤诸其家，每得升斗必析而二之，夏妻子赖以活。于是士大夫益贤乐。乐恒产无多，又代夏生忧，内顾家计日蹙。乃叹曰："文如平子尚碌碌以没，而况于我？人生富贵须及时，戚戚终岁，恐先狗马填沟壑⑥，负此生矣，不如早改图也。"于是去读而贾。操业半年，家资小泰。

　　一日客金陵，休于旅舍，见一人颀然而长，筋骨隆起，徬徨坐侧，色黯淡有戚容。乐问："欲得食耶？"其人亦不语。乐推食食之⑦，则以手掬啖，顷刻已尽；乐又益以兼人之馔，食复尽。遂命主人割豚胁，堆以蒸饼，又尽数人之餐。始果腹而谢曰："三年以来未尝如此饫饱。"乐曰："君固壮士，何飘泊若此？"曰："罪婴天谴，不可说也。"问其里居，曰："陆无屋，水无舟，朝村而暮郭⑧也。"乐整装欲行，其人相从，恋恋不去。乐辞之，告

---

① 同斋：同学。斋，谓学塾。
② 潦倒场屋：在科举考试中屡试不中，落拓失意。场屋，科举考场。
③ 战辄北：每次考试都失利。战，喻科举考试。北，战败。
④ 遘疫：染上瘟疫。遘，遇，音 gòu。
⑤ 未亡人：寡妇。
⑥ 恐先狗马填沟壑：指早死。
⑦ 推食食之：把食物推让给他吃。第二个食通"饲"。
⑧ 朝村而暮郭：意谓终日漂泊于城乡之间。

曰："君有大难，吾不忍忘一饭之德。"乐异之，遂与偕行。途中曳与同餐，辞曰："我终岁仅数餐耳。"益奇之。次日渡江，风涛暴作，估舟尽覆，乐与其人悉没江中。俄风定，其人负乐踏波出，登客舟，又破浪去。少时挽一舟至，扶乐入，嘱乐卧守，复跃入江，以两臂夹货出，掷舟中，又入之；数入数出，列货满舟。乐谢曰："君生我亦良足矣，敢望珠还①哉！"检视货财，并无亡失。益喜，惊为神人，放舟欲行，其人告退，乐苦留之，遂与共济。乐笑云："此一厄也，止失一金簪耳。"其人欲复寻之。乐方劝止，已投水中而没。惊愕良久，忽见含笑而出，以簪授乐曰："幸不辱命。"江上人罔不骇异。

　　乐与归，寝处共之，每十数日始一食，食则咀嚼无算。一日又言别，乐固挽之。适昼晦欲雨，闻雷声。乐曰："云间不知何状？雷又是何物？安得至天上视之，此疑乃可解。"其人笑曰："君欲作云中游耶？"少时乐倦甚，伏榻假寐。既醒，觉身摇摇然不似榻上，开目则在云气中，周身如絮。惊而起，晕如舟上，踏之软无地。仰视星斗，在眉目间。遂疑是梦。细视星嵌天上，如老莲实之在蓬也，大者如瓮，次如瓿，小如盎②盂。以手撼之，大者坚不可动，小星摇动似可摘而下者；遂摘其一藏袖中。拨云下视，则银河苍茫，见城郭如豆。愕然自念：设一脱足，此身何可复问？俄见二龙夭矫，驾缦车③来，尾一掉，如鸣牛鞭。车上有器，围皆数丈，贮水满之。有数十人，以器掬水，遍洒云间。忽见乐，共怪之。乐审所与壮士在焉，语众云："是吾友也。"因取一器授乐令洒。时苦旱，乐接器排云，约望故乡，尽情倾注。

---

① 珠还：比喻财物失而复得。

② 盎：一种大腹敛口的容器。音 àng。

③ 缦车：古代一种不施花纹图饰的车子。缦，音 màn。

未几谓乐曰:"我本雷曹^①,前误行雨,罚谪三载。今天限已满,请从此别。"乃以驾车之绳万丈掷前,使握端缒^②下。乐危之,其人笑言:"不妨。"乐如其言,飀飀然瞬息及地。视之,则堕立村外,绳渐收入云中,不可见矣。

时久旱,十里外雨仅盈指,独乐里沟浍^③皆满。归探袖中,摘星仍在。出置案上,黯黝如石,入夜则光明焕发,映照四壁。益宝之,什袭而藏。每有佳客,出以照饮。正视之,则条条射目。一夜,妻坐对握发^④,忽见星光渐小如萤,流动横飞。妻方怪咤,已入口中,咯之不出,竟已下咽。愕奔告乐,乐亦奇之。既寝,梦夏平子来,曰:"我少微星^⑤也。因先君失一德,促余寿龄。君之惠好,在中不忘^⑥。又蒙自上天携归,可云有缘。今为君嗣,以报大德。"乐三十无子,得梦甚喜。自是妻果娠,及临蓐^⑦,光辉满室,如星在几上时,因名"星儿"。机警非常,十六岁及进士第。

异史氏曰:"乐子文章名一世,忽觉苍苍之位置我者不在是,遂弃毛锥如脱屣,此与燕颔投笔^⑧者何以少异?至雷曹感一饭之德,少微酬良朋之知,岂神人之私报恩施哉?乃造物之公报贤豪耳。"

---

① 雷曹:雷部的属官。此指雷神。
② 缒:用绳子悬人或物使之下坠。音 zhuì。
③ 沟浍:犹言沟渠。沟是田间行水道。浍是田间排水渠,音 kuài。
④ 握发:指梳理绾结头发。
⑤ 少微星:又名处士星。在太微西南,共四星,是象征士大夫的星宿。
⑥ 在中不忘:永记不忘。中,内心。
⑦ 临蓐:临产,分娩。蓐,音 rù,草席,古代妇女坐以临产。
⑧ 燕颔投笔:指班超投笔从戎。东汉班超,是班彪之子、班固之弟。

翩翩

罗子浮，邠①人，父母俱早世，八九岁依叔大业。业为国子左厢②，富有金缯而无子，爱子浮若己出。十四岁为匪人诱去，作狭邪游，会有金陵娼侨寓郡中，生悦而惑之。娼返金陵，生窃从遁去。居娼家半年，床头金尽，大为姊妹行③齿冷，然犹未遽绝之。无何，广疮④溃臭，沾染床席，逐而出。丐于市，市人见辄遥避。自恐死异域，乞食西行，日三四十里，渐至邠界。又念败絮脓秽，无颜入里门，尚趑趄近邑间。

日就暮，欲趋山寺宿，遇一女子，容貌若仙，近问："何适？"生以实告。女曰："我出家人，居有山洞，可以下榻，颇不畏虎狼。"生喜从去。入深山中，见一洞府⑤，入则门横溪水，石梁驾之。又数武，有石室二，光明彻照，无须灯烛。命生解悬鹑，浴于溪流，曰："濯之，疮当愈。"又开幛拂褥促寝，曰："请即眠，当为郎作裤。"乃取大叶类芭蕉，剪缀作衣，生卧视之。制无几时，折迭床头，曰："晓取着之。"乃与对榻寝。生浴后，觉疮痏⑥无苦，既醒，摸之，则痂厚结矣。诘旦将兴，心疑蕉叶不可着，取而审视，则绿锦滑绝。少间具餐，女取山叶呼作饼，食之，果饼；又剪作鸡、鱼烹之，皆如真者。室隅一罂贮佳酝，辄复取饮，少减，则以溪水灌益之。数

---

① 邠：明清州名，治所在今陕西省彬州市。
② 国子左厢：明清时国子祭酒的别称。
③ 姊妹行：姊妹们。妓女间的互称。
④ 广疮：性病，即梅毒。由粤广通商口岸传入，因称广疮。
⑤ 洞府：传说中的仙人常以仙洞为家，故习称仙人或修道者所居为洞府。
⑥ 疮痏：脓疮。

日，疮痂尽脱，就女求宿。女曰："轻薄儿！甫能安身，便生妄想！"生云："聊以报德。"遂同卧处，大相欢爱。

一日有少妇笑入曰："翩翩小鬼头快活死！薛姑子好梦几时做得？"女迎笑曰："花城娘子，贵趾久弗涉，今日西南风紧，吹送来也！小哥子抱得未？"曰："又一小婢子。"女笑曰："花娘子瓦窑哉！那弗将来？"曰："方鸣之，睡却矣。"于是坐以款饮。又顾生曰："小郎君焚好香也。"生视之，年二十有三四，绰有余妍，心好之。剥果误落案下，俯地假拾果，阴捻翘凤。花城他顾而笑，若不知者。生方恍然神夺，顿觉袍裤无温，自顾所服悉成秋叶，几骇绝。危坐移时，渐变如故。窃幸二女之弗见也。少顷，酬酢间，又以指搔纤掌。花城坦然笑谑，殊不觉知。突突怔忡间，衣已化叶，移时始复变。由是惭颜息虑，不敢妄想。花城笑曰："而家小郎子，大不端好！若弗是醋葫芦娘子，恐跳迹入云霄①去。"女亦哂曰："薄幸儿，便值得寒冻杀！"相与鼓掌。花城离席曰："小婢醒，恐啼肠断矣。"女亦起曰："贪引他家男儿，不忆得小江城啼绝矣。"花城既去，惧贻消责，女卒晒对如平时。居无何，秋老风寒，霜零木脱，女乃收落叶，蓄旨御冬。顾生肃缩，乃持襆掇拾洞口白云为絮复衣，着之温暖如襦，且轻松常如新绵。

逾年生一子，极惠美，日在洞中弄儿为乐。然每念故里，乞与同归。女曰："妾不能从。不然，君自去。"因循二三年，儿渐长，遂与花城订为姻好。生每以叔老为念。女曰："阿叔腊故大高，幸复强健，无劳悬耿②。待保儿婚后，去住由君。"女在洞中，辄取叶写书，教儿读，儿过目即了。女曰："此儿福相，放教入尘寰，无忧至台阁。"未几儿年十四，花城亲诣送女，女

---

① 跳迹入云霄：犹言腾云驾雾。意思是荡检逾闲，想入非非。
② 悬耿：耿耿悬念。

华妆至，容光照人。夫妻大悦。举家宴集。翩翩扣钗①而歌曰："我有佳儿，不羡贵官。我有佳妇，不羡绮纨。今夕聚首，皆当喜欢。为君行酒，劝君加餐②。"既而花城去，与儿夫妇对室居。新妇孝，依依膝下，宛如所生。生又言归，女曰："子有俗骨，终非仙品。儿亦富贵中人，可携去，我不误儿生平③。"新妇思别其母，花城已至。儿女恋恋，涕各满眶。两母慰之曰："暂去，可复来。"翩翩乃剪叶为驴，令三人跨之以归。

大业已老归林下，意侄已死，忽携佳孙美妇归，喜如获宝。入门，各视所衣，悉蕉叶，破之，絮蒸蒸腾去，乃并易之。后生思翩翩，偕儿往探之，则黄叶满径，洞口路迷，零涕而返。

异史氏曰："翩翩、花城，殆仙者耶？餐叶衣云，何其怪也！然帏幄诽谑④，狎寝生雏，亦复何殊于人世？山中十五载，虽无'人民城郭⑤'之异，而云迷洞口，无迹可寻，睹其景况，真刘阮返棹时⑥矣。"

---

① 扣钗：用头钗相敲击，作为节拍。
② 加餐：多多进食，保养身体。《古诗十九首》之一："弃捐勿复道，努力加餐饭。"
③ 生平：终身，指一生前途。
④ 帏幄诽谑：指闺房言笑。帏幄，房内帐幕。诽，当作"俳"。俳谑，戏谑玩笑。
⑤ 人民城郭：指年代久远的人事变迁。
⑥ 真刘阮返棹时：真像汉代刘晨、阮肇回船重寻天台仙女时的情形。

罗刹海市

马骥，字龙媒，贾人子，美丰姿，少倜傥，喜歌舞。辄从梨园子弟[①]，以锦帕缠头，美如好女，因复有"俊人"之号。十四岁入郡庠，即知名。父衰老，罢贾而归，谓生曰："数卷书，饥不可煮，寒不可衣，吾儿可仍继父贾。"马由是稍稍权子母[②]。从人浮海，为飓风引去，数昼夜至一都会。其人皆奇丑，见马至，以为妖，群哗而走。马初见其状，大惧，迨知国中之骇己也，遂反以此欺国人。遇饮食者则奔而往，人惊遁，则啜其余。久之，入山村，其间形貌亦有似人者，然褴褛如丐。马息树下，村人不敢前，但遥望之。久之，觉马非噬人者，始稍稍近就之。马笑与语，其言虽异，亦半可解。马遂自陈所自，村人喜，遍告邻里，客非能搏噬者。然奇丑者望望即去[③]，终不敢前；其来者，口鼻位置，尚皆与中国同，共罗浆酒奉马，马问其相骇之故，答曰："尝闻祖父言：西去二万六千里，有中国，其人民形象率诡异。但耳食[④]之，今始信。"问其何贫，曰："我国所重，不在文章，而在形貌。其美之极者，为上卿[⑤]；次任民社；下焉者，亦邀贵人宠，故得鼎烹以养妻子。若我辈初生时，父母皆以为不祥，往往置弃之，其不忍遽弃者，皆为宗嗣耳。"问："此名何国？"曰："大罗刹[⑥]国。都城在北去三十里。"马

---

① 梨园子弟：戏曲艺人。
② 权子母：指经商。权，权衡。子母，原指货币的大小、轻重，后来指利息与本钱。
③ 望望即去：掉头不顾而去。
④ 耳食：指不加审察，轻信传闻。
⑤ 上卿：先秦时期高级官员或爵位名。
⑥ 罗刹：梵语音译，意思是恶鬼。这里作为国名。

请导往一观。于是鸡鸣而兴，引与俱去。

　　天明，始达都。都以黑石为墙，色如墨，楼阁近百尺。然少瓦。覆以红石，拾其残块磨甲上，无异丹砂。时值朝退，朝中有冠盖出，村人指曰："此相国也。"视之，双耳皆背生，鼻三孔，睫毛覆目如帘。又数骑出，曰："此大夫也。"以次各指其官职，率鬅鬙^①怪异。然位渐卑，丑亦渐杀。无何，马归，街衢人望见之，噪奔跌蹶，如逢怪物。村人百口解说，市人始敢遥立。既归，国中咸知有异人，于是搢绅大夫，争欲一广见闻，遂令村人要马。每至一家，阍人辄阖户，丈夫女子窃窃自门隙中窥语，终一日，无敢延见者。村人曰："此间一执戟郎^②，曾为先王出使异国，所阅人多，或不以子为惧。"造郎门。郎果喜，揖为上客。视其貌，如八九十岁人。目睛突出，须卷如猬^③。曰："仆少奉王命，出使最多，独未至中华。今一百二十余岁，又得见上国人物，此不可不上闻于天子。然臣卧林下，十余年不践朝阶，早且为君一行。"乃具饮馔，修主客礼。酒数行，出女乐十余人，更番歌舞。貌类夜叉，皆以白锦缠头，拖朱衣及地。扮唱不知何词，腔拍恢诡。主人顾而乐之。问："中国亦有此乐乎？"曰："有。"主人请拟其声，遂击桌为度一曲。主人喜曰："异哉！声如凤鸣龙啸，从未曾闻。"

　　翼日趋朝，荐诸国王。王忻然下诏，有二三大夫言其怪状，恐惊圣体，王乃止。郎出告马，深为扼腕。居久之，与主人饮而醉，把剑起舞，以煤涂面作张飞。主人以为美，曰："请君以张飞见宰相，厚禄不难致。"马曰："游戏犹可，何能易面目图荣显？"主人强之，马乃诺。主人设筵，邀当路

---

① 鬅鬙：毛发散乱的样子。

② 执戟郎：古代警卫官门的官员。

③ 须卷如猬：胡须密集像刺猬。

者^①，令马绘面以待。客至，呼马出见客。客讶曰："异哉！何前媸而今妍也！"遂与共饮，甚欢。马婆娑歌"弋阳曲"，一座无不倾倒。明日交章荐马，王喜，召以旌节。既见，问中国治安之道^②，马委曲上陈，大蒙嘉叹，赐宴离宫。酒酣，王曰："闻卿善雅乐，可使寡人得而闻之乎？"马即起舞，亦效白锦缠头，作靡靡之音。王大悦，即日拜下大夫。时与私宴，恩宠殊异。久而官僚知其面目之假，所至，辄见人耳语，不甚与款洽。马至是孤立，悒然不自安。遂上疏乞休致^③，不许；又告休沐，乃给三月假。

于是乘传载金宝，复归村。村人膝行以迎。马以金资分给旧所与交好者，欢声雷动。村人曰："吾侪小人受大夫赐，明日赴海市，当求珍玩以报。"问："海市何地？"曰："海中市，四海鲛人，集货珠宝。四方十二国，均来贸易。中多神人游戏。云霞障天，波涛间作。贵人自重，不敢犯险阻，皆以金帛付我辈代购异珍。今其期不远矣。"问所自知，曰："每见海上朱鸟往来，七日即市。"马问行期，欲同游瞩，村人劝使自贵。马曰："我顾沧海客，何畏风涛？"未几，果有踵门寄资者，遂与装资入船。船容数十人，平底高栏。十人摇橹，激水如箭。凡三日，遥见水云幌漾之中，楼阁层叠，贸迁之舟，纷集如蚁。少时抵城下，视墙上砖皆长与人等，敌楼高接云汉。维舟而入，见市上所陈，奇珍异宝，光明射目，多人世所无。

一少年乘骏马来，市人尽奔避，云是"东洋三世子"。世子过，目生曰："此非异域人？"即有前马者来诘乡籍。生揖道左，具展邦族。世子喜曰："既蒙辱临，缘分不浅！"于是授生骑，请与连辔。乃出西城，方至岛岸，所骑嘶跃入水。生大骇失声。则见海水中分，屹如壁立。俄睹宫殿，玳

---

① 当路者：居于要职的人，指掌握政权的官员。

② 治安之道：治国安邦的法则。

③ 乞休致：请求辞官还家。

瑁为梁①，魴鳞作瓦，四壁晶明，鉴影炫目。下马揖入。仰视龙君在上，世子启奏："臣游市廛，得中华贤士，引见大王。"生前拜舞。龙君乃言："先生文学士，必能衙官屈宋②。欲烦椽笔③赋'海市'，幸无吝珠玉。"生稽首受命。授以水晶之砚，龙鬣之毫④，纸光似雪，墨气如兰。生立成千余言，献殿上。龙君击节曰："先生雄才，有光水国矣！"遂集诸龙族，宴集采霞宫。酒炙数行，龙君执爵向客曰："寡人所怜女，未有良匹，愿累先生。先生倘有意乎？"生离席愧荷，唯唯而已。龙君顾左右语。无何，宫女数人扶女郎出，佩环声动，鼓吹暴作，拜竟睨之，实仙人也。女拜已而去。少时酒罢，双鬟挑画灯，导生入副宫，女浓妆坐伺。珊瑚之床饰以八宝，帐外流苏缀明珠如斗大，衾褥皆香软。天方曙，雏女妖鬟，奔入满侧。生起，趋出朝谢。拜为驸马都尉。以其赋驰传诸海。诸海龙君，皆专员来贺，争折简招驸马饮。生衣绣裳，坐青虬，呵殿而出。武士数十骑，背雕弧，荷白棓，晃耀填拥。马上弹筝，车中奏玉。三日间，遍历诸海。由是"龙媒"之名，噪于四海。宫中有玉树一株，围可合抱，本莹澈如白琉璃，中有心，淡黄色，稍细于臂，叶类碧玉，厚一钱许，细碎有浓阴。常与女啸咏其下。花开满树，状类蒮葡。每一瓣落，锵然作响。拾视之，如赤瑙雕镂，光明可爱。时有异鸟来鸣，毛金碧色，尾长于身，声等哀玉，恻人肺腑。生闻之，辄念故土。因谓女曰："亡出三年，恩慈间阻⑤，每一念及，涕膺汗背⑥。卿能从我归乎？"

---

① 玳瑁为梁：以玳瑁为饰的屋梁。玳瑁，龟类动物，背甲光亮，可作装饰。

② 衙官屈宋：意思是超过屈原、宋玉。

③ 椽笔：如椽之笔，比喻能写文章的大手笔。

④ 龙鬣之毫：用龙的鬣毛制成的笔。

⑤ 恩慈间阻：指与父母隔离。

⑥ 涕膺汗背：泪下沾胸，汗流浃背，形容惭愧悲伤的样子。

女曰："仙尘路隔，不能相依。妾亦不忍以鱼水之爱，夺膝下之欢[①]。容徐谋之。"生闻之，涕不自禁。女亦叹曰："此势之不能两全者也！"明日，生自外归。龙王曰："闻都尉有故土之思，诘旦趣装，可乎？"生谢曰："逆旅孤臣，过蒙优宠，衔报之思，结于肺腑。容暂归省，当图复聚耳。"入暮，女置酒话别。生订后会，女曰："情缘尽矣。"生大悲，女曰："归养双亲，见君之孝，人生聚散，百年犹旦暮耳，何用作儿女哀泣？此后妾为君贞，君为妾义，两地同心，即伉俪也，何必旦夕相守，乃谓之偕老乎？若渝此盟，婚姻不吉。倘虑中馈乏人[②]，纳婢可耳。更有一事相嘱：自奉衣裳[③]，似有佳朕[④]，烦君命名。"生曰："其女耶可名龙宫，男耶可名福海。"女乞一物为信，生在罗刹国所得赤玉莲花一对，出以授女。女曰："三年后四月八日，君当泛舟南岛，还君体胤[⑤]。"女以鱼革为囊，实以珠宝，授生曰："珍藏之，数世吃着不尽也。"天微明，王设祖帐，馈遗甚丰。生拜别出宫，女乘白羊车，送诸海涘。生上岸下马，女致声珍重，回车便去，少顷便远，海水复合，不可复见。生乃归。

自浮海去，家人无不谓其已死；及至家，人皆诧异。幸翁媪无恙，独妻已去帷。乃悟龙女"守义"之言，盖已先知也。父欲为生再婚，生不可，纳婢焉。谨志三年之期，泛舟岛中。见两儿坐在水面，拍流嬉笑，不动亦不沉。近引之，儿哑然捉生臂，跃入怀中。其一大啼，似嗔生之不援己者。亦引上之。细审之，一男一女，貌皆俊秀。额上花冠缀玉，则赤莲在焉。背有

---

① 膝下之欢：指父子之情。
② 中馈乏人：无人主持家务。
③ 自奉衣裳：意为自结婚以来。
④ 佳朕：佳兆，指怀孕。朕，征兆。
⑤ 体胤：亲生儿女。胤，后嗣。

锦囊，拆视，得书云："翁姑俱无恙。忽忽三年，红尘永隔；盈盈一水，青鸟难通，结想为梦，引领成劳。茫茫蓝蔚，有恨如何也！顾念奔月姮娥，且虚桂府；投梭织女，犹怅银河。我何人斯，而能永好？兴思及此，辄复破涕为笑。别后两月，竟得孪生。今已咿啾怀抱，颇解言笑；觅枣抓梨，不母可活。敬以还君。所贻赤玉莲花，饰冠作信。膝头抱儿时，犹妾在左右也。闻君克践旧盟^①，意愿斯慰。妾此生不二，之死靡他^②。奁中珍物，不蓄兰膏；镜里新妆，久辞粉黛。君似征人，妾作荡妇^③，即置而不御^④，亦何得谓非琴瑟哉？独计翁姑已得抱孙，曾未一觌新妇，揆之情理，亦属缺然。岁后阿姑窀穸，当往临穴，一尽妇职。过此以往，则'龙宫'无恙，不少把握之期；'福海'长生，或有往还之路。伏惟珍重，不尽欲言。"生反覆省书揽涕。两儿抱颈曰："归休乎！"生益恸，抚之，曰："儿知家在何许？"儿啼，呕哑言归。生视海水茫茫，极天无际，雾鬟人渺^⑤，烟波路穷。抱儿返棹，怅然遂归。

生知母寿不永，周身物悉为预具，墓中植松槚百余。逾岁，媪果亡。灵舆至殡宫，有女子缞绖临穴。众惊顾，忽而风激雷轰，继以急雨，转瞬已失所在。松柏新植多枯，至是皆活。福海稍长，辄思其母，忽自投入海，数日始还。龙宫以女子不得往，时掩户泣。一日昼暝，龙女急入，止之曰："儿自成家，哭泣何为？"乃赐八尺珊瑚一株，龙脑香一帖，明珠百粒，八宝嵌金合一双，为嫁资。生闻之突入，执手啜泣。俄顷，迅雷破屋，女已无矣。

---

① 克践旧盟：能够履行旧时的盟誓，指守义不娶。克，能。
② 之死靡他：到老死也无他心，指誓不改嫁。
③ 荡妇：这里指出游不归者的妻子。
④ 置而不御：指仅仅有夫妇名义而无肌肤之亲。
⑤ 雾鬟人渺：指龙女已经变得毫无踪影。

116

异史氏曰："花面逢迎^①，世情如鬼。嗜痂之癖，举世一辙。'小惭小好，大惭大好^②'。若公然带须眉^③以游都市，其不骇而走者盖几希矣！彼陵阳痴子，将抱连城玉向何处哭也^④？呜呼！显荣富贵，当于蜃楼海市^⑤中求之耳！"

---

① 花面逢迎：大意指装出一副假面目，迎合世俗所好。花面，本指女子饰面，这里指装扮一副假面孔。

② 小惭小好，大惭大好：意谓世人喜欢虚假的迎合。惭，这里指曲意取悦别人，违背自己的本心，感到惭愧。

③ 公然带须眉：保持男子汉的本色立身行事，耻于媚俗谄世。须眉，代指男子。

④ "彼陵阳痴子"二句：指世上有才学的人不被重用，不知向谁哭诉心中的不平与怨恨。

⑤ 蜃楼海市：喻虚幻世界。

田七郎

　　武承休，辽阳①人，喜交游，所与皆知名士。夜梦一人告之曰："子交游遍海内，皆滥交耳。惟一人可共患难，何反不识？"问："何人？"曰："田七郎非与？"醒而异之。诘朝见所游，辄问七郎。客或识为东村业猎者，武敬谒诸家，以马箠挝门。未几一人出，年二十余，豹目蜂腰，着腻帢，衣皂犊鼻②，多白补缀，拱手于额而问所自。武展姓氏，且托途中不快，借庐憩息。问七郎，答曰："我即是也。"遂延客入。见破屋数椽，木岐支壁。入一小室，虎皮狼蜕，悬布楹间，更无机榻可坐，七郎就地设皋比焉。武与语，言词朴质，大悦之。遽贻金作生计，七郎不受；固予之，七郎受以白母。俄顷将还，固辞不受。武强之再四，母龙钟而至，厉色曰："老身止此儿，不欲令事贵客！"武惭而退。归途展转，不解其意。适从人于室后闻母言，因以告武。先是，七郎持金白母，母曰："我适睹公子有晦纹，必罹奇祸。闻之：受人知者分人忧，受人恩者急人难。富人报人以财，贫人报人以义。无故而得重赂，不祥，恐将取死报于子矣。"武闻之，深叹母贤，然益倾慕七郎。翼日设筵招之，辞不至。武登其堂，坐而索饮。七郎自行酒，陈鹿脯，殊尽情礼。越日武邀酬之，乃至。款洽甚欢。赠以金，即不受。武托购虎皮，乃受之。归视所蓄，计不足偿，思再猎而后献之。入山三日，无所猎获。会妻病，守视汤药，不遑操业。浃旬③妻淹忽以死，为营斋葬，所受

---

① 辽阳：清代州名，治所在今辽宁省辽阳市辽阳县。
② 皂犊鼻：黑色遮膝围裙。犊鼻，即"犊鼻裈"，围裙。
③ 浃旬：过了十天。浃，周匝，圆满。旬，十天。

金稍稍耗去。武亲临唁送，礼仪优渥。既葬，负弩山林，益思所以报武。武探得其故，辄劝勿亟。切望七郎姑一临存，而七郎终以负债为憾，不肯至。武因先索旧藏，以速其来。七郎检视故革，则蠹蚀殃败，毛尽脱，懊丧益甚。武知之，驰行其庭，极意慰解之。又视败革，曰："此亦复佳。仆所欲得，原不以毛。"遂轴鞟出，兼邀同往。七郎不可，乃自归。七郎终以不足报武为念，裹粮入山，凡数夜，忽得一虎，全而馈之。武喜，治具，请三日留，七郎辞之坚，武键庭户使不得出。宾客见七郎朴陋，窃谓公子妄交。武周旋七郎，殊异诸客。为易新服，却不受，承其寐而潜易之，不得已而受。既去，其子奉媪命，返新衣，索其敝褚。武笑曰："归语老姥，故衣已拆作履衬矣。"自是，七郎以兔鹿相贻，召之即不复至。武一日诣七郎，值出猎未返。媪出，跨阈而语曰："再勿引致吾儿，大不怀好意！"武敬礼之，惭而退。半年许，家人忽白："七郎为争猎豹，殴死人命，捉将官里去。"武大惊，驰视之，已械收在狱。见武无言，但云："此后烦恤老母。"武惨然出，急以重金赂邑宰，又以百金赂仇主。月余无事，释七郎归。母慨然曰："子发肤受之武公子耳，非老身所得而爱惜者。但祝公子百年无灾患，即儿福。"七郎欲诣谢武，母曰："往则往耳，见武公子勿谢也。小恩可谢，大恩不可谢。"七郎见武，武温言慰藉，七郎唯唯。家人咸怪其疏，武喜其诚笃，厚遇之，由是恒数日留公子家。馈遗辄受，不复辞，亦不言报。会武初度，宾从烦多，夜舍履满。武偕七郎卧斗室中，三仆即床下卧。二更向尽，诸仆皆睡去，两人犹刺刺语。七郎背剑挂壁间，忽自腾出匣数寸，铮铮作响，光闪烁如电。武惊起，七郎亦起，问："床下卧者何人？"武答："皆厮仆。"七郎曰："此中必有恶人。"武问故，七郎曰："此刀购诸异国，杀人未尝濡缕，迄佩三世矣。决首至千计，尚如新发于硎。见恶人则鸣跃，当去杀人不远矣。公子宜亲君子，远小人，或万一可免。"武颔之。七郎终不乐，辗转床席。武曰："灾祥数耳，何忧之深？"七郎曰："我别无恐怖，徒以有老母在。"武曰："何遽至此？"七郎曰："无则更佳。"

　　盖床下三人：一为林儿，是老弥子①，能得主人欢；一僮仆，年十二三，武所常役者；一李应，最拗拙，每因细事与公子裂眼争，武恒怒之。当夜默念，疑此人。诘旦唤至，善言绝令去。武长子绅，娶王氏。一日武出，留林儿居守。斋中菊花方灿，新妇意翁出，斋庭当寂，自诣摘菊。林儿突出勾戏，妇欲遁，林儿强挟入室。妇啼拒，色变声嘶。绅奔入，林儿始释手逃去。武归闻之，怒觅林儿，竟已不知所之。过二三日，始知其投身某御史家。某官都中，家务皆委决于弟。武以同袍义，致书索林儿，某弟竟置不发。武益恚，质词邑宰②。勾牒虽出，而隶不捕，官亦不问。武方愤怒，适七郎至。武曰："君言验矣。"因与告诉。七郎颜色惨变，终无一语，即径去。武嘱干仆逻察林儿。林儿夜归，为逻者所获，执见武。武掠楚之，林儿语侵武。武叔恒，故长者，恐侄暴怒致祸，劝不如治以官法。武从之，絷赴公庭。而御史家刺书邮至，宰释林儿，付纪纲以去。林儿意益肆，倡言丛众中，诬主人妇与私。武无奈之，忿塞欲死。驰登御史门，俯仰叫骂，里舍慰劝令归。

　　逾夜，忽有家人白："林儿被人脔割③，抛尸旷野间。"武惊喜，意稍得伸。俄闻御史家讼其叔侄，遂偕叔赴质。宰不听辨，欲笞恒。武抗声曰："杀人莫须有！至辱詈搢绅，则生实为之，无与叔事。"宰置不闻。武裂眦欲上，群役禁捽之。操杖隶皆绅家走狗，恒又老耄，笞数未半，奄然已死。宰见武叔垂毙，亦不复究。武号且骂，宰亦若弗闻者。遂舁叔归，哀愤无所为

---

① 老弥子：指久受宠爱的娈童。

② 质词邑宰：具状请县令审理。质，评断。

③ 脔割：碎割。脔，割成肉块。

计。因思欲得七郎谋，而七郎终不一吊问。窃自念：待伊不薄，何遽如行路人？亦疑杀林儿必七郎。转念：果尔，胡得不谋？于是遣人探索其家，至则扃镝寂然，邻人并不知耗。

一日，某弟方在内廨，与宰关说，值晨进薪水，忽一樵人至前，释担抽利刃直奔之。某惶急以手格刃，刃落断腕，又一刀始决其首。宰大惊，窜去。樵人犹张皇四顾。诸役吏急阖署门，操杖疾呼。樵人乃自刭死。纷纷集认，识者知为田七郎也。宰惊定，始出验，见七郎僵卧血泊中，手犹握刃。方停盖审视，尸忽突然跃起，竟决宰首，已而复踣。衙官捕其母子，则亡去已数日矣。武闻七郎死，驰哭尽哀。咸谓其主使七郎，武破产夤缘当路[1]，始得免。七郎尸弃原野月余，禽犬环守之。武厚葬之。其子流寓于登[2]，变姓为佟。起行伍，以功至同知将军。归辽，武已八十余，乃指示其父墓焉。

异史氏曰："一钱不轻受，正一饭不敢忘者也。贤哉母乎！七郎者，愤未尽雪，死犹伸之，抑何其神？使荆卿[3]能尔，则千载无遗恨矣。苟有其人，可以补天网之漏。世道茫茫，恨七郎少也。悲夫！"

---

① 夤缘当路：通过关系，贿赂当权者。
② 登：登州，明清时为府，治所在今山东省牟平县，后迁至蓬莱县。
③ 荆卿：指荆轲。荆轲曾奉燕太子丹之命刺秦王，不中，被秦王所杀。

公孙九娘

　　于七一案^①，连坐被诛者，栖霞、莱阳两县最多。一日俘数百人，尽戮于演武场^②中，碧血满地，白骨撑天。上官慈悲，捐给棺木，济城工肆，材木一空。以故伏刑东鬼，多葬南郊。甲寅^③间，有莱阳生至稷下^④，有亲友二三人亦在诛数，因市楮帛，酹奠榛墟^⑤，就税舍于下院之僧。明日，入城营干，日暮未归。忽一少年，造室来访。见生不在，脱帽登床，着履仰卧。仆人问其谁，合眸不对。既而生归，则暮色朦胧，不甚可辨。自诣床下问之，瞠目曰："我候汝主人，絮絮逼问，我岂暴客^⑥耶！"生笑曰："主人在此。"少年即起着冠，揖而坐，极道寒暄，听其音，似曾相识。急呼灯至，则同邑朱生，亦死于七之难者。大骇却走，朱曳之云："仆与君文字之交，何寡于情？我虽鬼，故人之念，耿耿不忘。今有所渎，愿无以异物猜薄之。"生乃坐，请所命。曰："令女甥寡居无偶，仆欲得主中馈。屡通媒妁，辄以无

---

① 于七一案：指于七抗清事件。于七，名乐吾，字孟熹，行七。明崇祯武举人，山东栖霞人。顺治五年（1648），他在栖霞锯齿山聚众起义；顺治十八年（1661），他又再次起义，后兵败。山东一带因此案连坐被杀者甚多。

② 演武场：练兵场，故址在山东省济南市南门外。

③ 甲寅：指康熙十三年（1674）。

④ 稷下：指战国时期齐都城临淄西门稷门附近地区，是当时的学术活动的中心，旧址在今山东省淄博市临淄区。蒲松龄笔下的"稷下"常常指济南府的府治。

⑤ 酹奠榛墟：到草木丛生的坟地去祭奠。

⑥ 暴客：指强盗。

尊长命为辞。幸无惜齿牙余惠①。"先是，生有女甥，早失恃②，遗生鞠养，十五始归其家。俘至济南，闻父被刑，惊而绝。生曰："渠自有父，何我之求？"朱曰："其父为犹子启椁去，今不在此。"问："女甥向依阿谁？"曰："与邻媪同居。"生虑生人不能作鬼媒。朱曰："如蒙金诺，还屈玉趾③。"遂起握生手，生固辞，问："何之？"曰："第行。"勉从与去。

北行里许，有大村落，约数十百家。至一第宅，朱以指弹扉，即有媪出，豁开两扉，问朱："何为？"曰："烦达娘子，云阿舅至。"媪旋反，顷复出，邀生入，顾朱曰："两椽茅舍子大隘，劳公子门外少坐候。"生从之入。见半亩荒庭，列小室二。女甥迎门啜泣，生亦泣，室中灯火荧然。女貌秀洁如生，凝目含涕，遍问妗姑。生曰："具各无恙，但荆人物故矣。"女又呜咽曰："儿少受舅妗抚育，尚无寸报，不图先葬沟渎，殊为恨恨。旧年伯伯家大哥迁父去，置儿不一念，数百里外，伶仃如秋燕。舅不以沉魂可弃，又蒙赐金帛④，儿已得之矣。"生以朱言告，女俯首无语。媪曰："公子曩托杨姥三五返，老身谓是大好。小娘子不肯自草草，得舅为政，方此意慊得。"言次，一十七八女郎，从一青衣遽掩入，瞥见生，转身欲遁。女牵其裾曰："勿须尔！是阿舅。"生揖之。女郎亦敛衽⑤。甥曰："九娘，栖霞公孙氏。阿爹故家子，今亦'穷波斯⑥'，落落不称意。且晚与儿还往。"生睨之，笑弯秋月，羞晕朝霞，实天人也。曰："可知是大家，蜗庐⑦人焉得如此娟好！"

———————————

① 齿牙余惠：夸奖褒美的好话。

② 失恃：丧母。

③ 屈玉趾：敬语，烦您走一趟。

④ 赐金帛：指上文莱阳生焚楮帛祭奠。

⑤ 敛衽：整饬衣襟表示敬意，为古时的一种拜礼，后专指妇女行礼。

⑥ 穷波斯：不详。波斯，古国名，即今伊朗。

⑦ 蜗庐：小户人家的居室。

甥笑曰："且是女学士，诗词俱大高。昨儿稍得指教。"九娘微哂曰："小婢无端败坏人，教阿舅齿冷也。"甥又笑曰："舅断弦未续，若个小娘子，颇能快意否？"九娘笑奔出，曰："婢子颠疯作也！"遂去。言虽近戏，而生殊爱好之，甥似微察，乃曰："九娘才貌无双，舅倘不以粪壤①致猜，儿当请诸其母。"生大悦，然虑人鬼难匹。女曰："无伤，彼与舅有夙分。"生乃出。女送之，曰："五日后，月明人静，当遣人往相迓。"生至户外，不见朱。翘首西望。月衔半规，昏黄中犹认旧径。见南面一第，朱坐门石上，起逆曰："相待已久，寒舍即劳垂顾。"遂携手入，殷殷展谢。出金爵一、晋珠百枚，曰："他无长物，聊代禽仪②。"既而曰："家有浊醪，但幽室之物，不足款嘉宾，奈何！"生执谢而退。朱送至中途，始别。

生归，僧仆集问，隐之曰："言鬼者妄也，适友人饮耳。"后五日，朱果来，整履摇箑，意甚欣。方至户，望尘即拜。笑曰："君嘉礼既成，庆在旦夕，便烦枉步。"生曰："以无回音，尚未致聘，何遽成礼？"朱曰："仆已代致之。"生深感荷，从与俱去。直达卧所，则女甥华妆迎笑。生问："何时于归？"女曰："三日矣。"生乃出所赠珠，为甥助妆。女三辞乃受，谓生曰："儿以舅意白公孙老夫人，夫人作大欢喜。但言老耄无他骨肉，不欲九娘远嫁，期今夜舅往赘诸其家。伊家无男子，便可同郎往也。"朱乃导去。村将尽，一第门开，二人登其堂。俄白："老夫人至。"有二青衣扶妪升阶。生欲展拜，夫人云："老朽龙钟，不能为礼，当即脱边幅。"指画青衣，进酒高会。朱乃唤家人，另出肴俎，列置生前；亦别设一壶，为客行觞。筵中进馔，无异人世。然主人自举，殊不劝进。

---

① 粪壤：犹言异物，指已死的人。

② 禽仪：订婚用的聘礼，古时订婚以雁为聘礼。

既而席罢，朱归。青衣导生去，入室，则九娘华烛凝待。邂逅含情，极尽欢昵。初，九娘母子，原解赴都。至郡①，母不堪困苦死，九娘亦自刭。枕上追述往事，哽咽不成眠。乃口占两绝②云："昔日罗裳化作尘，空将业果恨前身。十年露冷枫林月，此夜初逢画阁春。""白杨风雨绕孤坟，谁想阳台更作云？忽启镂金箱里看，血腥犹染旧罗裙。"天将明，即促曰："君宜且去，勿惊厮仆。"自此昼来宵往，嬖惑殊甚。

一夕问九娘："此村何名？"曰："莱霞里。里中多两处新鬼，因以为名。"生闻之欷歔。女悲曰："千里柔魂，蓬游无底③，母子零孤，言之怆恻。幸念一夕恩义，收儿骨归葬墓侧，使百年得所依栖，死且不朽。"生诺之。女曰："人鬼路殊，君不宜久滞。"乃以罗袜赠生，挥泪促别。生凄然出，怊怅不忍归。因过拍朱氏之门。朱白足出逆；甥亦起，云鬟鬌松，惊来省问。生惆怅移时，始述九娘语。女曰："姊氏不言，儿亦凤夜图之。此非人世，不可久居。"于是相对汍澜，生亦含涕而别。叩寓归寝，展转申旦④。欲觅九娘之墓，则忘问志表。及夜复往，则千坟累累，竟迷村路，叹恨而返。展视罗袜，着风寸断，腐如灰烬，遂治装东旋。

半载不能自释，复如稷门，冀有所遇。及抵南郊，日势已晚，息树下，趋诣丛葬所。但见坟兆万接，迷目榛荒，鬼火狐鸣，骇人心目。惊悼归舍。失意遨游，返辔遂东。行里许，遥见一女立丘墓上，神情意致，怪似九娘。挥鞭就视，果九娘。下与语，女径走，若不相识。再逼近之，色作怒，举袖自障。顿呼"九娘"，则烟然灭矣。

---

① 郡：指济南府。

② 口占两绝：随口作成两首绝句。口占，随口念出，不用笔写。

③ 蓬游无底：像蓬草一样随风飘游，没有归宿。底，休止。

④ 展转申旦：翻来覆去，直到天亮。

异史氏曰："香草沉罗，血满胸臆；东山佩玦，泪渍泥沙。古有孝子忠臣，至死不谅于君父者。公孙九娘岂以负骸骨之托[1]，而怨怼不释于中耶？脾鬲间物[2]，不能掬以相示，冤乎哉！"

---

① 负骸骨之托：指莱阳生辜负公孙九娘归葬尸骨的嘱托。
② 脾鬲间物：指心。鬲，同"膈"。

促织

    宣德间①，宫中尚促织②之戏，岁征民间。此物故非西产。有华阴令，欲媚上官，以一头进，试使斗而才，因责常供。令以责之里正③。

    市中游侠儿④，得佳者笼养之，昂其直，居为奇货。里胥猾黠⑤，假此科敛丁口⑥，每责一头，辄倾数家之产。

    邑有成名者，操童子业⑦，久不售⑧。为人迂讷，遂为猾胥报充里正役，百计营谋不能脱。不终岁，薄产累尽。会征促织，成不敢敛户口，而又无所赔偿，忧闷欲死。妻曰："死何益？不如自行搜觅，冀有万一之得。"成然之。早出暮归，提竹筒铜丝笼，于败堵丛草处探石发穴，靡计不施，迄无济。即捕三两头，又劣弱，不中于款。宰严限追比，旬余，杖至百，两股间

---

① 宣德间：宣德年间。宣德，明宣宗朱瞻基的年号（1426—1435）。

② 促织：蟋蟀的别名。

③ 里正：古时有"里正"，明代称"里长"。明代役法规定，各地以邻近的一百一十户为一"里"，从中推丁多粮多的十户，轮流充当里长，故又称"富户役"。里长负责催征粮税及分派徭役。后来赋役日渐繁苛，富户贿赂官府，避免承当，而使中、下户担任。任里长的中、下户，不敢向豪绅富户征派，往往被迫自己赔垫，有的甚至倾家荡产。

④ 游侠儿：古称抑强扶弱、具有侠义精神的人为"游侠"。这里指游手好闲、不务正业的青年。

⑤ 里胥：乡里中的公差。胥，官府中的小吏。猾黠：狡猾奸诈。

⑥ 科敛丁口：按人口摊派费用。科敛，摊派、征收。丁口，泛指人口；男子称"丁"，女子称"口"。

⑦ 操童子业：读书欲考秀才。

⑧ 不售：志愿未遂，指没有考中。售，达到、实现。

脓血流离，并虫不能行捉矣。转侧床头，惟思自尽。时村中来一驼背巫，能以神卜。成妻具资诣问，见红女白婆，填塞门户。入其室，则密室垂帘，帘外设香几。问者蓻香于鼎，再拜。巫从旁望空代祝，唇吻翕辟，不知何词，各各竦立以听。少间，帘内掷一纸出，即道人意中事，无毫发爽。成妻纳钱案上，焚香以拜。食顷，帘动，片纸抛落。拾视之，非字而画，中绘殿阁类兰若，后小山下怪石乱卧，针针丛棘，青麻头^①伏焉；旁一蟆，若将跳舞。展玩不可晓。然睹促织，隐中胸怀，折藏之，归以示成。成反复自念："得无教我猎虫所耶？"细瞩景状，与村东大佛阁真逼似。乃强起扶杖，执图诣寺后，有古陵蔚起^②。循陵而走，见蹲石鳞鳞^③，俨然类画。遂于蒿莱中侧听徐行，似寻针芥，而心、目、耳力俱穷，绝无踪响。冥搜未已，一癞头蟆猝然跃去。成益愕，急逐之。蟆入草间，蹑迹披求^④，见有虫伏棘根，遽扑之，入石穴中。掭以尖草，不出，以筒水灌之始出。状极俊健，逐而得之。审视：巨身修尾，青项金翅。大喜，笼归，举家庆贺，虽连城拱璧不啻也^⑤。土于盆而养之，蟹白栗黄^⑥，备极护爱。留待限期，以塞官责。

　　成有子九岁，窥父不在，窃发盆，虫跃踯径出，迅不可捉。及扑入手，已股落腹裂，斯须就毙。儿惧，啼告母。母闻之，面色灰死，大骂曰："业根，死期至矣！翁归，自与汝复算耳！"儿涕而出。未几成入，闻妻言如被

<hr>

① 青麻头：一种上等品种蟋蟀的名称。后文"蝴蝶""螳螂""油利挞""青丝额"等都是蟋蟀品种名。
② 古陵蔚起：茂密丛草中古墓隆起。蔚，草木茂盛的样子。
③ 蹲石鳞鳞：乱石蹲踞，密集像鱼鳞。
④ 蹑迹披求：拨开丛草，跟踪寻求。蹑，追随。披，分开。
⑤ 虽连城拱璧不啻也：即使是价值连城的大璧玉，也比不上它。不啻，不止。啻，音 chì。
⑥ 蟹白栗黄：蟹肉和栗实，喂养蟋蟀的饲料。

冰雪。怒索儿，儿渺然不知所往；既而，得其尸于井。因而化怒为悲，抢呼欲绝。夫妻向隅，茅舍无烟，相对默然，不复聊赖①。

日将暮，取儿藁葬，近抚之，气息惙然②。喜置榻上，半夜复苏，夫妻心稍慰。但蟋蟀笼虚，顾之则气断声吞，亦不敢复究儿，自昏达曙，目不交睫。东曦既驾③，僵卧长愁。忽闻门外虫鸣，惊起觇视，虫宛然尚在，喜而捕之。一鸣辄跃去，行且速。覆之以掌，虚若无物；手裁举，则又超而跃。急趁之，折过墙隅，迷其所往。徘徊四顾，见虫伏壁上。审谛之，短小，黑赤色，顿非前物。成以其小，劣之；惟彷徨瞻顾，寻所逐者。壁上小虫，忽跃落襟袖间，视之，形若土狗，梅花翅，方首长胫，意似良。喜而收之。将献公堂，惴惴恐不当意，思试之斗以觇之。

村中少年好事者，驯养一虫，自名"蟹壳青"，日与子弟角，无不胜。欲居之以为利，而高其直，亦无售者。径造庐访成。视成所蓄，掩口胡卢而笑④。因出己虫，纳比笼中。成视之，庞然修伟，自增惭怍，不敢与较。少年固强之。顾念：蓄劣物终无所用，不如拚博一笑。因合纳斗盆。小虫伏不动，蠢若木鸡。少年又大笑。试以猪鬣毛撩拨虫须，仍不动。少年又笑。屡撩之，虫暴怒，直奔，遂相腾击，振奋作声。俄见小虫跃起，张尾伸须，直龁敌领。少年大骇，解令休止。虫翘然矜鸣，似报主知。成大喜。

方共瞻玩，一鸡瞥来，径进一啄。成骇立愕呼。幸啄不中，虫跃去尺有咫。鸡健进，逐逼之，虫已在爪下矣。成仓猝莫知所救，顿足失色。旋见鸡伸颈摆扑；临视，则虫集冠上，力叮不释。成益惊喜，掇置笼中。

---

① 不复聊赖：不再有所指望。

② 惙然：形容呼吸微弱。惙，音 chuò。

③ 东曦既驾：东方太阳已经升起。

④ 掩口胡卢而笑：捂住嘴，但仍从喉咙发出难以强忍的笑声，带有轻蔑和讽刺之意。

翼日进宰。宰见其小，怒诃成。成述其异，宰不信。试与他虫斗，虫尽靡；又试之鸡，果如成言。乃赏成，献诸抚军[①]。抚军大悦，以金笼进上，细疏其能。既入宫中，举天下所贡蝴蝶、螳螂、油利挞、青丝额……一切异状，遍试之，无出其右者。每闻琴瑟之声，则应节而舞，益奇之。上大嘉悦，诏赐抚臣名马衣缎。抚军不忘所自，无何，宰以"卓异"闻[②]。宰悦，免成役；又嘱学使，俾入邑庠。由此以善养虫名，屡得抚军珠宠。不数岁，田百顷，楼阁万椽，牛羊蹄躈各千计。一出门，裘马过世家[③]焉。

异史氏曰："天子偶用一物，未必不过此已忘；而奉行者即为定例。加之官贪吏虐，民日贴妇卖儿，更无休止。故天子一跬步皆关民命，不可忽也。第成氏子以蠹贫，以促织富，裘马扬扬。当其为里正、受扑责时，岂意其至此哉！天将以酬长厚者，遂使抚臣、令尹，并受促织恩荫[④]。闻之：一人飞升，仙及鸡犬。信夫！"

---

① 抚军：明清时巡抚的别称。
② 以"卓异"闻：以"卓异"的考绩上报。
③ 裘马过世家：轻裘肥马，排场超过世族之家。裘马，衣裘策马，指豪华生活。
④ 并受促织恩荫：封建时代，子孙可以因父、祖的功劳而得到朝廷恩赐的功名或官爵，叫作"恩荫"。这里说"受促织恩荫"是讽刺、嘲骂。

狐谐

　　万福字子祥，博兴①人，幼业儒，家贫而运蹇②，年二十有奇，尚不能掇一芹③。乡中浇俗，多报富户役，长厚者至碎破其家。万适报充役，惧而逃，如济南，税居逆旅。夜有奔女，颜色颇丽，万悦而私之，问姓氏。女自言："实狐，然不为君祟。"万喜而不疑。女嘱勿与客共，遂日至，与共卧处。凡日用所需，无不仰给于狐。

　　居无何，二三相识，辄来造访，恒信宿不去。万厌之，而不忍拒，不得已以实告客。客愿一睹仙容，万白于狐。狐曰："见我何为哉？我亦犹人耳。"闻其声，不见其人。客有孙得言者，善谑，固请见，且曰："得听娇音，魂魄飞越。何吝容华，徒使人闻声相思？"狐笑曰："贤孙子！欲为高曾母④作行乐图⑤耶？"众大笑。狐曰："我为狐，请与客言狐典，颇愿闻之否？"众唯唯。狐曰："昔某村旅舍，故多狐，辄出祟行客。客知之，相戒不宿其舍，半年，门户萧索。主人大忧，甚讳言狐。忽有一远方客，自言异国人，望门休止。主人大悦，甫邀入门，即有途人阴告曰：'是家有狐。'客惧，白主人，欲他徙。主人力白其妄，客乃止。入室方卧，见群鼠出于床下。客大骇，骤奔，急呼：'有狐！'主人惊问。客怒曰：'狐巢于此，何诳

---

① 博兴：县名，清代属山东青州府。

② 运蹇：命运很不好。蹇，蹇滞，不顺利。

③ 掇一芹：指取得秀才资格。

④ 高曾母：高、曾祖母。父之祖为曾祖，祖之祖为高祖。

⑤ 行乐图：习指个人画像。

我言无？’主人又问：‘所见何状？’客曰：‘我今所见，纤细幺麽^①，不是狐儿，必当是狐孙子？’”言罢，座客粲然。孙曰："既不赐见，我辈留勿去，阻尔阳台^②。"狐笑曰："寄宿无妨。倘有小连犯，幸勿介怀。"客恐其恶作剧，乃共散去，然数日必一来，索狐笑骂。狐谐甚，每一语即颠倒宾客，滑稽者不能屈也。群戏呼为"狐娘子"。

　　一日，置酒高会，万居主人位，孙与二客分左右坐，上设一榻待狐。狐辞不善酒。咸请坐谈，许之。酒数行，众掷骰为瓜蔓之令^③。客值瓜色，会当饮，戏以觥移上座曰："狐娘子太清醒，暂借一杯。"狐笑曰："我故不饮，愿陈一典，以佐诸公饮。"孙掩耳不乐闻。客皆曰："骂人者当罚。"狐笑曰："我骂狐何如？"众曰："可。"于是倾耳共听。狐曰："昔一大臣，出使红毛国^④，着狐腋冠见国王。王见而异之，问·‘何皮毛，温厚乃尔？’大臣以狐对。王曰：‘此物生平未曾得闻。狐字字画何等？’使臣书空而奏曰：‘右边是一大瓜，左边是一小犬。’"主客又复哄堂。二客，陈氏兄弟，一名所见，一名所闻。见孙大窘，乃曰："雄狐何在，而纵雌狐流毒若此？"狐曰："适一典谈犹未终，遂为群吠所乱，请终之。国王见使臣乘一骡，甚异之。使臣告曰：‘此马之所生。’又大异之。使臣曰：‘中国马生骡，骡生驹驹^⑤。’王细问其状。使臣曰：‘马生骡，是"臣所见"，骡生驹驹，是"臣所闻"。’"

---

① 细细幺麽：微不足道的小东西。

② 阳台：阳台之会，喻男女欢好。

③ 瓜蔓之令：酒令的一种。令法不详。蔓，音 wàn。

④ 红毛国：明清时称荷兰人为红夷、红毛夷或红毛番，红毛国即指荷兰，抑或泛指海西之国。

⑤ 驹驹：是狐女应机编造的一种畜生名，骡不能生育，实际亦无此畜生，故下文谓仅系"所闻"。

举坐又大笑。众知不敌，乃相约：后有开谑端者，罚作东道主①。

　　顷之酒酣，孙戏谓万曰："一联请君属之。"万曰："何如？"孙曰："妓者出门访情人，来时'万福②'，去时'万福'。"众属思未对。狐笑曰："我有之矣。"对曰："龙王下诏求直谏，鳖也'得言'，龟也'得言'。"众绝倒。孙大恚曰："适与尔盟，何复犯戒？"狐笑曰："罪诚在我，但非此不能确对③耳。明日设席，以赎吾过。"相笑而罢。狐之诙谐，不可殚述。居数月，与万偕归。及博兴界，告万曰："我此处有葭莩亲，往来久梗，不可不一讯。日且暮，与君同寄宿，待旦而行可也。"万询其处，指言："不远。"万疑前此故无村落，姑从之。二里许，果见一庄，生平所未历。狐往叩关，一苍头出应门。入则重门叠阁，宛然世家。俄见主人，有翁与媪，揖万而坐。列筵丰盛，待万以姻娅④，遂宿焉。狐早谓曰："我遽偕君归，恐骇闻听。君宜先往，我将继至。"万从其言，先至，预白于家人。未几狐至，与万言笑，人尽闻之，而不见其人。

　　逾年，万复事于济⑤，狐又与俱。忽有数人来，狐从与语，备极寒暄。乃语万曰："我本陕中人，与君有夙因，遂从许时。今我兄弟来，将从以归，不能周事⑥。"留之不可，竟去。

---

① 东道主：本指东路所经，可供应使者饮食及所缺之居停主人；后来又称出酒食待客之人为东道主。

② 万福：旧时女子向客行礼时的祝颂之词。谐万生之名。

③ 确对：妥帖、工整的对句。

④ 待万以姻娅：谓以待婿之礼，款待万福。姻娅，犹姻亲。婿父称姻，两婿互称娅。

⑤ 事于济：有事到济南。

⑥ 周事：犹言终侍，谓终身相伴。

姊妹易嫁

掖县相国毛公[1]，家素微，其父常为人牧牛。时邑世族张姓，有新阡[2]在东山之阳。或经其侧，闻墓中叱咤声曰："若等速避去，勿久混贵人宅！"张闻，亦未深信。既又频得梦警曰："汝家墓地，本是毛公佳城[3]，何得久假此？"由是家数不利[4]。客劝徙葬吉，张乃徙焉。

一日相国父牧，出张家故墓，猝遇雨，匿身废圹中。已而雨益甚，潦水[5]奔穴，崩溜灌注，遂溺以死。相国时尚孩童。母自诣张，丐咫尺地掩儿父。张问其姓氏，大异之。往视溺死所，俨当置棺处，更骇；乃使就故圹窆[6]焉。且令携若儿来。葬已，母偕儿诣张谢。张一见，辄喜，即留其家，教之读，以齿子弟行[7]。又请以长女妻儿，母谢不敢。张妻卒许之。然其女甚薄毛家，怨惭之意时形言色。且曰："我死不从牧牛儿！"及亲迎，新郎入宴，彩舆在门，女方掩袂向隅而哭。催之妆，不妆，劝亦不解。俄而新郎告行，鼓乐大作，女犹眼零雨[8]而首飞蓬也。父入劝女，不听，怒逼之，哭益

① 掖县：在今山东省。相国：官名，秦置，辅佐皇帝的最高官职。唐以后多用以对相
　当宰相职位者的尊称。明代以大学士为辅臣，因尊称大学士为相国。毛公：毛纪，
　字维之，明成化年间进士，官至谨身殿大学士。
② 新阡：新墓。阡，墓道。
③ 佳城：指墓地。
④ 家数不利：言家中屡次发生不吉利之事。
⑤ 潦水：雨后大水。
⑥ 窆：下葬。音 biǎn。
⑦ 以齿子弟行：意谓把他当作自己的子弟辈看待。
⑧ 眼零雨：流眼泪。

厉，父无奈。家人报新郎欲行，父急出曰："衣妆未竟，烦郎少待。"又奔入视女。往复数番，女终无回意。其父周张欲死，皇急无计。其次女在侧，因非其姊，苦逼劝之。姊怒曰："小妮子，亦学人喋聒！尔何不从他去？"妹曰："阿爷原不曾以妹子属毛郎；若以妹子属毛郎，何烦姊姊劝驾耶？"父听其言慷爽，因与伊母窃议，以次易长。母即向次女曰："逆婢不遵父母命，今欲以儿代姊，儿肯行否？"女慨然曰："父母之命，即乞丐不敢辞；且何以见毛家郎便终身饿莩死乎？"父母大喜，即以姊妆妆女，仓猝登车径去。入门，夫妇雅敦逑好^①。第女素病赤友齝^②，毛郎稍介意。及知易嫁之说，益以知己德女。

居无何，毛郎补博士弟子，往应乡试。经王舍人店^③，店主先一夕梦神曰："且夕有毛解元来，后且脱汝于厄，可善待之。"以故晨起，专伺察东来客，及得公，甚喜。供具甚丰，且不索直。公问故，特以梦兆告。公颇自负；私计女发鬑鬑，虑为显者笑，富贵后当易之。及试，竟落第，偃蹇丧志，赧见主人，不敢复由王舍，迂道归家。

逾三年，再赴试，店主人延候如前。公曰："尔言不验，殊惭祗奉。"主人曰："秀才以阴欲易妻，故被冥司黜落，岂吾梦不足践耶？"公愕然，问故。主人曰："别后复梦神告，故知之。"公闻而惕然悔惧，木立若偶。主人又曰："秀才宜自爱，终当作解首。"入试，果举贤书第一。夫人发亦寻长，云鬒委绿^④，倍增妖媚。

---

① 雅敦逑好：非常和睦融洽。雅，甚、很。敦，敦睦，亲厚和睦。逑好，指夫妇融洽相处。
② 齝：音 qiān，意为头发稀少。
③ 王舍人店：村镇名，又称"王舍人庄"，在今济南市东郊。
④ 云鬒委绿：发鬈乌黑光亮。

其姊适里中富儿，意气自高。夫荡惰，家渐陵替，贫无烟火。闻妹为孝廉妇，弥增愧怍，姊妹辄避路而行。未几，良人又卒，家落。毛公又擢进士。女闻，刻骨自恨，遂忿然废身为尼。及公以宰相归，强遣女行者诣府谒问，冀有所贻。比至，夫人馈以绮縠罗绢若干匹，以金纳其中。行者携归见师，师失所望，恚曰："与我金钱，尚可作薪米费，此物我何所须！"遽令送回。公与夫人疑之，启视，则金具在，方悟见却之意。笑曰："汝师百金尚不能任，焉有福泽从我老尚书也。"遂以五十金付尼去，且嘱曰："将去作尔师用度。但恐福薄人难承受耳。"行者归，告其师。师哑然自叹，私念生平所为，率自颠倒，美恶避就，繄岂由人耶？后王舍店主人以人命逮系囹圄，公乃为力解释罪。

异史氏曰："张家故墓，毛氏佳城，斯已奇矣。余闻时人有'大姨夫作小姨夫，前解元为后解元'之戏，此岂慧黠者所能较计耶？呜呼！彼苍者天久已梦梦，何至毛公，其应如响耶？"

续黄粱

福建曾孝廉，高捷南宫时，与二三同年，遨游郭外。闻毗卢禅院寓一星者，往诣问卜。入揖而坐。星者^①见其意气扬扬，稍佞谀之。曾摇簜微笑，便问："有蟒玉分^②否？"星者曰："二十年太平宰相。"曾大悦，气益高。

值小雨，乃与游侣避雨僧舍。舍中一老僧，深目高鼻，坐蒲团上，淹蹇^③不为礼。众一举手，登榻自话，群以宰相相贺。曾心气殊高，便指同游曰："某为宰相时，推张年丈作南抚，家中表为参、游，我家老苍头亦得小千把^④，余愿足矣。"一座大笑。

俄闻门外雨益倾注，曾倦伏榻间。忽见有二中使，赍天子手诏，召曾太师决国计。曾得意荣宠，亦乌知其非有也，疾趋入朝。天子前席^⑤，温语良久，命三品以下，听其黜陟，不必奏闻。即赐蟒服一袭，玉带一围，名马二匹。曾被服稽拜以出。入家，则非旧所居第，绘栋雕榱^⑥，穷极壮丽，自亦不解何以遽至于此。然拈须微呼，则应诺雷动。俄而公卿赠海物，伛偻足恭者叠出其门。六卿来，倒屣而迎；侍郎辈，揖与语；下此者，颔之而已。晋抚馈女乐十人，皆是好女子，其尤者为袅袅，为仙仙，二人尤蒙宠顾。科头休

---

① 星者：迷信说法，人的命运同星宿的位置、运行有关。因此给人算命的人叫"星者"。

② 蟒玉分：指做高官的福分。

③ 淹蹇：傲慢。

④ 千把：千总、把总，明清时代低级武官名。

⑤ 天子前席：意谓天子倾听专注，不觉地移身向前。

⑥ 绘栋雕榱：彩绘的屋梁和雕饰的屋椽。栋，屋的中梁。榱，椽子，音 cuī。

沐①，日事声歌。一日，念微时尝得邑绅王子良周济，我今置身青云，渠尚磋跎仕路，何不一引手？早旦一疏，荐为谏议，即奉谕旨，立行擢用。又念郭太仆曾睚眦我，即传吕给谏及侍御陈昌等，授以意旨；越日，弹章交至，奉旨削职以去。恩怨了了，颇快心意。偶出郊衢，醉人适触卤簿，即遣人缚付京尹，立毙杖下。接第连阡者，皆畏势献沃产，自此富可埒国。无何而枭枭、仙仙，以次殂谢，朝夕遐想，忽忆曩年见东家女绝美，每思购充媵御，辄以绵薄违宿愿，今日幸可适志。乃使干仆数辈，强纳资于其家。俄顷藤舆舁至，则较之昔望见时尤艳绝也。自顾生平，于愿斯足。

又逾年，朝士窃窃，似有腹非之者，然揣其意，各为立仗马②，曾亦高情盛气，不以置怀。有龙图学士包③上疏，其略曰："窃以曾某，原一饮赌无赖，市井小人。一言之合，荣膺圣眷，父紫儿朱，恩宠为极。不思捐躯摩顶，以报万一，反恣胸臆，擅作威福。可死之罪，擢发难数！朝廷名器，居为奇货，量缺肥瘠，为价重轻。因而公卿将士，尽奔走于门下，估计夤缘，俨如负贩，仰息望尘，不可算数。或有杰士贤臣，不肯阿附，轻则置之闲散，重则褫以编氓。甚且一臂不袒，辄忤鹿马之奸；片语方干，远窜豺狼之地。朝士为之寒心，朝廷因而孤立。又且平民膏腴，任肆蚕食；良家女子，强委禽妆。沴气冤氛，暗无天日！奴仆一到，则守、令承颜；书函一投，则司、院枉法。或有厮养之儿，瓜葛之亲，出则乘传，风行雷动。地方之供给稍迟，马上之鞭挞立至。荼毒人民，奴隶官府，扈从所临，野无青草。而某方炎炎赫赫，怙宠无悔。召对方承于阙下，姜菲辄进于君前；委蛇才退于自公，声歌已起于后苑。声色狗马，昼夜荒淫；国计民生，罔存念虑。世上宁

---

① 科头休沐：指衣着随便，家居休假。

② 各为立仗马：意谓朝臣不敢说话。

③ 龙图学士包：本指宋代龙图阁直学士包拯。这里借指刚正不阿的朝臣。

有此宰相乎！内外骇讹，人情汹汹。若不急加斧锧之诛，势必酿成操、莽之祸。臣夙夜祗惧，不敢宁处，冒死列款，仰达宸听。伏祈断奸佞之头，籍贪冒之产，上回天怒，下快舆情。如果臣言虚谬，刀锯鼎镬，即加臣身。"云云。疏上，曾闻之气魄悚骇，如饮冰水。幸而皇上优容，留中不发^①。又继而科、道、九卿，交章劾奏，即昔之拜门墙、称假父者，亦反颜相向。奉旨籍家，充云南军。子任平阳太守，已差员前往提问。

曾方闻旨惊悒，旋有武士数十人，带剑操戈，直抵内寝，褫其衣冠，与妻并系。俄见数夫运资于庭，金银钱钞以数百万，珠翠瑙玉数百斛，幄幕帘榻之属，又数千事，以至儿襁女舄，遗坠庭阶。曾一一视之，酸心刺目。又俄而一人掠美妾出，披发娇啼，玉容无主。悲火烧心，含愤不敢言。俄楼阁仓库，并已封志，立叱曾出。监者牵罗曳而出，夫妻吞声就道，求一下驷劣车，少作代步，亦不可得。十里外，妻足弱，欲倾跌，曾时以一手相攀引。又十余里，己亦困惫。欻见高山，直插云汉，自忧不能登越，时挽妻相对泣。而监者狞目来窥，不容稍停驻。又顾斜日已坠，无可投止，不得已，参差蹩躠^②而行。比至山腰，妻力已尽。泣坐路隅。曾亦憩止，任监者叱骂。

忽闻百声齐噪，有群盗各操利刃，跳梁而前。监者大骇，逸去。曾长跪告曰："孤身远谪，囊中无长物。"哀求宥免。群盗裂眦宣言："我辈皆被害冤民，只乞得佞贼头，他无索取。"曾怒叱曰："我虽待罪，乃朝廷命官，贼子何敢尔！"贼亦怒，以巨斧挥曾项，觉头堕地作声。

魂方骇疑，即有二鬼来反接其手，驱之行。行逾数刻，入一都会。顷之，睹宫殿，殿上一丑形王者，凭几决罪福。曾前匍伏请命，王者阅卷，才

<hr />

① 留中不发：把奏章留在宫中，暂不批复。

② 参差蹩躠：意谓一前一后，匍匐而行。蹩躠，音 bié sǎ。

数行，即震怒曰："此欺君误国之罪，宜置油鼎！"万鬼群和，声如雷霆。即有巨鬼捽至墀下，见鼎高七尺已来，四围炽炭，鼎足尽赤。曾觳觫①哀啼，窜迹无路。鬼以左手抓发，右手握踝，抛置鼎中。觉块然一身，随油波而上下，皮肉焦灼，痛彻于心，沸油入口，煎烹肺腑。念欲速死，而万计不能得死。约食时，鬼方以巨叉取曾，复伏堂下。王又检册籍，怒曰："倚势凌人，合受刀山狱！"鬼复捽去。见一山，不甚广阔，而峻削壁立，利刃纵横，乱如密笋。先有数人胃肠刺腹于其上，呼号之声，惨绝心目。鬼促曾上，曾大哭退缩。鬼以毒锥刺脑，曾负痛乞怜。鬼怒，捉曾起，望空力掷。觉身在云霄之上，晕然一落，刃交于胸，痛苦不可言状。又移时，身驱重赘，刀孔渐阔，忽焉脱落，四支蜷屈。鬼又逐以见王。王命会计生平卖爵鬻名，枉法霸产，所得金钱几何。即有髯须人持筹握算，曰："二百二十一万。"王曰："彼既积来，还令饮去！"少间，取金钱堆阶上，如丘陵，渐入铁釜，熔以烈火。鬼使数辈，更相以杓灌其口，流颐则皮肤臭裂，入喉则脏腑腾沸。生时患此物之少，是时患此物之多也。半日方尽。

王者令押去甘州为女。行数步，见架上铁梁，围可数尺，绾一火轮，其大不知几百由旬，焰生五采，光耿云霄。鬼挞使登轮。方合眼跃登，则轮随足转，似觉倾坠，遍体生凉。开目自顾，身已婴儿，而又女也。视其父母，则悬鹑败絮；土室之中，瓢杖犹存。心知为乞人子，日随乞儿托钵，腹辘辘不得一饱。着败衣，风常刺骨。十四岁，鬻与顾秀才备媵妾，衣食粗足自给。而冢室悍甚，日以鞭棰从事，辄用赤铁烙胸乳。幸良人颇怜爱，稍自宽慰。东邻恶少年，忽逾墙来逼与私，乃自念前身恶孽，已被鬼责，今那得复尔。于是大声疾呼，良人与嫡妇尽起，少年始窜去。一日，秀才宿诸其室，

---

① 觳觫：吓得发抖。音 hú sù。

枕上喋喋，方自诉冤苦；忽震厉一声，室门大辟，有两贼持刀入，竟决秀才首，囊括衣物。团伏被底，不敢作声。既而贼去，乃喊奔嫡室。嫡大惊，相与泣验。遂疑妾以奸夫杀良人，状白刺史。刺史严鞫，竟以酷刑诬服，律拟凌迟处死，絷赴刑所。胸中冤气扼塞，距踊声屈，觉九幽十八狱^①无此黑黯也。正悲号间，闻游者呼曰："兄梦魇耶？"豁然而寤，见老僧犹跏趺座上。同侣竞相谓曰："日暮腹枵，何久酣睡？"曾乃惨淡而起。僧微笑曰："宰相之占验否？"曾益惊异，拜而请教。僧曰："修德行仁，火坑中有青莲也。山僧何知焉。"曾胜气而来，不觉丧气而返。台阁之想^②由此淡焉。后入山，不知所终。

异史氏曰："梦固为妄，想亦非真。彼以虚作，神以幻报^③。黄粱将熟，此梦在所必有，当以附之邯郸之后。"

---

① 九幽十八狱：指迷信传说中的阴间十八层地狱。九幽，犹"九泉"，指冥间。
② 台阁之想：指曾某做宰相的念头。台阁，指朝廷重臣；明清时则指尚书、内阁大
　　学士之类的辅佐大臣。
③ 神以幻报：指在幻梦中鬼神给予曾的恶报。

辛十四娘

广平冯生，正德①间人，少轻脱，纵酒。昧爽偶行，遇一少女，着红帔，容色娟好。从小奚奴②，蹑露奔波，履袜沾濡。心窃好之。薄暮醉归，道侧故有兰若，久芜废，有女子自内出，则向丽人也。忽见生来，即转身入。阴思：丽者何得在禅院中？絷驴于门，往觇其异。入则断垣零落，阶上细草如毯。彷徨间，一斑白叟出，衣帽整洁，问："客何来？"生曰："偶过古刹，欲一瞻仰。"因问："翁何至此？"叟曰："老夫流寓无所，暂借此安顿细小。既承宠降，山茶可以当酒。"乃肃宾入。见殿后一院，石路光明，无复榛莽。入其室，则帘幌床幕，香雾喷人。坐展姓字，云："蒙叟姓辛。"生乘醉遽问曰："闻有女公子未遭良匹，窃不自揣，愿以镜台自献③。"辛笑曰："容谋之荆人。"生即索笔为诗曰："千金觅玉杵，殷勤手自将。云英如有意，亲为捣玄霜。④"主人笑付左右。少间，有婢与辛耳语。辛起慰客耐坐，牵幕入，隐约数语即趋出。生意必有佳报，而辛乃坐与喃喃，不复他言。生不能忍，问曰："未审意旨，幸释疑抱。"辛曰："君卓荦士，倾风已久，但有私衷，所不敢言耳。"生固请，辛曰："弱息十九人，嫁者十有二。醮命任之荆人，老夫不与焉。"生曰："小生只要得今朝领小奚奴带露行者。"辛不应，

---

① 正德：明武宗朱厚照年号（1506—1521）。

② 奚奴：此指婢女。

③ 镜台自献：意谓自媒求婚。

④ "千金觅玉杵"四句：具体是指唐代裴铏所作《传奇·裴航》中的故事，具体情节是唐代人裴航为了向少女云英求婚而千方百计购得玉杵白并捣药百日。此处用这个典故，表示求婚。

相对默然。闻房内嘤嘤腻语，生乘醉搴帘曰："伉俪既不可得，当一见颜色，以消吾憾。"内闻钩动，群立愕顾。果有红衣人，振袖倾鬟①，亭亭拈带。望见生入，遍室张皇。辛怒，命数人捽生出。酒愈涌上，倒榛芜中，瓦石乱落如雨，幸不着体。

卧移时，听驴子犹龁草路侧，乃起跨驴，踉跄而行。夜色迷闷，误入涧谷，狼奔鸮叫，竖毛寒心。踟蹰四顾，并不知其何所。遥望苍林中，灯火明灭，疑必村落，竟驰投之。仰见高闳，以策挝门，内问曰："何人半夜来此？"生以失路告，内曰："待达主人。"生累足鹄俟②。忽闻振管辟扉，一健仆出，代客捉驴。生入，见室甚华好，堂上张灯火。少坐，有妇人出，问客姓氏，生以告。逾刻，青衣数人扶一老妪出，曰："郡君③至。"生起立，肃身欲拜。妪止之，坐谓生曰："尔非冯云子之孙耶？"曰："然。"妪曰："子当是我弥甥④。老身钟漏并歇⑤，残年向尽，骨肉之间，殊多乖阔⑥。"生曰："儿少失怙⑦，与我祖父处者，十不识一焉。素未拜省，乞便指示。"妪曰："子自知之。"生不敢复问，坐对悬想。

妪曰："甥深夜何得来此？"生以胆力自矜诩，遂历陈所遇。妪笑曰："此大好事。况甥名士，殊不玷于姻娅，野狐精何得强自高？甥勿虑，我能为若致之。"生谢唯唯。妪顾左右曰："我不知辛家女儿遂如此端好。"青衣人曰："渠有十九女，都翩翩有风格，不知官人所聘行几？"生曰："年约

---

① 振袖倾鬟：犹言抖袖低头。鬟，古代妇女的环形发髻。

② 累足鹄俟：驻足伸颈，站立等候。累足，站立不动。鹄，一种长颈鸟，俗称天鹅。

③ 郡君：妇人的封号。唐制，四品官以上之母或妻为郡君。明代宗室女也称郡君。

④ 弥甥：外甥的儿子。

⑤ 钟漏并歇：暗示死亡。

⑥ 乖阔：远离；疏远。

⑦ 失怙：丧父。

十五余矣。"青衣曰："此是十四娘。三月间，曾从阿母寿郡君，何忘却？"妪笑曰："是非刻莲瓣为高履，实以香屑，蒙纱而步者乎？"青衣曰："是也。"妪曰："此婢大会作意，弄媚巧。然果窈窕，阿甥赏鉴不谬。"即谓青衣曰："可遣小狸奴唤之来。"青衣应诺去。

移时，入白："呼得辛家十四娘至矣。"旋见红衣女子，望妪俯拜。妪曰："后为我家甥妇，勿得修婢子礼。"女子起，娉娉而立，红袖低垂。妪理其鬓发，捻其耳环，曰："十四娘近在闺中作么生？"女低应曰："闲来只挑绣。"回首见生，羞缩不安。妪曰："此吾甥也。盛意与儿作姻好，何便教迷途，终夜窜溪谷？"女俯首无语。妪曰："我唤汝非他，欲为吾甥作伐耳。"女默默而已。妪命扫榻展裀褥，即为合卺。女腆然曰："还以告之父母。"妪曰："我为汝作冰①，有何舛谬？"女曰："郡君之命，父母当不敢违，然如此草草，婢子即死，不敢奉命！"妪笑曰："小女子志不可夺，真吾甥妇也！"乃拔女头上金花一朵，付生收之。命归家检历，以良辰为定。乃使青衣送女去。听远鸡已唱，遣人持驴送生出。数步外，欻一回顾，则村舍已失，但见松楸浓黑，蓬颗蔽冢而已。定想移时，乃悟其处为薛尚书墓。

薛乃生故祖母弟，故相呼以甥。心知遇鬼，然亦不知十四娘何人。咨嗟而归，漫检历以待之，而心恐鬼约难恃。再往兰若，则殿宇荒凉，问之居人，则寺中往往见狐狸云。阴念：若得丽人，狐亦自佳。至日除舍扫途，更仆眺望，夜半犹寂，生已无望。顷之门外哗然，躧出窥，则绣幰已驻于庭，双鬟扶女坐青庐中。妆奁亦无长物，惟两长鬣奴扛一扑满，大如瓮，息肩置堂隅。生喜得佳丽偶，并不疑其异类。问女曰："一死鬼，卿家何帖服之

---

① 作冰：作媒人。

甚？"女曰："薛尚书，今作五都巡环使，数百里鬼狐皆备扈从，故归墓时常少。"生不忘蹇修[①]，翼日往祭其墓。归见二青衣，持贝锦为贺，竟委几上而去。生以告女，女曰："此郡君物也。"

邑有楚银台之公子，少与生共笔砚，颇相狎。闻生得狐妇，馈遗为馔，即登堂称觞。越数日，又折简来招饮。女闻，谓生曰："曩公子来，我穴壁窥之，其人猿睛鹰准，不可与久居也。宜勿往。"生诺之。翼日公子造门，问负约之罪，且献新什。生评涉嘲笑，公子大惭，不欢而散。生归笑述于房，女惨然曰："公子豺狼，不可狎也！子不听吾言，将及于难！"生笑谢之。后与公子辄相谑嘲，前郤渐释。会提学试，公子第一，生第二。公子沾沾自喜，走伻来邀生饮，生辞；频招乃往。至则知为公子初度，客从满堂，列筵甚盛。公子出试卷示生，亲友叠肩叹赏。酒数行，乐奏于堂，鼓吹伧伫，宾主甚乐。公子忽谓生曰："谚云：'场中莫论文。'此言今知其谬。小生所以忝出君上者，以起处数语略高一筹耳。"公子言已，一座尽赞。生醉不能忍，大笑曰："君到于今，尚以为文章至是耶！"生言已，一座失色。公子惭忿气结。客渐去，生亦遁。醒而悔之，因以告女。女不乐曰："君诚乡曲之愦子[②]也！轻薄之态，施之君子，则丧吾德；施之小人，则杀吾身。君祸不远矣！我不忍见君流落，请从此辞。"生惧而涕，且告之悔。女曰："如欲我留，与君约：从今闭户绝交游，勿浪饮。"生谨受教。

十四娘为人勤俭洒脱，日以纴织为事。时自归宁，未尝逾夜。又时出金帛作生计，日有赢余，辄投扑满。日杜门户，有造访者辄嘱苍头谢去。

一日，楚公子驰函来，女焚蓺不以闻。翼日，出吊于城，遇公子于丧

---

① 蹇修：代指媒人。

② 乡曲之愦子：识见寡陋的轻薄子弟。乡曲，乡里，亦指穷乡僻壤。愦子，轻薄耍小聪明的人。愦，音 xuān。

者之家，捉臂苦约，生辞以故。公子使圉人挽辔，拥挫以行。至家，立命洗腆。继辞凤退。公子要遮无已，出家姬弹筝为乐。生素不羁，向闭置庭中，颇觉闷损，忽逢剧饮，兴顿豪，无复萦念。因而醉酣，颓卧席间。公子妻阮氏，最悍妒，婢妾不敢施脂泽。日前，婢入斋中，为阮掩执，以杖击首，脑裂立毙。公子以生嘲慢故，衔生，日思所报，遂谋醉以酒而诬之。乘生醉寐，扛尸床间，合扉径去。生五更醒解，始觉身卧几上，起寻枕榻，则有物腻然，绁绊步履。摸之，人也。意主人遣僮伴睡。又蹴之不动，举之而僵，大骇，出门怪呼。厮役尽起，爇之，见尸，执生怒闹。公子出验之，诬生逼奸杀婢，执送广平。隔日，十四娘始知，潸泣曰："早知今日矣！"因按日以金钱遗生。生见府尹，无理可伸，朝夕搒掠，皮肉尽脱。女自诣问，生见之，悲气塞心，不能言说。女知陷阱已深，劝令诬服，以免刑宪。生泣听命。

女还往之间，人咫尺不相窥。归家咨悢，遽遣婢子去。独居数日，又托媒媪购良家女，名禄儿，年及笄，容华颇丽，与同寝食，抚爱异于群小。生认误杀拟绞。苍头得信归，恸述不成声。女闻，坦然若不介意。既而秋决有日，女始皇皇躁动，昼去夕来，无停履。每于寂所，于邑悲哀，至损眠食。一日，日晡①，狐婢忽来。女顿起，相引屏语。出则笑色满容，料理门户如平时。翼日，苍头至狱，生寄语娘子一往永诀。苍头复命，女漫应之，亦不恻恻，殊落落置之；家人窃议其忍。忽道路沸传：楚银台革职，平阳观察奉特旨治冯生案。苍头闻之，喜告主母。女亦喜，即遣入府探视，则生已出狱，相见悲喜。俄捕公子至，一鞫，尽得其情。生立释宁家。归见女，泫然流涕，女亦相对怆楚，悲已而喜，然终不知何以得达上听。女笑指婢曰："此

---

① 晡：申时，午后三至五时。

君之功臣也。"生愕问故。

先是，女遣婢赴燕都，欲达宫闱，为生陈冤抑。婢至，则宫中有神守护，徘徊御沟间，数月不得入。婢惧误事，方欲归谋，忽闻今上将幸大同，婢乃预往，伪作流妓。上至勾栏，极蒙宠眷。疑婢不似风尘人，婢乃垂泣。上问："有何冤苦？"婢对曰："妾原籍直隶广平，生员冯某之女。父以冤狱将死，遂鬻妾勾栏中。"上惨然，赐金百两。临行，细问颠末，以纸笔记姓名；且言欲与共富贵。婢言："但得父子团聚，不愿华膴也。"上颔之，乃去。婢以此情告生。生急起拜，泪眦双荧。居无几何，女忽谓生曰："妾不为情缘，何处得烦恼？君被逮时，妾奔走戚眷间，并无一人代一谋者。尔时酸衷，诚不可以告诉。今视尘俗益厌苦。我已为君蓄良偶，可从此别。"生闻，泣伏不起，女乃止。夜遣禄儿侍生寝，生拒不纳。朝视十四娘，容光顿减；又月余，渐以衰老；半载，黯黑如村妪：生敬之，终不替。女忽复言别，且曰："君自有佳侣，安用此鸠盘为？"生哀泣如前日。又逾月，女暴疾，绝饮食，羸卧闺闼。生侍汤药，如奉父母。巫医无灵，竟以溘逝。生悲怛欲绝。即以婢赐金，为营斋葬。数日，婢亦去，遂以禄儿为室。逾年，生一子。然比岁不登①，家益落。夫妻无计，对影长愁。忽忆堂陬扑满，常见十四娘投钱于中，不知尚在否。近临之，则豉具盐盎，罗列殆满。头头置去，箸探其中，坚不可入。扑而碎之，金钱溢出。由此顿大充裕。

后苍头至太华，遇十四娘，乘青骡，婢子跨蹇以从，问："冯郎安否？"且言："致意主人，我已名列仙籍矣。"言讫不见。

异史氏曰："轻薄之词，多出于士类，此君子所悼惜也。余尝冒不韪之

---

① 比岁不登：连年收成不好。登，指庄稼成熟。

名，言冤则已迁，然未尝不刻苦自励，以勉附于君子之林，而祸福之说不与焉[①]。若冯生者，一言之微，几至杀身，苟非室有仙人，亦何能解脱图圄，以再生于当世耶？可惧哉！”

---

① 而祸福之说不与焉：意谓并非迷信祸福之说。不与，不从。

赵城虎

赵城①妪，年七十余，止一子。一日入山，为虎所噬。妪悲痛，几不欲活，号啼而诉之宰。宰笑曰："虎何可以官法制之乎？"妪愈号啕，不能制之。宰叱之亦不畏惧，又怜其老，不忍加以威怒，遂绐之，诺捉虎。妪伏不去，必待勾牒②出，乃肯行。宰无奈之。即问诸役，谁能往之。一隶名李能，醺醉，诣座下，自言："能之。"持牒下，妪始去。隶醒而悔之，犹谓宰之伪局，姑以解妪扰耳，因亦不甚之意。持牒报缴③，宰怒曰："固言能之，何容复悔？"隶窘甚，请牒拘猎户④，宰从之。隶集猎人，日夜伏山谷，冀得一虎，庶可塞责。月余，受杖数百，冤苦罔控。遂诣东郭岳庙，跪而祝之，哭失声。

无何，一虎自外来，隶错愕，恐被咥噬，虎入，殊不他顾，蹲立门中。隶祝曰："如杀某子者尔也，其俯听吾缚。"遂出缧索⑤絷虎项，虎帖耳受缚。牵达县署，宰问虎曰："某子尔噬之耶？"虎颔之。宰曰："杀人者死，古之定律。且妪止一子，而尔杀之，彼残年垂尽，何以生活？倘尔能为若子也，我将赦之。"虎又颔之，乃释缚令去。妪方怨宰之不杀虎以偿子也，迟旦启扉，则有死鹿，妪货其肉革，用以资度。自是以为常，时衔金帛掷庭中。妪

---

① 赵城：旧县名，隋末置，治所在今山西省洪洞县赵城镇西南。

② 勾牒：拘捕犯人的公文。勾，捉拿。

③ 持牒报缴：至期复命，交回勾牒。指未完成使命。

④ 牒拘猎户：发出公文，拘禁猎户，使之服役。

⑤ 缧索：拘系犯人的绳索。缧，音 léi。

从此致丰裕，奉养过于其子。心窃德虎。虎来，时卧檐下，竟日不去。人畜相安，各无猜忌。数年，妪死，虎来吼于堂中。妪素所积，绰可营葬^①，族人共瘗之。坟垒方成，虎骤奔来，宾客尽逃。虎直赴冢前，嗥鸣雷动，移时始去。土人立"义虎祠"于东郭，至今犹存。

---

① 绰可营葬：指积蓄足够置办丧葬之事。绰，宽裕。

武技

　　李超字魁吾，淄之西鄙①人，豪爽好施。偶一僧来托钵②，李饱啖之。僧甚感荷，乃曰："吾少林③出也。有薄技，请以相授。"李喜，馆之客舍，丰其给④，且夕从学。三月，艺颇精，意甚得。僧问："汝益乎？"曰："益矣。师所能者，我已尽能之。"僧笑，命李试其技。李乃解衣唾手，如猿飞，如鸟落，腾跃移时，诩诩然⑤交叉而立。僧又笑曰："可矣。子既尽吾能，请一角低昂。"李忻然，即各交臂作势。既而支撑格拒，李时时蹈僧瑕，僧忽一脚飞掷，李已仰跌丈余。僧抚掌曰："子尚未尽吾能也。"李以掌致地，惭沮请教。又数日，僧辞去。

　　李由此以名，遨游南北，罔有其对。偶适历下，见一少年尼僧弄艺于场，观者填溢。尼告众客曰："颠倒一身，殊大冷落。有好事者，不妨下场一扑为戏。"如是三言。众相顾，迄无应者。李在侧，不觉技痒，意气而进。尼便笑与合掌。才一交手，尼便呵止曰："此少林宗派也。"即问："尊师何人？"李初不言，尼固诘之，乃以僧告。尼拱手曰："憨和尚汝师耶？若尔，不必交手足，愿拜下风。"李请之再四，尼不可。众怂恿之，尼乃曰："既是憨师弟子，同是个中人，无妨一戏。但两相会意可耳。"李诺之。然以其文

① 淄之西鄙：淄川县之西乡。鄙，边境，边缘地区。

② 托钵：化缘、乞食。

③ 少林：少林寺，在河南省登封县西北少室山北麓，建于北魏太和年间。

④ 丰其给：对他的供给十分丰厚。

⑤ 诩诩然：骄傲自得的样子。

弱故，易之。又年少喜胜，思欲败之，以要一日之名。方颉颃^①间，尼即遽止，李问其故，但笑不言，李以为怯，固请再角。尼乃起。少间，李腾一踝去，尼骈五指下削其股，李觉膝下如中刀斧，蹶仆不能起。尼笑谢曰："孟浪^②迕客，幸勿罪！"李异归，月余始愈，后年余，僧复来，为述往事。僧惊曰："汝大卤莽！惹他何为？幸先以我名告之，不然，股已断矣！"

---

① 颉颃：此以之喻比武的腾跃进退。
② 孟浪：鲁莽。

鸦头

诸生^①王文，东昌人，少诚笃。薄游于楚^②，过六河^③，休于旅舍，乃步门外。遇里戚赵东楼，大贾也，常数年不归。见王，相执甚欢，便邀临存^④。至其所，有美人坐室中，愕怪却步。赵曳之，又隔窗呼妮子去。王乃入。赵具酒馔，话温凉^⑤。王问："此何处所？"答云："此是小勾栏。余因久客，暂假床寝。"话间，妮子频来出入，王局促不安，离席告别，赵强捉令坐。

俄见一少女经门外过，望见王，秋波频顾，眉目含情，仪容娴婉，实神仙也。王素方直，至此惘然若失，便问："丽者何人？"赵曰："此媪次女，小字鸦头，年十四矣。缠头者^⑥屡以重金啖媪，女执不愿，致母鞭楚，女以齿稚哀免。今尚待聘耳。"王闻言，俯首默然痴坐，酬应悉乖^⑦。赵戏之曰："君倘垂意，当作冰斧。"王怃然曰："此念所不敢存。"然日向夕，绝不言去。赵又戏请之，王曰："雅意极所感佩，囊涩奈何！"赵知女性激烈，必当不允，故许以十金为助。王拜谢趋出，罄资而至，得五数，强赵致媪，媪

---

① 诸生：儒生。明清时，一般生员也称"诸生"。

② 薄游：即游历。薄，语助词。楚：泛指南方地区，长江中下游一带古属楚国。

③ 六河：地名。就文中所写的地理方位，应在东昌以南，汉口之东。又，江苏省太仓县北，有六合镇，也称"陆河"。

④ 临存：到家看望。敬辞。

⑤ 话温凉：互致问候。温凉，寒暖。

⑥ 缠头者：指嫖客。缠头，古时舞者以锦缠头，舞罢，宾客赠以罗锦，称为"缠头"。后来，对勾栏歌妓的赠与，也叫"缠头"。

⑦ 酬应悉乖：酬酢应答，都有差错。形容心不在焉。乖，违背、差错。

果少之。鸦头言于母曰："母日责我不作钱树子[1]，今请得如母所愿。我初学作人，报母有日，勿以区区放却财神去。"媪以女性拗执，但得允从，即甚欢喜。遂诺之，使婢邀王郎。赵难中悔，加金付媪。

王与女欢爱甚至。既，谓王曰："妾烟花下流，不堪匹敌，既蒙缱绻，义即至重。君倾囊博此一宵欢，明日如何？"王泫然悲哽。女曰："勿悲。妾委风尘[2]，实非所愿。顾未有敦笃如君可托者。请以宵遁。"王喜遽起，女亦起。听谯鼓已三下[3]矣。女急易男装，草草偕出，叩主人[4]扉。王故从双卫，托以急务，命仆便发。女以符系仆股并驴耳上，纵辔极驰，目不容启，耳后但闻风鸣，平明至汉口，税屋而止。王惊其异，女曰："言之，得无惧乎？妾非人，狐耳。母贪淫，日遭虐遇，心所积懑，今幸脱苦海。百里外即非所知，可幸无恙。"王略无疑贰，从容曰："室对芙蓉[5]，家徒四壁，实难自慰，恐终见弃置。"女曰："何必此虑。今市货皆可居，三数口，淡薄亦可自给。可鬻驴子作资本。"王如言，即门前设小肆，王与仆人躬同操作，卖酒贩浆其中。女作披肩，刺荷囊，日获赢余，顾赡甚优。积年余，渐能蓄婢媪，王自是不着犊鼻[6]，但课督而已。

女一日悄然忽悲，曰："今夜合有难作，奈何！"王问之，女曰："母已知妾消息，必见凌逼。若遣姊来，吾无忧，恐母自至耳。"夜已央，自庆曰："不妨，阿姊来矣。"居无何，妮子排闼入，女笑逆之。妮子骂曰："婢子不

---

① 钱树子：犹言"摇钱树"，妓女。
② 委风尘：堕落于风尘中，指沦落为妓女。委，委身。风尘，此指花街柳巷。
③ 谯鼓已三下：已打三更。
④ 主人：指王生所住旅舍的店主。
⑤ 室对芙蓉：意思是在家面对美妻。芙蓉，荷花。
⑥ 不着犊鼻：指不亲自操作。

羞，随人逃匿！老母令我缚去。"即出索子絷女颈。女怒曰："从一者①得何罪？"妮子益忿，捽女断衿。家中婢媪皆集，妮子惧，奔出。女曰："姊归，母必自至。大祸不远，可速作计。"乃急办装，将更播迁。媪忽掩入，怒容可掬，曰："我固知婢子无礼，须自来也！"女迎跪哀啼，媪不言，揪发提去。王徘徊怆恻，眠食都废，急诣六河，冀得贿赎。至则门庭如故，人物已非，问之居人，俱不知其所徙。悼丧而返。于是俵散客旅②，囊资东归。后数年，偶入燕都，过育婴堂③，见一儿，七八岁。仆人怪似其主，反复凝注之。王问："看儿何说？"仆笑以对，王亦笑。细视儿，风度磊落。自念乏嗣，因其肖己，爱而赎之。诘其名，自称王孜。王曰："子弃之襁褓，何知姓氏？"曰："本师④尝言，得我时，胸前有字，书山东王文之子。"王大骇曰："我即王文，乌得有子？"念必同己姓名者，心窃喜，甚爱惜之。及归，见者不问而知为王生子。孜渐长，孔武有力，喜田猎，不务生产，乐斗好杀，王亦不能钳制之。又自言能见鬼狐，悉不之信。会里中有患狐者，请孜往觇之。至则指狐隐处，令数人随指处击之，即闻狐鸣，毛血交落，自是遂安。由是人益异之。

王一日游市廛，忽遇赵东楼，巾袍不整，形色枯黯。惊问所来，赵惨然请间⑤。王乃偕归，命酒。赵曰："媪得鸦头，横施楚掠。既北徙，又欲夺其志。女矢死不二，因囚置之。生一男，弃之曲巷，闻在育婴堂，想已长成，此君遗体也。"王出涕曰："天幸孽儿已归。"因述本末。问："君何落拓

---

① 从一者：指不嫁二夫之女。这里指嫁夫从良，不做妓女。
② 俵散客旅：遣散众佣工。俵散，分散；解散。客，客佣。旅，众。
③ 育婴堂：旧时收养遗弃婴儿的机构。
④ 本师：授业的老师；这里指育婴堂的抚养人员。
⑤ 请间：请找个没人的地方谈话。间，间语，避人私语。

至此？"叹曰："今而知青楼之好，不可过认真也。夫何言！"先是，媪北徙，赵以负贩从之。货重难迁者，悉以贱售。途中脚直供亿①，烦费不资，因大亏损，妮子索取尤奢。数年，万金荡然。媪见床头金尽，旦夕加白眼。妮子渐寄贵家宿，恒数夕不归。赵愤激不可耐，然亦无可如何。适媪他出，鸦头自窗中呼赵曰："勾栏中原无情好，所绸缪者，钱耳。君依恋不去，将掇奇祸。"赵惧，如梦初醒。临行窃往视女，女授书使达王，赵乃归。因以此情为王述之。即出鸦头书，书云："知孜儿已在膝下矣。妾之厄难，东楼君自能面悉。前世之孽，夫何可言！妾幽室之中，暗无天日，鞭创裂肤，饥火煎心，易一晨昏，如历年岁。君如不忘汉上雪夜单衾，迭互暖抱时，当与儿谋，必能脱妾于厄。母姊虽忍，要是骨肉，但嘱勿致伤残，是所愿耳。"王读之，泣不自禁，以金帛赠赵而去。

时孜年十八矣，王为述前后，因示母书。孜怒眦欲裂，即日赴都，询吴媪居，则车马方盈。孜直入，妮子方与湖客饮，望见孜，愕立变色。孜骤进杀之，宾客大骇，以为寇。及视女尸，已化为狐。孜持刀径入，见媪督婢作羹。孜奔近室门，媪忽不见，孜四顾，急抽矢望屋梁射之，一狐贯心而堕，遂决其首。寻得母所，投石破扃，母子各失声。母问媪，曰："已诛之。"母怨曰："儿何不听吾言！"命持葬郊野。孜伪诺之，剥其皮而藏之。检媪箱箧，尽卷金资，奉母而归。夫妇重谐，悲喜交至。既问吴媪，孜言："在吾囊中。"惊问之，出两革以献。母怒，骂曰："忤逆儿！何得此为！"号痛自挝，转侧欲死。王极力抚慰，叱儿瘗革。孜忿曰："今得安乐所，顿忘挞楚耶？"母益怒，啼不止。孜葬皮反报，始稍释。

---

① 脚直供亿：运输费用和生活供应。脚直，脚力；脚钱。供亿，按需要供应，也指供应的东西。亿，估量。

王自女归，家益盛。心德赵，报以巨金，赵始知母子皆狐也。孜承奉甚孝；然误触之，则恶声暴吼。女谓王曰："儿有拗筋，不刺去，终当杀身倾产。"夜伺孜睡，潜絷其手足。孜醒曰："我无罪。"母曰："将医尔虐，其勿苦。"孜大叫，转侧不可开。女以巨针刺踝骨侧三四分许，用刀掘断，崩然有声，又于肘间脑际并如之。已，乃释缚，拍令安卧。天明，奔候父母，涕泣曰："儿早夜忆昔所行，都非人类！"父母大喜，从此温和如处女，乡里贤之。

异史氏曰："妓尽狐也。不谓有狐而妓者，至狐而鸨，则兽而禽矣。灭理伤伦，其何足怪？至百折千磨，之死靡他[1]，此人类所难，而乃于狐也得之乎？唐太宗谓魏徵更饶妩媚[2]，吾于鸦头亦云。"

---

① 之死靡他：到死不变心。
② 唐太宗谓魏徵更饶妩媚：唐太宗曾说别人说魏徵举动疏慢，"我但觉妩媚"。魏徵，唐大臣，敢于直谏。

狐梦

　　余友毕怡庵①，倜傥不群②，豪纵自喜，貌丰肥，多髭，士林知名。尝以故至叔刺史公之别业，休憩楼上。传言楼中故多狐。毕每读《青凤传》③，心辄向往，恨不一遇。因于楼上摄想凝思，既而归斋，日已寝暮。

　　时暑月燠热，当户而寝。睡中有人摇之，醒而却视，则一妇人，年逾四十，而风韵犹存。毕惊起，问为谁，笑曰：“我狐也。蒙君注念，心窃感纳。”毕闻而喜，投以嘲谑。妇笑曰：“妾齿加长矣，纵人不见恶，先自惭沮。有小女及笄，可侍巾栉④。明宵，无寓人于室，当即来。”言已而去。至夜，焚香坐伺，妇果携女至。态度娴婉，旷世无匹。妇谓女曰：“毕郎与有凤缘，即须留止。明旦早归，勿贪睡也。”毕乃握手入帏，款曲备至。事已笑曰：“肥郎痴重，使人不堪。”未明即去。既夕自来，曰：“姊妹辈将为我贺新郎，明日即屈同去。”问：“何所？”曰：“大姊作筵主，此去不远也。”毕果候之。良久不至，身渐倦惰。才伏案头，女忽入曰：“劳君久伺矣。”乃握手而行。奄至一处，有大院落，直上中堂，则见灯烛荧荧，灿若星点。俄而主人至，年近二旬，淡妆绝美。敛衽称贺已，将践席，婢入白：“二娘子至。”见一女子入，年可十八九，笑向女曰：“妹子已破瓜⑤矣。新郎颇如意否？”女以扇击背，白眼视之。二娘曰：“记儿时与妹相扑为戏⑥，妹畏人数

---

① 毕怡庵：蒲松龄曾长期在淄川西铺毕际有家坐馆；毕怡庵当是毕际有的族人。

② 倜傥不群：豪爽洒脱，不同凡俗。

③《青凤传》：指《聊斋志异·青凤》。

④ 侍巾栉：侍奉梳洗；指充当侍妾。栉，梳发。

⑤ 破瓜：此处指少女已婚。

⑥ 相扑为戏：这里指相互打闹着玩耍。“相扑”之名始见于宋代《梦粱录》，它是从秦汉角觝技艺中分出的一个体育运动项目。

胁骨，遥呵手指，即笑不可耐。便怒我，谓我当嫁僬侥国^①小王子。我谓婢子他日嫁多髭郎，刺破小吻，今果然矣。"大娘笑曰："无怪三娘子怒诅也！新郎在侧，直尔憨跳^②！"顷之，合尊促坐，宴笑甚欢。

忽一少女抱一猫至，年可十二三，雏发未燥^③，而艳媚入骨。大娘曰："四妹妹亦要见姊丈耶？此无坐处。"因提抱膝头，取看果饵之。移时，转置二娘怀中，曰："压我胫股酸痛！"二娘曰："婢子许大，身如百钧^④重，我脆弱不堪；既欲见姊丈，姊丈故壮伟，肥膝耐坐。"乃捉置毕怀。入怀香软，轻若无人。毕抱与同杯饮，大娘曰："小婢勿过饮，醉失仪容，恐为姊丈所笑。"少女孜孜展笑，以手弄猫，猫戛然鸣。大娘曰："尚不抛却，抱走蚤虱矣！"二娘曰："请以狸奴为令，执箸交传，鸣处则饮。"众如其教。至毕辄鸣，毕故豪饮，连举数觥，乃知小女子故捉令鸣也，因大喧笑。二娘曰："小妹子归休！压杀郎君，恐三姊怨人。"小女郎乃抱猫去。

大姊见毕善饮，乃摘髻子贮酒以劝。视髻仅容升^⑤许，然饮之觉有数斗之多。比干视之，则荷盖也。二娘亦欲相酬，毕辞不胜酒。二娘出一口脂合子，大于弹丸，酌曰："既不胜酒，聊以示意。"毕视之，一吸可尽，接吸百口，更无干时。女在旁以小莲杯易合子去，曰："勿为奸人所算。"置合案上，则一巨钵。二娘曰："何预汝事！三日郎君，便如许亲爱耶！"毕持杯向口立尽。把之，腻软；审之，非杯，乃罗袜一钩，衬饰工绝。二娘夺骂曰："猾婢！何时盗人履子去，怪足冰冷也！"遂起，入室易舄。

---

① 僬侥国：古代传说中的矮人国。

② 直尔憨跳：竟然如此胡闹。憨跳，傻闹。

③ 雏发未燥：指稚气未消。

④ 钧：古代重量单位，三十斤曰一"钧"。

⑤ 升：量酒单位。后文之"斗"，指酒器，也指量酒的单位。

女约毕离席告别，女送出村，使毕自归。瞥然醒寤，竟是梦景，而鼻口醺醺，酒气犹浓，异之。至暮女来，曰："昨宵未醉死耶？"毕言："方疑是梦。"女曰："姊妹怖君狂噪，故托之梦，实非梦也。"女每与毕弈，毕辄负。女笑曰："君日嗜此，我谓必大高着。今视之，只平平耳。"毕求指诲，女曰："弈之为术，在人自悟，我何能益君？朝夕渐染，或当有益。"居数月，毕觉稍进。女试之，笑曰："尚未，尚未。"毕出，与所尝共弈者游，则人觉其异，稍咸奇之。

毕为人坦直，胸无宿物^①，微泄之。女已知，责曰："无惑乎同道者不交狂生也！屡嘱甚密，何尚尔尔？"怫然欲去。毕谢过不遑，女乃稍解，然由此来寖疏矣。积年余，一夕来，兀坐相向。与之弈，不弈；与之寝，不寝。怅然良久，曰："君视我孰如青凤？"曰："殆过之。"曰："我自惭弗如。然聊斋^②与君文字交，请烦作小传，未必千载下无爱忆如君者。"曰："凤有此志。曩遵旧嘱，故秘之。"女曰："向为是嘱，今已将别，复何讳？"问："何往？"曰："妾与四妹妹为西王母征作花鸟使^③，不复得来矣。曩有姊行，与君家叔兄，临别已产二女，今尚未醮；妾与君幸无所累。"毕求赠言，曰："盛气平，过自寡。"遂起，捉手曰："君送我行。"至里许，洒涕分手，曰："彼此有志，未必无会期也。"乃去。

康熙二十一年腊月十九日，毕子与余抵足^④绰然堂，细述其异。余曰："有狐若此，则聊斋笔墨有光荣矣。"遂志之。

---

① 胸无宿物：指心里藏不住事儿。宿，旧。
② 聊斋：作者蒲松龄的书斋名，这里指代蒲松龄。
③ 西王母：神话人物。《山海经》说她是虎齿、蓬首、善啸的怪物。之后的神话传说逐渐将她塑造为一位女神。花鸟使：此处指侍奉西王母寿筵的仙女。
④ 抵足：两人同榻，足相接而眠。

花姑子

安幼舆，陕之拔贡[①]生，为人挥霍好义，喜放生，见猎者获禽，辄不惜重直买释之。会舅家丧葬，往助执绋[②]。暮归，路经华岳[③]，迷窜山谷中，心大恐。一矢之外，忽见灯火，趋投之。数武中，欻见一叟，伛偻曳杖，斜径疾行。安停足，方欲致问，叟先诘谁何。安以迷途告，且言灯火处必是山村，将以投止。叟曰："此非安乐乡。幸老夫来，可从去，茅庐可以下榻[④]。"安大悦，从行里许，睹小村。叟扣荆扉，一妪出，启关曰："郎子[⑤]来耶？"叟曰："诺。"

既入，则舍宇湫隘。叟挑灯促坐，便命随事具食[⑥]。又谓妪曰："此非他，是吾恩主。婆子不能行步，可唤花姑子来酾酒。"俄女郎以馔具入，立叟侧，秋波斜盼。安视之，芳容韶齿，殆类天仙。叟顾令煨酒。房西隅有煤炉，女郎入房拨火。安问："此女公何人？"答云："老夫章姓。七十年止有此女。田家少婢仆，以君非他人，遂敢出妻见子，幸勿哂也。"安问："婿何家里？"答言："尚未。"安赞其惠丽，称不容口。叟方谦挹，忽闻女郎惊号。叟奔入，则酒沸火腾。叟乃救止，诃曰："老大婢，濡猛[⑦]不知耶！"回

---

① 拔贡：明代称为"选贡"。清顺治元年首举选贡，从廪膳生员中选拔。

② 执绋：指送葬。

③ 华岳：西岳华山。

④ 下榻：接待宾客。

⑤ 郎子：旧时对别人年幼子弟的敬称。这里称安幼舆。

⑥ 随事具食：就家中现有的食物，准备饭食。具食，备饭。

⑦ 濡猛：指猝然酒沸。濡，渍、水泡。猛，猝急。

首，见炉旁有蜡心插紫姑未竟，又诃曰："发蓬蓬许，裁如婴儿！"持向安曰："贪此生涯，致酒腾沸。蒙君子奖誉，岂不羞死！"安审谛之，眉目袍服，制甚精工。赞曰："虽近儿戏，亦见慧心。"

斟酌移时，女频来行酒，嫣然含笑，殊不羞涩。安注目情动。忽闻妪呼，叟便去。安觑无人，谓女曰："睹仙容，使我魂失。欲通媒妁，恐其不遂，如何？"女抱壶向火，默若不闻，屡问不对。生渐入室，女起，厉色曰："狂郎入闼，将何为！"生长跪哀之。女夺门欲去，安暴起要遮，狎接朦脑。女颤声疾呼，叟匆遽入问。安释手而出，殊切愧惧。女从容向父曰："酒复涌沸，非郎君来，壶子融化矣。"安闻女言，心始安妥，益德之。魂魄颠倒，丧所怀来①。于是伪醉离席，女亦遂去。叟设裀褥，阖扉乃出。

安不寐，未曙，呼别。至家，即浼交好者造庐求聘，终日而返，竟莫得其居里。安遂命仆马，寻途自往。至则绝壁巉岩，竟无村落，访诸近里，此姓绝少。失望而归，并忘寝食。由此得昏瞀②之疾，强啖汤粥，则哽嗌欲吐，溃乱中，辄呼花姑子。家人不解，但终夜环伺之，气势阽危。一夜，守者困怠并寐，生朦瞳中，觉有人揣而抏之。略开眸，则花姑子立床下，不觉神气清醒。熟视女郎，潸潸涕堕。女倾头笑曰："痴儿何至此耶？"乃登榻，坐安股上，以两手为按太阳穴。安觉脑麝奇香，穿鼻沁骨。按数刻，忽觉汗满天庭，渐达肢体。小语曰："室中多人，我不便住。三日当复相望。"又于绣祛中出数蒸饼置床头，悄然遂去。安至中夜，汗已思食，扪饼啖之。不知所苞何料，甘美非常，遂尽三枚。又以衣覆余饼，懵腾酣睡，辰分始醒，如释重负。三日饼尽，精神倍爽，乃遣散家人。又虑女来不得其门而入，潜出斋

---

① 丧所怀来：意谓对花姑子采取非礼行为的念头消失了。

② 昏瞀：神智不清，精神错乱。

庭，悉脱扃键。

未几女果至，笑曰："痴郎子！不谢巫^①耶？"安喜极，抱与绸缪，恩爱甚至。已而曰："妾冒险蒙垢，所以故，来报重恩耳。实不能永谐琴瑟，幸早别图。"安默默良久，乃问曰："素昧生平，何处与卿家有旧？实所不忆。"女不言，但云："君自思之。"生固求永好。女曰："屡屡夜奔固不可，常谐伉俪亦不能。"安闻言，悒悒而悲。女曰："必欲相谐，明宵请临妾家。"安乃收悲以忻，问曰："道路辽远，卿纤纤之步，何遂能来？"曰："妾固未归。东头聋媪我姨行，为君故，淹留至今，家中恐所疑怪。"安与同衾，但觉气息肌肤，无处不香。问曰："熏何芗泽，致侵肌骨？"女曰："妾生来便尔，非由熏饰。"安益奇之。女早起言别，安虑迷途，女约相候于路。安抵暮驰去，女果伺待，偕至旧所，叟媪欢逆。酒肴无佳品，杂具藜藿。既而请安寝，女子殊不瞻顾，颇涉疑念。更既深，女始至，曰："父母絮絮不寝，致劳久待。"浃洽终夜，谓安曰："此宵之会，乃百年之别。"安惊问之，答曰："父以小村孤寂，故将远徙。与君好合，尽此夜耳。"安不忍释，俯仰悲怆。依恋之间，夜色渐曙。叟忽然闯入，骂曰："婢子玷我清门，使人愧怍欲死！"女失色，草草奔出。叟亦出，且行且詈。安惊屡愕怯，无以自容，潜奔而归。

数日徘徊，心景殊不可过。因思夜往，逾墙以观其便。叟固言有恩，即令事泄，当无大谴。遂乘夜窜往，蹀躞山中：迷闷不知所往。大惧。方觅归途，见谷中隐有舍宇。喜诣之，则闳闳高壮，似是世家，重门尚未扃也。安向门者讯章氏之居。有青衣人出，问："昏夜何人询章氏？"安曰："是吾亲好，偶迷居向。"青衣曰："男子无问章也。此是渠妗家，花姑即今在此，容

---

① 巫：治病的女巫。此是花姑子自指。

传白之。"入未几，即出邀安。才登廊舍，花姑趋出迎，谓青衣曰："安郎奔波中夜，想已困殆，可伺床寝。"少间，携手入帏。安问："妗家何别无人？"女曰："妗他出，留妾代守。幸与郎遇，岂非凤缘？"然偎傍之际，觉甚膻腥，心疑有异，女抱安颈，遽以舌舐鼻孔，彻脑如刺。安骇绝，急欲逃脱，而身若巨绠之缚，少时闷然不觉矣。

安不归，家中逐者穷人迹，或言暮遇于山径者。家人入山，则裸死危崖下。惊怪莫察其由，舁归。众方聚哭，一女郎来吊，自门外嗷啕而入。抚尸捺鼻，涕洟其中，呼曰："天乎，天乎！何愚冥至此！"痛哭声嘶，移时乃已。告家人曰："停以七日，勿殓也。"众不知何人，方将启问，女傲不为礼，含涕径出，留之不顾。尾其后，转眸已渺。群疑为神，谨遵所教。夜又来，哭如昨。至七夜，安忽苏，反侧以呻。家人尽骇。女子入，相向呜咽。安举手，挥众令去。女出青草一束，燂汤升许，即床头进之，顷刻能言。叹曰："再杀之惟卿，再生之亦惟卿矣！"因述所遇。女曰："此蛇精冒妾也。前迷道时，所见灯光，即是物也。"安曰："卿何能起死人而肉白骨也？毋乃仙乎？"曰："久欲言之，恐致惊怪。君五年前，曾于华山道上买猎獐而放之否？"曰："然，其有之。"曰："是即妾父也。前言大德，盖以此故。君前日已生西村王主政家。妾与父讼诸阎摩王，阎摩王弗善也。父愿坏道代郎死，哀之七日，始得当。今之邂逅，幸耳。然君虽生，必且痿痹不仁，得蛇血合酒饮之，病乃可除。"生衔恨切齿，而虑其无术可以擒之。女曰："不难。但多残生命，累我百年不得飞升。其穴在老崖中，可于晡时聚茅焚之，外以强弩戒备，妖物可得。"言已，别曰："妾不能终事，实所哀惨。然为君故，业行已损其七，幸悯宥也。月来觉腹中微动，恐是孽根。男与女，岁后当相寄耳。"流涕而去。

安经宿，觉腰下尽死，爬搔无所痛痒。乃以女言告家人。家人往，如其言，炽火穴中，有巨白蛇冲焰而出。数弩齐发，射杀之。火熄入洞，蛇大小数百头，皆焦且死。家人归，以蛇血进。安服三日，两股渐能转侧，半年始起。

后独行谷中，遇老媪以绷席抱婴儿授之，曰："吾女致意郎君。"方欲问讯，瞥不复见。启襁视之，男也。抱归，竟不复娶。

异史氏曰："人之所以异于禽兽者几希，此非定论也。蒙恩衔结，至于没齿，则人有惭于禽兽者矣。至于花姑，始而寄慧于憨，终而寄情于忍。乃知憨者慧之极，忍者情之至也。仙乎，仙乎！"

西湖主

　　陈生弼教，字明允，燕人也。家贫，从副将军贾绾作记室①。泊舟洞庭②。适猪婆龙③浮水面，贾射之中背。有鱼衔龙尾不去，并获之。锁置械间，奄存气息，而龙吻张翕，似求援拯。生恻然心动，请于贾而释之。携有金创药④，戏敷患处，纵之水中，浮沉逾刻而没。

　　后年余，生北归，复经洞庭，大风覆舟。幸扳一竹簏，漂泊终夜，维木而止。援岸方升，有浮尸继至，则其僮仆。力引出之，已就毙矣。惨怛无聊，坐对憩息。但见小山耸翠，细柳摇青，行人绝少，无可问途。自迟明以至辰后，怅怅靡之⑤。忽僮仆肢体微动，喜而扪之。无何，呕水数斗，豁然顿苏。相与曝衣石上，近午始燥可着。而枵肠辘辘⑥，饥不可堪。于是越山疾行，冀有村落。才至半山，闻鸣镝声。方疑听间，有二女郎乘骏马来，骋如撒菽⑦。各以红绡抹额，髻插雉尾⑧，着小袖紫衣，腰束绿锦；一挟弹，一臂青鞲。度过岭头，则数十骑猎于榛莽，并皆姝丽，装束若一。生不敢前。有男子步驰，似是驭卒，因就问之。答曰："此西湖主猎首山⑨也。"生述所来，

---

① 记室：古代官名。元代以后，多用以代称掌管文书的官员。
② 洞庭：湖南省洞庭湖。
③ 猪婆龙：鼍的别名，即"扬子鳄"，长约二米，有鳞甲。
④ 金创药：治疗刀箭创伤的外敷药。
⑤ 靡之：无处可去。之，往。
⑥ 枵肠辘辘：空腹发出的饥饿响声。
⑦ 骋如撒菽：马跑起来，蹄声像撒豆那样急促。菽，豆类。
⑧ 髻插雉尾：一种表示勇武的打扮。
⑨ 首山：山名。就文中所说的方位看，应在洞庭湖北岸。

且告之馁。驭卒解裹粮授之，嘱云："宜即远避，犯驾当死！"生惧，疾趋下山。

茂林中隐有殿阁，谓是兰若。近临之，粉垣围沓，溪水横流，朱门半启，石桥通焉。攀扉一望，则台榭环云，拟于上苑，又疑是贵家园亭。逡巡而入，横藤碍路，香花扑人。过数折曲栏，又是别一院宇，垂杨数十株，高拂朱檐。山鸟一鸣，则花片乱飞；深巷微风，则榆钱自落。怡目快心，殆非人世。穿过小亭，有秋千一架，上与云齐，而罥索沉沉，杳无人迹。因疑地近闺阁①，怔忡未敢深入。俄闻马腾于门，似有女子笑语。生与僮潜伏丛花中。未几，笑声渐近，闻一女子曰："今日猎兴不佳，获禽绝少。"又一女曰："非是公主射得雁落，几空劳仆马也。"无何，红妆数辈，拥一女郎至亭上坐。秃袖戎装，年可十四五。发多敛雾，腰细惊风，玉蕊琼英，未足方喻。诸女子献茗熏香，灿如堆锦②。移时，女起，历阶而下。一女曰："公主鞍马劳顿，尚能秋千否？"公主笑诺。遂有驾肩者，捉臂者，褰裙者，挽扶而上。公主舒皓腕，蹑利屣，轻如飞燕，蹴入云霄。已而扶下，群曰："公主真仙人也！"嘻笑而去。

生眄良久，神志飞扬。迨人声既寂，出诣秋千下，徘徊凝想。见篱下有红巾，知为群美所遗，喜纳袖中。登其亭，见案上设有文具，遂题巾曰："雅戏何人拟半仙？分明琼女散金莲。广寒队里恐相妒，莫信凌波上九天③。"题已，吟诵而出。复寻故径，则重门扃锢矣。踟蹰无计，返而楼阁亭台，涉历几尽。一女掩入，惊问："何得来此？"生揖之曰："失路之人，幸能垂救。"女问："拾得红巾否？"生曰："有之。然已玷染，如何？"因出之。

① 闺阁：内室。
② 灿如堆锦：形容众多女子衣着华丽，像是锦绣堆聚在一起，灿烂夺目。
③ 莫信凌波上九天：不信她会飞到天宫的。

女大惊曰："汝死无所矣！此公主所常御，涂鸦若此，何能为地？"生失色，哀求脱免。女曰："窃窥宫仪，罪已不赦。念汝儒冠[①]蕴藉，欲以私意相全，今孽乃自作，将何为计！"遂皇皇持巾去。生心悸肌栗，恨无翅翎，惟延颈俟死。迂久，女复来，潜贺曰："子有生望矣！公主看巾三四遍，辗然无怒容，或当放君去。宜姑耐守，勿得攀树钻垣，发觉不宥矣。"日已投暮，凶祥不能自必，而饿焰中烧，忧煎欲死。无何，女子挑灯至，一婢提壶榼，出酒食饷生。生急问消息，女云："适我乘间言：'园中秀才，可恕则放之；不然，饿且死。'公主沉思云：'深夜教渠何之？'遂命馈君食。此非恶耗也。"生徊徨终夜，危不自安。辰刻向尽，女子又饷之。生哀求缓颊，女曰："公主不言杀，亦不言放，我辈下人，何敢屑屑渎告？"

既而斜日西转，眺望方殷，女子坌息急奔而入，曰："殆矣！多言者泄其事于王妃，妃展巾抵地，大骂狂伧，祸不远矣！"生大惊，面如灰土，长跽请教。忽闻人语纷拏，女摇手避去。数人持索，汹汹入户，内一婢熟视曰："将谓何人，陈郎耶？"遂止持索者，曰："且勿且勿，待白王妃来。"返身急去。少间来，曰："王妃请陈郎入。"生战惕从之。经数十门户，至一宫殿，碧箔银钩。即有美姬揭帘，唱："陈生至。"上一丽者，袍服炫冶。生伏地稽首曰："万里孤臣，幸恕生命。"妃急起拽之，曰："我非君子，无以有今日。婢辈无知，致迕佳客，罪何可赎！"即设筵，酌以镂杯。生茫然不解其故，妃曰："再造之恩，恨无所报。息女蒙题巾之爱，当是天缘，今夕即遣奉侍。"生意出非望，神惝恍而无着。

日方暮，一婢前白："公主已严妆讫。"遂引生就帐。忽而笙管嗷嘈，阶上悉践花罽，门堂藩溷，处处皆笼烛。数十妖姬，扶公主交拜。麝兰之

① 儒冠：古时读书人所戴的冠巾。这里指读书人。

气，充溢殿庭。既而相将入帏，两相倾爱。生曰："羁旅之臣，生平不省拜侍。点污芳巾，得免斧锧，幸矣，反赐姻好，实非所望。"公主曰："妾母，湖君妃子，乃扬江王女。旧岁归宁，偶游湖上，为流矢所中。蒙君脱免，又赐刀圭之药，一门戴佩，常不去心。郎勿以非类见疑。妾从龙君得长生诀，愿与郎共之。"生乃悟为神人，因问："婢子何以相识？"曰："尔日洞庭舟上，曾有小鱼衔尾，即此婢也。"又问："既不见诛，何迟迟不赐纵脱？"笑曰："实怜君才，但不得自主。颠倒终夜，他人不及知也。"生叹曰："卿，我鲍叔①也。馈食者谁？"曰："阿念，亦妾腹心。"生曰："何以报德？"笑曰："侍君有日，徐图塞责未晚耳。"问："大王何在？"曰："从关圣征蚩尤未归。"

居数日，生虑家中无耗，悬念綦切，乃先以平安书遣仆归。家中闻洞庭舟覆，妻子缞绖已年余矣。仆归，始知不死，而音闻梗塞，终恐漂泊难返。又半载，生忽至，裘马甚都，囊中宝玉充盈。由此富有巨万，声色豪奢，世家所不能及。七八年间，生子五人。日日宴集宾客，宫室饮馔之奉，穷极丰盛。或问所遇，言之无少讳。

有童稚之交梁子俊者，宦游南服十余年。归过洞庭，见一画舫：雕槛朱窗，笙歌幽细，缓荡烟波。时有美人推窗凭眺。梁目注舫中，见一少年丈夫，科头叠股其上，傍有二八姝丽，捼莎交摩。念必楚襄②贵官，而骁从殊少。凝眸审谛，则陈明允也。不觉凭栏酹呼，生闻罢棹，出临鹢首，邀梁过舟。见残肴满案，酒雾犹浓。生立命撤去。顷之，美婢三五，进酒烹茗，山海珍错，目所未睹。梁惊曰："十年不见，何富贵一至于此！"笑曰："君小

---

① 鲍叔：指春秋时齐国大夫鲍叔牙，代指知己。
② 楚襄：指湖北江陵、襄阳地区。

觑穷措大不能发迹耶？”问：“适共饮何人？”曰：“山荆耳。”梁又异之。问：“携家何往？”答：“将西渡。”梁欲再诘，生遽命歌以侑酒。一言甫毕，旱雷聒耳，肉竹嘈杂，不复可闻言笑。梁见佳丽满前，乘醉大言曰：“明允公，能令我真个销魂否？”生笑云：“足下醉矣！然有一美妾之资，可赠故人。”遂命侍儿进明珠一颗，曰：“绿珠①不难购，明我非各惜。”乃趣别曰：“小事忙迫，不及与故人久聚。”送梁归舟，开缆径去。

梁归，探诸其家，则生方与客饮，益疑。因问：“昨在洞庭，何归之速？”答曰：“无之。”梁乃追述所见，一座尽骇。生笑曰：“君误矣，仆岂有分身术耶？”众异之，而究莫解其故。后八十一岁而终。迨殡，讶其棺轻，开视，则空棺耳。

异史氏曰：“竹簏不沉，红巾题句，此其中具有鬼神，要之皆恻隐之一念所通也。迨宫室妻妾，一身而两享其奉②，则又不可解矣。昔有愿娇妻美妾、贵子贤孙，而兼长生不老者，仅得其半耳。岂仙人中亦有汾阳、季伦③耶？”

---

① 绿珠：晋石崇的歌妓。这里借指身价极高的美女。
② 一身而两享其奉：一人而同时在两地享受。指陈生分身两地，在洞庭又在家乡享乐。奉，供养。
③ 汾阳：指唐代名将郭子仪，肃宗时封汾阳郡王。季伦：晋石崇，字季伦，财丰积，家资巨富。这里以他们代指多子多孙、大富大贵的人。

阎王

　　李常久，临朐①人。壶榼于野②，见旋风蓬蓬而来，敬醊奠之。后以故他适，路旁有广第，殿阁弘丽。一青衣人自内出，邀李，李固辞。青衣人要遮甚殷，李曰："素不相识，得无误耶？"青衣云："不误。"便言李姓字。问："此谁家第？"云："入自知之。"入，进一层门，见一女子手足钉扉上，近视之，其嫂也，大骇。李有嫂，臂生恶疽，不起者年余矣。因自念何得至此。转疑招致意恶，畏沮却步，青衣促之，乃入。至殿下，上一人，冠带如王者，气象威猛。李跪伏，莫敢仰视。王者命曳起之，慰之曰："勿惧。我以曩昔扰子杯酌，欲一见相谢，无他故也。"李心始安，然终不知故。王者又曰："汝不忆田野醊奠时乎？"李顿悟，知其为神，顿首曰："适见嫂氏，受此严刑，骨肉之情，实怆于怀。乞王怜宥！"王者曰："此甚悍妒，宜得是罚。三年前，汝兄妾盘肠而产，彼阴以针刺肠上，俾至今脏腑常痛。此岂有人理者！"李固哀之，乃曰："便以子故宥之。归当劝悍妇改行。"李谢而出，则扉上无人矣。归视嫂，嫂卧榻上，创血殷席。时以妾拂意故，方致诟骂。李遽劝曰："嫂勿复尔！今日恶苦，皆平日忌嫉所致。"嫂怒曰："小郎③若个好男儿，又房中娘子贤似孟姑姑④，任郎君东家眠，西家宿，不敢一

---

① 临朐：今山东省临朐县。朐，音 qú。
② 壶榼于野：携壶榼饮于郊野。壶、榼（kē）均酒器。
③ 小郎：旧时妇女称丈夫的弟弟为小郎。
④ 孟姑姑：指孟光，东汉扶风平陵（今陕西咸阳西北）人，梁鸿之妻，古时有名的贤妻。

作声。自当是小郎大乾纲，到不得代哥子降伏老媪！"李微哂曰："嫂勿怒，若言其情，恐欲哭不暇矣。"嫂曰："便曾不盗得王母箩中线，又未与玉皇香案吏^①一眨眼，中怀坦坦，何处可用哭者！"李小语曰："针刺人肠，宜何罪？"嫂勃然色变，问此言之因，李告之故。嫂战惕不已，涕泗流离而哀鸣曰："吾不敢矣！"啼泪未干，觉疼顿止，旬日而瘥。由是立改前辙，遂称贤淑。后妾再产，肠复堕，针宛然在焉。拔去之，肠痛乃瘳。

异史氏曰："或谓天下悍妒如某者，正复不少，恨阴网^②之漏多也。余曰不然。冥司之罚，未必无甚于钉扉者，但无回信耳。"

---

① 玉皇香案吏：给玉皇大帝管香案的神。玉皇，道教中地位最高、职权最大的神，即昊天金阙至尊玉皇上帝，简称玉帝、玉皇或玉皇大帝。
② 阴网：阴世的法网。

伍秋月

　　秦邮①王鼎，字仙湖，为人慷慨有力，广交游。年十八，未娶，妻殒。每远游，恒经岁不返。兄鼐，江北名士，友于②甚笃。劝弟勿游，将为择偶。生不听，命舟抵镇江访友，友他出，因税居于逆旅阁上。江水澄波，金山③在目，心甚快之。次日，友人来，请生移居，辞不去。居半月余，夜梦女郎，年可十四五，容华端妙，上床与合，既寤而遗。颇怪之，亦以为偶然。入夜，又梦之；如是三四夜。心大异，不敢息烛，身虽偃卧，惕然自警。才交睫，梦女复来，方狎，忽自惊寤，急开目，则少女如仙，俨然犹在抱也。见生醒，顿自愧怯。生虽知非人，意亦甚得，无暇问讯，直与驰骤。女若不堪，曰："狂暴如此，无怪人不敢明告也。"生始诘之，答云："妾伍氏秋月。先父名儒，邃于《易》数。常珍爱妾，但言不永寿，故不许字人。后十五岁果天殁，即攒瘗④阁东，令与地平，亦无冢志，惟立片石于棺侧，曰：'女秋月，葬无冢，三十年，嫁王鼎。'今已三十年，君适至。心喜，亟欲自荐，寸心羞怯，故假之梦寐耳。"王亦喜，复求讫事。曰："妾少须阳气，欲求复生，实不禁此风雨。后日好合无限，何必今宵。"遂起而去。次日复至，坐对笑谑，欢若平生。灭烛登床，无异生人，但女既起，则遗泄流离，沾染

---

① 秦邮：今江苏省高邮县。秦时于该地置邮亭，叫"高邮亭"，因称"秦邮"。秦以后，于此置县，明清时置州，属扬州府。

② 友于：指兄弟间的情谊。

③ 金山：在江苏省镇江市西北，本在大江中，现已与南岸毗连。

④ 攒瘗：掩埋。不葬掩其柩曰"攒"。瘗，埋，音yì。

茵褥。

一夕，月明莹澈，小步庭中，问女："冥中亦有城郭否？"答曰："等耳。冥间城府，不在此处，去此可三四里。但以夜为昼。"问："生人能见之否？"答云："亦可。"生请往观，女诺之。乘月去，女飘忽若风，王极力追随，欻至一处，女言："不远矣。"生瞻望殊无所见。女以唾涂其两眦，启之，明倍于常，视夜色不殊白昼。顿见雉堞在杏霭中。路上行人，如趋墟市。俄二皂絷三四人过，末一人怪类其兄；趋近视之，果兄，骇问："兄那得来？"兄见生，潸然零涕，言："自不知何事，强被拘囚。"王怒曰："我兄秉礼君子，何至缧绁如此！"便请二皂，幸且宽释。皂不肯，殊大傲睨，生患，欲与争，兄止之曰："此是官命，亦合奉法。但余乏用度，索贿良苦。弟归，宜措置。"生把兄臂，哭失声。皂怒，猛掣项索，兄顿颠踬。生见之，忿火填胸，不能制止，即解佩刀，立决皂首。一皂喊嘶，生又决之。女大惊曰："杀官使，罪不宥！迟则祸及！请即觅舟北发，归家勿摘提旛①，杜门绝出入，七日保无虑也。"王乃挽兄夜买小舟，火急北渡。归见吊客在门，知兄果死。闭门下钥，始入，视兄已渺，入室，则亡者已苏，便呼："饿死矣！可急备汤饼。"时死已二日，家人尽骇，生乃备言其故。七日启关，去丧旛，人始知其复苏。亲友集问，但伪对之。

转思秋月，想念颇烦，遂复南下至旧阁，秉烛久待，女竟不至。朦胧欲寝，见一妇人来，曰："秋月小娘子致意郎君：前以公役被杀，凶犯逃亡，捉得娘子去，见在监押，押役遇之虐。日日盼郎君，当谋作经纪。"王悲愤，便从妇去。至一城都，入西郭，指一门曰："小娘子暂寄此间。"王入，见房舍颇繁，寄顿囚犯甚多，并无秋月。又进一小扉，斗室中有灯火。王近窗

————————

① 提旛：旧时丧家挂在门首的白色丧旛。旛，音 fān。

174

以窥，则秋月在榻上，掩袖呜泣。二役在侧，撮颐捉履，引以嘲戏，女啼益急。一役挽颈曰："既为罪犯，尚守贞耶？"王怒，不暇语，持刀直入，一役一刀，摧斩如麻，篡取女郎而出，幸无觉者。甫至旅舍，蓦然即醒。方怪幻梦之凶，见秋月含睇而立。生惊起曳坐，告之以梦。女曰："真也，非梦也。"生惊曰："且为奈何！"女叹曰："此有定数。妾待月尽，始是生期。今已如此，急何能待！当速发瘗处，载妾同归，日频唤妾名，三日可活。但未满时日，骨软足弱，不能为君任井臼耳。"言已，草草欲出。又返身曰："妾几忘之，冥追若何？生时，父传我符书，言三十年后可佩夫妇。"乃索笔疾书两符，曰："一君自佩，一粘妾背。"

送之出，志其没处，掘尺许即见棺木，亦已败腐。侧有小碑，果如女言。发棺视之，女颜色如生。抱入房中，衣裳随风尽化。粘符已，以被褥严裹，负至江滨，呼拢泊舟，伪言妹急病，将送归其家。幸南风大竞，甫晓已达里门。抱女安置，始告兄嫂。一家惊顾，亦莫敢直言其惑。生启衾，长呼秋月，夜辄拥尸而寝。日渐温暖，三日竟苏，七日能步。更衣拜嫂，盈盈然神仙不殊。但十步之外，须人而行，不则随风摇曳，屡欲倾侧。见者以为身有此病，转更增媚。每劝生曰："君罪孽太深，宜积德诵经以忏之。不然，寿恐不永也。"生素不佞佛，至此皈依甚虔。后亦无恙。

异史氏曰："余欲上言定律：'凡杀公役者，罪减平人三等。'盖此辈无有不可杀者也。故能诛锄蠹役①者，即为循良②；即稍苛之，不可谓虐。况冥中原无定法，倘有恶人，刀锯鼎镬，不以为酷。若人心之所快，即冥王之所善也。岂罪致冥追，遂可幸而逃哉！"

---

① 蠹役：作恶的差役。蠹，蛀虫，喻蛀蚀法纪。音 dù。
② 循良：奉公守法，也指奉公守法的官吏。

莲花公主

　　胶州^①窦旭，字晓晖。方昼寝，见一褐衣人立榻前，逡巡惶顾，似欲有言。生问之，答云："相公^②奉屈。"生问："相公何人？"曰："近在邻境。"从之而出。转过墙屋，导至一处，叠阁重楼，万椽相接，曲折而行，觉万户千门，迥非人世。又见宫人^③女官往来甚夥，都向褐衣人问曰："窦郎来乎？"褐衣人诺。俄，一贵官出，迎见生甚恭，既登堂，生启问曰："素既不叙，遂疏参谒。过蒙爱接，颇注疑念。"贵官曰："寡君^④以先生清族世德，倾风结慕，深愿思晤焉。"生益骇，问："王何人？"答云："少间自悉。"

　　无何，二女官至，以双旌导生行。入重门，见殿上一王者，见生入，降阶而迎，执宾主礼。礼已，践席^⑤，列筵丰盛。仰视殿上一匾曰"桂府"。生局蹐不能致辞。王曰："忝近芳邻，缘即至深。便当畅怀，勿致疑畏。"生唯唯，酒数行，笙歌作于下，钲鼓不鸣，音声幽细。稍间，王忽左右顾曰："朕一言，烦卿等属对：'才人登桂府^⑥。'"四座方思，生即应云："君子爱莲

---

① 胶州：清代的州名，属莱州府，治所在今山东胶州市。
② 相公：《通俗编·仕进》载，"今凡衣冠中人，皆僭称相公，或亦缀以行次，曰大相公、二相公"。此褐衣人称其主人。
③ 宫人：宫女，帝王宫廷内供役使的女子。
④ 寡君：对异国之人称己国君主的谦辞。
⑤ 践席：就座、入座。古代席地而坐，故称座为席。
⑥ 才人登桂府：桂府，犹月宫，相传月中有桂树，故云。这是语意双关，既实指莲花公主所居的"桂府"，又兼有"蟾宫折桂"之意。

花^①。"王大悦曰："奇哉！莲花乃公主小字，何适合如此？宁非凤分？传语公主，不可不出一晤君子。"移时，佩环声近，兰麝^②香浓，则公主至矣。年十六七，妙好无双。王命向生展拜，曰："此即莲花小女也。"拜已而去。生睹之，神情摇动，木坐凝思。王举觞劝饮，目竟罔睹。王似微察其意，乃曰："息女^③宜相匹敌，但自惭不类，如何？"生怅然若痴，即又不闻。近坐者蹴之曰："王揖君未见，王言君未闻耶？"生茫乎若失，憷惕自惭，离席曰："臣蒙优渥，不觉过醉，仪节失次，幸能垂宥^④。然日旰君勤，即告出也。"王起曰："既见君子，实惬心好，何仓卒而便言离也？卿既不住，亦无敢于强，若烦萦念，更当再邀。"遂命内官导之出。途中，内官语生曰："适王谓可匹敌，似欲附为婚姻，何默不一言？"生顿足而悔，步步追恨，遂已至家。

忽然醒寤，则返照已残^⑤。冥坐观想，历历在目。晚斋灭烛，冀旧梦可以复寻，而邯郸路渺^⑥，悔叹而已。一夕，与友人共榻，忽见前内官来，传王命相召。生喜，从去，见王伏谒，王曳起，延止隅坐^⑦，曰："别后知劳思眷。谬以小女子奉裳衣，想不过嫌也。"生即拜谢。王命学士大臣，陪侍宴饮。

---

① 君子爱莲花：周敦颐《爱莲说》有"予独爱莲之出淤泥而不染，濯清涟而不妖，中通外直，不蔓不枝，香远益清，亭亭净植，可远观而不可亵玩焉"。此联用《爱莲说》之意。莲花恰暗合莲花公主的名字。

② 兰麝：兰草和麝香，均是香料，古人常用以熏香。

③ 息女：对人自称己女。

④ 垂宥：赐宥。宥，宽容。

⑤ 返照已残：夕阳已将落下。

⑥ 邯郸路渺：谓旧梦难寻。邯郸，借指梦境。唐沈既济《枕中记》：卢生于邯郸客店中遇道者吕翁。卢生自叹穷困，吕翁授之以枕，使其入梦，历尽富贵荣华。后世据此故事改编为戏曲《邯郸记》。

⑦ 延止隅坐：请坐于侧座。延，请。止，至。坐，同"座"。

酒阑，宫人前白："公主妆竟。"俄见数十宫人拥公主出，以红锦覆首，凌波微步①，挽上氍毹②，与生交拜成礼。已而送归馆舍，洞房温清，穷极芳腻。生曰："有卿在目，真使人乐而忘死。但恐今日之遭，乃是梦耳。"公主掩口曰："明明妾与君，那得是梦？"诘旦③方起，戏为公主匀铅黄，已而以带围腰，布指度足④。公主笑问曰："君颠耶？"曰："臣屡为梦误，故细志之。倘是梦时，亦足动悬想耳。"

调笑未已，一宫女驰入曰："妖入宫门，王避偏殿⑤，凶祸不远矣！"生大惊，趋见王。王执手泣曰："君子不弃，方图永好。讵期孽降自天，国祚⑥将覆，且复奈何！"生惊问何说。王以案上一章，授生启读。章曰："含香殿大学士臣黑翼，为非常怪异，祈早迁都，以存国脉事。据黄门报称：自五月初六日，来一千丈巨蟒盘踞宫外，吞食内外臣民一万三千八百余口，所过宫殿尽成丘墟，等因。臣奋勇前窥，确见妖蟒：头如山岳，目等江海。昂首则殿阁齐吞，伸腰则楼垣尽覆。真千古未见之凶，万代不遭之祸！社稷宗庙，危在旦夕！乞皇上早率宫眷，速迁乐土。"云云。生览毕，面如灰土。即有宫人奔奏："妖物至矣！"合殿哀呼，惨无天日。王仓遽不知所为，但泣顾曰："小女已累先生。"生垒息而返。公主方与左右抱首哀鸣，见生入，牵衿曰："郎焉置妾？"生怆恻欲绝，乃捉腕思曰："小生贫贱，惭无金屋⑦。

---

① 凌波微步：形容女子步履轻盈。曹植《洛神赋》："凌波微步，罗袜生尘。"凌，也作"陵"。

② 氍毹：毛织地毯。音 qú shū。

③ 诘旦：次日早晨。

④ 布指度足：舒其手指，以量女足。

⑤ 偏殿：旁侧之宫殿。

⑥ 国祚：国运。祚，福。

⑦ 金屋：供美人居住的华屋。

178

有茅庐三数间，姑同窜匿可乎？"公主含涕曰："急何能择，乞携速往。"生乃挽扶而出。未几至家，公主曰："此大安宅，胜故国多矣。然妾从君来，父母何依？请别筑一舍，当举国相从。"生难之。公主曰："不能急人之急，安用郎也！"生略慰解，即已入室。公主伏床悲啼，不可劝止。焦思无术，顿然而醒，始知梦也。而耳畔啼声，嘤嘤未绝，审听之，殊非人声，乃蜂子二三头，飞鸣枕上。大叫怪事。友人诘之，乃以梦告，友人亦诧为异。共起视蜂，依依裳袂间，拂之不去。友人劝为营巢，生如所请，督工构造。方竖两堵，而群蜂自墙外来，络绎如蝇，顶尖未合，飞集盈斗。迹所由来，则邻翁之旧圃也。圃中蜂一房，三十余年矣，生息颇繁。或以生事告翁，翁觇之，蜂户寂然。发其壁，则蛇踞其中，长丈许，捉而杀之。乃知巨蟒即此物也。蜂入生家，滋息①更盛，亦无他异。

---

① 滋息：繁殖。

绿衣女

于璟，字小宋，益都人，读书醴泉寺。夜方披诵，忽一女子在窗外赞曰："于相公勤读哉！"因念：深山何处得女子？方疑思间，女子已推扉笑入，曰："勤读哉！"于惊起，视之，绿衣长裙，婉妙无比。于知非人，固诘里居。女曰："君视妾当非能咋噬①者，何劳穷问？"于心好之，遂与寝处。罗襦既解，腰细殆不盈掬。更筹方尽，翩然遂出。由此无夕不至。

一夕共酌，谈吐间妙解音律。于曰："卿声娇细，倘度一曲，必能消魂。"女笑曰："不敢度曲，恐消君魂耳。"于固请之。曰："妾非吝惜，恐他人所闻。君必欲之，请便献丑，但只微声示意可耳。"遂以莲钩轻点足床②，歌云："树上乌臼鸟③，赚奴中夜散。不怨绣鞋湿，只恐郎无伴。"声细如蝇，裁可辨认。而静听之，宛转滑烈，动耳摇心。

歌已，启门窥曰："防窗外有人。"绕屋周视，乃入。生曰："卿何疑惧之深？"笑曰："谚云：'偷生鬼子常畏人。'妾之谓矣。"既而就寝，惕然不喜，曰："生平之分，殆止此乎？"于急问之，女曰："妾心动，妾禄尽④矣。"于慰之曰："心动眼瞤⑤，盖是常也，何遽此云？"女稍释，复相绸缪。更漏既歇，披衣下榻。方将启关，徘徊复返，曰："不知何故，惴惴心怯。

---

① 咋噬：吃人。咋，咬。噬，吞咬。

② 以莲钩轻点足床：意思是用脚尖轻轻地打拍踏脚板。莲钩，喻纤足。足床，床前或座前的踏脚板杌。

③ 乌臼鸟：即"鹈舅"，候鸟名，形似鸦而小，北方俗称黎雀，天明时啼唤。

④ 禄尽：福分完了；指濒于死亡。

⑤ 眼瞤：眼跳。瞤，音 rún。

乞送我出门。"于果起，送诸门外。女曰："君伫望我，我逾垣去，君方归。"
于曰："诺。"

视女转过房廊，寂不复见。方欲归寝，闻女号救甚急。于奔往，四顾无
迹，声在檐间。举首细视，则一蛛大如弹，抟捉一物，哀鸣声嘶。于破网挑
下，去其缚缠，则一绿蜂，奄然将毙矣。捉归室中，置案头，停苏移时，始
能行步。徐登砚池，自以身投墨汁，出伏几上，走作"谢"字。频展双翼，
已乃穿窗而去。自此遂绝。

荷花三娘子

　　湖州①宗湘若，士人也。秋日巡视田垄，见禾稼茂密处，振摇甚动。疑之，越陌往觇，则有男女野合，一笑将返。即见男子腼然②结带，草草径去。女子亦起。细审之，雅甚娟好。心悦之，欲就绸缪③，实惭鄙恶。乃略近拂拭曰："桑中之游④乐乎？"女笑不语。宗近身启衣，肤腻如脂，于是捽莎上下几遍，女笑曰："腐秀才！要如何，便如何耳，狂探何为？"诘其姓氏。曰："春风一度，即别东西，何劳审究？岂将留名字作贞坊耶？"宗曰："野田草露中，乃山村牧猪奴所为，我不习惯。以卿丽质，即私约亦当自重，何至屑屑如此？"女闻言，极意嘉纳⑤。宗言："荒斋不远，请过留连。"女曰："我出已久，恐人所疑，夜分可耳。"问宗门户物志甚悉，乃趋斜径，疾行而去。更初，果至宗斋。䰞雨尤云⑥，备极亲爱。积有月日，密无知者。会有番僧⑦卓锡村寺，见宗惊曰："君身有邪气，曾何所遇？"答曰："无之。"过数日，悄然忽病，女每夕携佳果饵之，殷勤抚问，如夫妻之好。然卧后必强宗与合。宗抱病，颇不耐之。心疑其非人，而亦无术暂绝使去。因曰："曩和尚谓我妖惑，今果病，其言验矣。明日屈之来，便求符咒。"女惨然色变，宗

---

① 湖州：府名，治所在今浙江省吴兴县。
② 腼然：羞惭的样子。
③ 绸缪：本意紧缠密绕。后形容男女相爱。
④ 桑中之游：指男女幽会。
⑤ 嘉纳：赞许而接受。
⑥ 䰞雨尤云：形容沉浸于男女欢爱之中。䰞，音 tì。
⑦ 番僧：西番之僧，又叫喇嘛僧。番，旧时对西方边境少数民族的称呼。

益疑之。次日，遣人以情告僧。僧曰："此狐也。其技尚浅，易就束缚。"乃书符二道，付嘱曰："归以净坛一事置榻前，即以一符贴坛口。待狐窜入，急覆以盆，再以一符贴盆上。投釜汤烈火烹煮，少顷毙矣。"家人归，并如僧教。夜深，女始至，探袖中金橘，方将就榻问讯。忽坛口飕飗一声，女已吸入。家人暴起，覆口贴符，方欲就煮。宗见金橘散满地上，追念情好，怆然感动，遽命释之。揭符去覆，女子自坛中出，狼狈颇殆[1]，稽首曰："大道将成，一旦几为灰土！君仁人也，誓必相报。"遂去。

数日，宗益沉绵，若将陨坠。家人趋市，为购材木。途中遇一女子，问曰："汝是宗湘若纪纲否？"答云："是。"女曰："宗郎是我表兄，闻病沉笃，将便省视，适有故不得去。灵药一裹，劳寄致之。"家人受归。宗念中表迄无姊妹，知是狐报。服其药，果大瘳，旬日平复。心德之，祷诸虚空，愿一再觏。一夜，闭户独酌，忽闻弹指敲窗。拔关出视，则狐女也。大悦，把手称谢，延止共饮。女曰："别来耿耿，思无以报高厚，今为君觅一良匹，聊足塞责否？"宗问："何人？"曰："非君所知。明日辰刻，早越南湖，如见有采菱女着冰縠帔[2]者，当急趋之。苟迷所往，即视堤边有短干莲花隐叶底，便采归，以蜡火爇其蒂，当得美妇，兼致修龄。"宗谨受教。既而告别，宗固挽之。女曰："自遭厄劫，顿悟大道。奈何以衾裯之爱，取人仇怨？"厉色辞去。

宗如言，至南湖，见荷荡佳丽颇多，中一垂髫人衣冰縠，绝代也。促舟劙逼，忽迷所往。即拨荷丛，果有红莲一枝，干不盈尺，折之而归。入门置几上，削蜡于旁，将以爇火。一回头，化为姝丽。宗惊喜伏拜。女曰："痴

---

① 狼狈颇殆：极为狼狈。殆，危殆。

② 冰縠帔：白绉纱披肩。縠，音 hú。

生！我是妖狐，将为君祟矣！"宗不听。女曰："谁教子者？"答曰："小生自能识卿，何待教？"捉臂牵之，随手而下，化为怪石，高尺许，面面玲珑。乃携供案上，焚香再拜而祝之。入夜，杜门塞窦，惟恐其亡。平旦视之，即又非石，纱帔一袭，遥闻芗泽①，展视领衿，犹存余腻。宗覆衾拥之而卧。暮起挑灯，既返，则垂髫人在枕上。喜极，恐其复化，哀祝而后就之。女笑曰："孽障哉！不知何人饶舌，遂教风狂儿屑碎死！"乃不复拒。而款洽间若不胜任，屡乞休止。宗不听，女曰："如此，我便化去！"宗惧而罢。

由是两情甚谐。而金帛常盈箱箧，亦不知所自来。女见人喏喏，似口不能道辞，生亦讳言其异。怀孕十余月，计日当产。入室，嘱宗杜门禁款者②，自乃以刀割脐下，取子出，令宗裂帛束之，过宿而愈。又六七年，谓宗曰："凤业③偿满，请告别也。"宗闻泣下，曰："卿归我时，贫苦不自立，赖卿小阜，何忍遽离邊？且卿又无邦族，他日儿不知母，亦一恨事。"女亦怅惘曰："聚必有散，固是常也。儿福相，君亦期颐④，更何求？妾本何氏。倘蒙思眷，抱妾旧物而呼曰：'荷花三娘子！'当有见耳。"言已解脱，曰："我去矣。"惊顾间，飞去已高于顶。宗跃起，急曳之，捉得履。履脱及地，化为石燕，色红于丹朱，内外莹彻，若水精然。拾而藏之。检视箱中，初来时所着冰縠帔尚在。每一忆念，抱呼"三娘子"，则宛然女郎，欢容笑黛，并肖生平，但不语耳。

---

① 芗泽：同"香泽"，香气。

② 禁款者：禁止他人叩门。款，叩门。

③ 凤业：佛家语，意为前生之业。业，梵语"羯磨"的意译，泛指一切身心活动。"业"都有相应的果报。

④ 期颐：百岁。

骂鸭

　　白家庄民某，盗邻鸭烹之。至夜，觉肤痒；天明视之，茸生①鸭毛，触之则痛。大惧，无术可医。夜梦一人告之曰："汝病乃天罚。须得失者骂，毛乃可落。"邻翁素雅量②，每失物未尝征③于声色。民诡告翁曰："鸭乃某甲所盗。彼深畏骂焉，骂之亦可警将来。"翁笑曰："谁有闲气骂恶人。"卒不骂。某益窘，因实告邻翁。翁乃骂，其病良已④。

　　异史氏曰："甚矣，攘⑤者之可惧也：一攘而鸭毛生！甚矣，骂者之宜戒也：一骂而盗罪减！然为善有术，彼邻翁者，是以骂行其慈者也。"

---

① 茸生：细毛丛生。
② 雅量：度量宽宏。
③ 征：表露，表现。
④ 良已：完全痊愈。
⑤ 攘：窃取。

彭海秋

莱州①诸生彭好古，读书别业，离家颇远，中秋未归，岑寂无偶。念村中无可共语。惟邱生是邑名士，而素有隐恶，彭常鄙之。月既上，倍益无聊，不得已，折简邀邱。饮次，有剥啄者②。斋僮出应门，则一书生，将谒主人。彭离席，肃客入。相揖环坐，便询族居。客曰："小生广陵③人，与君同姓，字海秋。值此良夜，旅邸倍苦。闻君高雅，遂乃不介而见。"视其人，布衣洁整，谈笑风流。彭大喜曰："是我宗人。今夕何夕，遘此嘉客！"即命酌，款若夙好。察其意，似甚鄙邱。邱仰与攀谈④，辄傲不为礼。彭代为之惭，因挠乱其词⑤，请先以俚歌侑饮。乃仰天再咳，歌"扶风豪士之曲⑥"，相与欢笑。客曰："仆不能韵，莫报'阳春⑦'。请代者可乎？"彭言："如教。"客问："莱城有名妓无也？"彭曰："无。"

客默良久，谓斋僮曰："适唤一人，在门外，可导入之。"僮出，果见一女子逡巡户外。引之入，年二八已来，宛然若仙。彭惊绝，掖坐。衣柳黄帔，香溢四座。客便慰问："千里颇烦跋涉也。"女含笑唯唯。彭异之，便致

---

① 莱州：明清府名，府治在今山东省莱州市。
② 剥啄者：敲门的人。剥啄，叩门声。
③ 广陵：旧郡名，治所在今江苏省扬州市。
④ 仰与攀谈：以仰慕的态度和他交谈。
⑤ 挠乱其词：打乱他们的话头。
⑥ 扶风豪士之曲：唐代诗人李白有《扶风豪士歌》，赞美扶风豪士意气相投，情谊深厚。扶风，古郡名，郡治在今陕西凤翔县一带。
⑦ 阳春：古乐曲名。此处用以对别人歌曲的美称。

研诘。客曰："贵乡苦无佳人，适于西湖舟中唤得来。"谓女曰："适舟中所唱'薄幸郎①曲'，大佳，请再反之。"女歌云："薄幸郎，牵马洗春沼②。人声远，马声杳；江天高，山月小。掉头去不归，庭中空白晓。不怨别离多，但愁欢会少。眠何处？勿作随风絮。便是不封侯，莫向临邛去③！"客于袜中出玉笛，随声便串；曲终笛止。

　　彭惊叹不已，曰："西湖至此，何止千里，咄嗟④招来，得非仙乎？"客曰："仙何敢言，但视万里犹庭户耳。今夕西湖风月，尤盛曩时，不可不一观也，能从游否？"彭留心以觇其异，诺曰："幸甚。"客问："舟乎，骑乎？"彭思舟坐为逸，答言："愿舟。"客曰："此处呼舟较远，天河中当有渡者。"乃以手向空中招曰："船来！我等要西湖去，不吝价也。"无何，彩船一只，自空飘落，烟云绕之。众俱登。见一人持短棹，棹末密排修翎，形类羽扇，一摇羽，清风习习。舟渐上入云霄，望南游行，其驶如箭。逾刻，舟落水中。但闻弦管敖嘈，鸣声喤聒。出舟一望，月印烟波，游船成市。榜人⑤罢棹，任其自流。细视，真西湖也。客于舱后，取异看佳酿，欢然对酌。少间，一楼船渐近，相傍而行。隔窗以窥，中有三两人，围棋喧笑。客飞一觥向女曰："引此送君行。"女饮间，彭依恋徘徊，惟恐其去，蹴之以足。女斜波送盼，彭益动，请要后期。女曰："如相见爱，但问娟娘名字，无不知者。"客即以彭绫巾授女，曰："我为若代订三年之约。"即起，托女子于掌中，曰："仙乎，仙乎！"乃扳邻窗，捉女入，窗目如盘，女伏身蛇游而进，

---

① 薄幸郎：旧时女子对情郎的昵称。
② 牵马洗春沼：在春天的沼池洗刷马匹。
③ 莫向临邛去：指不要另觅新欢。
④ 咄嗟：呼吸之间，表示时间仓促。
⑤ 榜人：摇船的人。榜，音 bàng。

殊不觉隘。俄闻邻舟曰："娟娘醒矣。"舟即荡去。遥见舟已就泊，舟中人纷纷并去，游兴顿消。

遂与客言，欲一登崖，略同眺瞩。才作商榷，舟已自拢。因而离舟翔步，觉有里余。客后至，牵一马来，令彭捉之。即复去，曰："待再假两骑来。"久之不至。行人亦稀，仰视斜月西转，天色向曙。邱亦不知何往。捉马营营[①]，进退无主，振辔至泊舟所，则人船俱失。念腰橐空匮，倍益忧皇。天大明，见马上有小错囊；探之，得白金三四两。买食凝待，不觉向午。计不如暂访娟娘，可以徐察邱耗。比询娟娘名字，并无知者，兴转萧索。次日遂行。马调良，幸不蹇劣，半月始归。方三人之乘舟而上也，斋僮归白："主人已仙去。"举家哀啼，谓其不返。彭归，系马而入，家人惊喜集问，彭始具白其异。因念独还乡井，恐邱家闻而致诘，戒家人勿播。语次，道马所由来。众以仙人所遗，便悉诣厩验视。及至，则马顿渺，但有邱生，以草缰絷枥[②]边。骇极，呼彭出视。见邱垂首栈下，面色灰死，问之不言，两眸启闭而已。彭大不忍，解扶榻上，若丧魂魄，灌以汤酏[③]，稍稍能咽。中夜少苏，急欲登厕，扶掖而往，下马粪数枚。又少饮啜，始能言。彭就榻研问之，邱云："下船后，彼引我闲语，至空处，欢拍项领，遂迷闷颠踣。伏定少刻，自顾已马。心亦醒悟，但不能言耳。是大辱耻，诚不可以告妻子，乞勿泄也！"彭诺之，命仆马驰送归。

彭自是不能忘情于娟娘。又三年，以姊丈判扬州[④]，因往省视。州有梁

---

① 营营：徘徊，周旋。

② 枥：马槽。

③ 汤酏：稀粥。酏，音 yǐ。

④ 判扬州：为扬州府通判。判，通判，官名，明清时设于各府，分掌粮运及农田水利等事。

公子，与彭通家，开筵邀饮。即席有歌姬数辈，俱来祗谒。公子问娟娘，家人白以病。公子怒曰："婢子声价自高，可将索子系之来！"彭闻娟娘名，惊问其谁。公子云："此娼女，广陵第一人。缘有微名，遂倨而无礼。"彭疑名字偶同，然突突自急，极欲一见之。无何，娟娘至，公子盛气排数①。彭谛视，真中秋所见者也。谓公子曰："是与仆有旧，幸垂原恕。"娟娘向彭审顾，似亦错愕。公子未遑深问，即命行觞。彭问："'薄幸郎曲'犹记之否？"娟娘更骇，目注移时，始度旧曲。听其声，宛似当年中秋时。酒阑，公子命侍客寝。彭捉手曰："三年之约，今始践耶？"娟娘曰："昔日从人泛西湖，饮不数卮，忽若醉。蒙胧间，被一人携去置一村中，一僮引妾入，席中三客，君其一焉。后乘船至西湖，送妾自窗櫺归，把手殷殷。每所凝念，谓是幻梦，而绫巾宛在，今犹什袭藏之。"彭告以故，相共叹咤。娟娘纵体入怀，哽咽而言曰："仙人已作良媒，君勿以风尘②可弃，遂舍念此苦海人。"彭曰："舟中之约，未尝一日去心。卿倘有意，则泻囊货马，所不惜耳。"诘旦，告公子，又称贷于别驾，千金削其籍③，携之以归。偶至别业，犹能识当年饮处云。

异史氏曰："马而人，必其为人而马者④也；使为马，正恨其不为人耳。狮象鹤鹏，悉受鞭策，何可谓非神人之仁爱乎？即订三年约，亦度苦海也。"

---

① 盛气：满脸怒气的样子。排数：斥责，数落。

② 风尘：旧指妓女生活，这里指妓女。

③ 削其籍：从乐籍中除掉她的名字；指为娟娘赎身。籍，指乐户或官妓的名册。

④ 为人而马者：为人行事像畜牲一样。

马介甫

　　杨万石，大名^①诸生也，生平有"季常之惧^②"。妻尹氏，奇悍，少迕之，辄以鞭挞从事。杨父年六十余而鳏，尹以齿奴隶数。杨与弟万钟常窃饵翁，不敢令妇知。然衣败絮，恐贻讪笑，不令见客。万石四十无子，纳妾王，旦夕不敢通一语。兄弟候试郡中，见一少年，容服都雅。与语，悦之，询其姓字，自云："介甫，马姓。"由此交日密，焚香为昆季之盟^③。既别，约半载，马忽携僮仆过杨。值杨翁在门外曝阳扪虱，疑为佣仆，通姓氏使达主人，翁披絮去。或告曰："此即其翁也。"马方惊讶，杨兄弟岸帻出迎。登堂一揖，便请朝父，万石辞以偶恙。促坐笑语，不觉向夕，万石屡言具食而终不见至。兄弟迭互出入，始有瘦奴持壶酒来，俄顷立尽。坐伺良久，万石频起催呼，额颊间热汗蒸腾。俄瘦奴以馔具出，脱粟失饪^④，殊不甘旨。食已，万石草草便去。万钟襆被来伴客寝，马责之曰："曩以伯仲高义，遂同盟好。今老父实不温饱，行道者羞之！"万钟泫然曰："在心之情，卒难申致。家门不吉，蹇^⑤遭悍嫂，尊长细弱，横被摧残。非沥血之好，此丑不敢扬也。"马骇叹移时，曰："我初欲早旦而行，今得此异闻，不可不一目见之。请假闲舍，就便自炊。"万钟从其教，即除室为马安顿。夜深窃馈蔬稻，惟恐妇

---

① 大名：今河北大名县。
② 季常之惧：指丈夫惧内。
③ 昆季之盟：即结拜为兄弟。昆季，兄弟，长者为昆，幼者为季。
④ 脱粟失饪：糙米为饭，且半生不熟。
⑤ 蹇：不幸，音 jiǎn。

知。马会其意，力却之，且请杨翁与同食寝。自诣城肆市布帛，为易袍裤，父子兄弟皆感泣。万钟有子喜儿，方七岁，夜从翁眠。马抚之曰："此儿福寿，过于其父，但少年孤苦耳。"妇闻老翁安饱，大怒，辄骂，谓马强预人家事。初恶声尚在闺闼，渐近马居，以示瑟歌之意。杨兄弟汗体徘徊，不能制止；而马若弗闻也者。妾王，体妊五月，妇始知之，褫衣惨掠。已，乃唤万石跪受巾帼，操鞭逐出。值马在外，惭懅不前，又追逼之，始出。妇亦随出，又手顿足，观者填溢。马指妇叱曰："去，去！"妇即反奔，若被鬼逐，裤履俱脱，足缠萦绕于道上，徒跣而归，面色灰死。少定，婢进袜履，着已，嗷啕①大哭。家无敢问者。马曳万石为解巾帼，万石耸身定息，如恐脱落，马强脱之，而坐立不宁，犹惧以私脱加罪。探妇哭已，乃敢入，趑趄而前。妇殊不发一语，遽起，入房自寝。万石意始舒，与弟窃奇焉。家人皆以为异，相聚偶语。妇微有闻，益羞怒，遍挞奴婢。呼妾，妾创剧不能起。妇以为伪，就榻搒之，崩注堕胎。万石于无人处，对马哀啼，马慰解之。呼僮具牢馈，更筹再唱，不放万石去。

妇在闺房恨夫不归，方大恚忿，闻撬扉声，急呼婢，则室门已辟。有巨人入，影蔽一室，狰狞如鬼；俄又有数人入，各执利刃。妇骇绝欲号，巨人以刀刺颈曰："号便杀却！"妇急以金帛赎命。巨人曰："我冥曹使者，不要钱，但取悍妇心耳！"妇益惧，自投败颡。巨人乃以利刃画妇心而数之曰："如某事，谓可杀否？"即以画。凡一切凶悍之事，责数殆尽，刀画肤革不啻数十。末乃曰："妾生子，亦尔宗绪，何忍打堕？此事必不可宥！"乃令数人反接其手，剖视悍妇心肠。妇叩头乞命，但言知悔。俄闻中门启闭，曰："杨万石来矣。既已悔过，姑留余生。"纷然尽散。

---

① 嗷啕：哭声，音 jiào táo。

无何，万石入，见妇赤身绷系，心头刀痕，纵横不可数。解而问之，得其故，大骇，窃疑马。明日，向马述之，马亦骇。由是妇威渐敛，经数月不敢出一恶语。马大喜，告万石曰："实告君，幸勿宣泄，前以小术惧之。既得好合，请暂别也。"遂去。妇每日暮，挽留万石作侣，欢笑而承迎之。万石生平不解此乐，遽遭之，觉坐立皆无所可。妇一夜忆巨人状，瑟缩摇战。万石思媚妇意，微露其假。妇遽起，苦致穷诘。万石自觉失言，而不能悔，遂实告之。妇勃然大骂，万石惧，长跽床下。妇不顾，哀至漏三下，妇曰："欲得我恕，须以刀画汝心头如千数，此恨始消。"乃起捉厨刀。万石大惧而奔，妇逐之。犬吠鸡腾，家人尽起。万钟不知何故，但以身左右翼兄。妇乃诟詈，忽见翁来，睹袍服，倍益烈怒，即就翁身条条割裂，批颊而摘翁髭。万钟见之怒，以石击妇，中颅，颠蹶而毙。万钟曰："我死而父兄得生，何憾！"遂投井中，救之已死。移时妇复苏，闻万钟死，怒亦遂解。

既殡，弟妇恋儿，矢不嫁。妇唾骂不与食，醮去之。遗孤儿，朝夕受鞭楚，俟家人食讫，始啖以冷块。积半岁，儿尫羸，仅存气息。一日马忽至，万石嘱家人，勿以告妇。马见翁褴缕如故，大骇；又闻万钟殒谢，顿足悲哀。儿闻马至，便来依恋，前呼马叔。马不能识，审顾始辨，惊曰："儿何憔悴至此！"翁乃嗫嚅具道情事，马忿然谓万石曰："我曩道兄非人，果不谬。两人止此一线，杀之，将奈何？"万石不言，惟伏首帖耳而泣。坐语数刻，妇已知之，不敢自出逐客，但呼万石入，批使绝马。含涕而出，批痕俨然。马怒之曰："兄不能威，独不能断'出'耶？殴父杀弟，安然忍之，何以为人！"万石欠伸，似有动容。马又激之曰："如渠不去，理须杀；即便杀却，勿惧。仆有二三知交，都居要地，必合极力，保无亏也。"万石喏，负气疾行，奔而入。适与妇遇，叱问："何为？"万石皇遽失色，以手据地曰："马生教余出妇。"妇益恚，顾寻刀杖，万石惧而却步。马唾之曰："兄真不可教也已！"遂开箧，出刀圭药，合水授万石饮。曰："此丈夫再造散。所以不轻用者，以能病人故耳。今不得已，暂试之。"饮下，少顷，万石觉忿气填胸，如烈焰冲烧，刻不容忍，直抵闺闼，叫喊雷动。妇未及诘，万石以足腾起，妇颠去数尺有咫。即复握石成拳，擂击无算。妇体几无完肤，嘲嗻犹詈。万石于腰中出佩刀。妇骂曰："出刀子，敢杀我耶？"万石不语，割股上肉大如掌，掷地下。方欲再割，妇哀鸣乞恕。万石不听，又割之。家人见万石凶狂，相集，死力掖出。马迎去，捉臂相用慰劳。万石余怒未息，屡欲奔寻，马止之。少间，药力消，嗒若丧。马嘱曰："兄勿馁。乾纲之振，在此一举。夫人之所以惧者，非朝夕之故，其所由来者渐矣。譬之昨死而今生，须从此涤故更新。再一馁，则不可为矣。"遣万石入探之。妇股栗心慑，倩婢扶起，将以膝行。止之，乃已。出语马生，父子交贺。马欲去，父子共挽之。马曰："我适有东海之行，故便道相过，还时可复会耳。"

月余妇起，宾事良人①。久觉黔驴无技，渐狎，渐嘲，渐骂，居无何，旧态全作矣。翁不能堪，宵遁，至河南隶道士籍，万石亦不敢寻。年余马至，知其状，怫然责数已，立呼儿至，置驴子上，驱策径去。由此乡人皆不齿万石。学使案临，以劣行黜名。又四五年，遭回禄②，居室财物，悉为煨烬，延烧邻舍。村人执以告郡，罚锾烦苦。于是家产渐尽，至无居庐，近村相戒，无以舍舍万石。尹氏兄弟，怒妇所为，亦绝拒之。万石既穷，质妾于贵家，偕妻南渡。至河南界，资斧已绝。妇不肯从，聒夫再嫁。适有屠而鳏者，以钱三百货去。

万石一身，丐食于远村近郭间。至一朱门，阍人诃拒不听前。少间一官

---

① 宾事良人：宾事，如宾客一样恭敬地事奉。良人，丈夫。
② 回禄：传说中的火神名，因以称火灾。

人出，万石伏地啜泣。官人熟视久之，略诘姓名，惊曰："是伯父也！何一贫至此？"万石细审，知为喜儿，不觉大哭。从之入，见堂中金碧焕映。俄顷，父扶童子出，相对悲哽。万石始述所遭。初，马携喜儿至此，数日，即出寻杨翁来，使祖孙同居。又延师教读。十五岁入邑庠，次年领乡荐，始为完婚。乃别欲去，祖孙泣留之。马曰："我非人，实狐仙耳。道侣相候已久。"遂去。孝廉言之，不觉恻楚。因念昔与庶伯母同受酷虐，倍益感伤。遂以与马赀金赎王氏归。年余生一子，因以为嫡。

尹从屠半载，狂悖犹昔。夫怒，以屠刀孔其股，穿以毛绠悬梁上，荷肉竟出。号极声嘶，邻人始知。解缚抽绠，一抽则呼痛之声，震动四邻。以是见屠来，则骨毛皆竖。后胫创虽愈，而断芒遗肉内，终不利于行，犹夙夜服役，无敢少懈。屠既横暴，每醉归，则挞詈不情。至此，始悟昔之施于人者，亦犹是也。一日，杨夫人及伯母烧香普陀寺①，近村农妇并来参谒。尹在中怅立不前，王氏故问："此伊谁？"家人进白："张屠之妻。"便诃使前，与太夫人稽首。王笑曰："此妇从屠，当不乏肉食，何羸瘠乃尔？"尹愧恨，归欲自经，绠弱不得死。屠益恶之。岁余，屠死。途遇万石，遥望之，以膝行，泪下如麻。万石硙仆，未通一言。归告侄，欲谋珠还，侄固不肯。妇为里人所唾弃，久无所归，依群乞以食。万石犹时就尹废寺中，侄以为玷，阴教群乞窘辱之，乃绝。

此事余不知其究竟，后数行，乃毕公权②撰成之。

异史氏曰："惧内，天下之通病也。然不意天壤之间，乃有杨郎！宁非变异？余常作《妙音经》之续言，谨附录以博一噱：

——————————

① 普陀寺：佛寺，供奉观世音的寺院。
② 毕公权：即毕世持，字公权，淄川（今属山东省淄博市）人。康熙十七年（1678）举人，有文名。

'窃以天道化生万物，重赖坤成；男儿志在四方，尤须内助。同甘独苦，劳尔十月呻吟；就湿移干，苦矣三年鞠笑。此顾宗祧而动念，君子所以有伉俪之求；瞻井臼而怀思，古人所以有鱼水之爱也。第阴教之旗帜日立，遂乾纲之体统无存。始而不逊之声，或大施而小报；继则如宾之敬，竟有往而无来。只缘儿女深情，遂使英雄短气。床上夜叉坐，任金刚亦须低眉；釜底毒烟生，即铁汉无能强项。秋砧之杵可掬，不捣月夜之衣；麻姑之爪能搔，轻试莲花之面。小受大走，直将代孟母投梭；妇唱夫随，翻欲起周婆制礼。婆娑跳掷，停观满道行人；嘲哳呜嘶，扑落一群娇鸟。

'恶乎哉！呼天吁地，忽尔披发向银床；丑矣夫！转目摇头，猥欲投缳延玉颈。当是时也：地下已多碎胆，天外更有惊魂。北宫黝未必不逃，孟施舍焉能无惧？将军气同雷电，一入中庭，顿归无何有之乡；大人面若冰霜，比到寝门，遂有不可问之处。岂果脂粉之气，不势而威？胡乃骯脏之身，不寒而栗？犹可解者：魔女翘鬟来月下，何妨俯伏皈依？最冤枉者：鸠盘蓬首到人间，也要香花供养。闻怒狮之吼，则双孔撩天；听牝鸡之鸣，则五体投地。登徒子淫而忘丑，"回波词"怜而成嘲。设为汾阳之婿，立致尊荣，媚卿卿良有故；若赘外黄之家，不免奴役，拜仆仆将何求？彼穷鬼自觉无颜，任其斫树摧花，止求包荒于悍妇，如钱神可云有势，乃亦婴鳞犯制，不能借助于方兄。

'岂缚游子之心，惟兹鸟道？抑消霸王之气，恃此鸿沟？然死同穴，生同衾，何尝教吟"白首"？而朝行云，暮行雨，辄欲独占巫山。恨煞"池水清"，空按红牙玉板；怜尔"妾命薄"，独支永夜寒更。蝉壳鹭滩，喜骊龙之方睡；犊车麈尾，恨驽马之不奔。榻上共卧之人，挞去方知为舅；床前久系之客，牵来已化为羊。需之殷者仅俄顷，毒之流者无尽藏。买笑缠头，而成自作之孽，太甲必曰难违；俯首帖耳，而受无妄之刑，李阳亦谓不可。酸

195

风凛冽，吹残绮阁之春；醋海汪洋，淹断蓝桥之月。又或盛会忽逢，良朋即坐，斗酒藏而不设，且由房出逐客之书；故人疏而不来，遂自我广绝交之论。甚而雁影分飞，涕空沾于荆树；鸾胶再觅，变遂起于芦花。故饮酒阳城，一堂中惟有兄弟；吹竽商子，七旬余并无室家。古人为此，有隐痛矣。

'呜呼！百年鸳偶，竟成附骨之疽；五两鹿皮，或买剥床之痛。髯如戟者如是，胆似斗者何人？固不敢于马栈下断绝祸胎，又谁能向蚕室中斩除孽本？娘子军肆其横暴，苦疗妒之无方；胭脂虎啖尽生灵，幸渡迷之有楫。天香夜爇，全澄汤镬之波；花雨晨飞，尽灭剑轮之火。极乐之境，彩翼双栖；长舌之端，青莲并蒂。拔苦恼于优婆之国，立道场于爱河之滨。咦！愿此几章贝叶文，洒为一滴杨枝水！'"

云翠仙

梁有才，故晋①人，流寓于济②作小负贩，无妻子田产。从村人登岱③。当四月交④，香侣杂沓，又有优婆夷、塞⑤，率男子以百十，杂跪神座下，视香炷为度，名曰："跪香。"才视众中有女郎，年十七八而美，悦之。诈为香客，近女郎跪，又伪为膝困无力状，故以手据女郎足。女回首似嗔，膝行而远之。才亦膝行而近之，少间又据之。女郎觉，遽起，不跪，出门去。才亦起，亦出履其迹，不知其往，心无望，怏怏而行。途中见女郎从媪，似为女也母者⑥，才趋之。

媪女行且语，媪云："汝能参礼娘娘⑦，大好事！汝又无弟妹，但获娘娘冥加护，护汝得快婿。但能相孝顺，都不必贵公子、富王孙也。"才窃喜，渐渍诘媪；媪自言为云氏，小女名翠仙，其出也。家西山四十里。才曰："山路潘⑧，母如此踽踽⑨，妹如此纤纤，何能便至？"曰："日已晚，将

---

① 晋：春秋时的国名，包含今山西省、河北省南部、陕西省中部及河南省西北部，现在专指山西省。

② 济：指济南府所在地，即今山东省济南市。

③ 岱：泰山的别称。

④ 四月交：刚交四月，即四月之初。此盖为浴佛节，亦称"佛诞节"。

⑤ 优婆夷、塞：即优婆夷、优婆塞，均为梵语音译。优婆夷，指接受佛教五戒的女居士。优婆塞，指接受佛教五戒的男居士。他们是佛教信徒，不同于一般香客。

⑥ 女也母者：即女之母。也、者，均为语助词，无义。

⑦ 参礼娘娘：指参拜碧霞元君。传说为东岳大帝之女，宋真宗时封为天仙玉女碧霞元君。

⑧ 潘：音 sè，不光滑、不顺畅。

⑨ 踽踽：音 sù sù，形容小步快走。

寄舅家宿耳。"才曰："适言相婿，不以贫嫌，不以贱鄙，我又未婚，颇当母意否？"媪以问女，女不应；媪数问，女曰："渠寡福，又荡无行，轻薄之心，还易翻覆。儿不能为遏伎儿^①作妇。"才闻，朴诚自表，切矢皦日^②。媪喜，竟诺之。女不乐，勃然而已。母又强拍咻之^③。

才殷勤，手于橐^④，觅山兜二，异媪及女，已步从，若为仆。过隘，辄诃兜夫不得颠摇，意良殷。俄抵村舍，便邀才同入舅家。舅出翁，妗出媪也。云兄之嫂之，谓："才吾婿。日适良^⑤，不须别择，便取今夕。"舅亦喜，出酒肴饵才。既，严妆翠仙出，拂榻促眠。女曰："我固知郎不义，迫母命，漫相随。郎若人也，当不须忧偕活。"才唯唯听受。

明日早起，母谓才："宜先去，我以女继至。"才归，扫户闼，媪果送女至。入视室中，虚无有，便云："似此何能自给？老身速归，当小助汝辛苦^⑥。"遂去。次日，即有男女数辈，各携服食器具，布一室满之。不饭俱去，但留一婢。

才由此坐温饱，惟日引里无赖朋饮竞赌，渐盗女郎簪珥^⑦佐博。女劝之，不听，颇不耐之，惟严守箱奁，如防寇。一日，博党款门访才，窥见女，适适然^⑧惊。戏谓才曰："子大富贵，何忧贫耶？"才问故，答曰："曩见夫人，真仙人也。适与子家道不相称。货为媵，金可得百；为妓，可得

---

① 遏伎儿：举止猥琐而轻薄的人。
② 切矢皦日：恳切地指着太阳发誓。
③ 强拍咻之：勉强她，抚慰她。
④ 手于橐：把手插进钱袋里，谓掏出钱来。
⑤ 日适良：今日恰好是吉日。
⑥ 小助汝辛苦：意为略微帮助你们度日。
⑦ 簪珥：均为旧时女子的金玉首饰。
⑧ 适适然：形容吃惊的样子。

千。千金在室，而听饮博无资耶？"才不言，而心然之。归，辄向女欷歔，时时言贫不可度。女不顾，才频频击桌，抛箸，骂婢，作诸态。一夕女沽酒与饮，忽曰："郎以贫故，日焦心。我又不能御贫，分郎忧衷，岂不愧怍？但无长物，止有此婢，鬻之，可稍稍佐经营。"才摇首曰："其值几何！"又饮少时，女曰："妾于郎，有何不相承？但力竭耳。念一贫如此，便死相从，不过均此百年苦，有何发迹？不如以妾鬻贵家，两所便益，得值或较婢多。"才故愕言："何得至此！"女固言之，色作庄①。才喜曰："容再计之。"遂缘中贵人，货隶乐籍②。中贵人亲诣才，见女大悦。恐不能即得，立券八百缗，事濒就矣。女曰："母以婿家贫，常常萦念，今意断矣，我将暂归省；且郎与妾绝，何得不告母？"才虑母阻，女曰："我顾自乐之，保无差贷。"才从之。

夜将半，始抵母家。挝阖入，见楼舍华好，婢仆辈往来憧憧。才日与女居，每请诣母，女辄止之。故为甥馆年余，曾未一临岳家。至此大骇，以其家巨，恐媵妓所不甘从也。女引才登楼上，媪惊问："夫妇何来？"女怨曰："我固道渠不义，今果然。"乃于衣底出黄金二铤，置几上，曰："幸不为小人赚脱，今仍以还母。"母骇问故，女曰："渠将鬻我，故藏金无用处。"乃指才骂曰："豺鼠子！曩日负肩担，面沾尘如鬼。初近我，熏熏作汗腥，肤垢欲倾塌，足手皱一寸厚，使人终夜恶。自我归汝家，安坐餐饭，鬼皮始脱。母在前，我岂诬耶？"才垂首不敢少出气。女又曰："自顾无倾城姿，不堪奉贵人；似若辈男子，我自谓犹相匹，有何亏负，遂无一念香火情？我岂不能起楼宇、买良沃？念汝儇薄骨③、乞丐相，终不是白头侣！"言次，婢

---

① 色作庄：脸色表现得很郑重。

② 隶乐籍：隶属于乐户的名籍。乐户，指官妓。

③ 儇薄骨：轻薄相。骨，骨相，人的骨格相貌。

妪连衿臂，旋旋围绕之。闻女责数，便都唾骂，共言："不如杀却，何须复云云。"才大惧，据地自投，但言知悔。女又盛气曰："鬻妻子已大恶，犹未便是剧，何忍以同衾人赚作娼！"言未已，众眦裂^①，悉以锐簪、剪刀股攒刺胁膊。才号悲乞命，女止之，曰："可暂释却。渠便无仁义，我不忍其觳觫^②。"乃率众下楼去。

才坐听移时，语声俱寂，思欲潜遁。忽仰视，见星汉，东方已白，野色苍莽，灯亦寻灭。并无屋宇，身坐削壁上。俯瞰绝壑，深无底，骇绝，惧堕。身稍移，塌然一声，随石崩坠，壁半有枯横焉，胃不得堕。以枯受腹，手足无着。下视茫茫，不知几何寻丈。不敢转侧，嗥怖声嘶，一身尽肿，眼耳鼻舌身力俱竭。日渐高，始有樵人望见之；寻缒来，缒而下，取置崖上，奄将溘毙^③。舁归其家，至则门洞敞，家荒荒如败寺，床簏什器俱杳，惟有绳床败案，是己家旧物，零落犹存。嗒然自卧，饥时，日一乞食于邻，既而肿溃为癞。里党薄其行，悉唾弃之。才无计，货屋而穴居，行乞于道，以刀自随。或劝以刀易饵，才不肯，曰："野居防虎狼，用自卫耳。"后遇向劝鬻妻者于途，近而哀语，遽出刀攀而杀之，遂被收。官廉得其情，亦未忍酷虐之，系狱中，寻瘐死^④。

异史氏曰："得远山芙蓉^⑤，与共四壁，与之南面王岂易哉！己则非人，而怨逢恶之友^⑥，故为友者不可不知戒也。凡狭邪子诱人淫博，为诸不义，其事不败，虽则不怨亦不德。迨于身无襦，妇无裤，千人所指，无疾将死，穷

---

① 眦裂：瞪目，形容愤怒到极点。
② 不忍其觳觫：不忍看到他颤抖的可怜样。
③ 奄将溘毙：气息奄奄，将要死去。奄，奄奄，气息微弱的样子。溘，忽然。
④ 瘐死：旧谓囚犯因拷打、饥寒或疾病而死于狱中。
⑤ 远山芙蓉：眉若远山抹黛，脸若芙蓉盛开。形容女子貌美，此指美女。
⑥ 逢恶之友：迎合所好、勾引作恶的朋友。

败之念，无时不萦于心；穷败之恨，无时不加于齿。清夜牛衣中，辗转不寐。夫然后历历想未落时，历历想将落时，又历历想致落之故，而因以及发端致落之人。至于此，弱者起，拥絮坐诅[1]，强者忍冻裸行，篝火索刀，霍霍磨之，不待终夜矣。故以善规人，如赠橄榄；以恶诱人，如馈漏脯[2]也。听者固当省，言者可勿惧哉！"

---

① 拥絮坐诅：围着被，坐着咒骂。
② 漏脯：腐败变质的干肉。脯，干肉。

小谢

渭南^①姜部郎第，多鬼魅，常惑人，因徙去。留苍头门^②之而死，数易皆死，遂废之。里有陶生望三者，风偶傥，好狎妓，酒阑辄去之。友人故使妓奔^③就之，亦笑内不拒，而实终夜无所沾染。常宿部郎家，有婢夜奔，生坚拒不乱，部郎以是契重之。家綦贫，又有"鼓盆之戚^④"；茅屋数椽，溽暑不堪其热，因请部郎假废第。部郎以其凶故，却之，生因作《续无鬼论》^⑤献部郎，且曰："鬼何能为！"部郎以其请之坚，诺之。

生往除厅事^⑥。薄暮，置书其中，返取他物，则书已亡。怪之，仰卧榻上，静息以伺其变。食顷，闻步履声，睨之，见二女自房中出，所亡书送还案上。一约二十，一可十七八，并皆姝丽。逡巡立榻下，相视而笑。生寂不动。长者翘一足踹生腹，少者掩口匿笑。生觉心摇摇若不自持，即急肃然端念，卒不顾。女近以左手捋髭，右手轻批颐颊作小响，少者益笑。生骤起，叱曰："鬼物敢尔！"二女骇奔而散。生恐夜为所苦，欲移归，又耻其言不掩^⑦，乃挑灯读。暗中鬼影憧憧，略不顾瞻。夜将半，烛而寝。始交睫，觉人以细物穿鼻，奇痒，大嚏，但闻暗处隐隐作笑声。生不语，假寐以俟之。俄

---

① 渭南：县名，清时隶属西安府。在今陕西省渭南市。
② 苍头：仆人。门：看门。
③ 奔：古时称女子私会男子为"奔"。
④ 鼓盆之戚：指丧妻。
⑤《续无鬼论》：晋人阮瞻曾作《无鬼论》，所以陶生以其所作称《续无鬼论》。
⑥ 厅事：也作"听事"，本为官府听事办公的地方，后来私宅的厅房也称厅事。
⑦ 其言不掩：意谓自己《续无鬼论》之说，有失检点。掩，通"检"，检束。

见少女以纸条拈细股，鹤行鹭伏^①而至，生暴起诃之，飘窜而去。既寝，又穿其耳。终夜不堪其扰。鸡既鸣，乃寂无声，生始酣眠，终日无所睹闻。

日既下，恍惚出现。生遂夜炊，将以达旦。长者渐曲肱几上观生读，既而掩生卷。生怒捉之，即已飘散；少间，又抚之。生以手按卷读。少者潜于脑后，交两手掩生目，瞥然去，远立以哂。生指骂曰："小鬼头！捉得便都杀却！"女子即又不惧。因戏之曰："房中纵送，我都不解，缠我无益。"二女微笑，转身向灶，析薪溲米，为生执爨^②。生顾而奖之曰："两卿此为，不胜憨跳^③耶？"俄顷粥熟，争以匕、箸、陶碗置几上。生曰："感卿服役，何以报德？"女笑云："饭中溲合^④砒、酖矣。"生曰："与卿夙无嫌怨，何至以此相加。"啜已，复盛，争为奔走。生乐之，习以为常。

日渐稔，接坐倾语，审其姓名。长者云："妾秋容，乔氏，彼阮家小谢也。"又研问所由来，小谢笑曰："痴郎！尚不敢一呈身，谁要汝问门第，作嫁娶耶？"生正容曰："相对丽质，宁独无情；但阴冥之气，中人必死。不乐与居者，行可耳；乐与居者，安可耳。如不见爱，何必玷两佳人？如果见爱，何必死一狂生？"二女相顾动容，自此不甚虐弄之。然时而探手于怀，捋裤于地，亦置不为怪。

一日，录书未卒业而出，返则小谢伏案头，操管^⑤代录。见生，掷笔睨笑。近视之，虽劣不成书，而行列疏整^⑥。生赞曰："卿雅人也！苟乐此，仆教卿为之。"乃拥诸怀，把腕而教之画。秋容自外入，色乍变，意似妒。小

---

① 鹤行鹭伏：意思是屈身轻步，悄悄行动。
② 执爨：烧火做饭。爨，音 cuàn。
③ 憨跳：调皮闹腾。
④ 溲合：调合，掺杂。
⑤ 操管：执笔。
⑥ 行列疏整：指抄写得横竖成行。

谢笑曰："童时尝从父学书，久不作，遂如梦寐。"秋容不语。生喻其意，伪为不觉者，遂抱而授以笔，曰："我视卿能此否？"作数字而起，曰："秋娘大好笔力！"秋容乃喜。生于是折两纸为范，俾共临摹，生另一灯读。窃喜其各有所事，不相侵扰。仿毕，祗立几前，听生月旦①。秋容素不解读，涂鸦不可辨认，花判②已，自顾不如小谢，有惭色。生奖慰之，颜霁。二女由此师事生，坐为抓背，卧为按股，不惟不敢侮，争媚之。逾月，小谢书居然端好，生偶赞之。秋容大惭，粉黛淫淫③，泪痕如线，生百端慰解之乃已。因教之读，颖悟非常，指示一过，无再问者。与生竞读，常至终夜。小谢又引其弟三郎来拜生门下，年十五六，姿容秀美，以金如意一钩为贽。生令与秋容执一经，满堂咿唔，生于此设鬼帐焉。部郎闻之喜，以时给其薪水。积数月，秋容与三郎皆能诗，时相酬唱。小谢阴嘱勿教秋容，生诺之；秋容阴嘱勿教小谢，生亦诺之。一日生将赴试，二女涕泪相别。三郎曰："此行可以托疾免；不然，恐履不吉④。"生以告疾为辱，遂行。先是，生好以诗词讥切时事，获罪于邑贵介，日思中伤之。阴赂学使，诬以行检⑤，淹禁狱中。资斧绝，乞食于囚人，自分已无生理。忽一人飘忽而入，则秋容也，以馔具馈生。相向悲咽，曰："三郎虑君不吉，今果不谬。三郎与妾同来，赴院申理矣。"数语而出，人不之睹。越日部院⑥出，三郎遮道声屈，收之。秋容入狱报生，返身往侦之，三日不返。生愁饿无聊，度日如年。忽小谢至，怆惋欲

---

① 月旦：品评。这里指评判书写的好坏。
② 花判：本指旧时官吏对民、刑案件所作的骈体判词；此指对所写字词的评阅意见。
③ 粉黛淫淫：脸上搽的粉和眉上涂的黛，随着泪水流下。
④ 恐履不吉：恐蹈凶险。履，践。
⑤ 诬以行检：对其品行，加以诬陷诋毁。陶生好以诗词讥切时事，诬陷内容，当与此有关。
⑥ 部院：指巡抚。清代各省巡抚多带兵部侍郎及都察院副都御史衔，因称巡抚为"部院"。

绝，言："秋容归，经由城隍祠，被西廊黑判强摄去，逼充御媵①。秋容不屈，今亦幽囚。妾驰百里，奔波颇殆；至北郭，被老棘刺吾足心，痛彻骨髓，恐不能再至矣。"因示之足，血殷凌波焉。出金三两，跛踦而没。部院勘三郎，素非瓜葛，无端代控，将杖之，扑地遂灭。异之。览其状，情词悲恻。提生面鞫，问："三郎何人？"生伪为不知。部院悟其冤，释之。既归，竟夕无一人。更阑，小谢始至，惨然曰："三郎在部院，被廨神②押赴冥司；冥王因三郎义，令托生富贵家。秋容久锢，妾以状投城隍，又被按阁不得入，且复奈何？"生忿然曰："黑老魅何敢如此！明日仆其像，践踏为泥，数城隍而责之。案下吏暴横如此，渠在醉梦中耶！"悲愤相对，不觉四漏将残，秋容飘然忽至。两人惊喜，急问。秋容泣下曰："今为郎万苦矣！判日以刀杖相逼，今夕忽放妾归，曰：'我无他意，原亦爱故；既不愿，固亦不曾污玷。烦告陶秋曹③，勿见谴责。'"生闻少欢，欲与同寝，曰："今日愿与卿死。"二女戚然曰："向受开导，颇知义理，何忍以爱君者杀君乎？"执不可。然俯颈倾头，情均伉俪。二女以遭难故，妒念全消。会一道士途遇生，顾谓"身有鬼气"。生以其言异，具告之。道士曰："此鬼大好，不拟负他。"因书二符付生，曰："归授两鬼，任其福命。如闻门外有哭女者，吞符急出，先到者可活。"生拜受，归嘱二女。后月余，果闻有哭女者，二女争奔而去。小谢忙急，忘吞其符。见有丧舆过，秋容直出，入棺而没；小谢不得入，痛哭而返。生出视，则富室郝氏殡其女。共见一女子入棺而去，方共惊疑；俄闻棺中有声，息肩发验，女已顿苏。因暂寄生斋外，罗守之。忽开目问陶生，郝氏研诘之，答云："我非汝女也。"遂以情告。郝未深信，欲异归，女不

---

① 御媵：侍妾。媵，音 yìng。
② 廨神：保护官衙的神。廨，官署。
③ 秋曹：对刑部官员的尊称。

从，径入生斋，僵卧不起。郝乃识婿而去。

　　生就视之，面庞虽异，而光艳不减秋容，喜惬过望，殷叙平生。忽闻鸣鸣然鬼泣，则小谢哭于暗陬。心甚怜之，即移灯往，宽譬哀情，而衿袖淋浪，痛不可解，近晓始去。天明，郝以婢媪赍送香奁，居然翁婿矣。暮入帷房，则小谢又哭。如此六七夜。夫妇俱为惨动，不能成合卺之礼。生忧思无策，秋容曰："道士，仙人也。再往求，倘得怜救。"生然之。迹道士所在，叩伏自陈。道士力言"无术"，生哀不已。道士笑曰："痴生好缠人。合与有缘，请竭吾术。"乃从生来，索静室，掩扉坐，戒勿相问。凡十余日，不饮不食。潜窥之，瞑若睡。一日晨兴，有少女搴帘入，明眸皓齿，光艳照人，微笑曰："跋履终日，惫极矣！被汝纠缠不了，奔驰百里外，始得一好庐舍①，道人载与俱来矣。得见其人，便相交付耳。"敛昏，小谢至，女遽起迎抱之，翕然合为一体，仆地而僵。道士自室中出，拱手径去。拜而送之。及返，则女已苏。扶置床上，气体渐舒，但把足呻言趾股痠痛，数日始能起。

　　后生应试得通籍。有蔡子经者与同谱，以事过生，留数日。小谢自邻舍归，蔡望见之，疾趋相蹑，小谢侧身敛避，心窃怒其轻薄。蔡告生曰："一事深骇物听，可相告否？"诘之，答曰："三年前，少妹夭殒，经两夜而失其尸，至今疑念。适见夫人，何相似之深也？"生笑曰："山荆陋劣，何足以方君妹？然既系同谱，义即至切，何妨一献妻孥②。"乃入内室，使小谢衣殉装③出。蔡大惊曰："真吾妹也！"因而泣下。生乃具述其本末。蔡喜曰：

---

① 庐舍：这里指灵魂所依附的躯体。
② 一献妻孥：使妻、子出来相见。旧时，朋友情谊亲密，才能出妻见子。
③ 殉装：殉葬的衣服。

"妹子未死，吾将速归，用慰严慈①。"遂去。过数日，举家皆至。后往来如郝焉。

异史氏曰："绝世佳人，求一而难之，何遽得两哉！事千古而一见，惟不私奔女者能遘之也。道士其仙耶？何术之神也！苟有其术，丑鬼可交耳。"

---

① 严慈：父母。

狼三则

有屠人货肉归，日已暮，欻^①一狼来，瞰担上肉，似甚垂涎，随屠尾行数里。屠惧，示之以刃，少却；及走，又从之。屠思狼所欲者肉，不如悬诸树而早取之。遂钩肉，翘足挂树间，示以空担。狼乃止。屠归。昧爽往取肉，遥望树上悬巨物，似人缢死状，大骇。逡巡近视，则死狼也。仰首细审，见狼口中含肉，钩刺狼腭，如鱼吞饵。时狼皮价昂，直十余金，屠小裕焉。缘木求鱼，狼则罹之，是可笑也！

一屠晚归，担中肉尽，止有剩骨。途遇两狼，缀行^②甚远。屠惧，投以骨，一狼得骨止，一狼又从；复投之，后狼止而前狼又至；骨已尽，而两狼并驱如故。

屠大窘，恐前后受其敌。顾野有麦场，场主以薪积其中，苫蔽成丘^③。屠乃奔倚其下，弛担^④持刀。狼不敢前，眈眈相向。

少时，一狼径去；其一犬坐^⑤于前，久之，目似瞑，意暇甚^⑥。屠暴起，以刀劈狼首，又数刀毙之。转视积薪后，一狼洞其中，意将隧入以攻其后

---

① 欻：忽然。音 xū。

② 缀行：尾随而行。

③ 苫蔽成丘：谓柴草苫盖成堆，如同小丘。苫，本指用稻草、谷秸编制的覆盖物，俗称草苫子，此处意为苫盖。音 shān。

④ 弛担：放下肉担。

⑤ 犬坐：像狗似的蹲坐。

⑥ 意暇甚：意态十分悠闲。

也。身已半入，露尻尾，屠自后断其股，亦毙之。方悟前狼假寐，盖以诱敌。狼亦黠①矣！而顷刻两毙，禽兽之变诈几何哉，止增笑耳！

一屠暮行，为狼所逼。道旁有夜耕者所遗行室②，奔入伏焉。狼自苫中探爪入，屠急捉之，令出不去，但思无计可以死之。惟有小刀不盈寸，遂割破狼爪下皮，以吹豕之法吹之。极力吹移时，觉狼不甚动，方缚以带。出视，则狼胀如牛，股直不能屈，口张不得合。遂负之以归。非屠，乌能作此谋也！

三事皆出于屠；则屠人之残，杀狼亦可用也。

---

① 黠：狡猾。
② 行室：农田中供暂时歇息的简易房子，多用草苫或谷秸搭成，北方俗称"窝棚"。

蕙芳

马二混，居青州东门内，以货面为业。家贫无妇，与母共作苦。一日，媪独居，忽有美人来，年可十六七，椎布甚朴，光华照人。媪惊诘之，女笑曰："我以贤郎诚笃，愿委身①母家。"媪益惊曰："娘子天人，有此一言，则折我母子数年寿！"女固请之。意必为侯门亡人②，拒益力，女乃去。越三日复来，留连不去。问其姓氏，曰："母肯纳我，我乃言；不然，无庸问。"媪曰："贫贱佣保骨，得妇如此，不称亦不祥。"女笑坐床头，恋恋殊殷。媪辞之曰："娘子宜速去，勿相祸。"女出门，媪窥之西去。

又数日，西巷中吕媪来，谓母曰："邻女董蕙芳，孤而无依，自愿为贤郎妇，胡勿纳？"母以所疑为逃亡具白之。吕曰："乌有是？如有乖谬，咎在老身。"母大喜，诺之。吕去，媪扫室布席，将待子归往娶之。日将暮，女飘然自至，入室参母，起拜尽礼。告媪曰："妾有两婢，未得母命，不敢进也。"媪曰："我母子守穷庐，不解役婢仆。日得蝇头利，仅足自给。今增新妇一人，娇嫩坐食，尚恐不充饱；益之二婢，岂吸风所能活耶？"女笑曰："婢来，亦不费母度支，皆能自食。"问："婢何在？"女乃呼："秋月、秋松！"声未及已，忽如飞鸟堕，二婢已立于前，即令伏地叩母。

既而马归，母迎告之，马喜。入室，见翠栋雕梁，侔于宫殿，几屏帘幕，光耀夺目。惊极，不敢入。女下床迎笑，睹之若仙，益骇，却退，女

---

① 委身：托身，以身许人。此指许嫁。
② 侯门亡人：公侯府中逃亡的人。

挽之，坐与温语。马喜出非分，形神若不相属①。即起，欲出行沽，女曰：
"勿须。"因命二婢治具。秋月出一革袋，执向扉后，格格撼摆之。已而以
手探入，壶盛酒，柈盛炙，触类熏腾。饮已而寝，则花罽锦裀，温腻非常。

天明出门，则茅庐依旧。母子共奇之。媪诣吕所，将迹所由②。入门，
先谢其媒合之德，吕讶云："久不拜访，何邻女之曾托乎？"媪益疑，具言
端委。吕大骇，即同媪来视新妇。女笑迎之。极道作合之义。吕见其惠丽，
愕眙良久，即亦不辨，唯唯而已。女赠白木搔具③一事，曰："无以报德，姑
奉此为姥姥爬背耳。"吕受以归，审视则化为白金。

马自得妇，顿更旧业，门户一新。笥中貂锦无数，任马取着，而出室
门，则为布素，但轻暖耳。女所自衣亦然。积四五年，忽曰："我谪降人间
十余载，因与子有缘，遂暂留止。今别矣。"马苦留之，女曰："请别择良偶
以承庐墓④，我岁月当一至焉。"忽不见。马乃娶秦氏。

后三年，七夕，夫妻方共语，女忽入，笑曰："新偶良欢，不念故人
耶？"马惊起，怆然曳坐，便道衷曲。女曰："我适送织女渡河，乘间一相
望耳。"两相依依，语无休止。忽空际有人呼"蕙芳"，女急起作别。马问其
谁，曰："余适同双成⑤姊来，彼不耐久伺矣。"马送之，女曰："子寿八旬，
至期，我来收尔骨。"言已遂逝。今马六十余矣。其人但朴讷⑥，无他长。

异史氏曰："马生其名混，其业亵，蕙芳奚取哉？于此见仙人之贵朴讷
诚笃也。余尝谓友人曰：若我与尔，鬼狐且弃之类。所差不愧于仙人者，惟
'混'耳。"

---

① 形神若不相属：躯体和精神好像不相依附；形容欢喜得出神。属，附着。

② 迹所由：察访来历。

③ 搔具：爬背挠痒的器具。

④ 承庐墓：指后嗣有人。

⑤ 双成：指董双成，神话传说中西王母的侍女。

⑥ 朴讷：诚朴而拙于言辞。

考弊司

闻人生，河南人。抱病经日，见一秀才入，伏谒床下，谦抑尽礼。已而请生少步，把臂长语，刺刺[1]且行，数里外犹不言别。生伫足，拱手致辞。秀才云："更烦移趾，仆有一事相求。"生问之，答云："吾辈悉属考弊司辖。司主名虚肚鬼王。初见之，例应割髀[2]肉，浼君一缓颊[3]耳。"生惊问："何罪而至于此？"曰："不必有罪，此是旧例。若丰于贿者可赎也，然而我贫。"生曰："我素不稔鬼王，何能效力？"曰："君前世是伊大父行[4]，宜可听从。"

言次，已入城郭。至一府署，廨宇不甚弘敞，惟一堂高广，堂下两碣[5]东西立，绿书大于栲栳[6]，一云"孝弟忠信"，一云"礼义廉耻"。躐阶而进[7]，见堂上一匾，大书"考弊司"。楹间，板雕翠色一联云："曰校、曰序、曰庠，两字德行阴教化；上士、中士、下士，一堂礼乐鬼门生。"游览未已，官已出，鬈发鲐背[8]，若数百年人。而鼻孔撩天，唇外倾，不承其齿。从一主簿吏，虎首人身。有十余人列侍，半狞恶若山精。秀才曰："此鬼王也。"生

---

① 刺刺：形容话多。

② 髀：大腿。

③ 浼：请托。缓颊：求情；婉言劝解。

④ 大父行：祖父辈。行，行辈。

⑤ 碣：顶端呈半圆形的碑石。

⑥ 栲栳：用柳条编织的汲水器具，形似笆斗。音 kǎo lǎo。

⑦ 躐阶而进：不按台阶级次，大步跨登而上。躐，越级。

⑧ 鲐背：驼背，形容老态。鲐，鱼名，体呈纺锤形，背隆起，音 tái。

骇极，欲退却；鬼王已睹，降阶揖生上，便问兴居。生但诺诺。又云："何事见临？"生以秀才意具白之。鬼王色变曰："此有成例，即父命所不敢承！"气象森凛，似不可入一词。生不敢言，骤起告别，鬼王侧行送之，至门外始返。生不归，潜入以观其变。至堂下，则秀才已与同辈数人，交臂历指，俨然在徽纆^①中。一狞人持刀来，裸其股，割片肉，可骈三指许。秀才大噪欲嗄^②。

生少年负义，愤不自持，大呼曰："惨毒如此，成何世界！"鬼王惊起，暂命止割，跣履迎生。生忿然已出，遍告市人，将控上帝。或笑曰："迂哉！蓝蔚苍苍^③，何处觅上帝而诉之冤也？此辈与阎罗近，呼之或可应耳。"乃示之途。趋而往，果见殿陛威赫，阎罗方坐，伏阶号屈。王召诉已，立命诸鬼绾绁提锤而去。少顷，鬼王及秀才并至，审其情确，大怒曰："怜尔夙世攻苦，暂委此任，候生贵家，今乃敢尔！其去若善筋，增若恶骨，罚令生生世世不得发迹也！"鬼乃棰之，仆地，颠落一齿。以刀割指端，抽筋出，亮白如丝。鬼王呼痛，声类斩豕。手足并抽讫，有二鬼押去。

生稽首而出，秀才从其后，感荷殷殷。挽送过市，见一户垂朱帘，帘内一女子露半面，容妆绝美。生问："谁家？"秀才曰："此曲巷^④也。"既过，生低徊不能舍，遂坚止秀才。秀才曰："君为仆来，而令踽踽而去，心何忍。"生固辞，乃去。生望秀才去远，急趋入帘内。女接见，喜形于色。入室促坐，相道姓名。女曰："柳氏，小字秋华。"一妪出，为具肴酒。酒阑，入帷，欢爱殊浓，切切订婚嫁。妪入曰："薪水告竭，要耗郎君金资，

---

① 徽纆：捆绑犯人的绳索。
② 大噪欲嗄：大声号叫，声嘶欲哑。嗄，声音嘶哑，音 shà。
③ 蓝蔚苍苍：指苍天。
④ 曲巷：狭曲小巷，这里指妓院。

奈何！"生顿念腰橐空虚，愧惶无声。久之，曰："我实不曾携得一文，宜署券保①，归即奉酬。"妪变色曰："曾闻夜度娘②索逋欠耶？"秋华颦蹙，不作一语。生暂解衣为质，妪持笑曰："此尚不能偿酒值耳。"呶呶不满志，与女俱入。生惭，移时，犹冀女出展别，再订前约。久候无音，潜入窥之，见妪与女，自肩以上化为牛鬼，目睒睒相对立。大惧，趋出，欲归，则百道岐出，莫知所从。问之市人，并无知其村名者。徘徊廛肆之间，历两昏晓，凄意含酸，响肠鸣饿，进退不能自决。忽秀才过，望见之，惊曰："何尚未归，而简亵③若此？"生腼颜莫对。秀才曰："有之矣！得毋为花夜叉所迷耶？"遂盛气而往，曰："秋华母子，何遽不少施面目耶！"去少时，即以衣来付生曰："淫婢无礼，已叱骂之矣。"送生至家，乃别而去。生暴绝三日而苏，历历为家人言之。

---

① 署券保：写下字据保证偿还。
② 夜度娘：指娼妓。
③ 简亵：轻慢不庄重；指闻人生极不庄重地穿着内衣。

鸽异

鸽类甚繁：晋有坤星[1]，鲁有鹤秀，黔[2]有腋蝶，梁[3]有翻跳，越有诸尖，皆异种也。又有靴头、点子、大白、黑石、夫妇雀、花狗眼之类，名不可屈以指，惟好事者能辨之也。

邹平张公子幼量，癖好之，按经[4]而求，务尽其种。其养之也，如保婴儿：冷则疗以粉草[5]，热则投以盐颗[6]。鸽善睡，睡太甚，有病麻痹而死者。张在广陵，以十金购一鸽，体最小，善走，置地上，盘旋无已时，不至于死不休也，故常须人把握之；夜置群中使惊诸鸽，可以免痹股之病，是名"夜游"。齐鲁养鸽家，无如公子最；公子亦以鸽自诩。

一夜坐斋中，忽一白衣少年叩扉入，殊不相识。问之，答曰："漂泊之人，姓名何足道。遥闻畜鸽最盛，此亦生平所好，愿得寓目。"张乃尽出所有，五色俱备，灿若云锦。少年笑曰："人言果不虚，公子可谓养鸽之能事

---

① 晋：周初，晋国在今山西省西南部建国，春秋时有今山西大部、河北西南部、河南北部一带地区。近代以"晋"为山西省简称。坤星：坤星以及下文的鹤秀、腋蝶、翻跳、诸尖、靴头、点子、大白、黑石、夫妇雀、花狗眼等，都是鸽的品种名。

② 黔：贵州省的简称，因省境东北部在战国时及秦代为黔中郡，在唐代属黔中道，故名。

③ 梁：古九州之一。东界华山，南至长江，北为雍州，西无可考。魏晋以降，辖境约当陕西秦岭以南及汉水流域一带。

④ 经：指《鸽经》。

⑤ 粉草：中药名，即粉甘草。

⑥ 盐颗：盐粒。

矣。仆亦携有一两头，颇愿观之否？"张喜，从少年去。月色冥漠[1]，旷野萧条，心窃疑惧。少年指曰："请勉行，寓屋不远矣。"又数武，见一道院，仅两楹，少年握手入，昧无灯火。少年立庭中，口中作鸽鸣。忽有两鸽出：状类常鸽而毛纯白，飞与檐齐，且鸣且斗，每一扑，必作斤斗。少年挥之以肱，连翼而去。复撮口作异声，又有两鸽出：大者如鹜[2]，小者裁如拳，集阶上，学鹤舞。大者延颈立，张翼作屏，宛转鸣跳，若引之；小者上下飞鸣，时集其顶，翼翩翩如燕子落蒲叶上，声细碎类鼗鼓[3]；大者伸颈不敢动。鸣愈急，声变如磬，两两相和，间杂中节。既而小者飞起，大者又颠倒引呼之。张嘉叹不已，自觉望洋可愧。遂揖少年，乞求分爱，少年不许。又固求之，少年乃叱鸽去，仍作前声，招二白鸽来，以手把之，曰："如不嫌憎，以此塞责。"接而玩之，睛映月作琥珀色，两目通透，若无隔阂，中黑珠圆于椒粒；启其翼，胁肉晶莹，脏腑可数。张其奇之，而意犹未足，诡求不已。少年曰："尚有两种未献，今不敢复请观矣。"

方竞论间，家人燎麻炬入寻主人。回视少年，化白鸽大如鸡，冲霄而去。又目前院宇都渺，盖一小墓，树二柏焉。与家人抱鸽，骇叹而归。试使飞，驯异如初，虽非其尤，人世亦绝少矣。于是爱惜臻至。

积二年，育雌雄各三。虽戚好求之，不得也。有父执某公为贵官，一日见公子，问："畜鸽几许？"公子唯唯以退。疑某意爱好之也，思所以报而割爱良难。又念长者之求，不可重拂[4]。且不敢以常鸽应，选二白鸽笼送之，自以千金之赠不啻也。他日见某公，颇有德色，而其殊无一申谢语。心不能

---

① 冥漠：幽暗不明。

② 鹜：野鸭。

③ 鼗鼓：长柄小摇鼓，俗称拨浪鼓。鼗，音 táo。

④ 重拂：过分地违其意愿。

忍，问："前禽佳否？"答云："亦肥美。"张惊曰："烹之乎？"曰："然。"张大惊曰："此非常鸽，乃俗所言'靼鞑'者也！"某回思曰："味亦殊无异处。"

张叹恨而返。至夜梦白衣少年至，责之曰："我以君能爱之，故遂托以子孙。何以明珠暗投，致残鼎镬^①！今率儿辈去矣。"言已化为鸽，所养白鸽皆从之，飞鸣径去。天明视之，果俱亡矣。心甚恨之，遂以所畜，分赠知交，数日而尽。

异史氏曰："物莫不聚于所好，故叶公好龙，则真龙入室，而况学士之于良友，贤君之于良臣乎？而独阿堵之物^②，好者更多，而聚者特少，亦以见鬼神之怒贪，而不怒痴也。"

向有友人馈朱鲫于孙公子禹年，家无慧仆，以老佣往。及门，倾水出鱼，索样而进之，及达主所，鱼已枯毙。公子笑而不言，以酒犒佣，即烹鱼以飨。既归，主人问："公子得鱼颇欢慰否？"答曰："欢甚。"问："何以知？"曰："公子见鱼便欣然有笑容，立命赐酒，且烹数尾以犒小人。"主人骇甚，自念所赠，颇不粗劣，何至烹赐下人。因责之曰："必汝蠢顽无礼，故公子迁怒耳。"佣扬手力辩曰："我固陋拙，遂以为非人^③也！登公子门，小心如许，犹恐笥斗不文，敬索样出，一一匀排而后进之，有何不周详也？"主人骂而遣之。

灵隐寺^④僧某以茶得名，铛臼^⑤皆精。然所蓄茶有数等，恒视客之贵贱

---

① 致残鼎镬：以致惨死于油锅。鼎、镬皆为古代烹饪器皿。

② 阿堵之物：指金钱。

③ 非人：不懂事理之人；俗谓不干人事的人。

④ 灵隐寺：佛寺名，在浙江省杭州西湖畔。

⑤ 铛臼：煎茶、碎茶用具。铛，三足炊具，音 chēng。臼，茶臼，用以捣碎饼茶，然后烹沏。

以为烹献；其最上者，非贵客及知味者，不一奉也。一日有贵官至，僧伏谒甚恭，出佳茶，手自烹进，冀得称誉。贵官默然。僧惑甚，又以最上一等烹而进之。饮已将尽，并无赞语。僧急不能待，鞠躬曰："茶何如？"贵官执盏一拱曰："甚热。"此两事，可与张公子之赠鸽同一笑也。

山市

　　奂山^①山市，邑八景之一^②也，数年恒不一见。孙公子禹年^③，与同人饮楼上，忽见山头有孤塔耸起，高插青冥。相顾惊疑，念近中无此禅院。无何，见宫殿数十所，碧瓦飞甍^④，始悟为山市。未几高垣睥睨^⑤，连亘六七里，居然城郭矣。中有楼若者、堂若者、坊若者，历历在目，以亿万计。忽大风起，尘气莽莽然，城市依稀而已。既而风定天清，一切乌有；惟危楼一座，直接霄汉。五架窗扉皆洞开，一行有五点明处，楼外天也。层层指数：楼愈高，则明愈少；数至八层，裁如星点；又其上则黯然缥缈，不可计其层次矣。而楼上人往来屑屑^⑥，或凭或立，不一状。逾时楼渐低，可见其顶，又渐如常楼，又渐如高舍，倏忽如拳如豆，遂不可见。又闻有早行者，见山上人烟市肆，与世无别，故又名"鬼市"云。

---

① 奂山：山名。在淄川旧城西十五里。南北走向，绵延约二十里。奂，或作"焕"。
② 邑八景之一：据嘉靖朝《淄川县志》记载，淄川八景为昆仑叠翠、孝水澄清、文庙古松、禅林峻塔、苏相石桥、郑公书院、万山樵唱、丰源牧歌。起初淄川八景中并无奂山山市，后因禅林塔塌毁，便将八景之一的禅林峻塔改为奂山山市。
③ 孙公子禹年：即孙琰龄，淄川人。著有《柿岩小律》《燕游草》等。
④ 飞甍：即飞檐，喻指高大的楼房。甍，音 méng。
⑤ 睥睨：城上有孔的短墙。
⑥ 屑屑：忙碌的样子。

刘姓

邑刘姓，虎而冠者[1]也。后去淄居沂[2]，习气不除，乡人咸畏恶之。有田数亩，与苗某连垄。苗勤，田畔多种桃。桃初实，子往攀摘，刘怒驱之，指为己有，子啼而告诸父。父方骇怪，刘已诟骂在门，且言将讼。苗笑慰之。怒不解，忿而去。时有同邑李翠石[3]作典商于沂，刘持状入城，适与之遇。以同乡故相熟，问："作何干？"刘以告，李笑曰："子声望众所共知；我素识苗甚平善，何敢占骗？将毋反言之也！"乃碎其词纸，曳入肆，将与调停。刘恨恨不已，窃肆中笔，复造状藏怀中，期以必告。未几苗至，细陈所以，因哀李为之解免，言："我农人，半世不见官长。但得罢讼，数株桃何敢执为己有。"李呼刘出，告以退让之意。刘又指天画地，叱骂不休，苗惟和色卑词，无敢少辩。

既罢，逾四五日，见其村中人，传刘已死，李为惊叹。异日他适，见杖而来者，俨然刘也。比至，殷殷问讯，且请顾临。李逡巡问曰："日前忽闻凶讣，一何妄也？"刘不答，但挽入村，至其家，罗浆酒焉。乃言："前日之传，非妄也。曩出门见二人来，捉见官府。问何事，但言不知。自思出入衙门数十年，非怯见官长者，亦不为怖。从去，至公廨，见南面者有怒容，曰：'汝即某耶？罪恶贯盈，不自悛悔；又以他人之物，占为己有。此等横

---

① 虎而冠者：谓凶暴似虎之人。

② 沂：沂水，县名，今属山东省。

③ 李翠石：名永康，字翠石，淄川人。

暴，合置铛鼎^①！'一人稽簿曰：'此人有一善，合不死。'南面者阅簿，其色稍霁，便云：'暂送他去。'数十人齐声呵逐。余曰：'因何事勾我来？又因何事遣我去？还祈明示。'吏持簿下，指一条示之。上记：崇祯十三年^②，用钱三百，救一人夫妇完聚。吏曰：'非此，则今日命当绝，宜堕畜生道。'骇极，乃从二人出。二人索贿，怒告曰：'不知刘某出入公门二十年，专勒人财者，何得向老虎讨肉吃耶？'二人乃不复言。送至村，拱手曰：'此役不曾啖得一掬水。'二人既去，入门遂苏，时气绝已隔日矣。"

李闻而异之，因诘其善行颠末。初，崇祯十三年，岁大凶^③，人相食。刘时在淄，为主捕隶。适见男女哭甚哀，问之，答云："夫妇聚裁年余，今岁荒，不能两全，故悲耳。"少时，油肆^④前复见之，似有所争。近诘之，肆主马姓者便云："伊夫妇饿将死，日向我讨麻酱以为活；今又欲卖妇于我，我家中已买十余口矣。此何要紧？贱则售之，否则已耳。如此可笑，生来缠人！"男子因言："今粟如珠，自度非得三百数，不足供逃亡之费。本欲两生，若卖妻而不免于死，何取焉？非敢言直，但求作阴骘^⑤行之耳。"刘怜之，便问马出几何。马言："今日妇口，止直百许耳。"刘请勿短其数，且愿助以半价之资，马执不可。刘少负气，便谓男子："彼鄙琐不足道，我请如数相赠。若能逃荒，又全夫妇，不更佳耶？"遂发囊与之。夫妻泣拜而去。刘述此事，李大加奖叹。

刘自此前行顿改，今七旬犹健。去年李诣周村^⑥，遇刘与人争，众围劝

---

① 合置铛鼎：谓应受冥间烹刑。铛鼎，釜鼎一类烹饪器。此指烹刑所用的三足烹器。
② 崇祯十三年：明思宗崇祯十三年，即公元 1640 年。
③ 岁大凶：谓当年遭受严重的自然灾害，农田颗粒无收。岁，农业收成。
④ 油肆：油店。
⑤ 阴骘：此处意为积阴德。骘，音 zhì。
⑥ 周村：地名，今属山东省淄博市。

不能解，李笑呼曰："汝又欲讼桃树耶？"刘芒然^①改容，呐呐^②敛手而退。

　　异史氏曰："李翠石兄弟皆称素封^③。然翠石又醇谨^④，喜为善，未尝以富自豪，抑然诚笃君子也。观其解纷劝善，其生平可知矣。古云：'为富不仁。'吾不知翠石先仁而后富者耶？抑先富而后仁者耶？"

---

①　芒然：茫然、惝惝，不知所措。

②　呐呐：形容难为情时说话吞吞吐吐。

③　素封：无官爵封邑而富有资财的人。

④　醇谨：朴厚而言行不苟。

梅女

封云亭，太行①人。偶至郡，昼卧寓屋。时年少丧偶，岑寂之下，颇有所思。凝视间，见墙上有女子影依稀如画，念必意想所致，而久之不动，亦不灭，异之。起视转真；再近之，俨然少女，容蹙舌伸，索环秀领，惊顾未已，冉冉欲下。知为缢鬼，然以白昼壮胆，不大畏怯。语曰："娘子如有奇冤，小生可以极力。"影居然下，曰："萍水之人，何敢遽以重务浼君子。但泉下槁骸，舌不得缩，索不得除，求断屋梁而焚之，恩同山岳矣。"诺之，遂灭。呼主人来，问所见状，主人言："此十年前梅氏故宅，夜有小偷入室，为梅所执，送诣典史②。典史受盗钱五百，诬其女与通，将拘审验，女闻自经。后梅夫妻相继卒，宅归于余。客往往见怪异，而无术可以靖之。"封以鬼言告主人。计毁舍易楹，费不资，故难之，封乃协力助作。

既就而复居之。梅女夜至，展谢已，喜气充溢，姿态嫣然。封爱悦之，欲与为欢。瞒然③而惭曰："阴惨之气，非但不为君利，若此之为，则生前之垢，西江不可濯矣。会合有时，今日尚未。"问："何时？"但笑不言。封问："饮乎？"答曰："不饮。"封曰："坐对佳人，闷眼相看，亦复何味？"女曰："妾生平戏技，惟谙打马④。但两人寥落，夜深又苦无局。今长夜莫遣，

---

① 太行：山名，在山西高原与河北平原之间。这里指太行山地区。
② 典史：官名，元置，知县的属官。清制，由典史掌管缉捕、狱囚等事。
③ 瞒然：惭愧貌。
④ 打马：打双陆也称打马。双陆的棋子称"马"，古时闺中流行的类似棋类的博戏。

聊与君为交线之戏①。"封从之，促膝戟指，翻变良久，封迷乱不知所从，女辄口道而颐指之，愈出愈幻，不穷于术。封笑曰："此闺房之绝技。"女曰："此妾自悟，但有双线，即可成文，人自不之察耳。"更阑颇怠，强使就寝，曰："我阴人不寐，请自休。妾少解按摩之术，愿尽技能，以侑清梦。"封从其请。女叠掌为之轻按，自顶及踵皆遍；手所经，骨若醉。既而握指细擂，如以团絮相触状，体畅舒不可言；擂至腰，口目皆慵；至股，则沉沉睡去矣。

及醒，日已向午，觉骨节轻和，殊于往日。心益爱慕，绕屋而呼之，并无响应。日夕女始至，封曰："卿居何所，使我呼欲遍？"曰："鬼无所，要在地下。"问："地下有隙可容身乎？"曰："鬼不见地，犹鱼不见水也。"封握腕曰："使卿而活，当破产购致之。"女笑曰："无须破产。"戏至半夜，封苦逼之。女曰："君勿缠我。有浙娼爱卿者，新寓北邻，颇极风致。明夕招与俱来，聊以自代，若何？"封允之。次夕，果与一少妇同至，年近三十已来，眉目流转，隐含荡意。三人狎坐，打马为戏。局终，女起曰："嘉会方殷②，我且去。"封欲挽之，飘然已逝。两人登榻，于飞甚乐。诘其家世，则含糊不以尽道，但曰："郎如爱妾，当以指弹北壁，微呼曰：'壶卢子。'即至。三呼不应，可知不暇，勿更招也。"天晓，入北壁隙中而去。次日女来，封问爱卿，女曰："被高公子招去侑酒，以故不得来。"因而剪烛共话。女每欲有所言，吻已启而辄止③；固诘之，终不肯言，歔欷而已。封强与作戏，四漏始去。自此二女频来，笑声彻宵旦，因而城社悉闻。

---

① 交线之戏：一种小儿游戏，俗称"翻线"。一人架线于双手手指，线股对称成双；另一人接过，翻成另一花样；如此轮换翻弄，花样变化不尽。
② 嘉会方殷：欢会正盛。
③ 吻已启而辄止：意谓话到唇边总是不说。吻，唇边。

典史某，亦浙之世族，嫡室以私仆被黜①。继娶顾氏，深相爱好，期月夭殂，心甚悼之。闻封有灵鬼，欲以问冥世之缘，遂跨马造封。封初不肯承，某力求不已。封设筵与坐，诺为招鬼妓。日及曛，叩壁而呼，三声未已，爱卿即入。举头见客，色变欲走；封以身横阻之。某审视，大怒，投以巨碗，溘然而灭。封大惊，不解其故，方将致诘。俄暗室中一老妪出，大骂曰："贪鄙贼！坏我家钱树子！三十贯索要偿也！"以杖击某，中颅。某抱首而哀曰："此顾氏，我妻也！少年而殒，方切哀痛，不图为鬼不贞。于姥乎何与？"妪怒曰："汝本浙江一无赖贼，买得条乌角带②，鼻骨倒竖矣！汝居官有何黑白？袖有三百钱便而翁也！神怒人怨，死期已迫。汝父母代哀冥司，愿以爱媳入青楼，代汝偿贪债，不知耶？"言已又击，某宛转哀鸣。方惊诧无从救解，旋见顾女自房中出，张目吐舌，颜色变异，近以长簪刺其耳。封惊极，以身障客。女愤不已，封劝曰："某即有罪，倘死于寓所，则咎在小生。请少存投鼠之忌③。"女乃曳妪曰："暂假余息④，为我顾封郎也。"某张皇鼠窜而去。至署患脑痛，中夜遂毙。

次夜，女出笑曰："痛快！恶气出矣！"问："何仇怨？"女曰："曩已言之：受贿诬奸，衔恨已久。每欲浼君一为昭雪，自愧无纤毫之德，故将言而辄止。适闻纷挐⑤，窃以伺听，不意其仇人也。"封讶曰："此即诬卿者耶？"曰："彼典史于此十有八年，妾冤殁十六寒暑矣。"问："妪为谁？"曰："老娼也。"又问爱卿，曰："卧病耳。"因辗然曰："妾昔谓会合有期，

---

① 私仆：与仆人私通。黜：此指休弃。
② 买得条乌角带：意谓花钱买了个小小的官职。乌角带，用乌角圆板四片，镶以银边为饰的腰带，明代最低级官员的腰饰。
③ 少存投鼠之忌：意谓免得使我受到牵连，请暂住手。
④ 暂假余息：暂且留他一命。假，贷、宽容。余息，残存的气息，指垂死之身。
⑤ 纷挐：纷乱，犹言纷攘。

今真不远矣。君尝愿破家相赎，犹记否？"封曰："今日犹此心也。"女曰："实告君：妾殁日，已投生延安展孝廉家。徒以大怨未伸，故迁延于是。请以新帛作鬼囊，俾妾得附君以往，就展氏求婚，计必允谐。"封虑势分悬殊，恐将不遂。女曰："但去无忧。"封从其言。女嘱曰："途中慎勿相唤；待合卺之夕，以囊挂新人首，急呼曰：'勿忘勿忘！'"封诺之。才启囊，女跳身已入。

携至延安，访之，果有展孝廉，生一女，貌极端好，但病痴，又常以舌出唇外，类犬喘日。年十六岁无问名[1]者，父母忧念成痗。封到门投刺，具通族阀。既退，托媒。展喜，赘封于家。女痴绝，不知为礼，使两婢扶曳归所。群婢既去，女解衿露乳，对封憨笑。封覆囊呼之，女停眸审顾，似有疑思。封笑曰："卿不识小生耶？"举之囊而示之。女乃悟，急掩衿，喜共燕笑[2]。诘旦，封入谒岳。展慰之曰："痴女无知，既承青眷，君倘有意，家中慧婢不乏，仆不靳相赠。"封力辨其不痴，展疑之。无何女至，举止皆佳，因大惊异。女但掩口微笑。展细诘之，女进退而惭于言，封为略述梗概。展大喜，爱悦逾于平时。使子大成与婿同学，供给丰备。年余，大成渐厌薄[3]之，因而郎舅不相能，厮仆亦刻疵其短[4]。展惑于浸润，礼稍懈。女觉之，谓封曰："岳家不可久居；凡久居者，尽阘茸也。及今未大决裂，宜速归！"封然之，告展。展欲留女，女不可。父兄尽怒，不给舆马，女自出妆资贳马归。后展招令归宁，女固辞不往。后封举孝廉，始通庆好。

---

[1] 问名：古代婚礼程序之一。男家具书，请人到女家问女之名。女方复书，具告女的出生年月和女生母姓氏。男方据此占卜婚姻凶吉。这里指作媒、提亲。

[2] 燕笑：指闺房谈笑。

[3] 厌薄：嫌憎、鄙视。

[4] 刻疵其短：刻薄地诽谤他的短处。疵，诽谤。

异史氏曰："官卑者愈贪，其常情然乎？三百诬奸，夜气之牿亡尽矣。夺嘉偶，入青楼，卒用暴死。吁！可畏哉！"康熙甲子[①]，贝丘[②]典史最贪诈，民咸怨之。忽其妻被狡者诱与偕亡。或代悬招状云："某官因自己不慎，走失夫人一名。身无余物，止有红绫七尺，包裹元宝一枚，翘边细纹，并无阙坏[③]。"亦风流之小报。

---

① 康熙甲子：指康熙二十三年，即公元 1684 年。

② 贝丘：古地名，在今山东博兴东南。此指博兴县。

③ 阙坏：残缺。

阿英

　　甘玉，字璧人，庐陵①人，父母早丧。遗弟珏，字双璧，始五岁从兄鞠养②。玉性友爱，抚弟如子。后珏渐长，丰姿秀出，又惠能文。玉益爱之，每曰："吾弟表表，不可以无良匹。"然简拔过刻，姻卒不就。

　　适读书匡山③僧寺，夜初就枕，闻窗外有女子声。窥之，见三四女郎席地坐，数婢陈肴酒，皆殊色也。一女曰："秦娘子，阿英何不来？"下坐者曰："昨自函谷④来，被恶人伤右臂，不能同游，方用恨恨⑤。"一女曰："前宵一梦大恶，今犹汗悸。"下坐者摇手曰："莫道，莫道！今宵姊妹欢会，言之吓人不快。"女笑曰："婢子何胆怯尔尔！便有虎狼衔去耶？若要勿言，须歌一曲，为娘行⑥侑酒。"女低吟曰："闲阶桃花取次开，昨日踏青小约未应乖。付嘱东邻女伴少待莫相催，着得凤头鞋子即当来。"吟罢，一座无不叹赏。

　　谈笑间，忽一伟丈夫岸然自外入，鹘睛⑦荧荧，其貌狞丑。众啼曰："妖至矣！"仓卒哄然，殆如鸟散。惟歌者婀娜不前⑧，被执哀啼，强与支撑。

---

①庐陵：郡名。治所在今江西省吉安市。

②鞠养：抚养。

③匡山：即江西省庐山。

④函谷：指函谷关。在河南省灵宝县西南，关城在谷中。

⑤方用恨恨：正因此而感到遗憾。用，因。

⑥娘行：妇女们自称之词。娘，妇女的通称，多指青年妇女。

⑦鹘睛：鹰样的眼睛。鹘，鹰属猛禽。

⑧婀娜：体态柔弱。这里指行走摇曳不稳。不前：指逃跑落在后面。

丈夫吼怒，龁手断指，就便嚼食。女郎踣地若死。玉怜恻不可复忍，乃急抽剑拔关出，挥之中股；股落，负痛逃去。扶女入室，面如尘土，血淋衿袖，验其手则右拇断矣，裂帛代裹之。女始呻曰："拯命之德，将何以报？"玉自初窥时，心已隐为弟谋，因告以意。女曰："狼疾之人①，不能操箕帚矣。当别为贤仲图之。"诘其姓氏，答言："秦氏。"玉乃展衾，俾暂休养，自乃襆被他所。晓而视之，则床已空，意其自归。而访察近村，殊少此姓；广托戚朋，并无确耗。归与弟言，悔恨若失。

珏一日偶游涂野，遇一二八女郎，姿致娟娟，顾之微笑，似将有言。因以秋波四顾而后问曰："君甘家二郎否？"曰："然。"曰："君家尊②曾与妾有婚姻之约，何今日欲背前盟，另订秦家？"珏云："小生幼孤，凤好都不曾闻，请言族阀，归当问兄。"女曰："无须细道，但得一言，妾当自至。"珏以未禀兄命为辞，女笑曰："骇郎君！遂如此怕哥子耶？妾陆氏，居东山望村。三日内当候玉音。"乃别而去。珏归，述诸兄嫂。兄曰："此大谬语！父殁时，我二十余岁，倘有是说，那得不闻？"又以其独行旷野，遂与男儿交语，愈益鄙之。因问其貌，珏红彻面颈，不出一言。嫂笑曰："想是佳人。"玉曰："童子何辨妍媸③？纵美，必不及秦；待秦氏不谐，图之未晚。"珏默而退。

逾数日，玉在途，见一女子零涕前行，垂鞭按辔而微睨之，人世殆无其匹。使仆诘焉，答曰："我旧许甘家二郎；因家贫远徙，遂绝耗问。近方归，复闻郎家二三其德，背弃前盟。往问伯伯甘璧人，焉置妾也？"玉惊喜曰："甘璧人，即我是也。先人曩约，实所不知。去家不远，请即归谋。"乃下骑

---

① 狼疾之人：指肢体残缺之人。

② 君家尊：您家令尊；指甘珏的父亲。

③ 妍媸：美丑。

授彄，步御以归。女自言："小字阿英，家无昆季，惟外姊秦氏同居。"始悟丽者即其人也。玉欲告诸其家，女固止之。窃喜弟得佳妇，然恐其佻达招议。久之，女殊矜庄，又娇婉善言。母事嫂，嫂亦雅爱慕之。

值中秋，夫妻方狎宴，嫂招之，珏意怅惘。女遣招者先行，约以继至；而端坐笑言良久，殊无去志。珏恐嫂待久，故连促之。女但笑，卒不复去。质旦，晨妆甫竟，嫂自来抚问："夜来相对，何尔怏怏？"女微哂之。珏觉有异，质对参差^①，嫂大骇："苟非妖物，何得有分身术？"玉亦惧，隔帘而告之曰："家世积德，曾无怨仇。如其妖也，请速行，幸勿杀吾弟！"女腼然曰："妾本非人，只以阿翁凤盟，故秦家姊以此劝驾。自分不能育男女，尝欲辞去，所以恋恋者，为兄嫂待我不薄耳。今既见疑，请从此诀。"转眼化为鹦鹉，翩然逝矣。

初，甘翁在时，蓄一鹦鹉甚慧，尝自投饵。时珏四五岁，问："饲鸟何为？"父戏曰："将以为汝妇。"间鹦鹉乏食，则呼珏云："不将饵去，饿煞媳妇矣！"家人亦皆以此为戏。后断锁亡去。始悟旧约云即此也。然珏明知非人，而思之不置；嫂悬情犹切，且夕啜泣。玉悔之而无如何。

后二年为弟聘姜氏女，意终不自得。有表兄为粤司李，玉往省之，久不归。适土寇为乱，近村里落，半为丘墟。珏大惧，率家人避山谷。山上男女颇杂，都不知其谁何。忽闻女子小语，绝类英，嫂促珏近验之，果英。珏喜极，捉臂不释，女乃谓同行者曰："姊且去，我望嫂嫂来。"既至，嫂望见悲哽。女慰劝再三，又谓："此非乐土。"因劝令归。众惧寇至，女固言："不妨。"乃相将俱归。女撮土拦户，嘱安居勿出，坐数语，反身欲去。嫂急握其腕，又令两婢捉左右足，女不得已，止焉。然不甚归私室；珏订之三四，

————————————

① 质对参差：意谓经过质询查问，发现了破绽。参差，不齐，喻破绽。

始为之一往。嫂每谓新妇不能当叔意。女遂早起为姜理妆，梳竟，细匀铅黄①，人视之，艳增数倍；如此三日，居然丽人。嫂奇之，因言："我又无子。欲购一妾，姑未遑暇。不知婢辈可涂泽否？"女曰："无人不可转移，但质美者易为力耳。"遂遍相诸婢，惟一黑丑者，有宜男相。乃唤与洗濯，已而以浓粉杂药末涂之，如是三日，面色渐黄；四七日，脂泽沁入肌理，居然可观。日惟闭门作笑，并不计及兵火。

一夜，噪声四起，举家不知所谋。俄闻门外人马鸣动，纷纷俱去。既明，始知村中焚掠殆尽；盗纵群队穷搜，凡伏匿岸穴者悉被杀掳。遂益德女，目之以神。女忽谓嫂曰："妾此来，徒以嫂义难忘，聊分离乱之忧。阿伯行至，妾在此，如谚所云，非李非桃②，可笑人也。我姑去，当乘间一相望耳。"嫂问："行人无恙乎？"曰："近中有大难。此无与他人事，秦家姊受恩奢，意必报之，固当无妨。"嫂挽之过宿，未明已去。玉自东粤归，闻乱，兼程进。途遇寇，主仆弃马，各以金束腰间，潜身丛棘中。一秦吉了③飞集棘上，展翼覆之。视其足，缺一指，心异之。俄而群盗四合，绕莽殆遍，似寻之。二人气不敢息。盗既散，鸟始翔去。既归，各道所见。始知秦吉了即所救丽者也。

后值玉他出不归，英必暮至；计玉将归而早出。珏或会于嫂所，间邀之，则诺而不赴。一夕玉他往，珏意英必至，潜伏候之。未几英果来，暴起，要遮而归于室。女曰："妾与君情缘已尽，强合之，恐为造物所忌。少留有余，时作一面之会，如何？"珏不听，卒与狎。天明诣嫂，嫂怪之。女笑云："中途为强寇所劫，劳嫂悬望矣。"数语趋出。

---

① 细匀铅黄：细心地为她搽匀脂粉。铅和黄，都是化妆品。

② 非李非桃：犹言不伦不类，谓处境尴尬。

③ 秦吉了：鸟名，红嘴黄爪，能学人言，类似鹦鹉。

居无何，有巨狸衔鹦鹉经寝门过。嫂骇绝，固疑是英。时方沐，辍洗急号，群起噪击，始得之。左翼沾血，奄存余息①。把置膝头，抚摩良久，始渐醒。自以喙理其翼。少选，飞绕中室，呼曰："嫂嫂，别矣！吾怨珏也！"振翼遂去，不复来。

---

① 奄存余息：仅存一点微弱气息。奄，气息微弱的样子。

镜听

　　益都郑氏兄弟，皆文学士①。大郑早知名，父母尝过爱之，又因子并及其妇；二郑落拓，不甚为父母所欢，遂恶次妇，至不齿礼。冷暖相形，颇存芥蒂。次妇每谓二郑："等男子耳，何遂不能为妻子争气？"遂摈弗与同宿。于是二郑感愤，勤心锐思，亦遂知名。父母稍稍优顾之，然终杀于兄。

　　次妇望夫綦切，是岁大比，窃于除夜以镜听卜。有二人初起，相推为戏，云："汝也凉凉去！"妇归，凶吉不可解，亦置之。闱后，兄弟皆归。时暑气犹盛，两妇在厨下炊饭饷耕②，其热正苦。忽有报骑登门，报大郑捷，母入厨唤大妇曰："大男中式矣！汝可凉凉去。"次妇忿恻，泣且炊。俄又有报二郑捷者，次妇力掷饼杖而起，曰："侬也凉凉去！"此时中情所激③，不觉出之于口；既而思之，始知镜听之验也。

　　异史氏曰："贫穷则父母不子，有以也哉！庭帏之中，固非愤激之地；然二郑妇激发男儿，亦与怨望无赖者殊不同科。投杖而起，真千古之快事也！"

---

① 文学士：读书能文的人。
② 饷耕：给种地的人送饭。饷，送饭。
③ 中情所激：内心感情的激发。

胡四娘

　　程孝思，剑南①人，少惠能文。父母俱早丧，家赤贫，无衣食业，求佣为胡银台司笔札。胡公试使文，大悦之，曰："此不长贫，可妻也。"

　　银台有三子四女，皆褓中论亲于大家；止有少女四娘孽出，母早亡，笄年未字②，遂赘程③。或非笑之，以为惜髦之乱命，而公弗之顾也，除馆馆生④，供备丰隆。群公子鄙不与同食，婢仆咸揶揄焉。生默默不较短长，研读甚苦，众从旁厌讥之，程读弗辍，群又以鸣钲锽耴⑤其侧，程携卷去，读于闺中。初，四娘之未字也，有神巫知人贵贱，遍观之，都无谀词，惟四娘至，乃曰："此真贵人也！"及赘程，诸姊妹皆呼之"贵人"以嘲笑之，而四娘端重寡言，若罔闻之。渐至婢媪，亦率相呼。四娘有婢名桂儿，意颇不平，大言曰："何知吾家郎君，便不作贵官耶？"二姊闻而哂之曰："程郎如作贵官，当抉我眸子去！"桂儿怒而言曰："到尔时，恐不舍得眸子也！"二姊婢春香曰："二娘食言，我以两睛代之。"桂儿益恚，击掌为誓曰："管教两丁盲也！"二姊忿其语侵，立批之，桂儿号咷。夫人闻知，即亦无所可否，但微哂焉。桂儿噪诉四娘，四娘方绩，不怒亦不言，绩自若。

---

① 剑南：唐置剑南道，辖四川剑阁以南广大地区，治所在今四川成都。
② 笄年未字：年已及笄，尚未许人。
③ 赘程：招程孝思为赘婿。旧时男子就婚于女家叫"入赘"。
④ 除馆馆生：整理馆舍，让程生居住。后一"馆"字作动词。
⑤ 鸣钲：犹言敲锣。钲，古打击乐器，形似钟，有长柄可执，口向上。锽耴：锽锽地吵闹。锽，钟鼓声。耴，嘈杂。

会公初度①，诸婿皆至，寿仪充庭。大妇嘲四娘曰："汝家祝仪何物？"二妇曰："两肩荷一口！"四娘坦然，殊无惭怍。人见其事事类痴，愈益狎之。独有公爱妾李氏，三姊所自出也，恒礼重四娘，往往相顾恤。每谓三娘曰："四娘内慧外朴，聪明浑而不露，诸婢子皆在其包罗中而不自知。况程郎昼夜攻苦，夫岂久为人下者？汝勿效尤，宜善之，他日好相见也。"故三娘每归宁，辄加意相欢。

是年，程以公力得入邑庠。明年，学使科试士，而公适薨，程缞哀如子，未得与试。既离苦块，四娘赠以金，使趋入遗才籍②。嘱曰："曩久居，所不被呵逐者，徒以有老父在，今万分不可矣！倘能吐气，庶回时尚有家耳。"临别，李氏、三娘赂遗优厚。程入闱，砥志研思③，以求必售。无何，放榜，竟被黜。愿乖气结，难于旋里，幸囊资小泰，携卷入都。时妻党多任京秩，恐见诮讪，乃易旧名，诡托里居，求潜身于大人之门。东海李兰台见而器之，收诸幕中，资以膏火④，为之纳贡，使应顺天举，连战皆捷，授庶吉士⑤。自乃实言其故。李公假千金，先使纪纲赴剑南，为之治第。时胡大郎以父亡空匮，货其沃墅，因购焉。既成，然后贷舆马往迎四娘。

先是，程擢第后，有邮报者，举宅皆恶闻之；又审其名字不符，叱去之。适三郎完婚，戚眷登堂为餪⑥，姊妹诸姑咸在，惟四娘不见招于兄嫂，忽

_____

① 初度：生日。

② 入遗才籍：指参加录科考试，以取得参加乡试的资格。

③ 砥志研思：深思熟虑，指用心为文。砥和研，都是细致琢磨的意思。

④ 膏火：灯油；代指学习费用。

⑤ 庶吉士：官名，明初置，永乐时隶属于翰林院，以进士擅长文学及书法者充任。清代于翰林院设庶常馆，进士殿试后，朝考前列者得选用为庶吉士。三年后再经考试，根据成绩另授官职。

⑥ 为餪：也称"餪女"，餪音 nuǎn，旧时女儿嫁后三日，母家馈送食物。

235

一人驰入，呈程寄四娘函信，兄弟发视，相顾失色。筵中诸眷客始请见四娘，姊妹惴惴，惟恐四娘衔恨不至。无何，翩然竟来。申贺者，捉坐者，寒暄者，喧杂满屋。耳有听，听四娘；目有视，视四娘；口有道，道四娘也：而四娘凝重如故。众见其靡所短长，稍就安帖，于是争把盏酹四娘。方宴笑间，门外啼号甚急，群致怪问。俄见春香奔入，面血沾染，共诘之，哭不能对。二娘呵之，始泣曰："桂儿逼索眼睛，非解脱，几抉去矣！"二娘大惭，汗粉交下。四娘漠然；合坐寂无一语，各始告别。四娘盛妆，独拜李夫人及三姊，出门登车而去。众始知买墅者，即程也。四娘初至墅，什物多阙。夫人及诸郎各以婢仆、器具相赠遗，四娘一无所受；惟李夫人赠一婢，受之。居无何，程假归展墓，车马扈从如云。诣岳家，礼公枢，次参李夫人。诸郎衣冠既竟，已升舆矣。胡公殁，群公子日竞资财，枢之弗顾。数年，灵寝漏败，渐将以华屋作山丘①矣。程睹之悲，竟不谋于诸郎，刻期营葬，事事尽礼。殡日，冠盖相属，里中咸嘉叹焉。

程十余年历秩清显，凡遇乡党厄急罔不极力。二郎适以人命被逮，直指巡方者，为程同谱，风规甚烈。大郎浼妇翁王观察函致之，殊无裁答，益惧。欲往求妹，而自觉无颜，乃持李夫人手书往。至都，不敢遽进。觇程入朝，而后诣之。冀四娘念手足之义，而忘睚眦之嫌。阍人既通，即有旧媪出，导入厅事，具酒馔，亦颇草草。食毕，四娘出，颜温霁，问："大哥人事大忙，万里何暇枉顾？"大郎五体投地，泣述所来。四娘扶而笑曰："大哥好男子，此何大事，直复尔尔？妹子一女流，几曾见鸣鸣向人？"大郎乃出李夫人书。四娘曰："诸兄家娘子都是天人，各求父兄即可了矣，何至奔波到此？"大郎无词，但顾哀之。四娘作色曰："我以为跋涉来省妹子，乃

---

① 以华屋作山丘：临时寄放灵枢的内堂，将毁败成为埋葬灵枢的荒丘。

以大讼求贵人耶！"拂袖径入。大郎惭愤而出。归家详述，大小无不诟詈，李夫人亦谓其忍。逾数日，二郎释放宁家，众大喜，方笑四娘之徒取怨谤也。俄而四娘遣价候李夫人。唤入，仆陈金币，言："夫人为二舅事，遣发甚急，未遑字覆①。聊寄微仪，以代函信。"众始知二郎之归，乃程力也。后三娘家渐贫，程施报逾于常格。又以李夫人无子，迎养若母焉。

---

① 未遑字覆：来不及写回信。

宦娘

　　温如春，秦之世家也。少癖嗜琴，虽逆旅未尝暂舍。客晋，经由古寺，系马门外，暂憩止。入则有布衲道人，趺坐廊间，筇杖倚壁，花布囊琴。温触所好，因问："亦善此也？"道人云："顾不能工，愿就善者学之耳。"遂脱囊授温，视之，纹理佳妙，略一勾拨，清越异常。喜为抚一短曲，道人微笑，似未许可。温乃竭尽所长，道人哂曰："亦佳，亦佳！但未足为贫道师也。"温以其言夸，转请之。道人接置膝上，裁拨动，觉和风自来；又顷之，百鸟群集，庭树为满。温惊极，拜请受业。道人三复之，温侧耳倾心，稍稍会其节奏。道人试使弹，点正疏节①，曰："此尘间已无对矣。"温由是精心刻画，遂称绝技。

　　后归程，离家数十里，日已暮，暴雨莫可投止。路旁有小村，趋之，不遑审择，见一门匆匆遽入。登其堂，阒无人；俄一女郎出，年十七八，貌类神仙。举首见客，惊而走入。温时未偶，系情殊深。俄一老妪出问客，温道姓名，兼求寄宿。妪言："宿当不妨，但少床榻；不嫌屈体，便可藉藁。"少旋，以烛来，展草铺地，意良殷。问其姓氏，答云："赵姓。"又问："女郎何人？"曰："此宦娘，老身之犹子也。"温曰："不揣寒陋，欲求援系，如何？"妪颦蹙曰："此即不敢应命。"温诘其故，但云难言，怅然遂罢。妪既去，温视藉草腐湿，不堪卧处，因危坐鼓琴，以消永夜。雨既歇，冒夜遂归。

---

① 点正疏节：指点纠正不合节奏之处。

邑有林下部郎葛公，喜文士，温偶诣之，受命弹琴。帘内隐约有眷客窥听，忽风动帘开，见一及笄人，丽绝一世。盖公有一女，小字良工，善词赋，有艳名。温心动，归与母言，媒通之，而葛以温势式微，不许。然女自闻琴以后，心窃倾慕，每冀再聆雅奏；而温以姻事不谐，志乖意沮①，绝迹于葛氏之门矣。一日，女子园中拾得旧笺一折，上书《惜余春》词云："因恨成痴，转思作想，日日为情颠倒。海棠带醉，杨柳伤春，同是一般怀抱。甚得新愁旧愁，划尽还生，便如青草。自别离，只在奈何天里，度将昏晓。今日个蹙损春山，望穿秋水，道弃已拚弃了！芳衾妒梦，玉漏惊魂，要睡何能睡好？漫说长宵似年，侬视一年，比更犹少：过三更已是三年，更有何人不老！"女吟咏数四，心悦好之。怀归，出锦笺，庄书一通②置案间，逾时索之不可得，窃意为风飘去。适葛经闺门过，拾之；谓良工作，恶其词荡，火之而未忍言，欲急醮之。临邑刘方伯之公子，适来问名，心善之，而犹欲一睹其人。公子盛服而至，仪容秀美。葛大悦，款延优渥。既而告别，坐下遗女舄一钩。心顿恶其儇薄，因呼媒而告以故。公子亟辩其诬，葛弗听，卒绝之。

先是，葛有绿菊种，吝不传，良工以植闺中。温庭菊忽有一二株化为绿，同人闻之，辄造庐观赏，温亦宝之。凌晨趋视，于畦畔得笺写《惜余春》词，反覆披读，不知其所自至。以"春"为己名，益惑之，即案头细加丹黄，评语褒嫚。适葛闻温菊变绿，讶之，躬诣其斋，见词便取展读。温以其评亵，夺而挼莎之。葛仅读一两句，盖即闺门所拾者也。大疑，并绿菊之种，亦猜良工所赠。归告夫人，使逼诘良工。良工涕欲死，而事无验见，莫

---

① 志乖意沮：愿望不遂，心情沮丧。乖，违。
② 庄书一通：端端正正地书写了一遍。

有取实。夫人恐其迹益彰，计不如以女归温。葛然之，遥致温，温喜极。是日招客为绿菊之宴，焚香弹琴，良夜方罢。既归寝，斋童闻琴自作声，初以为僚仆之戏也，既知其非人，始白温。温自诣之，果不妄。其声梗涩，似将效已而未能者。蒸火暴入，杳无所见。温携琴去，则终夜寂然。因意为狐，固知其愿拜门墙①也者，遂每夕为奏一曲，而设弦任操若师，夜夜潜伏听之。至六七夜，居然成曲，雅足听闻。

温既亲迎，各述曩词，始知缔好之由，而终不知所由来。良工闻琴鸣之异，往听之，曰："此非狐也，调凄楚，有鬼声。"温未深信。良工因言其家有古镜，可鉴魑魅。翌日遣人取至，伺琴声既作，握镜遽入；火之，果有女子在，仓皇室隅，莫能复隐。细审之，赵氏之宦娘也。大骇，穷诘之。泫然曰："代作蹇修，不为无德，何相逼之甚也？"温请去镜，约勿避；诺之。乃囊镜。女遥坐曰："妾太守之女，死百年矣。少喜琴筝，筝已颇能谙之，独此技未能嫡传，重泉犹以为憾。惠顾时，得聆雅奏，倾心向往；又恨以异物不能奉裳衣，阴为君腼合佳偶，以报眷顾之情。刘公子之女鸟，《惜余春》之俚词，皆妾为之也。酬师者不可谓不劳矣。"夫妻咸拜谢之。宦娘曰："君之业，妾思过半矣②，但未尽其神理，请为妾再鼓之。"温如其请，又曲陈③其法。宦娘大悦曰："妾已尽得之矣！"乃起辞欲去。良工故善筝，闻其所长，愿以披聆④。宦娘不辞，其调其谱，并非尘世所能。良工击节，转请受业。女命笔为绘谱十八章，又起告别。夫妻挽之良苦，宦娘凄然曰："君琴瑟之好，自相知音；薄命人乌有此福。如有缘，再世可相聚耳。"因以一

---

① 拜门墙：拜于门下为弟子。门墙，师门。

② 思过半矣：意谓大部分已能领悟。

③ 曲陈：详细地述说。曲，婉转。

④ 披聆：诚心聆听。

卷授温曰："此妾小像。如不忘媒妁，当悬之卧室，快意时焚香一炷，对鼓一曲，则儿①身受之矣。"出门遂没。

阿绣

海州[1]刘子固，十五岁时，至盖[2]省其舅。见杂货肆中一女子，姣丽无双，心爱好之。潜至其肆，托言买扇。女子便呼父，父出，刘意沮，故折阅[3]之而退。遥睹其父他往，又诣之，女将觅父，刘止之曰："无须，但言其价，我不靳直[4]耳。"女如言，固昂之，刘不忍争，脱贯[5]竟去。明日复往，又如之。行数武，女追呼曰："返来！适伪言耳，价奢过当。"因以半价返之。刘益感其诚，蹈隙[6]辄往，由是日熟。女问："郎居何所？"以实对。转诘之，自言："姚氏。"临行，所市物，女以纸代裹完好，已而以舌舐粘之。刘怀归不敢复动，恐乱其舌痕也。积半月为仆所窥，阴与舅力要之归。意惓惓不自得。以所市香帕脂粉等类，密置一箧，无人时，辄阖户自捡一过，触类凝想[7]。

次年复至盖，装甫解即趋女所，至则肆宇阖焉，失望而返。犹意偶出未返，早又诣之，阖如故。问诸邻，始知姚原广宁人，以贸易无重息，故暂归去，又不审何时可复来。神志乖丧。居数日，怏怏而归。母为议婚，屡梗

---

① 海州：此处当指辽宁省的海州卫，治所在今辽宁省海城县。辽时置为州，明代改置为海州卫。
② 盖：唐置盖州，明为盖州卫，清改为盖平县；即今辽宁省盖县。
③ 折阅：本义指亏本销售，此指压低售价。阅，卖。
④ 不靳直：不计较价钱。靳，吝惜。直，同"值"。
⑤ 脱贯：付钱。
⑥ 蹈隙：趁空，指乘其父不在之时。
⑦ 触类凝想：犹言触景生情，思念不已。

之，母怪且怒。仆私以曩事告母，母益防闲之，盖之途由是绝。刘忽忽遂减眠食。母忧思无计，念不如从其志。于是刻日办装，使如盖，转寄语舅，媒合之。舅即承命诣姚。逾时而返，谓刘曰："事不谐矣！阿绣已字广宁人。"刘低头丧气，心灰绝望。既归，捧箧啜泣，而徘徊顾念，冀天下有似之者。

适媒来，艳称复州黄氏女。刘恐不确，命驾至复。入西门，见北向一家，两扉半开，内一女郎怪似阿绣。再属目之，且行且盼而入，真是无讹。刘大动，因僦其东邻居，细诘知为李氏。反复疑念：天下宁有此酷肖者耶？居数日，莫可夤缘①，惟目眈眈候其门，以冀女或复出。一日，日方西，女果出，忽见刘，即返身走，以手指其后；又复掌及额，而入。刘喜极，但不能解。凝思移时，信步诣舍后，见荒园寥廓，西有短垣，略可及肩。豁然顿悟，遂蹲伏露草中。久之，有人自墙上露其首，小语曰："来乎？"刘诺而起，细视真阿绣也。因大恸，涕堕如縆②。女隔堵探身，以巾拭其泪，深慰之。刘曰："百计不遂，自谓今生已矣，何期复有今夕？顾卿何以至此？"曰："李氏，妾表叔也。"刘请逾垣。女曰："君先归，遣从人他宿，妾当自至。"刘如言，坐伺之。少间，女悄然入，妆饰不甚炫丽，袍裤犹昔。刘挽坐，备道艰苦，因问："卿已字，何未醮也？"女曰："言妾受聘者，妄也。家君以道里赊远，不愿附公子婚，此或托舅氏诡词以绝君望耳。"既就枕席，宛转万态，款接之欢不可言喻。四更遽起，过墙而去。刘自是不复措意黄氏矣。旅居忘返，经月不归。

一夜仆起饲马，见室中灯犹明，窥之，见阿绣，大骇。顾不敢言主人，且起访市肆，始返而诘刘曰："夜与还往者，何人也？"刘初讳之，仆曰：

---

① 夤缘：攀附；指寻找因由与之亲近。夤，音 yín。
② 涕堕如縆：犹言泪落如雨。縆，井绳。

243

"此第岑寂，狐鬼之薮，公子宜自爱。彼姚家女郎，何为而至此？"刘始觍然曰："西邻是其表叔，有何疑沮？"仆言："我已访之审：东邻止一孤媪，西家一子尚幼，别无密戚。所遇当是鬼魅；不然，焉有数年之衣尚未易者？且其面色过白，两颊少瘦，笑处无微涡，不如阿绣美。"刘反复思，乃大惧曰："然且奈何？"仆谋伺其来，操兵入，共击之。至暮女至，谓刘曰："知君见疑，然妾亦无他，不过了夙分耳。"言未已，仆排闼入。女呵之曰："可弃兵！速具酒来，当与若主别。"仆便自投，若或夺焉。刘益恐，强设酒馔。女谈笑如常，举手向刘曰："君心事，方将图效绵薄^①，何竟伏戎？妾虽非阿绣，颇自谓不亚，君视之犹昔否耶？"刘毛发俱竖，嗫不语。女听漏三下，把盏一呷，起立曰："我且去，待花烛^②后，再与新妇较优劣也。"转身遂杳。

刘信狐言，竟如盖。怨舅之诳己也，不舍其家；寓近姚氏，托媒自通，啖以重赂^③。姚妻乃言："小郎为觅婿广宁，若翁^④以是故去，就否未可知。须旋日方可计校。"刘闻之，彷徨无以自主，惟坚守以伺其归。逾十余日，忽闻兵警，犹疑讹传；久之信益急，乃趣装行。中途遇乱，主仆相失，为侦者^⑤所掠。以刘文弱，疏其防，盗马亡去。至海州界见一女子，蓬鬓垢耳，出履蹉跌，不可堪。刘驰过之，女遽呼曰："马上人非刘郎乎？"刘停鞭审顾，则阿绣也。心仍讶其为狐，曰："汝真阿绣耶？"女问："何为出此言？"刘述所遇。女曰："妾真阿绣也。父携妾自广宁归，遇兵被俘，授马屡堕。忽一女子握腕趣遁，荒窜军中，亦无诘者。女子健步若飞隼，苦不能

---

① 图效绵薄：打算尽我微力为你效劳。绵薄，薄弱的能力，谦辞。

② 花烛：旧俗结婚皆燃花烛，因以花烛代称结婚。

③ 啖以重赂：用丰厚财礼打动对方。啖，利诱。赂，赠予财物。

④ 若翁：乃父，指阿绣的父亲。

⑤ 侦者：军队的前哨。

从，百步而屡屡褪焉。久之，闻号嘶渐远，乃释手曰：'别矣！前皆坦途，可缓行，爱汝者将至，宜与同归。'"刘知其狐，感之。因述其留盖之故。女言其叔为择婿于方氏，未委禽而乱始作。刘始知舅言非妄。携女马上，叠骑归。入门则老母无恙，大喜。系马入，俱道所以。母亦喜，为女盥濯，竟妆，容光焕发。母抚掌曰："无怪痴儿魂梦不置也！"遂设裀褥，使从己宿。又遣人赴盖，寓书于姚。不数日姚夫妇俱至，卜吉成礼①乃去。

刘出藏箧，封识俨然②。有粉一函，启之，化为赤土。刘异之。女掩口曰："数年之盗，今始发觉矣。尔日见郎任妾包裹，更不及审真伪，故以此相戏耳。"方嬉笑间，一人褰帘入曰："快意如此，当谢蹇修否？"刘视之，又一阿绣也，急呼母。母及家人悉集，无有能辨识者。刘回眸亦迷，注目移时，始揖而谢之。女子索镜自照，赧然趋出，寻之已杳。夫妇感其义，为位于室而祀之。一夕刘醉归，室暗无人，方自挑灯，而阿绣至。刘挽问："何之？"笑曰："醉臭熏人，使人不耐！如此盘诘，谁作桑中逃③耶？"刘笑捧其颊，女曰："郎视妾与狐姊孰胜？"刘曰："卿过之。然皮相者不辨也。"已而合扉相狎。俄有叩门者，女起笑曰："君亦皮相者也。"刘不解，趋启门，则阿绣入，大愕。始悟适与语者，狐也。暗中又闻笑声。夫妻望空而祷，祈求现像。狐曰："我不愿见阿绣。"问："何不另化一貌？"曰："我不能。"问："何故不能？"曰："阿绣，吾妹也，前世不幸夭殂。生时，与余从母至天宫见西王母，心窃爱慕，归则刻意效之。妹较我慧，一月神似；我学三月而后成，然终不及妹。今已隔世。自谓过之，不意犹昔耳④。我感汝两

---

① 卜吉成礼：选定吉日举行婚礼。
② 封识俨然：原封不动地在那里。封识，封裹的标记。识，音 zhì。
③ 作桑中逃：指外出幽会。
④ 犹昔耳：仍如往昔，意谓和前世一样仍不能超过她。

人诚，故时复一至，今去矣。"遂不复言。自此三五日辄一来，一切疑难悉决之。值阿绣归宁，来常数日住，家人皆惧避之。每有亡失，则华妆端坐，插玳瑁簪长数寸，朝家人①而庄语之："所窃物，夜当送至某所；不然，头痛大作，悔无及！"天明，果于某所获之。三年后，绝不复来。偶失金帛，阿绣效其装吓家人，亦屡效焉。

---

① 朝家人：召集家中仆婢。朝，会集，召集。音 cháo。

小翠

王太常①，越②人。总角时，昼卧榻上。忽阴晦，巨霆③暴作，一物大于猫，来伏身下，展转不离。移时晴霁，物即径出。视之非猫，始怖，隔房呼兄。兄闻，喜曰："弟必大贵，此狐来避雷霆劫也。"后果少年登进士，以县令入为侍御。

生一子名元丰，绝痴，十六岁不能知牝牡，因而乡党无与为婚。王忧之。适有妇人率少女登门，自请为妇。视其女，嫣然展笑，真仙品也。喜问姓名。自言："虞氏。女小翠，年二八矣。"与议聘金。曰："是从我糠覈④不得饱，一旦置身广厦，役婢仆，厌膏粱，彼意适，我愿慰矣，岂卖菜也而索直乎！"夫人大悦，优厚之。妇即命女拜王及夫人，嘱曰："此尔翁姑⑤，奉侍宜谨。我大忙，且去，三数日当复来。"王命仆马送之，妇言："里巷不远，无烦多事。"遂出门去。

小翠殊不悲恋，便即奁中翻取花样。夫人亦爱乐之。数日，妇不至，以居里问女，女亦憨然不能言其道路。遂治别院，使夫妇成礼。诸戚闻拾得贫家儿作新妇，共笑姗⑥之；见女皆惊，群议始息。女又甚慧，能窥翁姑喜怒。

---

① 太常：官名，汉为九卿之一。以后各代设太常寺，置卿和少卿各一人，掌管宫廷祭祀礼乐等事。
② 越：指今浙江地区。
③ 巨霆：迅雷。
④ 糠覈：粗粝的饭食。覈，米麦的粗屑，音 hé。
⑤ 翁姑：公婆。
⑥ 笑姗：嘲笑。

王公夫妇，宠惜过于常情，然惕惕①焉惟恐其憎子痴，而女殊欢笑不为嫌。第善谑，剌布作圆，蹋蹴为笑。着小皮靴，蹴去数十步，给公子奔拾之，公子及婢恒流汗相属。一日王偶过，圆訇然来直中面目。女与婢敛迹去，公子犹踊跃奔逐之。王怒，投之以石，始伏而啼。王以告夫人，夫人往责女，女俯首微笑，以手刓床。既退，憨跳如故，以脂粉涂公子，作花面如鬼。夫人见之，怒甚，呼女诟骂。女倚几弄带，不惧亦不言。夫人无奈之，因杖其子。元丰大号，女始色变，屈膝乞宥。夫人怒顿解，释杖去。女笑拉公子入室，代扑衣上尘，拭眼泪，摩挲杖痕，饵以枣栗。公子乃收涕以忻。女阖庭户，复装公子作霸王，作沙漠人；已乃艳服，束细腰，婆娑作帐下舞；或髻插雉尾，拨琵琶，丁丁缕缕然，喧笑一室，日以为常。王公以子痴，不忍过责妇，即微闻焉，亦若置之。

　　同巷有王给谏②者，相隔十余户，然素不相能；时值三年大计吏，忌公握河南道篆③，思中伤之。公知其谋，忧虑无所为计。一夕早寝，女冠带饰冢宰④状，剪素丝作浓髭，又以青衣饰两婢为虞候⑤，窃跨厩马而出，戏云："将谒王先生。"驰至给谏之门，即又鞭挝从人，大言曰："我谒侍御王⑥，宁谒给谏王⑦耶！"回辔而归。比至家门，门者误以为真，奔白王公。公急起

---

① 惕惕：耽心、忧虑。
② 给谏：官名，给事中的别称。明代给事中分吏、户、礼、兵、刑、工六科，掌侍从规谏、稽察六部弊误等事。清代隶属都察院。
③ 握河南道篆：做河南道监察御史。篆，官印。
④ 冢宰：周代官员，为六卿之首。明代以内阁大学士为相，中叶后多兼吏部尚书，故又称吏部尚书为冢宰。
⑤ 虞候：宋时贵官雇用的侍从。此指侍卫、随员。
⑥ 侍御王：侍御王先生，指王太常。
⑦ 给谏王：给谏王先生，指王给谏。

承迎，方知为子妇之戏。怒甚，谓夫人曰："人方蹈我之瑕①，反以闺阁之丑登门而告之，余祸不远矣！"夫人怒，奔女室，诟让之。女惟憨笑，并不一置词。挞之不忍，出之则无家，夫妻懊怨，终夜不寝。时冢宰某公赫甚，其仪采服从，与女伪装无少殊别，王给谏亦误为真。屡侦公门，中夜而客未出，疑冢宰与公有阴谋。次日早期，见而问曰："夜相公至君家耶？"公疑其相讥，惭言唯唯，不甚响答。给谏愈疑，谋遂寝，由此益交欢公。公探知其情，窃喜，而阴嘱夫人劝女改行，女笑应之。

逾岁，首相免，适有以私函致公者，误投给谏。给谏大喜，先托善公者往假万金，公拒之。给谏自诣公所。公觅巾袍并不可得；给谏伺候久，怒公慢，愤将行。忽见公子衮衣旒冕，有女子自门内推之以出，大骇；已而笑抚之，脱其服冕而去。公急出，则客去远。闻其故，惊颜如土，大哭曰："此祸水②也！指日赤吾族矣③！"与夫人操杖往。女已知之，阖扉任其诟厉。公怒，斧其门，女在内含笑而告之曰："翁无烦怒。有新妇在，刀锯斧钺妇自受之，必不令贻害双亲。翁若此，是欲杀妇以灭口耶？"公乃止。给谏归，果抗疏揭王不轨，衮冕作据。上惊验之，其旒冕乃粱黐心所制，袍则败布黄袱也。上怒其诬。又召元丰至，见其憨状可掬，笑曰："此可以作天子耶？"乃下之法司④。给谏又讼公家有妖人，法司严诘臧获，并言无他，惟颠妇痴儿日事戏笑，邻里亦无异词。案乃定，以给谏充云南军。

王由是奇女。又以母久不至，意其非人，使夫人探诘之，女但笑不言。

---

① 蹈我之瑕：寻找我的过错。瑕，玉的斑点，比喻缺点或毛病。

② 祸水：汉成帝宠赵飞燕的妹妹合德。

③ 指日赤吾族矣：不久就将诛灭我全族。指日，不日，为期不远。赤族，全族被杀。

④ 下之法司：把王给谏交付法司审理。明清时代，以刑部、都察院、大理寺为三法司，负责审理重大案件。

再复穷问，则掩口曰："儿玉皇女，母不知耶？"无何，公擢京卿。五十余，每患无孙。女居三年，夜夜与公子异寝，似未尝有所私。夫人舁榻去，嘱公子与妇同寝。过数日，公子告母曰："借榻去，悍不还！小翠夜夜以足股加腹上，喘气不得；又惯搯人股里。"婢妪无不粲然。夫人呵拍令去。一日女浴于室，公子见之，欲与偕；女笑止之，谕使姑待。既出，乃更泻热汤于瓮，解其袍裤，与婢扶之入。公子觉蒸闷，大呼欲出。女不听，以衾蒙之。少时无声，启视已绝。女坦笑不惊，曳置床上，拭体干洁，加复被焉。夫人闻之，哭而入，骂曰："狂婢何杀吾儿！"女辗然曰："如此痴儿，不如勿有。"夫人益恚，以首触女；婢辈争曳劝之。方纷噪间，一婢告曰："公子呻矣！"辍涕抚之，则气息休休，而大汗浸淫，沾浃裀褥。食顷汗已，忽开目四顾，遍视家人，似不相识，曰："我今回忆往昔，都如梦寐，何也？"夫人以其言语不痴，大异之。携参其父，屡试之，果不痴，大喜，如获异宝。至晚，还榻故处，更设衾枕以觇之。公子入室，尽遣婢去。早窥之，则榻虚设。自此痴颠皆不复作，而琴瑟静好如形影焉。

年余，公为给谏之党奏劾免官，小有罣误。旧有广西中丞所赠玉瓶，价累千金，将出以贿当路。女爱而把玩之，失手堕碎，惭而自投。公夫妇方以免官不快，闻之，怒，交口呵骂。女忿奋而出，谓公子曰："我在汝家，所保全者不止一瓶，何遂不少存面目？实与君言：我非人也。以母遭雷霆之劫，深受而翁庇翼；又以我两人有五年凤分，故以我来报曩恩、了夙愿耳。身受唾骂、擢发不足以数，所以不即行者，五年之爱未盈。今何可以暂止乎！"盛气而出，追之已杳。公爽然自失，而悔无及矣。公子入室，睹其剩粉遗钩，怮哭欲死；寝食不甘，日就羸瘁。公大忧，急为胶续^①以解之，而公子不乐。惟求良工画小翠像，日夜浇祷其下，几二年。

　　偶以故自他里归，明月已皎，村外有公家亭园，骑马墙外过，闻笑语声，停辔，使厩卒捉鞚，登鞍一望，则二女郎游戏其中。云月昏蒙，不甚可辨，但闻一翠衣者曰："婢子当逐出门！"一红衣者曰："汝在吾家园亭，反逐阿谁？"翠衣人曰："婢子不羞！不能作妇，被人驱遣，犹冒认物产也？"红衣者曰："索胜老大婢无主顾者！"听其音酷类小翠，疾呼之。翠衣人去曰："姑不与若争，汝汉子来矣。"既而红衣人来，果小翠。喜极。女令登垣，承接而下之，曰："二年不见，骨瘦一把矣！"公子握手泣下，具道相思。女言："妾亦知之，但无颜复见家人。今与大姊游戏，又相邂逅，足知前因不可逃也。"请与同归，不可；请止园中，许之。公子遣仆奔白夫人。夫人惊起，驾肩舆而往，启钥入亭。女即趋下迎拜；夫人捉臂流涕，力白前过，几不自容，曰："若不少记榛梗^②，请偕归，慰我迟暮。"女峻辞不可。夫人虑野亭荒寂，谋以多人服役。女曰："我诸人悉不愿见，惟前两婢朝夕相从，不能无眷注耳；外惟一老仆应门，余都无所复须。"夫人悉如其言。托公子养疴园中，日供食用而已。

　　女每劝公子别婚，公子不从。后年余，女眉目音声渐与曩异，出像质之，迥若两人。大怪之。女曰："视妾今日何如畴昔美？"公子曰："今日美则美矣，然较畴昔则似不如。"女曰："意妾老矣！"公子曰："二十余岁，何得速老！"女笑而焚图，救之已烬。一日谓公子曰："昔在家时，阿翁谓妾抵死不作茧，今亲老君孤，妾实不能产，恐误君宗嗣。请娶妇于家，且晚

---

① 胶续：指续娶。旧时以琴瑟和谐比喻夫妇恩爱，因此俗谓丧妻为断弦，再娶曰续弦。又传"续弦胶"能续弓弩之断弦，固续娶又被称为"胶续"。
② 榛梗：草木丛生，阻塞不通，比喻隔阂，前嫌。

侍奉公姑，君往来于两间，亦无所不便。"公子然之，纳币于钟太史之家。吉期将近，女为新人制衣履，赍送母所。及新人入门，则言貌举止，与小翠无毫发之异。大奇之。往至园亭，则女亦不知所在。问婢，婢出红巾曰："娘子暂归宁，留此贻公子。"展巾，则结玉玦一枚，心知其不返，遂携婢俱归。虽顷刻不忘小翠，幸而对新人如觏旧好焉。始悟钟氏之姻，女预知之，故先化其貌，以慰他日之思云。

　　异史氏曰："一狐也，以无心之德，而犹思所报；而身受再造之福者，顾失声于破甑[1]，何其鄙哉！月缺重圆[2]，从容而去，始知仙人之情亦更深于流俗也！"

----

① 失声于破甑：指责王太常毫无涵养，竟然惋惜已碎的玉瓶，诟骂对王家有再造之德的小翠。甑，音 zèng。
② 月缺重圆：指小翠盛气离开王家，后在园亭又与公子重新团圆。

细柳

　　细柳娘，中都①之士人女也。或以其腰嫖袅②可爱，戏呼之"细柳"云。柳少慧，解文字，喜读相人书③。而生平简默，未尝言人臧否；但有问名者，必求一亲窥其人。阅人甚多，俱未可，而年十九矣。父母怒之曰："天下迄无良匹，汝将以丫角老④耶？"女曰："我实欲以人胜天，顾久而不就，亦吾命也。今而后，请惟父母之命是听。"

　　时有高生者，世家名士，闻细柳之名，委禽焉。既醮，夫妇甚得。生前室遗孤，小字长福，时五岁，女抚养周至。女或归宁，福辄号啼从之，呵遣所不能止。年余女产一子，名之长怙。生问名字之义，答言："无他，但望其长依膝下耳。"女于女红疏略，常不留意；而于亩之东南，税之多寡，按籍而问，惟恐不详。久之，谓生曰："家中事请置勿顾，待妾自为之，不知可当家否？"生如言，半载而家无废事，生亦贤之。一日，生赴邻村饮酒，适有追逋赋者⑤，打门而诟。遣奴慰之，弗去。乃趣童召生归。隶既去，生笑曰："细柳，今始知慧女不若痴男耶？"女闻之，俯首而哭。生惊挽而劝之，女终不乐。生不忍以家政累之，仍欲自任，女又不肯。晨兴夜寐，经纪弥勤。每先一年，即储来岁之赋，以故终岁未尝见催租者一至其门；又以此

---

① 中都：古邑名。春秋时属于晋国。在今河南沁阳县东北。

② 嫖袅：轻捷袅娜。嫖，轻捷的样子。

③ 相人书：即讲述相术之书。相人，观察人的形貌以预测其命运。

④ 以丫角老：谓终身做姑娘，犹言做老处女、老姑娘。丫角，未出嫁少女头上梳作两髻，像分叉的两只角，因称。

⑤ 追逋赋者：追讨拖欠赋税者。追，追科，催征赋税。逋，拖欠，音 bū。

法计衣食，由此用度益纾①。于是生乃大喜，尝戏之曰："细柳何细哉：眉细、腰细、凌波细②，且喜心思更细。"女对曰："高郎诚高矣：品高、志高、文字高，但愿寿数尤高。"

村中有货美材者，女不惜重直致之。价不能足，又多方乞贷于戚里。生以其不急之物，固止之，卒弗听。蓄之年余，富室有丧者，以倍资赎诸其门。生因利而谋诸女，女不可。问其故，不语；再问之，荧荧欲涕。心异之，然不忍重拂焉，乃罢。又逾岁，生年二十有五，女禁不令远游，归稍晚，僮仆招请者，相属于道。于是同人咸戏谤之。一日生如友人饮，觉体不快而归，至中途堕马，遂卒。时方溽暑，幸衣衾皆所夙备。里中始共服细娘智。

福年十岁始学为文。父既殁，娇惰不肯读，辄亡去从牧儿遨③。谯诃不改，继以夏楚，而顽冥如故。母无奈之，因呼而谕之曰："既不愿读，亦复何能相强？但贫家无冗人，便更若衣，使与僮仆共操作。不然，鞭挞勿悔！"于是衣以败絮，使牧豕；归则自掇陶器，与诸仆啖饭粥。数日，苦之，泣跪庭下，愿仍读。母返身向壁，置不闻，不得已执鞭嗫泣而出。残秋向尽，桁无衣，足无履，冷雨沾濡，缩头如丐。里人见而怜之，纳继室者皆引细娘为戒，啧有烦言。女亦稍稍闻之，而漠不为意。福不堪其苦，弃豕逃去，女亦任之，殊不追问。积数月，乞食无所，憔悴自归，不敢遽入，哀求邻媪往白母。女曰："若能受百杖，可来见，不然，早复去。"福闻之，骤入，痛哭愿受杖。母问："今知改悔乎？"曰："悔矣。"曰："既知悔，无须挞楚，可安分牧豕，再犯不宥！"福大哭曰："愿受百杖，请复读。"女

---

① 益纾：越发宽裕。

② 凌波细：指脚小。凌波，原指女子步态轻盈，这里指女子的脚。

③ 亡去从牧儿遨：逃去跟牧童玩耍。

不听。邻妪怂恿之，始纳焉。濯发授衣，令与弟怙同师。勤身锐虑，大异往昔，三年游泮。中丞杨公见其文而器之，月给常廪，以助灯火。

怙最钝，读数年不能记姓名。母令弃卷而农。怙游闲惮于作苦，母怒曰："四民各有本业，既不能读，又不能耕，宁不沟瘠死耶？"立杖之。由是率奴辈耕作，一朝晏起，则诟骂从之；而衣服饮食，母辄以美者归兄。怙虽不敢言，而心窃不能平。农工既毕，母出资使学负贩。怙淫赌，入手丧败，诡托盗贼运数，以欺其母。母觉之，杖责濒死。福长跪哀乞，愿以身代，怒始解。自是一出门，母辄探察之。怙行稍敛，而非其心之所得已也。一日请母，将从诸贾入洛；实借远游，以快所欲，而中心惕惕，惟恐不遂所请。母闻之，殊无疑虑，即出碎金三十两为之具装；末又以铤金一枚付之，曰："此乃祖宦囊①之遗，不可用去，聊以压装，备急可耳。且汝初学跋涉，亦不敢望重息，只此三十金得无亏负足矣。"临又嘱之。怙诺而出，欣欣意自得。至洛，谢绝客侣，宿名娼李姬之家。凡十余夕散金渐尽，自以巨金在囊，初不意空匮在虑，及取而斫之，则伪金耳。大骇，失色。李媪见其状，冷语侵客。怙心不自安，然囊空无所向往，犹冀姬念夙好，不即绝之。俄有二人握索入，骤縶项领，惊惧不知所为。哀问其故，则姬已窃伪金去首公庭矣。至官不能置辞，桔掠几死。收狱中，又无资斧，大为狱吏所虐，乞食于囚，苟延余息。

初，怙之行也，母谓福曰："记取廿日后，当遣汝之洛。我事烦，恐忽忘之。"福不知所谓，黯然欲悲，不敢复请而退。过二十日而问之，叹曰："汝弟今日之浮荡，犹汝昔日之废学也。我不冒恶名，汝何以有今日？人皆谓我忍，但泪浮枕簟，而人不知耳！"因泣下。福侍立敬听，不敢研诘。泣

---

① 宦囊：指居官所积财物。

已，乃曰："汝弟荡心不死，故授之伪金以挫折之，今度已在缧绁中矣。中丞待汝厚，汝往求焉，可以脱其死难，而生其愧悔也。"福立刻而发。比入洛，则弟被逮三日矣。即狱中而望之，怗奄然①面目如鬼，见兄涕不可仰。福亦哭。时福为中丞所宠异，故遐迩皆知其名。邑宰知为怗兄，急释之。

怗至家，犹恐母怒，膝行而前。母顾曰："汝愿遂耶？"怗零涕不敢复作声，福亦同跪，母始叱之起。由是痛自悔，家中诸务，经理维勤；即偶惰，母亦不呵问之。凡数月，并不与言商贾，意欲自请而不敢，以意告兄。母闻而喜，并力质贷而付之，半载而息倍焉。是年福秋捷，又三年登第；弟货殖累巨万矣。邑有客洛者，窥见太夫人，年四旬犹若三十许人，而衣妆朴素，类常家云。

异史氏曰："黑心符出，芦花变生，古与今如一丘之貉，良可哀也！或有避其谤者，又每矫枉过正，至坐视儿女之放纵而不一置问，其视虐遇者几何哉？独是日挞所生，而人不以为暴；施之异腹儿，则指摘从之矣。夫细柳固非独忍于前子也；然使所出贤，亦何能出此心以自白于天下？而乃不引嫌，不辞谤，卒使二子一富一贵，表表于世②。此无论闺阃③，当亦丈夫之铮铮者矣！"

---

① 奄然：气息微弱的样子。
② 表表于世：卓立于世。表表，特出，卓立。
③ 无论闺阃：不要说妇女。闺阃，内室，此代指妇女。

梦狼

白翁，直隶①人。长子甲筮仕南服②，二年无耗。适有瓜葛③丁姓造谒，翁款之。丁素走无常。谈次，翁辄问以冥事，丁对语涉幻；翁不深信，但微哂之。

别后数日，翁方卧，见丁又来，邀与同游。从之去，入一城阙，移时，丁指一门曰："此间君家甥也。"时翁有姊子为晋令，讶曰："乌在此？"丁曰："倘不信，入便知之。"翁入，果见甥，蝉冠豸绣④坐堂上，戟幢行列⑤，无人可通。丁曳之出，曰："公子衙署，去此不远，亦愿见之否？"翁诺。少间至一第，丁曰："入之。"窥其门，见一巨狼当道，大惧不敢进。丁又曰："入之。"又入一门，见堂上、堂下，坐者、卧者，皆狼也。又视墀⑥中，白骨如山，益惧。丁乃以身翼翁而进。公子甲方自内出，见父及丁良喜。少坐，唤侍者治肴蔌⑦。忽一巨狼，衔死人入。翁战惕而起，曰："此胡为者？"

---

① 直隶：旧省名。明永乐初，建都北京，称直隶北京的地区为北直隶，称直隶南京的地区为南直隶。清初以北直隶为直隶省。辖有今北京、天津两市，河北省大部及河南、山东小部分地区。

② 筮仕南服：在南方做官。筮，音 shì，用蓍草占卜。

③ 瓜葛：这里指远戚。

④ 蝉冠豸绣：此指穿着官服。蝉冠，以貂尾蝉纹为饰之冠，古代贵官所着。豸绣，绣有獬豸的官服。豸，音 zhì。

⑤ 戟幢行列：指成行排列于堂前的仪仗。

⑥ 墀：堂前台阶上面的空地。又指台阶。音 chí。

⑦ 肴蔌：菜肴。

257

甲曰："聊充庖厨①。"翁急止之。心怔忡不宁，辞欲出，而群狼阻道。进退方无所主，忽见诸狼纷然嗥避，或窜床下，或伏几底。错愕不解其故。俄有两金甲猛士努目入，出黑索索甲。甲扑地化为虎，牙齿巉巉②，一人出利剑，欲枭其首。一人曰："且勿，且勿，此明年四月间事，不如姑敲齿去。"乃出巨锤锤齿，齿零落堕地。虎大吼，声震山岳。翁大惧，忽醒，乃知其梦。心异之，遣人招丁，丁辞不至。翁志其梦，使次子诣甲，函戒哀切。既至，见兄门齿尽脱；骇而问之，醉中坠马所折，考其时，则父梦之日也。益骇。出父书。甲读之变色，间曰："此幻梦之适符耳，何足怪。"时方赂当路者，得首荐，故不以妖梦为意。弟居数日，见其蠹役满堂，纳贿关说者中夜不绝，流涕谏止之。甲曰："弟日居衡茅③，故不知仕途之关窍耳。黜陟④之权，在上台不在百姓。上台喜，便是好官；爱百姓，何术能令上台喜也？"弟知不可劝止，遂归告父，翁闻之大哭。无可如何，惟捐家济贫，日祷于神，但求逆子之报⑤，不累妻孥。

次年，报甲以荐举作吏部，贺者盈门；翁惟欷歔，伏枕托疾不出。未几，闻子归途遇寇，主仆殒命。翁乃起，谓人曰："鬼神之怒，止及其身，祐我家者不可谓不厚也。"因焚香而报谢之。慰藉翁者，咸以为道路讹传，惟翁则深信不疑，刻日为之营兆⑥。而甲固未死。先是四月间，甲解任，甫离境，即遭寇，甲倾装以献。诸寇曰："我等来，为一邑之民泄冤愤耳，宁专为此哉！"遂决其首。又问家人："有司大成者谁是？"司故甲之腹心，

---

① 聊充庖厨：略供厨房使用。庖厨，厨房。
② 巉巉：山岩高峭险峻，借以形容牙齿尖锐锋利。巉巉，音 chán chán。
③ 衡茅：衡门茅舍，平民所居的陋室。
④ 黜陟：指官吏的罢黜和提升。陟，擢升。
⑤ 逆子之报：指白甲应该得到的报应。逆子，忤逆之子。报，果报、报应。
⑥ 营兆：卜寻墓葬之地。兆，这里指墓地。

助纣为虐者。家人共指之，贼亦杀之。更有蠹役四人，甲聚敛臣①也，将携入都。并搜决讫，始分资入囊，驽驰而去。

甲魂伏道旁，见一宰官过，问："杀者何人？"前驱者曰："某县白知县也。"宰官曰："此白某之子，不宜使老后见此凶惨，宜续其头。"即有一人掇头置腔上，曰："邪人不宜使正，以肩承颔可也。"遂去。移时复苏。妻子往收其尸，见有余息，载之以行；从容灌之，亦受饮。但寄旅邸，贫不能归。半年许，翁始得确耗，遣次子致之而归。甲虽复生，而目能自顾其背，不复齿人数矣。翁姊子有政声，是年行取②为御史，悉符所梦。

异史氏曰："窃叹天下之官虎而吏狼者，比比也。即官不为虎，而吏且将为狼，况有猛于虎者耶！夫人患不能自顾其后耳；苏而使之自顾，鬼神之教微矣哉③！"

邹平④李进士匡九，居官颇廉明。常有富民为人罗织⑤，门役吓之曰："官索汝二百金，宜速办；不然，败矣！"富民惧，诺备半数。役摇手不可，富民苦哀之，役曰："我无不极力，但恐不允耳。待听鞫时，汝目睹我为若白之，其允与否，亦可明我意之无他也。"少间，公按是事。役知李戒烟，近问："饮烟否？"李摇其首。役即趋下曰："适言其数，官摇首不许，汝见之耶？"富民信之，惧，许如数。役知李嗜茶，近问："饮茶否？"李颔之。役托烹茶，趋下曰："谐矣！适首肯，汝见之耶？"既而审结，富民果获免，

---

① 聚敛臣：代长官搜刮钱财的帮凶。臣，奴仆。

② 行取：明代制度，按照规定年限，州县官经地方高级官员的保举，可以调京，通过考选，补授科道或部属官职，称为"行取"。

③ 微矣哉：多么奥妙啊。微，幽深、精妙。

④ 邹平：县名，在今山东省。

⑤ 为人罗织：被人诬陷。

役即收其苞苴^①，且索谢金。呜呼！官自以为廉，而骂其贪者载道焉。此又纵狼^②而不自知者矣。世之如此类者更多，可为居官者备一鉴也。

又，邑宰杨公，性刚鲠，撄其怒者必死；尤恶隶皂，小过不宥。每凛坐堂上，胥吏之属无敢咳者。此属间有所白，必反而用之。适有邑人犯重罪，惧死。一吏索重赂，为之缓颊。邑人不信，且曰："若能之，我何靳报焉！"乃与要盟。少顷，公鞫是事。邑人不肯服。吏在侧呵语曰："不速实供，大人械梏死矣！"公怒曰："何知我必械梏之耶？想其赂未到耳。"遂责吏，释邑人。邑人乃以百金报吏。要知狼诈多端，少失觉察即为所用，正不止肆其爪牙，以食于乡而已也。此辈败我名，败我阴骘，甚至丧我身家。不知居官者作何心肺，偏要以赤子饲麻胡也！

---

① 苞苴：行贿的财物。苴，音 jū。
② 纵狼：喻放纵吏役作恶。

司文郎

平阳①王平子，赴试北闱，赁居报国寺②。寺中有余杭③生先在，王以比屋居，投刺④焉，生不之答⑤；朝夕遇之，多无状。王怒其狂悖⑥，交往遂绝。

一日，有少年游寺中，白服裙帽，望之傀然⑦。近与接谈，言语谐妙，心爱敬之。展问邦族，云："登州⑧宋姓。"因命苍头设座，相对喙谈。余杭生适过，共起逊坐⑨。生居然上座，更不扰挹⑩。卒然问宋："亦入闱者耶？"答曰："非也。驽骀之才，无志腾骧⑪久矣。"又问："何省？"宋告之。生曰："竟不进取，足知高明。山左、右并无一字通者⑫。"宋曰："北人固少通者，而不通者未必是小生；南人固多通者，然通者亦未必是足下。"言已，鼓掌，王和之，因而哄堂。生惭忿，轩眉攘腕⑬而大言曰："敢当前命题，一

---

① 平阳：明代府名，治所在今山西省临汾市。
② 报国寺：据《帝京景物略》卷三记载，报国寺在北京广宁门外。
③ 余杭：县名，在今浙江省杭州市北部。
④ 投刺：投递名帖，指前去拜访。
⑤ 生不之答：余杭生没有回访他。
⑥ 狂悖：狂妄傲慢。悖，音 bèi。
⑦ 傀然：高大的样子。傀，音 guī。
⑧ 登州：明代府名，治所在今山东省烟台市蓬莱区。
⑨ 逊坐：让坐。
⑩ 扰挹：谦逊。也作"扰抑"，音 huī yì。
⑪ 腾骧：马昂首奔腾，喻奋力上进。骧，马首昂举。
⑫ 山左、右：指山东省和山西省。山左，山东省在太行山的左边，故称山左，这是针对宋生而言。山右，山西省在太行山之右，故称山右，这是针对王平子而言。无一字通者：没有通晓文墨的人。
⑬ 轩眉攘腕：扬眉捋袖，形容忿怒。

261

校文艺乎？"宋他顾而哂曰："有何不敢！"便趋寓所，出经授王。王随手一翻，指曰："阙党童子将命①。"生起，求笔札。宋曳之曰："口占可也。我破②已成：'于宾客往来之地，而见一无所知之人焉。'"王捧腹大笑。生怒曰："全不能文，徒事嫚骂，何以为人！"王力为排难，请另命佳题。又翻曰："殷有三仁焉③。"宋立应曰："三子者不同道，其趋一也。夫一者何也？曰：仁也。君子亦仁而已矣，何必同？"生遂不作，起曰："其为人也小有才。"遂去。

　　王以此益重宋。邀入寓室，款言移晷④，尽出所作质宋。宋流览绝疾，逾刻已尽百首，曰："君亦沉深于此道者？然命笔时，无求必得之念，而尚有冀幸得之心，即此已落下乘。"遂取阅过者一一诠说。王大悦，师事之；使庖人以蔗糖作水角⑤。宋啖而甘之，曰："生平未解此味，烦异日更一作也。"从此相得甚欢。宋三五日辄一至，王必为之设水角焉。余杭生时一遇之，虽不甚倾谈，而傲睨之气顿减。一日以窗艺示宋，宋见诸友圈赞⑥已浓，目一过，推置案头，不作一语。生疑其未阅，复请之，答已览竟。生又疑其不解，宋曰："有何难解？但不佳耳！"生曰："一览丹黄⑦，何知不佳？"宋

---

① 阙党童子将命：出自《论语·宪问》，用作比试的题目。原文是孔子说童子不是求上进而是一个想走捷径的人，宋生借题发挥，以之奚落余杭生。
② 破：破题。八股文开头用两句说破题目要义，称"破题"。
③ 殷有三仁焉：出自《论语·微子》，其大意说商纣王昏乱残暴但当时有三位仁人。三仁，指微子、箕子、比干。
④ 款言：亲切谈心。移晷：日影移动，指时间很长。
⑤ 水角：水饺。
⑥ 圈赞：古时阅读文章，遇有佳句，往往在旁边加圈，表示称赞。
⑦ 一览丹黄：仅仅看一下圈赞。

便诵其文，如夙读者，且诵且訾①。生踞踏②汗流，不言而去。移时宋去，生入，坚请王作，王拒之。生强搜得，见文多圈点，笑曰："此大似水角子！"王故朴讷，觍然而已。次日宋至，王具以告。宋怒曰："我谓'南人不复反矣'，伧楚③何敢乃尔！必当有以报之！"王力陈轻薄之戒以劝之，宋深感佩。

既而场后以文示宋，宋颇相许。偶与涉历殿阁，见一瞽僧坐廊下，设药卖医。宋讶曰："此奇人也！最能知文，不可不一请教。"因命归寓取文。遇余杭生，遂与俱来。王呼师而参之。僧疑其问医者，便诘症候。王具白请教之意，僧笑曰："是谁多口？无目何以论文？"王请以耳代目。僧曰："三作两千余言，谁耐久听！不如焚之，我视以鼻可也。"王从之。每焚一作，僧嗅而颔之曰："君初法大家，虽未逼真，亦近似矣。我适受之以脾。"问："可中否？"曰："亦中得。"余杭生未深信，先以古大家文烧试之。僧再嗅曰："妙哉！此文我心受之矣，非归、胡④何解办此！"生大骇，始焚己作。僧曰："适领一艺，未窥全豹，何忽另易一人来也？"生托言："朋友之作，止此一首；此乃小生作也。"僧嗅其余灰，咳逆数声，曰："勿再投矣！格格而不能下，强受之以膈，再焚则作恶矣。"生惭而退。

数日榜放，生竟领荐⑤；王下第。生与王走告僧。僧叹曰："仆虽盲于目，而不盲于鼻；帘中人并鼻盲矣。"俄余杭生至，意气发舒，曰："盲和尚，汝亦啖人水角耶？今竟何如？"僧曰："我所论者文耳，不谋与君论命。

---

① 訾：诋毁，批评。音 zǐ。
② 踞踏：局促不安。踏，音 jí。
③ 伧楚：鄙陋的家伙。魏晋南北朝时，吴人鄙视楚人荒陋，故称楚地人为伧楚，后遂以"伧楚"作为讥讽粗鄙之人的一般用语。
④ 归、胡：指明代归有光和胡友信。归、胡为明嘉靖、隆庆间精于八股文之"大家"。
⑤ 领荐：领乡荐，指中举。

君试寻诸试官之文，各取一首焚之，我便知孰为尔师。"生与王并搜之，止得八九人。生曰："如有舛错，以何为罚？"僧愤曰："剜我盲瞳去！"生焚之，每一首，都言非是；至第六篇，忽向壁大呕，下气如雷。众皆粲然。僧拭目向生曰："此真汝师也！初不知而骤嗅之，刺于鼻，棘于腹，膀胱所不能容，直自下部出矣！"生大怒，去，曰："明日自见！勿悔！勿悔！"

越二三日，竟不至；视之，已移去矣。乃知即某门生也。宋慰王曰："凡吾辈读书人，不当尤人，但当克己；不尤人则德益弘，能克己则学益进。当前踬落，固是数之不偶；平心而论，文亦未便登峰，其由此砥砺，天下自有不盲之人。"王肃然起敬。又闻次年再行乡试，遂不归，止而受教。宋曰："都中薪桂米珠①，勿忧资斧。舍后有窖镪②，可以发用。"即示之处。王谢曰："昔窦、范贫而能廉，今某幸能自给，敢自污乎？"王一日醉眠，仆及庖人窃发之。王忽觉，闻舍后有声，窃出，则金堆地上。情见事露，并相慑伏。方诃责间，见有金爵，类多镌款，审视皆大父③字讳。盖王祖曾为南部郎④，入都寓此，暴病而卒，金其所遗也。王乃喜，称得金八百余两。明日告宋，且示之爵，欲与瓜分，固辞乃已。以百金往赠瞽僧，僧已去。积数月，敦习益苦。及试，宋曰："此战不捷，始真是命矣！"俄以犯规被黜。王尚无言，宋大哭不能止，王反慰解之。宋曰："仆为造物所忌，困顿至于终身，今又累及良友。其命也夫！其命也夫！"王曰："万事固有数在。如先生乃无志进取，非命也。"宋拭泪曰："久欲有言，恐相惊怪。某非生人，乃飘泊之游

① 薪桂米珠：柴价贵如桂，米价贵如珠，比喻生活费用昂贵。
② 窖镪：窖埋在地下的钱财。镪，钱贯，引申为成串的钱，后多指白银。窖镪，音 jiào qiǎng。
③ 大父：祖父。
④ 南部郎：即南京的部郎，指郎中、员外郎一类的部属官员。

魂也。少负才名，不得志于场屋。佯狂至都，冀得知我者传诸著作。甲申之年①，竟罹于难，岁岁飘蓬。幸相知爱，故极力为'他山'之攻，生平未酬之愿，实欲借良朋一快之耳。今文字之厄若此，谁复能漠然哉！"王亦感泣，问："何淹滞？"曰："去年上帝有命，委宣圣及阎罗王核查劫鬼②，上者备诸曹任用，余者即俾转轮。贱名已录，所未投到者，欲一见飞黄③之快耳。今请别矣！"王问："所考何职？"曰："梓潼府④中缺一司文郎，暂令聋僮署篆⑤，文运所以颠倒。万一幸得此秩，当使圣教昌明。"

明日，忻忻而至，曰："愿遂矣！宣圣命作《性道论》，视之色喜，谓可司文。阎罗稽簿，欲以'口孽'见弃。宣圣争之乃得就。某伏谢已，又呼近案下，嘱云：'今以怜才，拔充清要；宜洗心供职，勿蹈前愆。'此可知冥中重德行更甚于文学也。君必修行未至，但积善勿懈可耳。"王曰："果尔，余杭其德行何在？"曰："不知。要冥司赏罚，皆无少爽。即前日瞽僧亦一鬼也，是前朝名家。以生前抛弃字纸过多，罚作瞽。彼自欲医人疾苦，以赎前愆，故托游廛肆耳。"王命置酒，宋曰："无须。终岁之扰，尽此一刻，再为我设水角足矣。"王悲怆不食，坐令自啖。顷刻，已过三盛，捧腹曰："此餐可饱三日，吾以志君德耳。向所食都在舍后，已成菌矣。藏作药饵，可益儿慧。"王问后会，曰："既有官责，当引嫌也。"又问："梓潼祠中，一相酹祝，可能达否？"曰："此都无益。九天甚远，但洁身力行，自有地司牒报，

---

① 甲申之年：指崇祯十七年（1644）。这一年李自成领导的农民起义军攻陷北京。
② 宣圣：指孔子，古时曾给孔子"至圣文宣王"之类的封号。劫鬼：遭遇劫难而死的鬼魂。
③ 飞黄：比喻科举高中，飞黄腾达。
④ 梓潼府：梓潼帝君之府。梓潼帝君，道教神名，名张亚子，住在四川七曲山，后战死，后人立庙祭祀。
⑤ 聋僮：梓潼帝君的侍从有两人，一是"天聋"，二是"地哑"。

则某必与知之。"言已，作别而没。王视舍后，果生紫菌，采而藏之。旁有新土坟起，则水角宛然在焉。

王归，弥自刻厉。一夜，梦宋舆盖而至，曰："君向以小忿误杀一婢，削去禄籍，今笃行已折除矣。然命薄不足任仕进也。"是年捷于乡，明年春闱又捷。遂不复仕。生二子，其一绝钝，啖以菌，遂大慧。后以故诣金陵，遇余杭生于旅次，极道契阔^①，深自降抑，然鬓毛斑矣。

异史氏曰："余杭生公然自诩，意其为文，未必尽无可观；而骄诈之意态颜色，遂使人顷刻不可复忍。天人之厌弃已久，故鬼神皆玩弄之。脱能增修厥德，则帘内之'刺鼻棘心'者^②，遇之正易，何所遭之仅也。"

---

① 道契阔：久别重逢，互诉离情。契阔，久别的情怀。
② 帘内之"刺鼻棘心"者：指只会作臭文章的考官。刺鼻棘心，这里是借瞽僧之言，讽刺考官之文，臭不可闻。言外之意，只有不通的考官才能录取不通的考生。

于去恶

北平①陶圣俞，名下士②。顺治③间赴乡试，寓居郊郭。偶出户，见一人负笈偃僵，似卜居未就者。略诘之，遂释负于道，相与倾语，言论有名士风。陶大说之，请与同居。客喜，携囊入，遂同栖止。客自言："顺天人，姓于，字去恶。"以陶差长，兄之。

于性不喜游瞩，常独坐一室，而案头无书卷。陶不与谈，则默卧而已。陶疑之，搜其囊箧，则笔砚之外更无长物。怪而问之，笑曰："吾辈读书，岂临渴始掘井④耶？"一日就陶借书去，闭户抄甚疾，终日五十余纸，亦不见其折迭成卷。窃窥之，则每一稿脱，则烧灰吞之。愈益怪焉，诘其故，曰："我以此代读耳。"便诵所抄书，倾刻数篇，一字无讹。陶悦，欲传其术，于以为不可。陶疑其吝，词涉诮让⑤，于曰："兄诚不谅我之深矣。欲不言，则此心无以自剖；骤言之，又恐惊为异怪。奈何？"陶固谓："不妨。"于曰："我非人，实鬼耳。今冥中以科目授官，七月十四日奉诏考帘官，十五日士子入闱，月尽榜放矣。"陶问："考帘官为何？"曰："此上帝慎重之意，无论鸟吏鳖官⑥，皆考之。能文者以内帘用，不通者不得与焉。盖阴

---

① 北平：旧府名。明洪武元年置，治所在北京大兴、宛平两县。永乐元年建为北京，改名顺天府。

② 名下士：有盛名之士。

③ 顺治：清世祖年号（1644—1661）。

④ 临渴始掘井：喻事到临头才准备急需。

⑤ 词涉诮让：言语之间流露责怪之意。诮让，谴责。

⑥ 鸟吏鳖官：以粗话骂官吏。

之有诸神，犹阳之有守、令也。得志诸公，目不睹坟、典，不过少年持敲门砖，猎取功名，门既开则弃去，再司簿书十数年即文学士，胸中尚有字耶！阳世所以陋劣幸进，而英雄失志者，惟少此一考耳。"陶深然之，由是益加敬畏。一日自外来，有忧色，叹曰："仆生而贫贱，自谓死后可免；不谓迍邅先生①相从地下。"陶请其故，曰："文昌奉命都罗国封王，帝官之考遂罢。数十年游神②耗鬼，杂入衡文，吾辈宁有望耶？"陶问："此辈皆谁何人？"曰："即言之，君亦不识。略举一二人，大概可知：乐正师旷、司库和峤③是也。仆自念命不可凭，文不可恃，不如休耳。"言已怏怏，遂将治任。陶挽而慰之，乃止。

至中元之夕，谓陶曰："我将入闱。烦于昧爽时，持香炷于东野。三呼'去恶'，我便至。"乃出门去。陶沽酒烹鲜以待之。东方既白，敬如所嘱。无何，于偕一少年来。问其姓字，于曰："此方子晋，是我良友，适于场中相邂逅。闻兄盛名，深欲拜识。"同至寓，秉烛为礼。少年亭亭似玉，意度谦婉。陶甚爱之，便问："子晋佳作，当大快意。"于曰："言之可笑！闱中七则，作过半矣，细审主司姓名，裹具径出。奇人也！"陶扇炉进酒，因问："闱中何题？去恶魁解否？"于曰："书艺、经论各一，夫人而能之。策问：'自古邪僻固多，而世风至今日，奸情丑态，愈不可名，不惟十八狱所不得尽，抑非十八狱所能容。是果何术而可？或谓宜量加一二狱，然殊失上帝好生之心。其宜增与、否与？或别有道以清其源，尔多士其悉言勿隐。'

---

① 迍邅先生：这是拟人化的说法，犹言"倒霉鬼"。迍邅，迟缓难行，喻命运不佳，音 zhūn zhān。

② 游神：游食之神。喻奔走干禄，借八股而幸进的试官。

③ 乐正师旷、司库和峤：乐正，官名，周时乐官之长。师旷，春秋时晋国的乐师，他辨音能力很强，但生而目盲。司库，主管钱库之官。和峤，晋人，家极富而性至吝。

弟策虽不佳，颇为痛快。表：'拟天魔殄灭，赐群臣龙马天衣有差。'次则《瑶台应制诗》《西池桃花赋》。此三种，自谓场中无两矣！"言已鼓掌。方笑曰："此时快心，放兄独步矣；数辰后，不痛哭始为男子也。"天明，方欲辞去。陶留与同寓，方不可，但期暮至。三日竟不复来，陶使于往寻之。于曰："无须。子晋拳拳，非无意者。"日既西，方果来。出一卷授陶，曰："三日失约。敬录旧艺百余作，求一品题。"陶捧读大喜，一句一赞，略尽一二首，遂藏诸笥。谈至更深，方遂留，与于共榻寝。自此为常。方无夕不至，陶亦无方不欢也。

一夕仓皇而入，向陶曰："地榜已揭，于五兄落第矣！"于方卧，闻言惊起，泫然流涕。二人极意慰藉，涕始止。然相对默默，殊不可堪。方曰："适闻大巡环张桓侯^①将至，恐失志者之造言也；不然，文场尚有翻覆。"于闻之色喜。陶询其故，曰："桓侯翼德，三十年一巡阴曹，三十五年一巡阳世，两间之不平，待此老而一消也。"乃起，拉方俱去。两夜始返，方喜谓陶曰："君不贺五兄耶？桓侯前夕至，裂碎地榜，榜上名字，止存三之一。遍阅遗卷，得五兄甚喜，荐作交南巡海使，且晚舆马可到。"陶大喜，置酒称贺。酒数行，于问陶曰："君家有闲舍否？"问："将何为？"曰："子晋孤无乡土，又不忍恝然于兄。弟意欲假馆相依。"陶喜曰："如此，为幸多矣。即无多屋宇，同榻何碍？但有严君，须先关白。"于曰："审知尊大人慈厚可依。兄场闱有日，子晋如不能待，先归何如？"陶留伴逆旅，以待同归。

次日方暮，有车马至门，接于莅任。于起，握手曰："从此别矣。一言

---

① 大巡环：虚拟的官名；取巡回视察之意。张桓侯：三国时蜀汉名将张飞。张飞，字翼德，死后谥号桓侯。

欲告，又恐阻锐进之志。"问："何言？"曰："君命淹蹇，生非其时。此科之分十之一；后科桓侯临世，公道初彰，十之三；三科始可望也。"陶闻，欲中止。于曰："不然，此皆天数。即明知不可，而注定之艰若，亦要历尽耳。"又顾方曰："勿淹滞，今朝年、月、日、时皆良，即以舆盖送君归。仆驰马自去。"方忻然拜别。陶中心迷乱，不知所嘱，但挥涕送之。见舆马分途，顷刻都散。始悔子晋北旋，未致一字，而已无及矣。

三场毕，不甚满志，奔波而归。入门问子晋，家中并无知者。因为父述之，父喜曰："若然，则客至久矣。"先是陶翁昼卧，梦舆盖止于其门，一美少年自车中出，登堂展拜。讶问所来，答云："大哥许假一舍，以入闱不得偕来。我先至矣。"言已，请入拜母。翁方谦却，适家媪入曰："夫人产公子矣。"恍然而醒，大奇之。是日陶言，适与梦符，乃知儿即子晋后身也。父子各喜，名之小晋。儿初生，善夜啼，母苦之。陶曰："倘是子晋，我见之，啼当止。"俗忌客忤，故不令陶见。母患啼不可耐，乃呼陶入。陶鸣之曰："子晋勿尔！我来矣！"儿啼正急，闻声辄止，停睇不瞬，如审顾状。陶摩顶而去。自是竟不复啼。数月后，陶不敢见之，一见则折腰索抱，走去则啼不可止。陶亦狃爱之。四岁离母，辄就兄眠；兄他出，则假寐以俟其归。兄于枕上教毛诗，诵声呢喃，夜尽四十余行。以子晋遗文授之，欣然乐读，过口成诵；试之他文，不能也。八九岁眉目朗彻，宛然一子晋矣。

陶两入闱，皆不第。丁酉，文场事发[①]，帘官多遭诛遣，贡举之途一肃，乃张巡环力也。陶下科中副车，寻贡。遂灰志前途，隐居教弟。尝语人曰："吾有此乐，翰苑不易也。"

---

① 丁酉，文场事发：丁酉，指清顺治十四年（1657）。这一年江南、顺天、山东、山西、河南等地都发生乡试科场舞弊案。

异史氏曰:"余每至张夫子庙堂,瞻其须眉,凛凛有生气。又其生平喑哑如霹雳声,矛马所至,无不大快,出人意表。世以将军好武,遂置与绛、灌伍①,宁知文昌事繁,须侯固多哉!呜呼!三十五年,来何暮也!"

---

① 置与绛、灌伍:把他同周勃、灌婴放在同等地位。绛,指汉初名将周勃,曾封为绛侯。灌,灌婴,也是汉初名将。这两个人都勇武无文。

凤仙

刘赤水，平乐[1]人，少颖秀，十五入郡庠。父母早亡，遂以游荡自废[2]。家不中资，而性好修饰，衾榻皆精美。一夕被人招饮，忘灭烛而去。酒数行，始忆之，急返。闻室中小语，伏窥之，见少年拥丽者眠榻上。宅临贵家废第，恒多怪异，心知其狐，亦不恐，入而叱曰："卧榻岂容鼾睡！"二人遑遽，抱衣赤身遁去。遗紫纨裤一，带上系针囊。大悦，恐其窃去，藏衾中而抱之。俄一蓬头婢自门罅入，向刘索取。刘笑要偿[3]。婢请遗以酒，不应；赠以金，又不应。婢笑而去。旋返曰："大姑言：如赐还，当以佳偶为报。"刘问："伊谁？"曰："吾家皮姓，大姑小字八仙，共卧者胡郎也；二姑水仙，适富川[4]丁官人；三姑凤仙，较两姑尤美，自无不当意者。"刘恐失信，请坐待好音。婢去复返曰："大姑寄语官人：好事岂能猝合？适与之言，反遭诟厉；但缓时日以待之，吾家非轻诺寡信[5]者。"刘付之。

过数日，渺无信息。薄暮自外归，闭门甫坐，忽双扉自启，两人以被承女郎，手捉四角而入，曰："送新人至矣！"笑置榻上而去。近视之，酣睡未醒，酒气犹芳，赪颜醉态，倾绝人寰。喜极，为之捉足解袜，抱体缓裳。而女已微醒，开目见刘，四肢不能自主，但恨曰："八仙淫婢卖我矣！"刘

① 平乐：旧县名，三国时置，在今广西壮族自治区东部。

② 自废：自暴自弃，不求上进。

③ 要偿：要挟酬报。

④ 富川：县名，汉置。在今广西壮族自治区平乐县东北。

⑤ 轻诺寡信：随便应许而不守信用。

狎抱之。女嫌肤冰，微笑曰："今夕何夕，见此凉人！"刘曰："子兮子兮，如此凉人何！"遂相欢爱。既而曰："婢子无耻，玷人床寝，而以妾换裤耶！必小报之！"

从此无夕不至，绸缪甚殷。袖中出金钏一枚，曰："此八仙物也。"又数日，怀绣履一双来，珠嵌金绣，工巧殊绝，且嘱刘暴扬①之。刘出夸示亲宾，求观者皆以资酒为贽，由此奇货居之。女夜来，作别语。怪问之，答云："姊以履故恨妾，欲携家远去，隔绝我好。"刘惧，愿还之。女云："不必，彼方以此挟妾，如还之，中其机矣。"刘问："何不独留？"曰："父母远去，一家十余口，俱托胡郎经纪，若不从去，恐长舌妇②造黑白也。"从此不复至。

逾二年，思念綦切。偶在途中，遇女郎骑款段马③，老仆鞚之，摩肩过；反启障纱相窥，丰姿艳艳。顷，一少年后至，曰："女子何人？似颇佳丽。"刘亟赞之。少年拱手笑曰："太过奖矣！此即山荆也。"刘惶愧谢过。少年曰："何妨。但南阳三葛，君得其龙④，区区者又何足道！"刘疑其言。少年曰："君不认窃眠卧榻者耶？"刘始悟为胡。叙僚婿⑤之谊，嘲谑甚欢。少年曰："岳新归，将以省觐，可同行否？"刘喜，从入萦山。

山上故有邑人避乱之宅，女下马入。少间，数人出望，曰："刘官人亦来矣。"入门谒见翁姬。又一少年先在，靴袍炫美。翁曰："此富川丁婿。"并揖就坐。少时，酒炙纷纶，谈笑颇洽。翁曰："今日三婿并临，可称佳集。

---

① 暴扬：公开展露。扬，宣扬。
② 长舌妇：好说闲话的女人。
③ 款段马：慢行的马。款段，形容马行平稳舒缓。
④ 南阳三葛，君得其龙：意指皮氏三姊妹，你得到的是其中最美的。
⑤ 僚婿：姊妹之夫相称，叫"僚婿"，俗称"连襟"。

又无他人，可唤儿辈来，作一团圞之会。"俄，姊妹俱出，翁命设坐，各傍其婿。八仙见刘，惟掩口而笑；凤仙辄与嘲弄；水仙貌少亚，而沉重温克，满座倾谈，惟把酒含笑而已。于是履舄交错，兰麝熏人，饮酒乐甚。刘视床头乐具毕备，遂取玉笛，请为翁寿。翁喜，命善者各执一艺，因而合座争取，惟丁与凤仙不取。八仙曰："丁郎不谙可也，汝宁指屈不伸者？"因以拍板掷凤仙怀中，便串繁响。翁悦曰："家人之乐极矣！儿辈俱能歌舞，何不各尽所长？"八仙起，捉水仙曰："凤仙从来金玉其音①，不敢相劳；我二人可歌《洛妃》一曲。"二人歌舞方已，适婢以金盘进果，都不知其何名。翁曰："此自真腊②携来，所谓'田婆罗③'也。"因掬数枚送丁前。凤仙不悦曰："婿岂以贫富为爱憎耶？"翁微哂不言。八仙曰："阿爹以丁郎异县，故是客耳。若论长幼，岂独凤妹妹有拳大酸婿耶？"凤仙终不快，解华妆，以鼓拍授婢，唱《破窑》一折，声泪俱下；既阕，拂袖径去，一座为之不欢。八仙曰："婢子乔性④犹昔。"乃追之，不知所往。

刘无颜，亦辞而归。至半途，见凤仙坐路旁，呼与并坐，曰："君一丈夫，不能为床头人吐气耶？黄金屋自在书中，愿好为之。"举足云："出门匆遽，棘刺破复履矣，所赠物，在身边否？"刘出之，女取而易之。刘乞其敝者，輠然曰："君亦大无赖矣！几见自己衾枕之物，亦要怀藏者？如相见爱，一物可以相赠。"旋出一镜付之曰："欲见妾，当于书卷中觅之；不然，相见无期矣。"言已不见。

怊怅而归。视镜，则凤仙背立其中，如望去人于百步之外者。因念所

---

① 金玉其音：珍视自己的歌声，不轻易歌唱。

② 真腊：古国名。明后期改名为柬埔寨。

③ 田婆罗：波罗蜜，果汁甜美，核大如枣，可以炒食。

④ 乔性：个性乖戾。

嘱，谢客下帷。一日见镜中人忽现正面，盈盈欲笑，益重爱之。无人时，辄以共对。月余锐志渐衰，游恒忘返。归见镜影，惨然若涕；隔日再视，则背立如初矣：始悟为己之废学也。乃闭户研读，昼夜不辍；月余则影复向外。自此验之：每有事荒废，则其容戚；数日攻苦，则其容笑。于是朝夕悬之，如对师保。如此二年，一举而捷。喜曰："今可以对我凤仙矣！"揽镜视之，见画黛弯长，瓠犀微露，喜容可掬，宛在目前。爱极，停睇不已。忽镜中人笑曰："'影里情郎，画中爱宠'，今之谓矣。"惊喜四顾，则凤仙已在座右。握手问翁媪起居，曰："妾别后不曾归家，伏处岩穴，聊与君分苦耳。"刘赴宴郡中，女请与俱；共乘而往，人对面不相窥。既而将归，阴与刘谋，伪为娶于郡也者。女既归，始出见客，经理家政。人皆惊其美，而不知其狐也。

刘属富川令门人，往谒之。遇丁，殷殷邀至其家，款礼优渥，言："岳父母近又他徙。内人归宁，将复。当寄信往，并诣申贺。"刘初疑丁亦狐，及细审邦族，始知富川大贾子也。初，丁自别业暮归，遇水仙独步，见其美，微眈之。女请附骥以行。丁喜，载至斋，与同寝处。棂隙可入，始知为狐。女言："郎勿见疑。妾以君诚笃，故愿托之。"丁嬖之。竟不复娶。

刘归，假贵家广宅，备客燕寝，洒扫光洁，而苦无供帐；隔夜视之，则陈设焕然矣。过数日，果有三十余人，赍旗采酒礼而至，舆马缤纷，填溢阶巷。刘揖翁及丁、胡入客舍，凤仙逆妪及两姨入内寝。八仙曰："婢子今贵，不怨冰人矣。钏履犹存否？"女搜付之，曰："履则犹是也，而被千人看破矣。"八仙以履击背，曰："挞汝寄于刘郎。"乃投诸火，祝曰："新时如花开，旧时如花谢；珍重不曾着，姮娥来相借。"水仙亦代祝曰："曾经笼玉笋[1]，着出万人称；若使姮娥见，应怜太瘦生。"凤仙拨火曰："夜夜上青天，一朝去

---

[1] 曾经笼玉笋：指曾被女子穿过。笼，罩。玉笋，喻女子的尖足。

所欢；留得纤纤影，遍与世人看。"遂以灰捻桦中，堆作十余分，望见刘来，托以赠之。但见绣履满桦，悉如故款。八仙急出，推桦堕地；地上犹有一二只存者，又伏吹之，其迹始灭。次日，丁以道远，夫妇先归。八仙贪与妹戏，翁及胡屡督促之，亭午始出，与众俱去。

初来，仪从过盛，观者如市，有两寇窥见丽人，魂魄丧失①，因谋劫诸途。侦其离村，尾之而去。相隔不盈一尺，马极奔不能及。至一处，两崖夹道，舆行稍缓；追及之，持刀吼咤，人众都奔。下马启帘，则老妪坐焉。方疑误掠其母，才他顾，而兵伤右臂，顷已被缚。凝视之，崖并非崖，乃平乐城门也；舆中则李进士母，自乡中归耳。一寇后至，亦被断马足而絷之。门丁执送太守，一讯而伏。时有大盗未获，诘之，即其人也。

明春，刘及第。凤仙以招祸，故悉辞内戚之贺。刘亦更不他娶。及为郎官，纳妾，生二子。

异史氏曰："嗟乎！冷暖之态，仙凡固无殊哉！'少不努力，老大徒伤'。惜无好胜佳人，作镜影悲笑耳。吾愿恒河沙数②仙人，并遣娇女婚嫁人间，则贫穷海中，少苦众生矣。"

---

① 魂魄丧失：指为美色所迷，心神不能自主。
② 恒河沙数：佛经中语，形容数量多得无法计算。恒河，印度著名大河。

张鸿渐

　　张鸿渐，永平①人。年十八为郡名士。时卢龙令赵某贪暴，人民共苦之。有范生被杖毙，同学忿其冤，将鸣部院，求张为刀笔之词②，约其共事。张许之。妻方氏，美而贤，闻其谋，谏曰："大凡秀才作事，可以共胜，而不可以共败：胜则人人贪天功③，一败则纷然瓦解，不能成聚。今势力世界，曲直难以理定；君又孤，脱有翻覆，急难者谁也？"张服其言，悔之，乃宛谢诸生，但为创词而去。

　　质审一过，无所可否。赵以巨金纳大僚，诸生坐结党被收，又追捉刀人。张惧亡去，至凤翔④界，资斧断绝。日既暮，踟蹰旷野，无所归宿。欻睹小村，趋之。老妪方出阖扉，见生，问所欲为。张以实告，妪曰："饮食床榻，此都细事；但家无男子，不便留客。"张曰："仆亦不敢过望，但容寄宿门内，得避虎狼足矣。"妪乃令入，闭门，授以草荐，嘱曰："我怜客无归，私容止宿，未明宜早去，恐吾家小娘子闻知，将便怪罪。"

　　妪去，张倚壁假寐。忽有笼灯晃耀，见妪导一女郎出。张急避暗处，微窥之，二十许丽人也。及门，见草荐，诘妪。妪实告之，女怒曰："一门细弱⑤，何得容纳匪人！"即问："其人焉往？"张惧，出伏阶下。女审诘邦族，

────────────

① 永平：府名，府治在今河北省卢龙县。
② 为刀笔之词：撰写讼状。刀笔，古时称主办文案的官吏为刀笔吏；后世也称讼师为刀笔，是说其笔利如刀。
③ 贪天功：喻指贪他人之功为己有。
④ 凤翔：府名，治所在今陕西省凤翔县。
⑤ 细弱：指老、幼、妇女。

色稍霁，曰："幸是风雅士，不妨相留。然老奴竟不关白，此等草草，岂所以待君子？"命姬引客入舍。俄顷罗酒浆，品物精洁；既而设锦裯于榻。张甚德之。因私询其姓氏。姬曰："吾家施氏，太翁夫人俱谢世，止遗三女。适所见，长姑舜华也。"姬去。张视几上有《南华经注》[1]，因取就枕上，伏榻翻阅，忽舜华推扉入。张释卷，搜觅冠履。女即榻捺坐曰："无须，无须！"因近榻坐，腼然曰："妾以君风流才士，欲以门户相托，遂犯瓜李之嫌[2]。得不相遐弃否？"张皇然不知所对，但云："不相诳，小生家中固有妻耳。"女笑曰："此亦见君诚笃，顾亦不妨。既不嫌憎，明日当烦媒妁。"言已欲去。张探身挽之，女亦遂留。未曙即起，以金赠张曰："君持作临眺之资；向暮宜晚来。恐旁人所窥。"张如其言，早出晏归，半年以为常。

一日归颇早，至其处，村舍全无，不胜惊怪。方徘徊间，闻姬云："来何早也！"一转盼间，则院落如故，身固已在室中矣，益异之。舜华自内出，笑曰："君疑妾耶？实对君言：妾，狐仙也，与君固有夙缘。如必见怪，请即别。"张恋其美，亦安之。夜谓女曰："卿既仙人，当千里一息耳。小生离家三年，念妻孥不去心，能携我一归乎？"女似不悦，曰："琴瑟之情，妾自分于君为笃；君守此念彼，是相对绸缪者，皆妄也！"张谢曰："卿何出此言。谚云：'一日夫妻，百日恩义。'后日归念卿时，亦犹今日之念彼也。设得新忘故，卿何取焉？"女乃笑曰："妾有褊心，于妾，愿君之不忘；于人，愿君之忘之也。然欲暂归，此复何难？君家咫尺耳！"遂把袂出门，见道路昏暗，张逡巡不前。女曳之走，无几时，曰："至矣。君归，妾且去。"张停足细认，果见家门。逾垝垣入，见室中灯火犹荧，近以两指弹

---

[1]《南华经注》：即《庄子》注本。唐天宝元年二月唐玄宗追封庄子为南华真人，始称《庄子》为《南华真经》。

[2] 瓜李之嫌：此谓私相会见，处身嫌疑。

扉，内问为谁，张具道所来。内秉烛启关，真方氏也。两相惊喜。握手入帷。见儿卧床上，慨然曰："我去时儿才及膝，今身长如许矣！"夫妇依倚，恍如梦寐。张历述所遭。问及讼狱，始知诸生有瘐死者，有远徙者，益服妻之远见。方纵体入怀，曰："君有佳偶，想不复念孤衾中有零涕人矣！"张曰："不念，胡以来也？我与彼虽云情好，终非同类；独其恩义难忘耳。"方曰："君以我何人也？"张审视，竟非方氏，乃舜华也。以手探儿，一竹夫人①耳。大惭无语。女曰："君心可知矣！分当自此绝矣，犹幸未忘恩义，差足自赎。"

过二三日，忽曰："妾思痴情恋人，终无意味。君日怨我不相送，今适欲至都，便道可以同去。"乃向床头取竹夫人共跨之，令闭两眸，觉离地不远，风声飕飕。移时寻落，女曰："从此别矣。"方将订嘱，女去已渺。怅立少时，闻村犬鸣吠，苍茫中见树木屋庐，皆故里景物，循途而归。逾垣叩户，宛若前状。方氏惊起，不信夫归；诘证确实，始挑灯呜咽而出。既相见，涕不可仰。张犹疑舜华之幻弄也；又见床卧一儿如昨夕，因笑曰："竹夫人又携入耶？"方氏不解，变色曰："妾望君如岁，枕上啼痕固在也。甫能相见，全无悲恋之情，何以为心矣！"张察其情真，始执臂欷歔，具言其详。问讼案所结，并如舜华言。方相感慨，闻门外有履声，问之不应。盖里中有恶少甲，久窥方艳，是夜自别村归，遥见一人逾垣去，谓必赴淫约者，尾之入。甲故不甚识张，但伏听之。及方氏亟问，乃曰："室中何人也？"方讳言："无之。"甲言："窃听已久，敬将以执奸也。"方不得已，以实告，甲曰："张鸿渐大案未消，即使归家，亦当缚送官府。"方苦哀之，甲词益狎逼。张忿火中烧，把刀直出，剁甲中颅。甲踣犹号，又连剁之，遂死。方

---

① 竹夫人：夏天置于床上的取凉用具，竹制，圆柱形，中空，周围有洞，可以通风。

曰："事已至此，罪益加重。君速逃，妾请任其辜。"张曰："丈夫死则死耳，焉肯辱妻累子以求活耶！卿无顾虑，但令此子勿断书香，目即瞑矣。"

天明，赴县自首。赵以钦案中人，姑薄惩之。寻由郡解都，械禁颇苦。途中遇女子跨马过，一老妪捉鞚，盖舜华也。张呼妪欲语，泪随声堕。女返辔，手启障纱，讶曰："表兄也，何至此？"张略述之。女曰："依兄平昔，便当掉头不顾，然予不忍也。寒舍不远，即邀公役同临，亦可少助资斧。"从去二三里，见一山村，楼阁高整。女下马入，令妪启舍延客。既而酒炙丰美，似所凤备。又使妪出曰："家中适无男子，张官人即向公役多劝数觞，前途倚赖多矣。遣人措办数十金为官人作费，兼酬两客，尚未至也。"二役窃喜，纵饮，不复言行。日渐暮，二役径醉矣。女出，以手指械，械立脱。曳张共跨一马，驶如龙。少时促下，曰："君止此。妾与妹有青海之约，又为君逗留一晌，久劳盼注矣。"张问："后会何时？"女不答，再问之，推堕马下而去。

既晓，问其地，太原也。遂至郡，赁屋授徒焉。托名宫子迁。居十年，访知捕亡寝怠，乃复逡巡东向。既近里门，不敢遽入，俟夜深而后入。及门，则墙垣高固，不复可越，只得以鞭挝门。久之妻始出问，张低语之。喜极纳入，作呵叱声，曰："都中少用度，即当早归，何得遣汝半夜来？"入室，各道情事，始知二役逃亡未返。言次，帘外一少妇频来，张问伊谁，曰："儿妇耳。"问："儿安在？"曰："赴郡大比未归。"张涕下曰："流离数年，儿已成立，不谓能继书香，卿心血殆尽矣！"话未已，子妇已温酒炊饭，罗列满几。张喜慰过望。居数日，隐匿屋榻，惟恐人知。一夜方卧，忽闻人语腾沸，捶门甚厉。大惧，并起。闻人言曰："有后门否？"益惧，急以门扇代梯，送张夜度垣而出，然后诣门问故，乃报新贵者也。方大喜，深悔张遁，不可追挽。

张是夜越莽穿榛，急不择途，及明困殆已极。初念本欲向西，问之途人，则去京都通衢不远矣。遂入乡村，意将质衣而食。见一高门，有报条粘壁上，近视，知为许姓，新孝廉也。顷之，一翁自内出，张迎揖而告以情。翁见仪容都雅，知非赚食者，延入相款。因诘所往，张托言："设帐都门，归途遇寇。"翁留诲其少子。张略问官阀，乃京堂林下者①；孝廉，其犹子也。月余，孝廉偕一同榜归，云是永平张姓，十八九少年也。张以乡谱俱同，暗中疑是其子；然邑中此姓良多，姑默之。至晚解装，出"齿录"，急借披读，真子也。不觉泪下。共惊问之，乃指名曰："张鸿渐，即我是也。"备言其由。张孝廉抱父大哭。许叔侄慰劝，始收悲以喜。许即以金帛函字，致告宪台②，父子乃同归。

方自闻报，日以张在亡③为悲；忽白孝廉归，感伤益痛。少时父子并入，骇如天降，询知其故，始共悲喜。甲父见其子贵，祸心不敢复萌。张益厚遇之，又历述当年情状，甲父感愧，遂相交好。

---

① 京堂林下者：退休的京官。清代部察院、通政司及诸卿寺的堂官，均称京堂。林下，僻静之处，指退隐之地。此指退隐。
② 宪台：东汉称御史府为宪台，后乃以之通称御史。此处为封建时代下属对上司的称呼。
③ 在亡：在逃。

王子安

　　王子安，东昌名士，困于场屋。入闱后期望甚切。近放榜时，痛饮大醉，归卧内室。忽有人白："报马[1]来。"王踉跄起曰："赏钱十千！"家人因其醉，诳而安之曰："但请睡，已赏矣。"王乃眠。俄又有入者曰："汝中进士矣！"王自言："尚未赴都[2]，何得及第？"其人曰："汝忘之耶？三场毕矣。"王大喜，起而呼曰："赏钱十千！"家人又诳之如前。又移时，一人急入曰："汝殿试翰林，长班[3]在此。"果见二人拜床下，衣冠修洁。王呼赐酒食，家人又绐之，暗笑其醉而已。久之，王自念不可不出耀乡里，大呼长班，凡数十呼无应者。家人笑曰："暂卧候，寻他去。"又久之，长班果复来。王捶床顿足，大骂："钝奴[4]焉往！"长班怒曰："措大无赖[5]！向与尔戏耳，而真骂耶？"王怒，骤起扑之，落其帽。王亦倾跌。

　　妻入，扶之曰："何醉至此！"王曰："长班可恶，我故惩之，何醉也？"妻笑曰："家中止有一媪，昼为汝炊，夜为汝温足耳。何处长班，伺汝穷骨？"子女皆笑。王醉亦稍解，忽如梦醒，始知前此之妄。然犹记长班帽落。寻至门后，得一缨帽如盏大，共疑之。自笑曰："昔人为鬼揶揄[6]，吾今为狐奚落矣。"

---

① 报马：也称"报子"，为科举中式者报喜的人。

② 都：指京城。

③ 长班：又称"长随"，明清时官员随身使唤的公役。

④ 钝奴：犹言"蠢才"。钝，笨。

⑤ 措大：旧时对贫寒读书人的轻慢称呼。无赖：憎骂语。此处斥其强横无理。

⑥ 昔人为鬼揶揄：指晋代罗友仕途失意，被鬼揶揄。揶揄，戏弄。

异史氏曰："秀才入闱，有七似焉：初入时，白足提篮①似丐。唱名时，官呵隶骂似囚。其归号舍②也，孔孔伸头，房房露脚，似秋末之冷蜂。其出场也，神情惝恍，天地异色，似出笼之病鸟。迨望报也，草木皆惊，梦想亦幻。时作一得志想，则顷刻而楼阁俱成；作一失志想，则瞬息而骸骨已朽。此际行坐难安，则似被絷之猱③。忽然而飞骑传人，报条无我，此时神色猝变，嗒然若死，则似饵毒之蝇，弄之亦不觉也。初失志，心灰意败，大骂司衡无目④，笔墨无灵⑤，势必举案头物而尽炬之；炬之不已，而碎踏之；踏之不已，而投之浊流。从此披发入山，面向石壁⑥，再有以'且夫''尝谓'之文进我者，定当操戈逐之。无何日渐远，气渐平，技又渐痒⑦，遂似破卵之鸠，只得衔木营巢，从新另抱矣。如此情况，当局者痛哭欲死，而自旁观者视之，其可笑孰甚焉。王子安方寸之中，顷刻万绪，想鬼狐窃笑已久，故乘其醉而玩弄之。床头人醒⑧，宁不哑然失笑哉？顾得志

① 白足提篮：科举场规有搜挟带之条。清初规定，考生入场携带格眼竹柳考篮，只准带笔墨、食具等物。顺治时规定士子穿拆缝衣服，单层鞋袜。入场时，诸生解衣等候，左手执笔砚，右手执布袜，赤脚站立，等候点名、搜检。
② 号舍：乡试贡院甬道两侧为考生的号舍。号门之内有小巷，巷北有号舍五六十间至百间。号舍为考生日间考试、夜间住宿之所，无门，搭木板于墙供书写之用，故考试时考生伸头露脚。
③ 猱：猿猴，音 náo。
④ 司衡无目：考官瞎眼。司衡，主持衡文评卷的官员。
⑤ 笔墨无灵：谓自己文思失灵，不能下笔有神。
⑥ 披发入山，面向石壁：指遁入深山，出家修道。面壁，佛教用语，面对石壁默坐静修的意思。
⑦ 技又渐痒：意谓又揣摩八股，跃跃欲试，准备下届应考。技痒，长于某种技艺的人，一遇机会，就急欲表现，就像身上发痒不能自忍。
⑧ 床头人醒：谓其妻旁观，比较清醒。床头人，指妻子。

之况味，不过须臾；词林诸公[①]，不过经两三须臾耳，子安一朝而尽尝之，则狐之恩与荐师[②]等。"

---

① 词林诸公：指翰林院的诸位先生。词林，翰林院的别称。

② 荐师：科举时代，乡试或会试主考官以下，设同考官若干人，分房阅卷，同考官在认可的试卷上批一"荐"字，荐给主考官，由主考官核批录取，被录取者称荐举其试卷的官员为"房师"或"荐师"。

席方平

席方平，东安①人。其父名廉，性戆拙②。因与里中富室羊姓有郤，羊先死；数年，廉病垂危，谓人曰："羊某今贿嘱冥使搒我矣。"俄而身赤肿，号呼遂死，席惨怛不食，曰："我父朴讷，今见凌于强鬼；我将赴冥，代伸冤气矣。"自此不复言，时坐时立，状类痴，盖魂已离舍。

席觉初出门，莫知所往，但见路有行人，便问城邑。少选，入城。其父已收狱中。至狱门，遥见父卧檐下，似甚狼狈。举目见子，潸然流涕，曰："狱吏悉受赇嘱③，日夜搒掠，胫股摧残甚矣！"席怒，大骂狱吏："父如有罪，自有王章，岂汝等死魅所能操耶！"遂出，写状。趁城隍早衙，喊冤投之。羊惧，内外贿通，始出质理。城隍以所告无据，颇不直席④。席愤气无伸，冥行百余里，至郡，以官役私状，告诸郡司。迟至半月始得质理。郡司扑席，仍批城隍复案。席至邑，备受械梏，惨冤不能自舒。城隍恐其再讼，遣役押送归家。役至门辞去。

席不肯入，遁赴冥府，诉郡邑之酷贪。冥王立拘质对。二官密遣腹心⑤与席关说，许以千金。席不听。过数日，逆旅主人告曰："君负气已甚，官府求和而执不从，今闻于王前各有函进，恐事殆矣。"席犹未信。俄有皂衣

---

① 东安：旧府县名"东安"者甚多，此或指山东沂水县南旧东安城。
② 戆拙：心直口快而不识利害顾忌。戆，音 zhuàng。
③ 赇嘱：同"贿嘱"。
④ 不直席：认为席方平投诉无理。
⑤ 腹心：心腹之人，贴身的亲信。

人唤入。升堂，见冥王有怒色，不容置词，命笞二十。席厉声问："小人何罪？"冥王漠若不闻。席受笞，喊曰："受笞允当，谁教我无钱也！"冥王益怒，命置火床。两鬼捽席下，见东墀有铁床，炽火其下，床面通赤。鬼脱席衣，掬置其上，反复揉捺之。痛极，骨肉焦黑，苦不得死。约一时许，鬼曰："可矣。"遂扶起，促使下床着衣，犹幸跛而能行。复至堂上，冥王问："敢再讼乎？"席曰："大冤未伸，寸心不死，若言不讼，是欺王也。必讼！"王曰："讼何词？"席曰："身所受者，皆言之耳。"冥王又怒，命以锯解其体。二鬼拉去，见立木高八九尺许，有木板二，仰置其上，上下凝血模糊。方将就缚，忽堂上大呼"席某"，二鬼即复押回。冥王又问："尚敢讼否？"答曰："必讼！"冥王命捉去速解。既下，鬼乃以二板夹席缚木上。锯方下，觉顶脑渐辟，痛不可忍，顾亦忍而不号。闻鬼曰："壮哉此汉！"锯隆隆然寻至胸下。又闻一鬼云："此人大孝无辜，锯令稍偏，勿损其心。"遂觉锯锋曲折而下，其痛倍苦。俄顷半身辟矣；板解，两身俱仆。鬼上堂大声以报，堂上传呼，令合身来见。二鬼即推令复合，曳使行。席觉锯缝一道，痛欲复裂，半步而踬。一鬼于腰间出丝带一条授之，曰："赠此以报汝孝。"受而束之，一身顿健，殊无少苦。遂升堂而伏。冥王复问如前；席恐再罹酷毒，便答："不讼矣。"冥王立命送还阳界。隶率出北门，指示归途，反身遂去。

　　席念阴曹之昧暗尤甚于阳间，奈无路可达帝听。世传灌口二郎[①]为帝勋戚[②]，其神聪明正直，诉之当有灵异。窃喜二隶已去，遂转身南向。奔驰间，有二人追至，曰："王疑汝不归，今果然矣。"捽回复见冥王。窃疑冥王

---

① 灌口二郎：宋朱熹《朱子语录》谓蜀中灌口二郎庙所祀者，当是秦蜀郡守李冰之次子。《西游记》《封神演义》称二郎神为杨戬，疑从李冰次子故事演变而来。
② 为帝勋戚：传说杨戬是玉帝的外甥。勋戚，有功于王业的亲戚。

益怒，祸必更惨；而王殊无厉容，谓席曰："汝志诚孝。但汝父冤，我已为若雪之矣。今已往生富贵家，何用汝鸣呼为。今送汝归，予以千金之产、期颐之寿，于愿足乎？"乃注籍中，嵌以巨印，使亲视之。席谢而下。鬼与俱出，至途，驱而骂曰："奸猾贼！频频反复，使人奔波欲死！再犯，当捉入大磨中细细研之！"席张目叱曰："鬼子胡为者！我性耐刀锯，不耐挞楚耶！请反见王，王如令我自归，亦复何劳相送。"乃返奔。二鬼惧，温语劝回。席故蹇缓，行数步辄憩路侧。鬼含怒不敢复言。约半日至一村，一门半开，鬼引与共坐；席便据门阈，二鬼乘其不备，推入门中。

惊定自视，身已生为婴儿。愤啼不乳，三日遂殇[1]。魂摇摇不忘灌口，约奔数十里，忽见羽葆来，旛戟横路。越道避之，因犯卤簿[2]，为前马所执，絷送车前。仰见车中一少年，丰仪瑰玮。问席："何人？"席冤愤正无所出，且意是必巨官，或当能作威福，因细诉毒痛。车中人命释其缚，使随车行。俄至一处，官府十余员，迎谒道左，车中人各有问讯。已而指席谓一官曰："此下方人，正欲往诉，宜即为之剖决。"席询之从者，始知车中即上帝殿下九王，所嘱即二郎也。席视二郎，修躯多髯，不类世间所传。九王既去，席从二郎至一官廨，则其父与羊姓并衙隶俱在。少顷，槛车中有囚人出，则冥王及郡司、城隍也。当堂对勘，席所言皆不妄。三官战栗，状若伏鼠。二郎援笔立判；顷刻，传下判语，令案中人共视之。判云：

"勘得冥王者：职膺王爵，身受帝恩。自应贞洁以率臣僚，不当贪墨[3]以速官谤。而乃繁缨棨戟，徒夸品秩之尊；羊狠狼贪[4]，竟玷人臣之节。斧敲

---

① 殇：夭亡。

② 卤簿：古时帝王或贵官出行时的仪仗队。

③ 贪墨：同"贪冒"，谓贪以败官。

④ 羊狠狼贪：比喻冥王的凶狠与贪婪。

斫，斫入木，妇子之皮骨皆空；鲸吞鱼，鱼食虾，蝼蚁之微生可悯。当掬江西之水，为尔湔肠；即烧东壁之床，请君入瓮。城隍、郡司：为小民父母之官，司上帝牛羊之牧①。虽则职居下列，而尽瘁者不辞折腰；即或势逼大僚，而有志者亦应强项。乃上下其鹰鸷之手，既罔念夫民贫；且飞扬其狙狯之奸，更不嫌乎鬼瘦。惟受赃而枉法，真人面而兽心！是宜剔髓伐毛，暂罚冥死；所当脱皮换革，仍令胎生。隶役者：既在鬼曹，便非人类。只宜公门修行，庶还落蓐之身；何得苦海生波，益造弥天之孽？飞扬跋扈，狗脸生六月之霜；爵突叫号，虎威断九衢之路。肆淫威于冥界，咸知狱吏为尊；助酷虐于昏官，共以屠伯②是惧。当以法场之内，剁其四肢；更向汤镬之中，捞其筋骨。羊某：富而不仁，狡而多诈。金光盖地，因使阎摩殿上尽是阴霾；铜臭熏天，遂教枉死城中全无日月。余腥犹能役鬼，大力直可通神。宜籍羊氏之家，以偿席生之孝。即押赴东岳施行。"

又谓席廉："念汝子孝义，汝性良懦，可再赐阳寿三纪③。"使两人送之归里。席乃抄其判词，途中父子共读之。既至家，席先苏，令家人启棺视父，僵尸犹冰，俟之终日，渐温而活。又索抄词，则已无矣。

自此，家道日丰，三年良沃遍野；而羊氏子孙微④矣；楼阁田产尽为席有。即有置其田者，必梦神人叱之曰："此席家物，汝乌得有之！"初未深信；既而种作，则终年升斗无所获，于是复鬻于席。席父九十余岁而卒。

---

① 司上帝牛羊之牧：代替天帝管理人民之事。
② 屠伯：宰牲的能手，喻指滥杀的酷吏。
③ 纪：古代以十二年为一纪。
④ 微：衰微，败落。

异史氏曰："人人言净土①，而不知生死隔世，意念都迷，且不知其所以来，又乌知其所以去；而况死而又死，生而复生者乎？忠孝志定，万劫不移，异哉席生，何其伟也！"

---

① 净土：佛教认为西天佛土清净自然，是"极乐世界"，因称为"净土"。

贾奉雉

贾奉雉，平凉①人。才名冠世，而试辄不售。一日途中遇一秀才，自言姓郎，风格飘洒，谈言微中②。因邀俱归，出课艺就正。郎读之，不甚称许，曰："足下文，小试取第一则有余，大场取榜尾亦不足。"贾曰："奈何？"郎曰："天下事，仰而跂之③则难，俯而就之甚易，此何须鄙人言哉！"遂指一二人、一二篇以为标准，大率贾所鄙弃而不屑道者。贾笑曰："学者立言，贵乎不朽，即味列八珍，当使天下不以为泰耳。如此猎取功名，虽登台阁，犹为贱也。"郎曰："不然。文章虽美，贱则弗传④。君将抱卷以终也则已；不然，帘内诸官，皆以此等物事进身，恐不能因阅君文，另换一副眼睛肺肠也。"贾终默然。郎起笑曰："少年盛气哉！"遂别去。

是秋入闱复落，邑邑不得志，颇思郎言，遂取前所指示者强读之。未至终篇，昏昏欲睡，心惶惑无以自主。又三年，场期将近，郎忽至，相见甚欢。出拟题七，使贾作文。越日，索文而阅，不以为可，又令复作；作已，又訾之。贾戏于落卷中，集其蕞茸泛滥，不可告人之句，连缀成文，示之。郎喜曰："得之矣！"因使熟记，坚嘱勿忘。贾笑曰："实相告：此言不由中，转瞬即去，便受榎楚⑤，不能复忆之也。"郎坐案头，强令自诵一遍；因

---

① 平凉：市名，在今甘肃省东南部，与庆阳市同属陇东地区。
② 谈言微中：意谓言谈隐约委婉，但切中事理。
③ 仰而跂之：谓仰首高攀。跂，踮起脚尖。
④ 贱则弗传：意谓当世重官位，如果政治地位低下，文章也就不能传世。
⑤ 榎楚："榎"和"楚"都是古时学校的体罚用具。榎，音 jiǎ。

使祖背，以笔写符而去，曰："只此已足，可以束阁群书矣。"验其符，濯之不下，深入肌理。

入场，七题无一遗者。回思诸作，茫不记忆，惟戏缀之文，历历在心。然把笔终以为羞；欲少窜易，而颠倒苦思，更不能复易一字。日已西坠，直录而出。郎候之已久，问："何暮也？"贾以实告，即求拭符；视之已漫灭矣。回忆场中文，浑如隔世。大奇之，因问："何不自谋？"笑曰："某惟不作此等想，故不能读此等文也。"遂约明日过其寓。贾曰："诺。"郎去，贾复取文自阅，大非本怀，怏怏自失，不复访郎，嗒丧而归。榜发，竟中经魁①。复阅旧稿，汗透重衣，自言曰："此文一出，何以见天下士矣！"正惭怍间，郎忽至曰："求中即中矣，何其闷也？"曰："仆适自念，以金盆玉碗贮狗矢②，真无颜出见同人。行将遁迹山林，与世长辞矣。"郎曰："此论亦高，但恐不能耳。若果能，仆引见一人，长生可得，并千载之名，亦不足恋，况侥来之富贵乎！"贾悦，留与共宿，曰："容某思之。"天明，谓郎曰："吾志决矣！"不告妻子，飘然遂去。

渐入深山，至一洞府，其中别有天地。有叟坐堂上，郎使参之，呼以师。叟曰："来何早也？"郎曰："此人道念已坚，望加收齿。"叟曰："汝既来，须将此身并置度外，始得。"贾唯唯听命。郎送至一院，安其寝处，又投以饵，始去。房亦精洁；但户无扉，窗无棂，内惟一几一榻。贾解履登榻，月明穿射；觉微饥，取饵啖之，甘而易饱。因即寂坐，但觉清香满室，脏腑空明，脉络皆可指数。忽闻有声甚厉，似猫抓痒，自牖窥之，则虎蹲檐下。乍见甚惊；因忆师言，收神凝坐。虎似知有其人，寻入近榻，气咻咻遍

---

① 经魁：明清科举分五经取士，每科乡试及会试，于五经中各取其第一名，明代称之为五经魁首，清代称"经魁"。此指乡试经魁。

② 以金盆玉碗贮狗矢：此喻名贵而实劣。

嗅足股。少间闻庭中嗥动，如鸡受缚，虎即趋出。

又坐少时，一美人入，兰麝扑人，悄然登榻，附耳小言曰："我来矣。"一言之间，口脂散馥。贾瞑然不少动。又低声曰："睡乎？"声音颇类其妻，心微动。又念曰："此皆师相试之幻术也。"瞑如故。美人曰："鼠子动矣！"初，夫妻与婢同室，狎亵惟恐婢闻，私约一谜曰："鼠子动，则相欢好。"忽闻是语，不觉大动，开目凝视，真其妻也。问："何能来？"答云："郎生恐君岑寂思归，遣一妪导我来。"言次，因贾出门不相告语，偎傍之际，颇有怨怼。贾慰藉良久，始得嬉笑为欢。既毕，夜已向晨，闻叟谯呵声，渐近庭院。妻急起，无地自匿，遂越短墙而去。俄顷郎从叟入。叟对贾杖郎，便令逐客。郎亦引贾自短墙出，曰："仆望君奢，不免躁进；不图情缘未断，累受扑责。从此暂别，相见行有日矣。"指示归途，拱手遂别。

贾俯视故村，故在目中。意妻弱步，必滞途间。疾趋里余，已至家门，但见房垣零落，旧景全非，村中老幼，竟无一相识者，心始骇异。忽念刘、阮返自天台[1]，情景真似。不敢入门，于对户憩坐。良久，有老翁曳杖出。贾揖之，问："贾某家何所？"翁指其第曰："此即是也。得无欲闻奇事耶？仆悉知之。相传此公闻捷即遁；遁时其子才七八岁。后至十四五岁，母忽大睡不醒。子在时，寒暑为之易衣；迨后穷蹙，房舍拆毁，惟以木架苫覆蔽之。月前夫人忽醒，屈指百余年矣。远近闻其异，皆来访视，近日稍稀矣。"贾豁然顿悟，曰："翁不知贾奉雉即某是也。"翁大骇，走报其家。

时长孙已死；次孙祥，至五十余矣。以贾年少，疑有诈伪。少间夫人出，始识之。双涕霖霖[2]，呼与俱去。苦无屋宇，暂入孙舍。大小男妇，奔入

---

① 刘、阮返自天台：相传东汉永平年间，剡县人刘晨、阮肇入天台山樵采，遇二仙女，留住半年，及至还乡，子孙已历七世。

② 霖霖：雨落不停。这里形容泪流不断。音 yín。

盈侧，皆其曾、玄，率陋劣少文。长孙妇吴氏，沽酒具藜藿；又使少子杲及妇，与己同室，除舍舍祖翁姑。贾入舍，烟埃儿溺，杂气熏人。居数日，懊惋殊不可耐。两孙家分供餐饮，调饪尤乖。里中以贾新归，日日招饮；而夫人恒不得一饱。吴氏故士人女，颇娴闺训，承顺不衰。祥家给奉渐疏，或呼而与之。贾怒，携夫人去，设帐东里。每谓夫人曰："吾甚悔此一返，而已无及矣。不得已，复理旧业，若心无愧耻，富贵不难致也。"居年余，吴氏犹时馈赠，而祥父子绝迹矣。是岁试入邑庠。宰重其文，厚赠之，由此家稍裕。祥稍稍来近就之。贾唤入，计囊所耗费，出金偿之，斥绝令去。遂买新第，移吴氏共居之，吴二子，长者留守旧业；次杲颇慧，使与门人辈共笔砚。

贾自山中归，心思益明澈，遂连捷登进士。又数年，以侍御出巡两浙①，声名赫奕，歌舞楼台，一时称盛。贾为人鲠峭，不避权贵，朝中大僚思中伤之。贾屡疏恬退②，未蒙俞允，未几而祸作矣。先是，祥六子皆无赖，贾虽摈斥不齿③，然皆窃余势以作威福，横占田宅，乡人共患之。有某乙娶新妇，祥次子篡娶为妾。乙故狙诈，乡人敛金助讼，以此闻于都。当道交章劾贾。贾殊无以自剖，被收经年。祥及次子皆瘐死。贾奉旨充辽阳军。

时杲入泮已久，人颇仁厚，有贤声。夫人生一子，年十六，遂以嘱杲，夫妻携一仆一媪而去。贾曰："十余年之富贵，曾不如一梦之久。今始知荣华之场，皆地狱境界，悔比刘晨、阮肇，多造一重孽案④耳。"数日抵海岸，

---

① 以侍御出巡两浙：以御史衔巡察两浙地区。侍御，清代称御史为侍御。两浙，浙东和浙西。

② 屡疏恬退：屡次上疏皇帝，要求辞官。恬退，淡泊，安于退让。

③ 摈斥不齿：意谓断绝关系，不视为孙辈。摈斥，弃绝。

④ 孽案：指人间经历。孽，佛家语。

遥见巨舟来，鼓乐殷作，虞候皆如天神。既近，舟中一人出，笑请侍御过舟少憩。贾见惊喜，踊身而过，押隶不敢禁。夫人急欲相从，而相去已远，遂愤投海中。漂泊数步，见一人垂练于水引救而去。隶命篙师荡舟，且追且号，但闻鼓声如雷，与轰涛相间，瞬间遂杳。仆识其人，盖郎生也。

异史氏曰："世传陈大士①在闱中，书艺既成，吟诵数四，叹曰：'亦复谁人识得！'遂弃而更作，以故闱墨不及诸稿。贾生羞而遁去，盖亦有仙骨焉。乃再返人世，遂以口腹自贬②，贫贱之中人③甚矣哉！"

---

① 陈大士：陈际泰，字大士，临川人，与艾南英等以文名天下。明崇祯年间进士，年已六十八岁。

② 以口腹自贬：为生活所迫而贬抑自己；指贾奉雉随俗应举，违心而行。口腹，指饮食。

③ 中人：害人。中，伤害，音 zhòng。

胭脂

东昌卞氏，业牛医[1]者，有女小字胭脂，才姿惠丽。父宝爱之，欲占凤[2]于清门，而世族鄙其寒贱，不屑缔盟，所以及笄未字。对户庞姓之妻王氏，佻脱善谑[3]，女闺中谈友也。一日送至门，见一少年过，白服裙帽，丰采甚都。女意动，秋波萦转之。少年俯首趋去。去既远，女犹凝眺。王窥其意，戏谓曰："以娘子才貌，得配若人，庶可无憾。"女晕红上颊，脉脉不作一语。王问："识得此郎否？"女曰："不识。"曰："此南巷鄂秀才秋隼，故孝廉之子。妾向与同里，故识之，世间男子无其温婉。近以妻服未阕[4]，故衣素。娘子如有意，当寄语使委冰焉。"女无语，王笑而去。

数日无耗，女疑王氏未往，又疑宦裔不肯俯就[5]。邑邑徘徊，渐废饮食；萦念颇苦，寝疾惙顿。王氏适来省视，研诘病由。女曰："自亦不知。但尔日别后，渐觉不快，延命假息，朝暮人也。"王小语曰："我家男子负贩未归，尚无人致声鄂郎。芳体[6]违和，莫非为此？"女赪颜良久。王戏曰："果为此，病已至是，尚何顾忌？先令其夜来一聚，彼岂不肯可？"女叹气曰："事至此，已不能羞。若渠不嫌寒贱，即遣冰来，病当愈；若私约，则断断

---

① 牛医：治牛病的兽医。

② 占凤：择婿。

③ 佻脱善谑：轻佻而爱开玩笑。

④ 妻服未阕：为亡妻服丧，尚未满期。服，按丧礼规定所穿的丧服。阕，完了。丧服期满称"服阕"。

⑤ 宦裔：官宦人家的后代，指鄂秋隼为故孝廉之子。俯就：指降低身份与之联姻。

⑥ 芳体：对妇女身体的敬称。

不可！"王颔之而去。

王幼时与邻生宿介通，既嫁，宿侦夫他出，辄寻旧好。是夜宿适来，因述女言为笑，戏嘱致意鄂生。宿久知女美，闻之窃喜其有机可乘。欲与妇谋，又恐其妒，乃假无心之词，问女家闺闼甚悉。次夜逾垣入，直达女所，以指叩窗。女问："谁何？"答曰："鄂生。"女曰："妾所以念君者，为百年，不为一夕。郎果爱妾，但当速遣冰人；若言私合，不敢从命。"宿姑诺之，苦求一握玉腕为信。女不忍过拒，力疾启扉。宿遽入，抱求欢。女无力撑拒，仆地上，气息不续。宿急曳之。女曰："何来恶少，必非鄂郎；果是鄂郎，其人温驯，知妾病由，当相怜恤，何遂狂暴若此！若复尔尔，便当鸣呼，品行亏损，两无所益！"宿恐假迹败露，不敢复强，但请后会。女以亲迎为期。宿以为远，又请。女厌纠缠，约待病愈。宿求信物，女不许；宿捉足解绣履而出。女呼之返，曰："身已许君，复何吝惜？但恐'画虎成狗[1]'，致贻污谤。今亵物[2]已入君手，料不可反。君如负心，但有一死！"宿既出，又投宿王所。既卧，心不忘履，阴摸衣袂，竟已乌有。急起篝灯，振衣冥索。诘王，不应。疑其藏匿，妇故笑以疑之。宿不能隐，实以情告。言已，遍烛门外，竟不可得。懊恨归寝，犹意深夜无人，遗落当犹在途也。早起寻，亦复杳然。

先是，巷中有毛大者，游手无籍[3]。尝挑王氏不得，知宿与洽，思掩执以胁之。是夜过其门，推之未肩，潜入。方至窗下，踏一物软若絮帛，拾视，则巾裹女舄。伏听之，闻宿自述甚悉，喜极，抽息而出。逾数夕，越墙入女家，门户不悉，误诣翁舍。翁窥窗见男子，察其音迹，知为女来。大

---

① 画虎成狗：喻私订终身不成，反贻人笑柄。
② 亵物：贴身之物。此指绣履。
③ 游手无籍：犹言无业游民。

怒，操刀直出。毛大骇，反走。方欲攀垣，而卞追已近，急无所逃，反身夺刃；媪起大呼，毛不得脱，因而杀翁。女稍痊，闻喧始起。共烛之，翁脑裂不能言，俄顷已绝。于墙下得绣履，媪视之，胭脂物也。逼女，女哭而实告之；不忍贻累王氏，言鄂生之自至而已。天明讼于邑。

官拘鄂。鄂为人谨讷[1]，年十九岁，见人羞涩如童子。被执骇绝。上堂不能置词，惟有战栗。宰益信其情实，横加桎梏。生不堪痛楚，遂诬服[2]。及解郡，敲扑如邑。生冤气填塞，每欲与女面质；及相见，女辄诟詈，遂结舌不能自伸，由是论死。经数官复讯无异。

后委济南府复审。时吴公南岱[3]守济南，一见鄂生，疑其不类杀人者，阴使人从容私问之，俾尽得其词。公以是益知鄂生冤。筹思数日始鞫之。先问胭脂："讧约后有知者否？"曰："无之。""遇鄂生时别有人否？"亦曰："无之。"乃唤生上，温语慰问。生曰："曾过其门，但见旧邻妇王氏同一少女出，某即趋避，过此并无一言。"吴公叱女曰："适言侧无他人，何以有邻妇也？"欲刑之。女惧曰："虽有王氏，与彼实无关涉。"公罢质，命拘王氏。拘到，禁不与女通，立刻出审，便问王："杀人者谁？"王曰："不知。"公诈之曰："胭脂供杀卞某汝悉知之，何得不招？"妇呼曰："冤哉！淫婢自思男子，我虽有媒合之言，特戏之耳。彼自引奸夫入院，我何知焉！"公细诘之，始述其前后相戏之词。公呼女上，怒曰："汝言彼不知情，今何以自供撮合哉？"女流涕曰："自己不肖，致父惨死，讼结不知何年，又累他人，诚不忍耳。"公问王氏："既戏后，曾语何人？"王供："无之。"公怒曰："夫妻在床应无不言者，何得云无？"王曰："丈夫久客未归。"公曰："虽

---

① 谨讷：拘谨不善言谈。讷，拙于言辞。

② 诬服：蒙冤被迫服罪。诬，冤屈。

③ 吴公南岱：江南武进人，进士。顺治时任济南知府。

然，凡戏人者，皆笑人之愚，以炫己之慧，更不向一人言，将谁欺？"命桎十指①。妇不得已，实供："曾与宿言。"公于是释鄂拘宿。宿至，自供："不知。"公曰："宿妓者必非良士！"严械之。宿供曰："赚女是真。自失履后，未敢复往，杀人实不知情。"公曰："逾墙者何所不至！"又械之。宿不任凌藉，遂亦诬承。招成报上，咸称吴公之神。铁案如山，宿遂延颈以待秋决矣。然宿虽放纵无行，实亦东国②名士。闻学使施公愚山贤能称最，且又怜才恤士，宿因以一词控其冤枉，语言怆恻。公乃讨其招供，反复凝思之，拍案曰："此生冤也！"遂请于院、司，移案再鞫。问宿生："鞋遗何所？"供曰："忘之。但叩妇门时，犹在袖中。"转诘王氏："宿介之外，奸夫有几？"供言："无有。"公曰："淫妇岂得专私一人？"又供曰："身与宿介稚齿交合，故未能谢绝；后非无见挑者，身实未敢相从。"因使指其挑者，供云："同里毛大，屡挑屡拒之矣。"公曰："何忽贞白如此？"命搒之。妇顿首出血，力辨无有，乃释之。又诘："汝夫远出，宁无有托故而来者？"曰："有之。某甲、某乙，皆以借贷馈赠，曾一二次入小人家。"

　　盖甲、乙皆巷中游荡之子，有心于妇而未发者也。公悉籍其名，并拘之。既齐，公赴城隍庙，使尽伏案前。讯曰："曩梦神告，杀人者不出汝等四五人中。今对神明，不得有妄言。如肯自首，尚可原宥；虚者廉得无赦！"同声言无杀人之事。公以三木置地，将并夹之。括发裸身，齐鸣冤苦。公命释之，谓曰："既不自招，当使鬼神指之。"使人以毡褥悉障殿窗，令无少隙；袒诸囚背，驱入暗中，始投盆水，一一命自盥讫；系诸壁下，戒令"面壁勿动，杀人者当有神书其背"。少间，唤出验视，指毛曰："此真杀

---

① 桎十指：指拶指之刑。拶指是旧时的一种酷刑，用绳穿五根小木棍，夹犯人手指，用力收绳，作为刑罚。桎，音 gù。
② 东国：指齐鲁地区。古代齐、鲁等国，因皆位于我国东部，故称东国。

人贼也！"盖公先使人以灰涂壁，又以烟煤濯其手：杀人者恐神来书，故匿背于壁而有灰色；临出以手护背，而有烟色也。公固疑是毛，至此益信。施以毒刑，尽吐其实。判曰：

"宿介：蹈盆成括杀身之道，成登徒子好色之名。只缘两小无猜，遂野鹜如家鸡之恋；为因一言有漏，致得陇兴望蜀之心。将仲子而逾园墙，便如鸟堕；冒刘郎而至洞口，竟赚门开。感悦惊龙，鼠有皮胡若此？攀花折树，士无行其谓何！幸而听病燕之娇啼，犹为玉惜；怜弱柳之憔悴，未似莺狂。而释幺凤于罗中，尚有文人之意；乃劫香盟于袜底，宁非无赖之尤！蝴蝶过墙，隔窗有耳；莲花瓣卸，堕地无踪。假中之假以生，冤外之冤①谁信？天降祸起，酷械至于垂亡；自作孽盈，断头几于不续。彼逾墙钻隙，固有玷夫儒冠；而僵李代桃，诚难消其冤气。是宜稍宽笞扑，折其已受之惨；姑降青衣，开彼自新之路。

"若毛大者：刁猾无籍，市井凶徒。被邻女之投梭，淫心不死；伺狂童之入巷，贼智忽生。开户迎风，喜得履张生之迹；求浆值酒，妄思偷韩掾之香。何意魄夺自天，魂摄于鬼。浪乘槎木，直入广寒之宫；径泛渔舟，错认桃源之路。遂使情火息焰，欲海生波。刀横直前，投鼠无他顾之意；寇穷安往，急兔起反噬之心。越壁入人家，止期张有冠而李借；夺兵遗绣履，遂教鱼脱网而鸿罹。风流道乃生此恶魔，温柔乡何有此鬼蜮哉！即断首领，以快人心。

"胭脂：身犹未字，岁已及笄。以月殿之仙人，自应有郎似玉；原霓裳之旧队，何愁贮屋无金？而乃感关雎而念好逑，竟绕春婆之梦；怨摽梅而思吉士，遂离倩女之魂。为因一线缠萦，致使群魔交至。争妇女之颜色，恐失

---

① 冤外之冤：指鄂生因宿介受冤，宿介又因毛大受冤。

'胭脂'；惹鸳鸟之纷飞，并托'秋隼'。莲钩摘去，难保一瓣之香；铁限敲来，几破连城之玉。嵌红豆于骰子，相思骨竟作厉阶；丧乔木于斧斤，可憎才真成祸水！葳蕤自守，幸白璧之无瑕；缧绁苦争，喜锦衾之可覆。嘉其入门之拒，犹洁白之情人；遂其掷果之心，亦风流之雅事。仰彼邑令，作尔冰人。"案既结，遐迩传颂焉。

自吴公鞫后，女始知鄂生冤。堂下相遇，觍然含涕，似有痛惜之词，而未可言也。生感其眷恋之情，爱慕殊切；而又念其出身微贱，日登公堂，为千人所窥指，恐娶之为人姗笑，日夜萦回[1]，无以自主。判牒既下，意始安帖。邑宰为之委禽，送鼓吹焉。

异史氏曰："甚哉！听讼之不可以不慎也！纵能知李代为冤，谁复思桃僵亦屈？然事虽暗昧，必有其间，要非审思研察，不能得也。呜呼！人皆服哲人之折狱明，而不知良工之用心苦矣[2]。世之居民上者，棋局消日[3]，裯被放衙[4]，下情民艰，更不肯一劳方寸。至鼓动衙开，巍然坐堂上，彼哓哓者直以桎梏靖之，何怪覆盆[5]之下多沉冤哉！"

愚山先生吾师也。方见知时，余犹童子。窃见其奖进士子，拳拳如恐不尽；小有冤抑，必委曲呵护之，曾不肯作威学校，以媚权要。真宣圣之护法，不止一代宗匠[6]，衡文无屈士已也。而爱才如命，尤非后世学使虚应故事者所及。尝有名士入场，作"宝藏兴焉"文，误记"水下"；录毕而后悟之，料无不黜之理。因作词文后云："宝藏在山间，误认却在水边。山头盖

---

① 萦回：盘绕，形容反复考虑。
② 良工之用心苦矣：优秀技艺家是煞费苦心的。喻哲人断案细心苦思。
③ 棋局消日：以下棋消磨光阴，而荒废政事。
④ 裯被放衙：指人好逸贪睡废政。裯，音 chóu。
⑤ 覆盆：覆置的盆，喻不见天日，沉冤莫白。
⑥ 宗匠：指学术上有重大成就、为众所推崇的人物。

起水晶殿。瑚长峰尖，珠结树颠。这一回崖中跌死撑船汉！告苍天：留点蒂儿，好与友朋看。"先生阅而和之曰："宝藏将山夸，忽然见在水涯。樵夫漫说渔翁话①。题目虽差，文字却佳，怎肯放在他人下。尝见他，登高怕险；那曾见，会水淹杀？"此亦风雅之一斑②，怜才之一事也。

---

① 樵夫漫说渔翁话：山上砍柴的人空自说些水中打渔的人的话，指文不对题。漫，空自。
② 一斑：比喻事物的一点或一小部分。

恒娘

　　都中^①洪大业，妻朱氏，姿致颇佳，两相爱悦。后洪纳婢宝带为妾，貌远逊朱，而洪嬖^②之。朱不平，遂致反目。洪虽不敢公然宿妾所，然益嬖妾，疏朱。

　　后徙居，与帛商狄姓为邻。狄妻恒娘，先过院谒朱。恒娘三十许，姿仅中人，言词轻倩。朱悦之。次日答拜，见其室亦有小妾，年二十许，甚娟好。邻居几半年，并不闻其诟诨一语；而狄独钟爱恒娘，副室则虚位而已。朱一日问恒娘曰："予向谓良人之爱妾，为其为妾也，每欲易妻之名呼作妾。今乃知不然。夫人何术？如可授，愿北面为弟子。"恒娘曰："嘻！子则自疏，而尤男子乎？朝夕而絮聒之，是为丛驱雀^③，其离滋甚耳！其归益纵之，即男子自来，勿纳也。一月后当再为子谋之。"朱从其谋，益饰宝带，使从丈夫寝。洪一饮食，亦使宝带共之。洪时以周旋朱，朱拒之益力，于是共称朱氏贤。

　　如是月余，朱往见恒娘，恒娘喜曰："得之矣！子归毁若妆，勿华服，勿脂泽，垢面敝履，杂家人操作。一月后可复来。"朱从之。衣敝补衣，故为不洁清，而纺绩外无他问。洪怜之，使宝带分其劳；朱不受，辄叱去之。

―――――――――

① 都中：即北京。

② 嬖：宠爱。音 bì。

③ 为丛驱雀：喻指行为不当，则效果与愿望相反。

如是者一月，又往见恒娘。恒娘曰："孺子真可教也！后日为上巳节①，欲招子踏春园。子当尽去敝衣，袍裤袜履，崭然一新，早过我。"朱曰："诺。"至日，揽镜细匀铅黄，一如恒娘教。妆竟，过恒娘，恒娘喜曰："可矣！"又代挽凤髻，光可鉴影。袍袖不合时制，拆其线更作之；谓其履样拙，更于笥中出业履，共成之，讫，即令易着。临别饮以酒，嘱曰："归去一见男子，即早闭户寝，渠来叩关，勿听也。三度呼，可一度纳。口索舌，手索足，皆吝之。半月后当复来。"朱归，炫妆见洪，洪上下凝睇之，欢笑异于平时。朱少话游览，便支颐作惰态；日未昏，即起入房，阖扉眠矣。未几，洪果来款关，朱坚卧不起，洪始去。次夕复然。明日洪让之，朱曰："独眠习惯，不堪复扰。"日既西，洪入闺坐守之。灭烛登床，如调新妇，绸缪甚欢。更为次夜之约；朱不可，长与洪约，以三日为率。

半月许复诣恒娘，恒娘阖门与语曰："从此可以擅专房矣。然子虽美，不媚也。子之姿，一媚可夺西施之宠，况下者乎！"于是试使睇，曰："非也！病在外眦。"试使笑，又曰："非也！病在左颐。"乃以秋波送娇②，又辗然瓠犀微露，使朱效之。凡数十作，始略得其仿佛。恒娘曰："子归矣，揽镜而娴习之，术无余矣。至于床笫之间，随机而动之，因所好而投之，此非可以言传者也。"

朱归，一如恒娘教。洪大悦，形神俱惑，惟恐见拒。日将暮，则相对调笑，跬步不离闺闼，日以为常，竟不能推之使去。朱益善遇宝带，每房中之宴，辄呼与共榻坐；而洪视宝带益丑，不终席，遣去之。朱赚夫入宝带房，扃闭之，洪终夜无所沾染。于是宝带恨洪，对人辄怨谤。洪益厌怒之，渐施

─────────────

① 上巳节：古时士女踏春游园之节。汉以前在农历三月上巳日，魏以后一般在三月初三。

② 秋波送娇：以脉脉含情的眼波，传送柔媚爱悦之意。

鞭楚。宝带忿，不自修，拖敝垢履，头类蓬葆，更不复可言人矣。

恒娘一日谓朱曰："我之术何如？"朱曰："道则至妙；然弟子能由之，而终不能知之也。纵之，何也？"曰："子不闻乎：人情厌故而喜新，重难而轻易？丈夫之爱妾，非必其美也，甘其所乍获，而幸其所难遘也。纵而饱之，则珍错①亦厌，况藜羹乎！""毁之而复炫之，何也？"曰："置不留目，则似久别；忽睹艳妆，则如新至，譬贫人骤得粱肉②，则视脱粟③非味矣。而又不易与之，则彼故而我新，彼易而我难，此即子易妻为妾之法也。"朱大悦，遂为闺中密友。

积数年，忽谓朱曰："我两人情若一体，自当不昧生平。向欲言而恐疑之也；行相别，敢以实告：妾乃狐也。幼遭继母之变，鬻妾都中。良人遇我厚，故不忍遽绝，恋恋以至于今。明日老父尸解，妾往省觐，不复还矣。"朱把手唏嘘。早旦往视，则举家惶骇，恒娘已杳。

异史氏曰："买珠者不贵珠而贵椟：新旧易难之情，千古不能破其惑；而变憎为爱之术，遂得以行乎其间矣。古佞臣事君，勿令见人，勿使窥书。乃知容身固宠，皆有心传也。"

---

① 珍错：山珍海错，今通谓山珍海味。
② 粱肉：精米肥肉。
③ 脱粟：糙米饭。

葛巾

　　常大用，洛①人，癖好牡丹。闻曹州牡丹甲齐、鲁②，心向往之。适以他事如曹，因假缙绅之园居焉。时方二月，牡丹未华，惟徘徊园中，目注勾萌③，以望其拆。作《怀牡丹》诗百绝④。未几花渐含苞，而资斧将匮；寻典春衣，流连忘返。一日凌晨趋花所，则一女郎及老妪在焉。疑是贵家宅眷，遂逡返。暮往又见之，从容避去；微窥之，宫妆艳绝。眩迷之中，忽转一想：此必仙人，世上岂有此女子乎！急返身而搜之，骤过假山，适与妪遇。女郎方坐石上，相顾失惊。妪以身幛女，叱曰："狂生何为！"生长跪曰："娘子必是仙人！"妪咄之曰："如此妄言，自当絷送令尹⑤！"生大惧，女郎微笑曰："去之！"过山而去。

　　生返，复不能徒步。意女郎归告父兄，必有诟辱相加。偃卧空斋，甚悔孟浪。窃幸女郎无怒容，或当不复置念。悔惧交集，终夜而病。日已向辰，喜无问罪之师，心渐宁帖。回忆声容，转惧为想。如是三日，憔悴欲死。秉烛夜分，仆已熟眠。妪入，持瓯而进曰："吾家葛巾娘子，手合鸩汤，其速饮！"生骇然曰："仆与娘子，夙无怨嫌，何至赐死？既为娘子手调，与其

---

① 洛：即洛阳。

② 曹州：州、府名。明改曹州为曹县；清雍正时升为府。治所在今山东省菏泽县。

　　齐、鲁：均春秋时国名，在今山东省境，故以齐鲁代称山东地区。

③ 勾萌：草木的幼芽；弯的叫"勾"，直的叫"萌"。

④ 百绝：百首绝句。绝，诗体的一种，共四句，分五言绝句和七言绝句。

⑤ 令尹：周代楚国上卿称令尹。此指县令。

相思而病，不如仰药①而死！"遂引而尽之。妪笑接瓯而去。生觉药气香冷，似非毒者。俄觉肺膈宽舒，头颅清爽，酣然睡去。既醒，红日满窗。试起，病若失，心益信其为仙。无可夤缘，但于无人时，虔拜而默祷之。

一日行去，忽于深树内覼面遇女郎，幸无他人，大喜投地。女郎近曳之，忽闻异香竟体，即以手握玉腕而起，指肤软腻，使人骨节欲酥。正欲有言，老妪忽至。女令隐身石后，南指曰："夜以花梯度墙，四面红窗者即妾居也。"匆匆而去。生怅然，魂魄飞散，莫知所往。至夜移梯登南垣，则垣下已有梯在，喜而下，果有红窗。室中闻敲棋②声，伫立不敢复前，姑逾垣归。少间再过之，子声犹繁；渐近窥之，则女郎与一素衣美人相对弈，老妪亦在坐，一婢侍焉。又返。凡三往复，漏已三催。生伏梯上，闻妪出云："梯也，谁置此？"呼婢共移去之。生登垣，欲下无阶，恨悒而返。

次夕复往，梯先设矣。幸寂无人，入，则女郎兀坐，若有思者，见生惊起，斜立含羞。生揖曰："自分福薄，恐于天人无分，亦有今夕也！"遂狎抱之。纤腰盈掬，吹气如兰，撑拒曰："何遽尔！"生曰："好事多磨，迟为鬼妒。"言未已，遥闻人语。女急曰："玉版妹子来矣！君可姑伏床下。"生从之。无何，一女子入，笑曰："败军之将，尚可复言战否？业已烹茗，敢邀为长夜之欢。"女郎辞以困惰，玉版固请之，女郎坚坐不行。玉版曰："如此恋恋，岂藏有男子在室耶？"强拉出门而去。生出恨极，遂搜枕簟。室内并无香奁，惟床头有一水精如意，上结紫巾，芳洁可爱。怀之，越垣归。自理衿袖，体香犹凝，倾慕益切。然因伏床之恐，遂有怀刑之惧，筹思不敢复往，但珍藏如意，以冀其寻。

---

① 仰药：仰首饮药；指服毒药。
② 敲棋：下棋。

隔夕女郎果至，笑曰："妾向以君为君子，不知其为寇盗也。"生曰："有之。所以偶不君子者，第望其如意耳。"乃揽体入怀，代解裙结。玉肌乍露，热香四流，偎抱之间，觉鼻息汗薰，无气不馥。因曰："仆固意卿为仙人，今益知不妄。幸蒙垂盼，缘在三生。但恐杜兰香之下嫁，终成离恨耳。"女笑曰："君虑亦过。妾不过离魂之倩女，偶为情动耳。此事宜要慎秘，恐是非之口捏造黑白，君不能生翼，妾不能乘风，则祸离更惨于好别矣。"生然之，而终疑为仙，固诘姓氏，女曰："既以妾为仙，仙人何必以姓名传。"问："妪何人？"曰："此桑姥。妾少时受其露覆，故不与婢辈等。"遂起欲去，曰："妾处耳目多，不可久羁，蹈隙当复来。"临别，索如意，曰："此非妾物，乃玉版所遗。"问："玉版为谁？"曰："妾叔妹也。"付钩乃去。

　　去后，衾枕皆染异香。从此三两夜辄一至。生惑之不复思归，而囊橐既空，欲货马，女知之，曰："君以妾故，泻囊质衣，情所不忍。又去代步，千余里将何以归？妾有私蓄，卿可助装。"生辞曰："感卿情好，抚臆誓肌①，不足论报；而又贪鄙以耗卿财，何以为人乎！"女固强之，曰："姑假君。"遂捉生臂至一桑树下，指一石曰："转之！"生从之。又拔头上簪，刺土数十下，又曰："爬之。"生又从之。则瓮口已见。女探入，出白镪近五十余两，生把臂止之，不听，又出数十铤，生强分其半而后掩之。

　　一夕谓生曰："近日微有浮言，势不可长，此不可不预谋也。"生惊曰："且为奈何！小生素迂谨，今为卿故，如寡妇之失守，不复能自主矣。一惟卿命，刀锯斧钺，亦所不遑顾耳！"女谋偕亡，命生先归，约会于洛。生治任旋里，拟先归而后迎；比至，则女郎车适已至门。登堂朝家人，四邻惊贺，而并不知其窃而逃也。生窃自危，女殊坦然，谓生曰："无论千里外非

---

① 抚臆誓肌：意谓竭诚图报。抚臆，抚胸。誓肌，誓死。

逻察所及，即或知之，妾世家女，卓王孙当无如长卿何也。”

生弟大器，年十七，女顾之曰：“是有慧根，前程尤胜于君。”完婚有期，妻忽夭殒。女曰：“妾妹玉版，君固尝窥见之，貌颇不恶，年亦相若，作夫妇可称佳偶。”生请作伐，女曰：“是亦何难。”生曰：“何术？”曰：“妹与妾最相善。两马驾轻车，费一妪之往返耳。”生恐前情发，不敢从其谋，女曰：“不妨。”即命桑妪遣车去。数日至曹。将近里门，婢下车，使御者止而候于途，乘夜入里。良久偕女子来，登车遂发。昏暮即宿车中，五更复行。女郎计其时日，使大器盛服而迎之。五十里许乃相遇，御轮而归①；鼓吹花烛，起拜成礼。由此兄弟皆得美妇，而家又日富。

一日有大寇数十骑突入第。生知有变，举家登楼。寇入围楼。生俯问：“有仇否？”答云：“无仇。但有两事相求：一则闻两夫人世间所无，请赐一见；一则五十八人，各乞金五百。”聚薪楼下，为纵火计以胁之。生允其索金之请，寇不满志，欲焚楼，家人大恐。女欲与玉版下楼，止之不听。炫妆下阶，未尽者三级，谓寇曰：“我姊妹皆仙媛，暂时一履尘世，何畏寇盗！欲赐汝万金，恐汝不敢受也。”寇众一齐仰拜，喏声“不敢”。姊妹欲退，一寇曰：“此诈也！”女闻之，反身伫立，曰：“意欲何作，便早图之！尚未晚也。”诸寇相顾，默无一言。姊妹从容上楼而去。寇仰望无迹，哄然始散。

后二年，姊妹各举一子，始渐自言：“魏姓，母封曹国夫人。”生疑曹无魏姓世家，又且大姓失女，何得置之不问？未敢穷诘，心窃怪之。遂托故复诣曹，入境谘访，世族并无魏姓。于是仍假馆旧主人，忽见壁上有赠曹国夫人诗，颇涉骇异，因诘主人。主人笑，即请往观曹夫人，至则牡丹一本，高与檐等。问所由名，则以其花为曹第一，故同人戏封之。问其“何种”，曰：

---

① 御轮而归：古婚礼亲迎之礼。

"葛巾紫也。"愈骇，遂疑女为花妖。既归不敢质言，但述赠夫人诗以觇之。女蹴然变色，遽出呼玉版抱儿至，谓生曰："三年前感君见思，遂呈身相报；今见猜疑，何可复聚！"因与玉版皆举儿遥掷之，儿堕地并没。生方惊顾，则二女俱渺矣。悔恨不已。后数日，堕儿处生牡丹二株，一夜径尺，当年而花，一紫一白，朵大如盘，较寻常之葛巾、玉版①，瓣尤繁碎。数年茂荫成丛，移分他所，更变异种，莫能识其名。自此牡丹之盛，洛下无双焉。

异史氏曰："怀之专一，鬼神可通，偏反者亦不可谓无情也。少府寂寞，以花当夫人；况真能解语②，何必力穷其原哉？惜常生之未达也！"

---

① 玉版：牡丹品种名，单叶细长，白如玉版。
② 真能解语：指葛巾能解人意。

黄英

马子才，顺天人。世好菊，至才尤甚，闻有佳种必购之，千里不惮①。一日有金陵客寓其家，自言其中表亲②有一二种，为北方所无。马欣动，即刻治装，从客至金陵。客多方为之营求，得两芽，裹藏如宝。

归至中途，遇一少年，跨蹇从油碧车③，丰姿洒落。渐近与语，少年自言："陶姓。"谈言骚雅④。因问马所自来，实告之。少年曰："种无不佳，培溉在人。"因与论艺菊之法。马大悦，问："将何往？"答云："姊厌金陵，欲卜居于河朔⑤耳。"马欣然曰："仆虽固贫，茅庐可以寄榻。不嫌荒陋，无烦他适。"陶趋车前向姊咨禀，车中人推帘语，乃二十许绝世美人也。顾弟言："屋不厌卑，而院宜得广。"马代诺之，遂与俱归。第南有荒圃，仅小室三四椽，陶喜居之。日过北院为马治菊，菊已枯，拔根再植之，无不活。然家清贫，陶日与马共饮食，而察其家似不举火⑥。马妻吕，亦爱陶姊，不时以升斗馈恤之。陶姊小字黄英，雅善谈，辄过吕所，与共纫绩。陶一日谓马曰："君家固不丰，仆日以口腹累知交，胡可为常！为今计，卖菊亦足谋

---

① 千里不惮：谓不怕路远。惮，怕。

② 中表亲：古代称姑母的儿子为外兄弟，称舅父或姨母的儿子为内兄弟。外为"表"，内为"中"，合称这种亲戚关系为"中表亲"。

③ 跨蹇从油碧车：骑着小驴跟随在油碧车后面。油碧车，也作"油壁车"，因车壁以油涂饰，故名，古时妇女所乘之车。

④ 谈言骚雅：说话文雅，有诗人气质。"骚雅"代指文学修养。

⑤ 河朔：黄河以北地区。

⑥ 不举火：不烧火做饭。

生。"马素介，闻陶言，甚鄙之，曰："仆以君风流雅士，当能安贫；今作是论，则以东篱为市井，有辱黄花矣。"陶笑曰："自食其力不为贪，贩花为业不为俗。人固不可苟求富，然亦不必务求贫也。"马不语，陶起而出。自是马所弃残枝劣种，陶悉掇拾而去。由此不复就马寝食，招之始一至。未几菊将开，闻其门嚣喧如市。怪之，过而窥焉，见市人买花者，车载肩负，道相属也。其花皆异种，目所未睹。心厌其贪，欲与绝；而又恨其私秘佳种，遂款其扉，将就诮让。陶出，握手曳入。见荒庭半亩皆菊畦，数椽之外无旷土。剧去者，则折别枝插补之；其蓓蕾在畦者，罔不佳妙，而细认之，尽皆向所拔弃也。陶入室，出酒馔，设席畦侧，曰："仆贫不能守清戒，连朝幸得微资，颇足供醉。"少间，房中呼"三郎"，陶诺而去。俄献佳肴，烹饪良精。因问："贵姊胡以不字？"答云："时未至。"问："何时？"曰："四十三月。"又诘："何说？"但笑不言，尽欢始散。过宿又诣之，新插者已盈尺矣。大奇之，苦求其术，陶曰："此固非可言传；且君不以谋生，焉用此？"又数日，门庭略寂，陶乃以蒲席包菊，捆载数车而去。逾岁，春将半，始载南中异卉而归，于都中设花肆，十日尽售，复归艺菊。问之去年买花者，留其根，次年尽变而劣，乃复购于陶。

陶由此日富。一年增舍，二年起夏屋。兴作从心，更不谋诸主人。渐而旧日花畦，尽为廊舍。更于墙外买田一区，筑墉四周，悉种菊。至秋，载花去，春尽不归。而马妻病卒。意属黄英，微使人风示之。黄英微笑，意似允许，惟专候陶归而已。年余，陶竟不至。黄英课仆种菊，一如陶。得金益合商贾，村外治膏田二十顷，甲第益壮。忽有客自东粤来，寄陶生函信，发之，则嘱姊归马。考其寄书之日，即马妻死之日；回忆园中之饮，适四十三月也，大奇之。以书示英，请问"致聘何所"。英辞不受采。又以故居陋，欲使就南第居，若赘焉。马不可，择日行亲迎礼。

黄英既适马，于间壁开扉通南第，日过课其仆。马耻以妻富，恒嘱黄英作南北籍，以防淆乱。而家所需，黄英辄取诸南第。不半岁，家中触类皆陶家物。马立遣人一一赍还之，戒勿复取。未浃旬又杂之。凡数更，马不胜烦。黄英笑曰："陈仲子毋乃劳乎？"马惭，不复稽，一切听诸黄英。鸠工庀料，土木大作，马不能禁。经数月，楼舍连垣，两第竟合为一，不分疆界矣。然遵马教，闭门不复业菊，而享用过于世家。马不自安，曰："仆三十年清德，为卿所累。今视息人间，徒依裙带而食①，真无一毫丈夫气矣。人皆祝富，我但祝穷耳！"黄英曰："妾非贪鄙，但不少致丰盈，遂令千载下人，谓渊明②贫贱骨，百世不能发迹，故聊为我家彭泽③解嘲耳。然贫者愿富为难，富者求贫固亦甚易。床头金任君挥去之，妾不靳也。"马曰："捐他人之金，抑亦良丑。"英曰："君不愿富，妾亦不能贫也。无已，析君居：清者自清，浊者自浊，何害？"乃于园中筑茅茨，择美婢往侍马。马安之。然过数日，苦念黄英。招之不肯至，不得已反就之。隔宿辄至，以为常。黄英笑曰："东食西宿④，廉者当不如是。"马亦自笑无以对，遂复合居如初。

　　会马以事客金陵，适逢菊秋。早过花肆，见肆中盆列甚繁，款朵佳胜，心动，疑类陶制。少间主人出，果陶也。喜极，具道契阔，遂止宿焉。要之归，陶曰："金陵，吾故土，将婚于是。积有薄资，烦寄吾姊。我岁杪当暂去。"马不听，请之益苦。且曰："家幸充盈，但可坐享，无须复贾。"坐肆中，使仆代论价，廉其直，数日尽售。逼促囊装，赁舟遂北，入门，则姊已除舍，床榻裀褥皆设，若预知弟也归者。陶自归，解装课役，大修亭园，惟

① 徒依裙带而食：但靠妻子生活。
② 渊明：晋代诗人陶渊明。
③ 我家彭泽：陶渊明曾为彭泽县令，黄英也姓陶，故曰"我家彭泽"。
④ 东食西宿：比喻兼有两利。

日与马共棋酒，更不复结一客。为之择婚，辞不愿。姊遣二婢侍其寝处，居三四年，生一女。陶饮素豪，从不见其沉醉。有友人曾生，量亦无对。适过马，马使与陶相较饮。二人纵饮甚欢，相得恨晚。自辰以迄四漏[1]，计各尽百壶。曾烂醉如泥，沉睡座间。陶起归寝，出门践菊畦，玉山倾倒[2]，委衣于侧，即地化为菊，高如人；花十余朵，皆大如拳。马骇绝，告黄英。英急往，拔置地上，曰："胡醉至此！"覆以衣，要马俱去，戒勿视。既明而往，则陶卧畦边。马乃悟姊弟皆菊精也，益敬爱之。而陶自露迹，饮益放，恒自折柬招曾，因与莫逆。值花朝，曾乃造访，以两仆舁药浸白酒一坛，约与共尽。坛将竭，二人犹未甚醉。马潜以一瓶续入之，二人又尽之。曾醉已惫，诸仆负之以去。陶卧地，又化为菊。马见惯不惊，如法拔之，守其旁以观其变。久之，叶益憔悴。大惧，始告黄英。英闻骇曰："杀吾弟矣！"奔视之，根株已枯。痛绝，掐其梗，埋盆中，携入闺中，日灌溉之。马悔恨欲绝，甚怨曾。越数日，闻曾已醉死矣。盆中花渐萌，九月既开，短干粉朵，嗅之有酒香，名之"醉陶"，浇以酒则茂。后女长成，嫁于世家。黄英终老，亦无他异。

异史氏曰："青山白云人，遂以醉死，世尽惜之，而未必不自以为快也。植此种于庭中，如见良友，如见丽人，不可不物色之也。"

---

① 自辰以迄四漏：从辰时一直到夜里四更天。迄，至。
② 玉山倾倒：形容酒醉摔倒。

书痴

　　彭城^①郎玉柱，其先世官至太守，居官廉，得俸不治生产，积书盈屋。至玉柱尤痴。家苦贫，无物不鬻，惟父藏书，一卷不忍置。父在时，曾书《劝学篇》^②粘其座右^③，郎日讽诵；又幛以素纱，惟恐磨灭。非为干禄，实信书中真有金粟^④。昼夜研读，无问寒暑。年二十余，不求婚配，冀卷中丽人自至。见宾亲不知温凉^⑤，三数语后，则诵声大作，客逡巡自去。每文宗临试^⑥，辄首拔之，而苦不得售。

　　一日方读，忽大风飘卷去。急逐之，踏地陷足；探之，穴有腐草；掘之，乃古人窖粟，朽败已成粪土。虽不可食，而益信"千锺"之说不妄，读益力。一日梯登高架，于乱卷中得金辇径尺，大喜，以为"金屋"之验。出以示人，则镀金而非真金。心窃怨古人之诳己也。居无何，有父同年，观察是道^⑦，性好佛。或劝郎献辇为佛龛。观察大悦，赠金三百、马二匹。郎喜，以为金屋、车马皆有验，因益刻苦。然行年已三十矣。或劝其娶，曰："'书中自有颜如玉'，我何忧无美妻乎？"又读二三年，迄无效，人咸揶揄之。

---

① 彭城：古县名，秦置，清代改为铜山县。治所在今江苏省徐州市。

② 《劝学篇》：指宋真宗赵恒所作的《劝学文》。

③ 粘其座右：意谓当作"座右铭"，以鞭策自己。

④ 金粟：指《劝学文》所说的"黄金屋""千锺粟"。

⑤ 不知温凉：不知话温凉，谓不解应酬。

⑥ 文宗临试：学使案临考试。文宗，明代称提学、清代称学政为文宗。

⑦ 观察是道：做彭城的观察。观察，官名，明清道员的尊称，是省之下、府县之上的地方官员。

时民间讹言天上织女私逃。或戏郎："天孙窃奔，盖为君也。"郎知其戏，置不辩。

一夕读《汉书》至八卷，卷将半，见纱剪美人夹藏其中。骇曰："书中颜如玉，其以此验之耶？"心怅然自失。而细视美人，眉目如生；背隐隐有细字云："织女。"大异之。日置卷上，反复瞻玩，至忘食寝。一日方注目间，美人忽折腰起，坐卷上微笑。郎惊绝，伏拜案下。既起，已盈尺矣。益骇，又叩之。下几亭亭，宛然绝代之姝。拜问："何神？"美人笑曰："妾颜氏，字如玉，君固相知已久。日垂青盼①，脱不一至，恐千载下无复有笃信古人者。"郎喜，遂与寝处。然枕席间亲爱倍至，而不知为人②。

每读必使女坐其侧。女戒勿读，不听；女曰："君所以不能腾达者，徒以读耳。试观春秋榜上，读如君者几人？若不听，妾行去矣。"郎暂从之。少顷忘其教，吟诵复起。逾刻索女，不知所在。神志丧失，嘱而祷之，殊无影迹。忽忆女所隐处，取《汉书》细检之，直至旧处，果得之。呼之不动，伏以哀祝。女乃下曰："君再不听，当相永绝！"因使治棋枰、樗蒲之具③，日与遨戏。而郎意殊不属。觑女不在，则窃卷流览。恐为女觉，阴取《汉书》第八卷，杂混他所以迷之。一日读酣，女至，竟不之觉；忽睹之，急掩卷，而女已亡矣。大惧，冥搜诸卷，渺不可得；既，仍于《汉书》八卷中得之，页数不爽。因再拜祝，矢不复读。

女乃下，与之弈，曰："三日不工，当复去。"至三日，忽一局赢女二子。女乃喜，授以弦索，限五日工一曲。郎手营目注，无暇他及；久之随手应节，不觉鼓舞。女乃日与饮博，郎遂乐而忘读，女又纵之出门，使结客，

---

① 日垂青盼：承蒙喜爱。
② 为人：指夫妻生活。
③ 樗蒲之具：泛指赌具。

由此偶傥之名暴著。女曰："子可以出而试矣。"

郎一夜谓女曰："凡人男女同居则生子；今与卿居久，何不然也？"女笑曰："君日读书，妾固谓无益。今即夫妇一章，尚未了悟，枕席二字有工夫。"郎惊问："何工夫？"女笑不言。少间潜迎就之。郎乐极曰："我不意夫妇之乐，有不可言传者。"于是逢人辄道，无有不掩口者。女知而责之，郎曰："钻穴逾隙者始不可以告人，天伦之乐①人所皆有，何讳焉？"过八九月，女果举一男，买媪抚字之。

一日，谓郎曰："妾从君二年，业生子，可以别矣。久恐为君祸，悔之已晚。"郎闻言泣下，伏不起，曰："卿不念呱呱者耶？"女亦凄然，良久曰："必欲妾留，当举架上书尽散之。"郎曰："此卿故乡，乃仆性命，何出此言！"女不之强，曰："妾亦知其有数，不得不预告耳。"先是，亲族或窥见女，无不骇绝，而又未闻其缔姻何家，共诘之。郎不能作伪语，但默不言。人益疑，邮传几遍，闻于邑宰史公。史，闽人，少年进士。闻声倾动，窃欲一睹丽容，因而拘郎与女。女闻知遁匿无迹。宰怒，收郎，斥革衣衿②，桎梏备加，务得女所自往。郎垂死无一言。械其婢，略得道其仿佛。宰以为妖，命驾亲临其家。见书卷盈屋，多不胜搜，乃焚之庭中，烟结不散，暝若阴霾。

郎既释，远求父门人书，得从辨复③。是年秋捷，次年举进士。而衔恨切于骨髓。为颜如玉之位④，朝夕而祝曰："卿如有灵，当佑我官于闽。"后果

---

① 天伦之乐：这里指夫妇乐趣。天伦，指父子、兄弟、夫妇等天然的亲属关系。

② 斥革衣衿：褫夺生员衣冠。指取消生员资格。斥革同"褫革"。

③ 得从辨复：申辩恢复功名的请求得到批准。辨复，向上级官府申诉理由，请求恢复职务或功名。

④ 位：牌位，灵位。

以直指巡闽①。居三月，访史恶款，籍其家。时有中表为司理，逼纳爱妾，托言买婢寄署中。案既结，郎即日自劾②，取妾而归。

异史氏曰："天下之物，积则招妒，好则生魔，女之妖，书之魔也。事近怪诞，治之未为不可；而祖龙之虐③不已惨乎！其存心之私，更宜得怨毒之报也。呜呼！何怪哉！"

---

① 以直指巡闽：谓以御史衔巡察福建。
② 自劾：上疏自陈过错，请求免职。劾，弹劾，揭发罪过。
③ 祖龙之虐：指秦始皇焚书坑儒的暴政；喻指邑宰尽焚郎生之藏书。祖龙，秦人对秦始皇的代称。

晚霞

五月五日，吴越间^①有斗龙舟之戏：刳木^②为龙，绘鳞甲，饰以金碧；上为雕甍朱槛，帆旌皆以锦绣。舟末为龙尾，高丈余，以布索引木板下垂。有童坐板上，颠倒滚跌，作诸巧剧。下临江水，险危欲堕。故其购是童也，先以金啖^③其父母，预调驯之，堕水而死，勿悔也。吴门^④则载美姬，较不同耳。

镇江有蒋氏童阿端，方七岁。便捷奇巧莫能过，声价益起，十六岁犹用之。至金山下堕水死。蒋媪止此子，哀鸣而已。阿端不自知死，有两人导去，见水中别有天地；回视则流波四绕，屹如壁立。俄入宫殿，见一人兜牟坐。两人曰："此龙窝君也。"便使拜伏，龙窝君颜色和霁，曰："阿端伎巧可入柳条部。"遂引至一所，广殿四合。趋上东廊，有诸少年出与为礼，率十三四岁。即有老妪来，众呼解姥。坐令献技。已，乃教以"钱塘飞霆"之舞，"洞庭和风"之乐。但闻鼓钲喤聒，诸院皆响；既而诸院皆息。姥恐阿端不能即娴，独絮絮调拨之；而阿端一过，殊已了了。姥喜曰："得此儿，不让晚霞矣！"

明日龙窝君按部，诸部毕集。首按"夜叉部"，鬼面鱼服，鸣大钲，围四尺许，鼓可四人合抱之，声如巨霆，叫噪不复可闻。舞起则巨涛汹涌，横

---

① 吴越间：古代吴国和越国所辖地区。指今江苏、浙江一带。
② 刳木：将整木挖空。刳，音 kū。
③ 啖：收买。
④ 吴门：古吴县的别称，即今苏州市。

流空际，时堕一点，大如盆，着地消灭。龙窝君急止之，命进"乳莺部"，皆二八姝丽，笙乐细作，一时清风习习，波声俱静，水渐凝如水晶世界，上下通明。按毕，俱退立西墀下。次按"燕子部"，皆垂髫人。内一女郎，年十四五已来，振袖倾鬟，作"散花舞"；翩翩翔起，衿袖袜履间，皆出五色花朵，随风飏下，飘泊满庭。舞毕，随其部亦下西墀。阿端旁睨，雅爱好之，问之同部，即晚霞也。无何，唤"柳条部"。龙窝君特试阿端。端作前舞，喜怒随腔，俯仰中节。龙窝君嘉其惠悟，赐五文裤褶，鱼须金束发，上嵌夜光珠。阿端拜赐下，亦趋西墀，各守其伍。端于众中遥注晚霞，晚霞亦遥注之。少间，端逡巡出部而北，晚霞亦渐出部而南，相去数武，而法严不敢乱部，相视神驰而已。既按"蛱蝶部"，童男女皆双舞，身长短、年大小、服色黄白，皆取诸同。诸部按毕，鱼贯而出。"柳条"在"燕子部"后，端疾出部前，而晚霞已缓滞在后。回首见端，故遗珊瑚钗，端急内袖中。

既归，凝思成疾，眠餐顿废。解姥辄进甘旨，日三四省，抚摩股切，病不少瘥。姥忧之，罔所为计，曰："吴江王寿期已促[①]，且为奈何！"薄暮一童子来，坐榻上与语，自言："隶蛱蝶部。"从容问曰："君病为晚霞否？"端惊问："何知？"笑曰："晚霞亦如君耳。"端凄然起坐，便求方计。童问："尚能步否？"答云："勉强尚能自力。"童挽出，南启一户，折而西，又辟双扉。见莲花数十亩，皆生平地上，叶大如席，花大如盖，落瓣堆梗下盈尺。童引入其中，曰："姑坐此。"遂去。少时，一美人拨莲花而入，则晚霞也。相见惊喜，各道相思，略述生平。遂以石压荷盖令侧，雅可幛蔽；又匀铺莲瓣而藉之，忻与狎寝。既，订后约，日以夕阳为候，乃别。端归，病亦寻愈。由此两人日以会于莲亩。

---

① 寿期已促：祝寿的日期已近。促，迫近。

过数日，随龙窝君往寿吴江王。称寿已，诸部悉归，独留晚霞及"乳莺部"一人在宫中教舞。数月更无音耗，端怅望若失。惟解姥日往来吴江府，端托晚霞为外妹，求携去，冀一见之。留吴江门下数日，宫禁严森，晚霞苦不得出，怏怏而返。积月余，痴想欲绝。一日解姥入，戚然相吊曰："惜乎！晚霞投江矣！"端大骇，涕下不能自止。因毁冠裂服，藏金珠而出，意欲相从俱死。但见江水若壁，以首力触不得入。念欲复还，惧问冠服，罪将增重。意计穷蹙，汗流浃踵。忽睹壁下有大树一章，乃猱攀而上，渐至端杪，猛力跃堕，幸不沾濡，而竟已浮水上。不意之中，恍睹人世，遂飘然泅去。移时得岸，少坐江滨，顿思老母，遂趁舟而去。

抵里，四顾居庐，忽如隔世。次且至家，忽闻窗中有女子曰："汝子来矣。"音声甚似晚霞。俄，与母俱出，果霞。斯时两人喜胜于悲；而媪则悲疑惊喜，万状俱作矣。初，晚霞在吴江，觉腹中震动，龙宫法禁严，恐旦夕身娩，横遭挞楚，又不得一见阿端，但欲求死，遂潜投江水。身泛起，沉浮波中，有客舟拯之，问其居里。晚霞故吴名妓，溺水不得其尸，自念衙院不可复投，遂曰："镇江蒋氏，吾婿也。"客因代赁扁舟，送诸其家。蒋媪疑其错误，女自言不误，因以其情详告媪。媪以其风格婉妙，颇爱悦之。第虑年太少，必非肯终寡也者。而女孝谨，顾家中贫，便脱珍饰售数万。媪察其志无他，良喜。然无子，恐一旦临蓐，不见信于戚里，以谋女。女曰："母但得真孙，何必求人知。"媪亦安之。

会端至，女喜不自已。媪亦疑儿不死；阴发儿冢，骸骨俱存，因以此诘端。端始爽然①自悟；然恐晚霞恶其非人，嘱母勿复言。母然之。遂告同里，以为当日所得非儿尸，然终虑其不能生子。未几竟举一男，捉之无异常儿，

---

① 爽然：清醒的样子。

始悦。久之，女渐觉阿端非人，乃曰："胡不早言！凡鬼衣龙宫衣，七七魂魄坚凝，生人不殊矣。若得宫中龙角胶，可以续骨节而生肌肤，惜不早购之也。"

端货其珠，有贾胡①出资百万，家由此巨富。值母寿，夫妻歌舞称觞②，遂传闻王邸。王欲强夺晚霞。端惧，见王自陈："夫妇皆鬼。"验之无影而信，遂不之夺。但遣宫人就别院传其技。女以龟溺毁容③，而后见之。教三月，终不能尽其技而去。

---

① 贾胡：做买卖的胡人，指外国商人。
② 称觞：举杯敬酒；指祝寿。
③ 龟溺：龟尿。据说龟尿沾污肌肤不易脱落。毁容：弄丑自己的容貌。

白秋练

　　直隶有慕生，小字蟾宫，商人慕小寰之子。聪惠喜读。年十六，翁以文业迁，使去而学贾，从父至楚。每舟中无事，辄便吟诵。抵武昌，父留居逆旅，守其居积①。生乘父出，执卷哦诗，音节铿锵。辄见窗影憧憧，似有人窃听之，而亦未之异也。

　　一夕翁赴饮，久不归，生吟益苦。有人徘徊窗外，月映甚悉。怪之，遽出窥觇，则十五六倾城之姝。望见生，急避去。又二三日，载货北旋，暮泊湖滨。父适他出，有媪入曰："郎君杀吾女矣！"生惊问之，答云："妾白姓。有息女②秋练，颇解文字。言在郡城③，得听清吟，于今结念，至绝眠餐。意欲附为婚姻，不得复拒。"生心实爱好，第虑父嗔，因直以情告。媪不实信，务要盟约④。生不肯，媪怒曰："人世姻好，有求委禽而不得者。今老身自媒，反不见纳，耻孰甚焉！请勿想北渡矣！"遂去。少间父归，善其词以告之，隐冀垂纳。而父以涉远，又薄女子之怀春也，笑置之。

　　泊舟处水深没棹；夜忽沙碛拥起，舟滞不得动。湖中每岁客舟必有留住守洲者，至次年桃花水溢，他货未至，舟中物当百倍于原直也，以故翁未甚忧怪。独计明岁南来，尚须揭资，于是留子自归。生窃喜，悔不诘媪居里。日既暮，媪与一婢扶女郎至，展衣卧诸榻上，向生曰："人病至此，莫高枕

---

① 居积：囤积的货物。
② 息女：亲生女。
③ 郡城：此指武昌。
④ 务要盟约：坚持逼使对方缔结婚约。

作无事者！"遂去。生初闻而惊；移灯视女，则病态含娇，秋波自流。略致讯诘，嫣然微笑。生强其一语，曰："'为郎憔悴却羞郎'，可为妾咏。"生狂喜，欲近就之，而怜其荏弱。探手于怀，接脶为戏。女不觉欢然展谑^①，乃曰："君为妾三吟王建'罗衣叶叶'之作，病当愈。"生从其言。甫两过，女揽衣起曰："妾愈矣！"再读，则娇颤相和。生神志益飞，遂灭烛共寝。女未曙已起，曰："老母将至矣。"未几媪果至。见女凝妆欢坐，不觉欣慰；邀女去，女俯首不语。媪即自去，曰："汝乐与郎君戏，亦自任也。"于是生始研问居止^②。女曰："妾与君不过倾盖之交，婚嫁尚未可必，何须令知家门。"然两人互相爱悦，要誓良坚。

　　女一夜早起挑灯，忽开卷凄然泪莹，生起急问之。女曰："阿翁^③行且至。我两人事，妾适以卷卜^④，展之得李益《江南曲》，词意非祥。"生慰解之，曰："首句'嫁得瞿塘贾'，即已大吉，何不祥之与有！"女乃少欢，起身作别曰："暂请分手，天明则千人指视矣。"生把臂哽咽，问："好事如谐，何处可以相报？"曰："妾常使人侦探之，谐否无不闻也。"生将下舟送之，女力辞而去。无何慕果至。生渐吐其情，父疑其招妓，怒加诟厉。细审舟中财物，并无亏损，谯呵乃已。一夕翁不在舟，女忽至，相见依依，莫知决策。女曰："低昂有数^⑤，且图目前。姑留君两月，再商行止。"临别，以吟声作为相会之约。由此值翁他出，遂高吟，则女自至。四月行尽，物价失时^⑥，

---

① 展谑：露出喜悦的神情。

② 居止：住处。

③ 阿翁：对丈夫的父亲的称呼。

④ 卷卜：信手翻阅书卷某一页，就其内容占卜吉凶。卷，书。

⑤ 低昂有数：成败都有定数，意谓听天由命。

⑥ 物价失时：指舟行受阻，某些季节性的货物就失去了高价出售的时机。

诸贾无策，敛资祷湖神之庙。端阳①后，雨水大至，舟始通。

生既归，凝思成疾。慕忧之，巫医并进。生私告母曰："病非药禳②可痊，惟有秋练至耳。"翁初怒之；久之支离益惫，始惧，赁车载子复入楚，泊舟故处。访居人，并无知白媪者。会有媪操柁湖滨，即出自任。翁登其舟，窥见秋练，心窃喜，而审诘邦族，则浮家泛宅③而已。因实告子病由，冀女登舟，姑以解其沉痼。媪以婚无成约，弗许。女露半面，殷殷窥听，闻两人言，眦泪欲堕。媪视女面，因翁哀请，即亦许之。至夜翁出，女果至，就榻鸣泣曰："昔年妾状今到君耶！此中况味，要不可不使君知。然羸顿如此，急切何能便瘳？妾请为君一吟。"生亦喜。女亦吟王建前作。生曰："此卿心事，医二人何得效？然闻卿声，神已爽矣。试为我吟'杨柳千条尽向西'。"女从之。生赞曰："快哉！卿昔诵诗余，有《采莲子》云：'菡萏香莲十顷陂。'心尚未忘，烦一曼声度之。"女又从之。甫阕④，生跃起曰："小生何尝病哉！"遂相狎抱，沉疴若失。既而问："父见媪何词？事得谐否？"女已察知翁意，直对"不谐"。

既而女去，父来，见生已起，喜甚，但慰勉之。因曰："女子良佳。然自总角时把柁棹歌，无论微贱，抑亦不贞。"生不语。翁既出，女复来，生述父意。女曰："妾窥之审矣：天下事，愈急则愈远，愈迎则愈拒。当使意自转，反相求。"生问计，女曰："凡商贾之志在于利耳。妾有术知物价。适视舟中物，并无少息。为我告翁：居某物利三之；某物十之。归家，妾言验，则妾为佳妇矣。再来时，君十八，妾十七，相欢有日，何忧为！"生以

---

① 端阳：指端阳节，即阴历五月初五日。
② 药禳：医药和祈祷。
③ 浮家泛宅：漂泊无定的水上人家。
④ 甫阕：刚唱完。阕，乐终，音 què。

所言物价告父。父颇不信，姑以余资半从其教。既归，所自买货，资本大亏；幸少从女言，得厚息，略相准。以是服秋练之神。生益夸张之，谓女自言，能使己富。翁于是益揭资而南。至湖，数日不见白媪；过数日，始见其泊舟柳下，因委禽焉。媪悉不受，但涓吉送女过舟。翁另赁一舟，为子合卺。

女乃使翁益南，所应居货，悉籍付之。媪乃邀婿去，家于其舟。翁三月而返。物至楚，价已倍蓰。将归，女求载湖水；既归，每食必加少许，如用醯酱焉。由是每南行，必为致数坛而归。后三四年，举一子。

一日涕泣思归。翁乃偕子及妇俱入楚。至湖，不知媪之所在。女扣舷呼母，神形丧失。促生沿湖问讯。会有钓鲟鳇者，得白鱀①。生近视之，巨物也，形全类人，乳阴毕具。奇之，归以告女。女大骇，谓凤有放生愿，嘱生赎放之。生往商钓者，钓者索直昂。女曰："妾在君家，谋金不下巨万，区区者何遂靳直也！如必不从，妾即投湖水死耳！"生惧，不敢告父，盗金赎放之。既返不见女。搜之不得，更尽始至。问："何往？"曰："适至母所。"问："母何在？"腆然曰："今不得不实告矣：适所赎，即妾母也。向在洞庭，龙君命司行旅。近宫中欲选嫔妃，妾被浮言者所称道，遂敕妾母，坐相索。妾母实奏之。龙君不听，放母于南滨，饿欲死，故罹前难。今难虽免，而罚未释。君如爱妾，代祷真君可免。如以异类见憎，请以儿掷还君。妾自去，龙宫之奉，未必不百倍君家也。"生大惊，虑真君不可得见。女曰："明日未刻，真君当至。见有跛道士，急拜之，入水亦从之。真君喜文士，必合怜允。"乃出鱼腹绫一方，曰："如问所求，即出此，求书一'免'字。"生

---

① 白鱀：即白鳍豚，也称淡水海豚，产于我国长江中下游一带，是我国特有的水生兽类。嘴狭长，有背鳍。背部呈蓝色，腹部白色。如今已灭绝。

如言候之。果有道士蹩躠^①而至，生伏拜之。道士急走，生从其后。道士以杖投水，跃登其上。生竟从之而登，则非杖也，舟也。又拜之，道士问："何求？"生出罗求书。道士展视曰："此白骥翼也，子何遇之？"蟾宫不敢隐，详陈始末。道士笑曰："此物殊风流，老龙何得荒淫！"遂出笔草书"免"字如符形，返舟令下。则见道士踏杖浮行，顷刻已渺。归舟女喜，但嘱勿泄于父母。

　　归后二三年，翁南游，数月不归。湖水俱罄，久待不至。女遂病，日夜喘急，嘱曰："如妾死，勿瘗，当于卯、午、酉三时^②，一吟杜甫《梦李白》诗，死当不朽。待水至，倾注盆内，闭门缓妾衣，抱入浸之，宜得活。"喘息数日，奄然遂毙。后半月，慕翁至，生急如其教，浸一时许，渐苏。自是每思南旋。后翁死，生从其意，迁于楚。

---

① 蹩躠：走路一瘸一拐。音 bié xiè。
② 卯、午、酉三时：指早晨、中午、晚上。卯时，指上午五时至七时。午时，指上午十一时至下午一时。酉，指下午五时至七时。

织成

　　洞庭湖中，往往有水神借舟。遇有空船，缆忽自解，飘然游行。但闻空中音乐并作，舟人蹲伏一隅，瞑目听之，莫敢仰视，任所往。游毕仍泊旧处。

　　有柳生落第归，醉卧舟上。笙乐忽作。舟人摇生不得醒，急匿艎下^①。俄有人捽生。生醉甚，随手堕地，眠如故，即亦置之，少间，鼓吹鸣聒。生微醒，闻兰麝充盈，睨之，见满船皆佳丽。心知其异，目若瞑^②。少间传呼织成，即有侍儿来，立近颊际，翠袜紫舄，细瘦如指。心好之，隐以齿啮其袜。少间，女子移动，牵曳倾踣。上问之，因白其故。在上者怒，命即行诛。遂有武士入，捉缚而起。

　　见南面一人，冠类王者，因行且语，曰："闻洞庭君为柳氏^③，臣亦柳氏；昔洞庭落第，今臣亦落第；洞庭得遇龙女而仙，今臣醉戏一姬而死，何幸、不幸之悬殊也！"王者闻之，唤回，问："汝秀才下第者乎？"生诺。便授笔札，令赋《风鬟雾鬓》。生固襄阳^④名士，而构思颇迟，捉笔良久。上诮让曰："名士何得尔？"生释笔自白："昔《三都赋》十稔而成，以是知文贵工不贵速^⑤也。"王者笑听之。自辰至午，稿始脱。王者览之，大悦曰："真

---

① 艎下：犹言船舱。艎，吴地大舟，音 huáng。

② 目若瞑：眼睛好像是闭着。意谓伪装闭目，暗地观察。

③ 洞庭君为柳氏：洞庭君，指柳毅。据《太平广记》卷四一九引唐李朝威《异闻集·柳毅》记载，落第秀才柳毅在野外遇到因受夫家虐待而牧羊的洞庭龙女，为其传书，解救了龙女，后柳毅与龙女成婚。

④ 襄阳：今湖北省襄阳市。

⑤ 文贵工不贵速：写文章以精巧为好，不以速成为贵。

名士也！"遂赐以酒。顷刻，异馔纷纶。方问对间，一吏捧簿进白："溺籍^①告成矣。"问："人数几何？"曰："一百二十八人。"问："签差何人矣？"答云："毛、南二尉。"生起拜辞，王者赠黄金十斤，又水晶界方一握，曰："湖中小有劫数，持此可免。"忽见羽葆人马，纷立水面，王者下舟登舆，遂不复见，久之寂然。舟人始自艎下出，荡舟北渡，风逆不得前。忽见水中有铁猫浮出，舟人骇曰："毛将军出现矣！"各舟商人俱伏。又无何，湖中一木直立，筑筑^②摇动。益惧曰："南将军又出矣！"少时，波浪大作，上翳天日，四顾湖舟，一时尽覆。生举界方危坐舟中，万丈洪涛至舟顿灭，以是得全。

既归，每向人语其异，言："舟中侍儿，虽未悉其容貌，而裙下双钩，亦人世所无。"后以故至武昌，有崔媪卖女，千金不售；蓄一水晶界方，言有能配此者，嫁之。生异之，怀界方而往。媪忻然承接，呼女出见，年十五六已来，媚曼风流，更无伦比，略一展拜，反身入帏。生一见，魂魄动摇，曰："小生亦蓄一物，不知与老姥家藏颇相称否？"因各出相较，长短不爽毫厘。媪喜，便问寓所，请生即归命舆，界方留作信。生不肯留，媪笑曰："官人亦太小心！老身岂为一界方抽身审去耶？"生不得已，留之。出则赁舆急返，而媪室已空，大骇。遍问居人，迄无知者。

日已向西，形神懊丧，邑邑而返。中途，值一舆过，忽搴帘曰："柳郎何迟也？"视之，则崔媪，喜问："何之？"媪笑曰："必将疑老身拐骗者矣。别后，适有便舆，顷念官人亦侨寓，措办良艰，故遂送女归舟耳。"生邀回车，媪必不可。生仓皇不能确信，急奔入舟，女果及一婢在焉。见生

---

① 溺籍：被淹死者的名册。
② 筑筑：像夯柄一样上下捣动。筑，打地基用的工具，俗称夯。

入，含笑承迎。生见翠袜紫履，与舟中侍儿妆饰，更无少别。心异之，徘徊凝注，女笑曰："眈眈注目，生平所未见耶？"生益俯窥之，则袜后齿痕宛然，惊曰："卿织成耶？"女掩口微哂。生长揖曰："卿果神人，早请直言，以祛烦惑。"女曰："实告君：前舟中所遇，即洞庭君也。仰慕鸿才，便欲以妾相赠；因妾过为王妃所爱，故归谋之。妾之来从妃命也。"生喜，沐手焚香，望湖朝拜。乃归。

后诣武昌，女求同去，将便归宁。既至洞庭，女拔钗掷水，忽见一小舟自湖中出，女跃登如飞鸟集，转瞬已杳。生坐船头，于没处凝盼之。遥遥一楼船至，既近窗开，忽如一彩禽翔过，则织成至矣。一人自窗中递掷金珠珍物甚多，皆妃赐也。自是，岁一两觐以为常。故生家富有珠宝，每出一物，世家所不识焉。

相传唐柳毅遇龙女，洞庭君以为婿。后逊位于毅。又以毅貌文，不能摄服水怪，付以鬼面，昼戴夜除；久之渐习忘除，遂与面合而为一。毅览镜自惭。故行人泛湖，或以手指物，则疑为指己也；以手覆额，则疑其窥己也；风波辄起，舟多覆。故初登舟，舟人必以此告戒之。不则设牲牢祭享，乃得渡。许真君①偶至湖，浪阻不得行。真君怒，执毅付郡狱。狱吏检囚，恒多一人，莫测其故。一夕毅示梦郡伯②，哀求拔救。伯以幽明异路，谢辞之。毅云："真君于某日临境，但为求恳，必合有济。"既而真君果至，因代求之，遂得释。嗣后湖禁稍平。

---

① 许真君：东晋道士许逊，字敬之，汝南（治所在今河南汝南）人。后居南昌（今江西省南昌市）。年二十岁学道于吴猛，尽传其秘。曾任旌阳（今湖北省枝江县北）令，政绩卓著。传说东晋宁康年间全家成仙飞升，宋代封为"神功妙济真君"，世称许真君或许旌阳。

② 郡伯：郡守。

香玉

劳山下清宫①，耐冬②高二丈，大数十围，牡丹高丈余，花时璀璨③似锦。

胶州黄生舍读其中。一日自窗中见女郎，素衣掩映花间。心疑："观中焉得此？"趋出，已遁去。自此屡见之。遂隐身丛树中以伺其至。未几，女郎又借一红裳者来，遥望之，艳丽双绝。行渐近，红裳者却退，曰："此处有生人！"生暴起。二女惊奔，袖裙飘拂，香风洋溢，追过短墙，寂然已杳，爱慕弥切，因题句树下云："无限相思苦，含情对短缸。恐归沙吒利，何处觅无双？"归斋冥思。女郎忽入，惊喜承迎。女笑曰："君汹汹似强寇，令人恐怖；不知君乃骚雅士，无妨相见。"生叩生平，曰："妾小字香玉，隶籍平康巷④。被道士闭置山中，实非所愿。"生问："道士何名？当为卿一涤此垢。"女曰："不必，彼亦未敢相逼。借此与风流士长作幽会，亦佳。"问："红衣者谁？"曰："此名绛雪，乃妾义姊。"遂相狎。及醒，曙色已红。女急起，曰："贪欢忘晓矣。"着衣易履，且曰："妾酬君作，勿笑：'良夜更易尽，朝暾已上窗。愿如梁上燕，栖处自成双。'"生握腕曰："卿秀外惠中，令人爱而忘死。顾一日之去，如千里之别。卿乘间当来，勿

---

① 下清宫：山东劳山上的道观名。
② 耐冬：常绿木本，质坚韧，初夏开花。
③ 璀璨：本义指玉石的光泽，这里形容牡丹花色彩鲜明。
④ 平康巷：指妓院。唐代长安丹凤街有平康坊，也称平康里，为妓女聚居之地。旧时因以"平康"泛指妓女居地。

待夜也。"女诺之。由此夙夜必偕。每使邀绛雪来，辄不至，生以为恨。女曰："绛姐性殊落落①，不似妾情痴也。当从容劝驾，不必过急。"一夕，女惨然入曰："君陇不能守，尚望蜀耶？今长别矣。"问："何之？"以袖拭泪，曰："此有定数，难为君言。昔日佳作，今成谶语矣。'佳人已属沙咤利，义士今无古押衙'，可为妾咏。"诘之不言，但有呜咽。竟夜不眠，早旦而去。生怪之。

次日有即墨②蓝氏，入宫游瞩，见白牡丹，悦之，掘移径去。生始悟香玉乃花妖也，怅惋不已。过数日，闻蓝氏移花至家，日就萎悴。恨极，作《哭花》诗五十首，日日临穴涕洟。

一日凭吊方返，遥见红衣人挥涕穴侧。从容近就，女亦不避。生因把袂，相向汍澜。已而挽请入室，女亦从之。叹曰："童稚姊妹，一朝断绝！闻君哀伤，弥增妾怆。泪堕九泉，或当感诚再作；然死者神气已散，仓卒何能与吾两人共谈笑也？"生曰："小生薄命，妨害情人，当亦无福可消双美。曩频烦香玉道达微忱，胡再不临？"女曰："妾以年少书生，什九薄幸；不知君固至情人也。然妾与君交，以情不以淫。若昼夜狎昵，则妾所不能矣。"言已告别。生曰："香玉长离，使人寝食俱废。赖卿少留，慰此怀思，何决绝如此！"女乃止，过宿而去。数日不复至。冷雨幽窗，苦怀香玉，辗转床头，泪凝枕席。揽衣更起，挑灯复踵前韵曰："山院黄昏雨，垂帘坐小窗。相思人不见，中夜泪双双。"诗成自吟。忽窗外有人曰："作者不可无和。"听之，绛雪也。启户内之。女视诗，即续其后曰："连袂人何处？孤灯照晚窗。空山人一个，对影自成双。"生读之泪下，因怨相见之疏。女曰："妾

① 落落：孤高不凡。
② 即墨：县名，在今山东省青岛市东北部。

331

不能如香玉之热，但可少慰君寂寞耳。"生欲与狎。曰："相见之欢，何必在此。"

于是至无聊时，女辄一至。至则宴饮唱酬，有时不寝遂去，生亦听之。谓曰："香玉吾爱妻，绛雪吾良友也。"每欲相问："卿是院中第几株？乞早见示，仆将抱植家中，免似香玉被恶人夺去，贻恨百年。"女曰："故土难移，告君亦无益也。妻尚不能终从，况友乎！"生不听，捉臂而出，每至牡丹下，辄问："此是卿否？"女不言，掩口笑之。旋生以腊归过岁。至二月间，忽梦绛雪至，愀然曰："妾有大难！君急往，尚得相见；迟无及矣。"醒而异之，急命仆马，星驰至山。则道士将建屋，有一耐冬，碍其营造，工师将纵斤矣。生急止之。入夜，绛雪来谢。生笑曰："向不实告，宜遭此厄！今已知卿，如卿不至，当以艾炷相炙。"女曰："妾固知君如此，曩故不敢相告也。"坐移时，生曰："今对良友，益思艳妻。久不哭香玉，卿能从我哭乎？"二人乃往，临穴洒涕。更余，绛雪收泪劝止。

又数夕，生方寂坐，绛雪笑入曰："报君喜信：花神感君至情，俾香玉复降宫中。"生问："何时？"答曰："不知，约不远耳。"天明下榻，生嘱曰："仆为卿来。勿长使人孤寂。"女笑诺。两夜不至。生往抱树，摇动抚摩，频唤无声。乃返，对灯团艾，将往灼树。女遽入，夺艾弃之，曰："君恶作剧，使人创痏，当与君绝矣！"生笑拥之。坐未定，香玉盈盈而入。生望见，泣下流离，急起把握。香玉以一手握绛雪，相对悲哽。及坐，生把之觉虚，如手自握，惊问之，香玉泫然曰："昔，妾花之神，故凝；今，妾花之鬼，故散也。今虽相聚，勿以为真，但作梦寐观可耳。"绛雪曰："妹来大好！我被汝家男子纠缠死矣！"遂去。

香玉款笑如前；但偎傍之间，仿佛以身就影。生悒悒不乐。香玉亦俯仰自恨，乃曰："君以白蔹①屑，少杂硫黄，日酹妾一杯水，明年此日报君恩。"别去。明日往观故处，则牡丹萌生矣。生乃日加培植，又作雕栏以护之。香玉来，感激倍至。生谋移植其家，女不可，曰："妾弱质，不堪复栽。且物生各有定处，妾来原不拟生君家，违之反促年寿。但相怜爱，合好自有日耳。"生恨绛雪不至。香玉曰："必欲强之使来，妾能致之。"乃与生挑灯至树下，取草一茎，布掌作度，以度树本，自下而上至四尺六寸，按其处，使生以两爪齐搔之。俄见绛雪从背后出，笑骂曰："婢子来，助桀为虐耶！"牵挽并入。香玉曰："姊勿怪！暂烦陪侍郎君，一年后不相扰矣。"从此遂以为常。

生视花芽，日益肥茂，春尽，盈二尺许。归后，以金遗道士，嘱令朝夕培养之。次年四月至官，则花一朵含苞未放；方流连间，花摇摇欲拆；少时已开，花大如盘，俨然有小美人坐蕊中，裁三四指许；转瞬飘然欲下，则香玉也。笑曰："妾忍风雨以待君，君来何迟也！"遂入室。绛雪亦至，笑曰："日日代人作妇，今幸退而为友。"遂相谈宴。至中夜，绛雪乃去，二人同寝，款洽一如从前。后生妻卒，生遂入山不归。是时牡丹已大如臂。生每指之曰："我他日寄魂于此，当生卿之左。"二女笑曰："君勿忘之。"

后十余年，忽病。其子至，对之而哀。生笑曰："此我生期，非死期也，何哀为！"谓道士曰："他日牡丹下有赤芽怒生，一放五叶者，即我也。"遂不复言。子舆之归家。即卒。次年，果有肥芽突出，叶如其数。道士以为异，益灌溉之。三年，高数尺，大拱把，但不花。老道士死，其弟子不知爱惜，斫去之。白牡丹亦憔悴死；无何耐冬亦死。

异史氏曰："情之至者，鬼神可通。花以鬼从，而人以魂寄，非其结于

---

① 白蔹：中草药名，其根可入药。

情者深耶？一去而两殉之^①，即非坚贞，亦为情死矣。人不能贞，亦其情之不笃耳。仲尼读《唐棣》而曰'未思'^②，信矣哉！"

---

① 一去而两殉之：一去，指黄生死后所生成的不花牡丹，被道士弟子斫去。两殉之，指白牡丹和耐冬相继死去，像是殉情而亡。
② "仲尼"句：引用孔子的话，意在说明：如有至情，就能够坚贞相爱。

石清虚

邢云飞，顺天人。好石，见佳不惜重直。偶渔于河，有物挂网，沉而取之，则石径尺，四面玲珑，峰峦叠秀。喜极，如获异珍。既归，雕紫檀为座，供诸案头。每值天欲雨，则孔孔生云，遥望如塞新絮。

有势豪某踵门[1]求观。既见，举付健仆，策马径去。邢无奈，顿足悲愤而已。仆负石至河滨，息肩桥上，忽失手堕诸河。豪怒，鞭仆。即出金雇善洇者，百计冥搜[2]，竟不可见。乃悬金署约[3]而去。由是寻石者日盈于河，迄无获者。后邢至落石处，临流於邑，但见河水清澈，则石固在水中。邢大喜，解衣入水，抱之而出。携归，不敢设诸厅所，洁治内室供之。一日有老叟款门而请，邢托言石失已久。叟笑曰："客舍非耶？"邢便请入舍以实其无，及入，则石果陈几上。愕不能言。叟抚石曰："此吾家故物，失去已久，今固在此耶。既见之，请即赐还。"邢窘甚，遂与争作石主。叟笑曰："既汝家物，有何验证？"邢不能答。叟曰："仆则故识之。前后九十二窍，孔中五字云：'清虚天石供[4]。'"邢审视，孔中果有小字，细如粟米，竭目力才可辨认；又数其窍，果如所言。邢无以对，但执不与。叟笑曰："谁家物而凭君作主耶！"拱手而出。邢送至门外；既还，已失石所在。邢急追叟，则叟缓步未远。奔牵其袂而哀之。叟曰："奇哉！经尺之石，岂可以手握袂藏者

---

① 踵门：登门。
② 冥搜：仔细搜索。
③ 悬金署约：悬赏立约；意谓贴出声明，愿出重金酬报寻到异石的人。
④ 清虚天石供：意谓月宫石制供品。清虚天，指月宫，也称清虚殿或清虚府。

耶？"邢知其神，强曳之归，长跽请之。叟乃曰："石果君家者耶、仆家者耶？"答曰："诚属君家，但求割爱耳。"叟曰："既然，石固在是。"入室，则石已在故处。叟曰："天下之宝，当与爱惜之人。此石能自择主，仆亦喜之。然彼急于自见，其出也早，则魔劫未除。实将携去，待三年后始以奉赠。既欲留之，当减三年寿数，乃可与君相终始。君愿之乎？"曰："愿。"叟乃以两指捏一窍，窍软如泥，随手而闭。闭三窍，已，曰："石上窍数，即君寿也。"作别欲去。邢苦留之，辞甚坚；问其姓字亦不言，遂去。

积年余，邢以故他出，夜有贼入室，诸无所失，惟窃石而去。邢归，悼丧欲死。访察购求，全无踪迹。积有数年，偶入报国寺，见卖石者，则故物也，将便认取。卖者不服，因负石至官。官问："何所质验？"卖石者能言窍数。邢问其他，则茫然矣。邢乃言窍中五字及三指痕，理遂得伸。官欲杖责卖石者，卖石者自言以二十金买诸市，遂释之。

邢得石归，裹以锦，藏椟中，时出一赏，先焚异香而后出之。有尚书某购以百金，邢曰："虽万金不易也。"尚书怒，阴以他事中伤之。邢被收，典质田产。尚书托他人风示其子。子告邢，邢愿以死殉石。妻窃与子谋，献石尚书家。邢出狱始知，骂妻殴子，屡欲自经，皆以家人觉救得不死。夜梦一丈夫来，自言："石清虚。"戒邢勿戚："特与君年余别耳。明年八月二十日昧爽时，可诣海岱门 ① 以两贯相赎。"邢得梦，喜，谨志其日。其石在尚书家，更无出云之异，久亦不甚贵重之。明年，尚书以罪削职，寻死，邢如期至海岱门，则其家人窃石出售，因以两贯市归。

后邢至八十九岁，自治葬具，又嘱子必以石殉，及卒，子遵遗教，瘗石墓中。半年许，贼发墓劫石去。子知之，莫可追诘。越二三日，同仆在道，

---

① 海岱门：北京崇文门的别名。

忽见两人奔踬^①汗流，望空投拜，曰："邢先生，勿相逼！我二人将石去，不过卖四两银耳。"遂絷送到官，一讯即伏。问石，则鬻宫氏。取石至，官爱玩，欲得之，命寄诸库。吏举石，石忽堕地，碎为数十余片。皆失色。官乃重械两盗，论死。邢子拾碎石出，仍瘞墓中。

异史氏曰："物之尤者祸之府^②。至欲以身殉石，亦痴甚矣！而卒之石与人相终始，谁谓石无情哉？古语云：'士为知己者死。'非过也！石犹如此，何况于人！"

---

① 奔踬：跌跌撞撞地奔跑。踬，跌倒，音 zhì。
② 物之尤者祸之府：意谓奇异之物将招致各种灾祸。尤，特异、突出。府，汇集的地方。

王桂庵

　　王樨字桂庵，大名世家子。适南游。泊舟江岸。临舟有榜人女绣履其中，风姿韶绝。王窥既久，女若不觉。王朗吟"洛阳女儿对门居"，故使女闻。女似解其为己者，略举首一斜瞬之，俯首绣如故。王神志益驰，以金一锭投之，堕女襟上；女拾弃之，金落岸边。王拾归，益怪之，又以金钏掷之，堕足下；女操业不顾。无何榜人自他归，王恐其见钏研诘，心急甚；女从容以双钩覆蔽之。榜人解缆径去。王心情丧惘，痴坐凝思。时王方丧偶，悔不即媒定之。乃询舟人，皆不识其何姓。返舟急追之，杳不知其所往。不得已返舟而南。务毕北旋，又沿江细访，并无音耗。抵家，寝食皆萦念之。

　　逾年复南，买舟江际，若家焉。日日细数行舟，往来者帆楫皆熟，而曩舟殊杳。居半年，资罄而归。行思坐想，不能少置。一夜梦至江村，过数门，见一家柴扉南向，门内疏竹为篱，意是亭园，径入。有夜合①一株，红丝满树。隐念：诗中"门前一树马缨花"，此其是矣。过数武，苇笆光洁。又入之，见北舍三楹，双扉阖焉。南有小舍，红蕉②蔽窗。探身一窥，则橠架③当门，胃画裙其上，知为女子闺闼，愕然却退；而内亦觉之，有奔出瞰客者，粉黛微呈，则舟中人也。喜出望外，曰："亦有相逢之期乎！"方将狎就，女父适归，倏然惊觉，始知是梦。景物历历，如在目前。秘之，恐与人言，破此佳梦。

　　又年余，再适镇江。郡南有徐太仆，与有世谊，招饮。信马而去，误

---

① 夜合：夜合花，别名马缨花。
② 红蕉：开红花的美人蕉。
③ 橠架：衣架。橠，音 yí。

入小村，道途景象，仿佛平生所历。一门内马缨一树，梦境宛然。骇极，投鞭而入。种种物色，与梦无别。再入，则房舍一如其数。梦既验，不复疑虑，直趋南舍，舟中人果在其中。遥见王，惊起，以扉自幛，叱问："何处男子？"王逡巡间，犹疑是梦。女见步趋甚近，阖然扃户。王曰："卿不忆掷钏者耶？"备述相思之苦，且言梦征。女隔窗审其家世，王具道之。女曰："既属宦裔，中馈必有佳人，焉用妾？"王曰："非以卿故，婚娶固已久矣！"女曰："果如所云，足知君心。妾此情难告父母，然亦方命而绝数家。金钏犹在，料钟情者必有耗闻耳。父母偶适外戚，行且至。君姑退，倩冰委禽，计无不遂；若望以非礼成耦，则用心左矣。"王仓卒欲出。女遥呼王郎曰："妾芸娘，姓孟氏。父字江蓠。"王记而出。罢筵早返，谒江蓠。江迎入，设坐篱下。王自道家阀，即致来意，兼纳百金为聘。翁曰："息女已字矣。"王曰："讯之甚确，固待聘耳，何见绝之深？"翁曰："适间所说，不敢为诳。"王神情俱失，拱别而返。当夜辗转，无人可媒。向欲以情告太仆，恐娶榜人女为先生笑；今情急无可为媒，质明诣太仆，实告之。太仆曰："此翁与有瓜葛，是祖母嫡孙，何不早言？"王始吐隐情。太仆疑曰："江蓠固贫，素不以操舟为业，得毋误乎？"乃遣子大郎诣孟，孟曰："仆虽空匮，非卖婚者。曩公子以金自媒，谅仆必为利动，故不敢附为婚姻。既承先生命，必无错谬。但顽女颇恃娇爱，好门户辄便拗却，不得不与商榷，免他日怨婚也。"遂起，少入而返，拱手一如尊命，约期乃别。大郎复命，王乃盛备禽妆，纳采于孟，假馆太仆之家，亲迎成礼。

居三日，辞岳北归。夜宿舟中，问芸娘曰："向于此处遇卿，固疑不类舟人子。当日泛舟何之？"答云："妾叔家江北，偶借扁舟一省视耳。妾家仅可自给，然傥来物[1]颇不贵视之。笑君双瞳如豆，屡以金资动人。初闻吟声，知

---

[1] 傥来物：意外偶得之财物。

为风雅士，又疑为儇薄子作荡妇挑之①也。使父见金钏，君死无地矣。妾怜才心切否？"王笑曰："卿固黠甚，然亦堕吾术矣！"女问："何事？"王止而不言。又固诘之，乃曰："家门日近，此亦不能终秘。实告卿：我家中固有妻在，吴尚书女也。"芸娘不信，王故壮其词以实之。芸娘色变，默移时，遽起，奔出；王蹑履追之，则已投江中矣。王大呼，诸船惊闹，夜色昏蒙，惟有满江星点而已。王悼痛终夜，沿江而下，以重价觅其骸骨，亦无见者。悒悒而归，忧痛交集。又恐翁来视女，无词可对。有姊丈官河南，遂命驾造之。

年余始归。途中遇雨，休装民舍，见房廊清洁，有老妪弄儿厦间。儿见王入，即扑求抱，王怪之。又视儿秀婉可爱，揽置膝头，妪唤之不去。少顷雨霁，王举儿付妪，下堂趣装。儿啼曰："阿爹去矣！"妪耻之，呵之不止，强抱而去。王坐待治任，忽有丽者自屏后抱儿出，则芸娘也。方诧异间，芸娘骂曰："负心郎！遗此一块肉，焉置之？"王乃知为己子。酸来刺心，不暇问其往迹，先以前言之戏，矢日自白。芸娘始反怒为悲，相向涕零。先是，第主莫翁，六旬无子，携媪往朝南海②。归途泊江际，芸娘随波下，适触翁舟。翁命从人拯出之，疗控③终夜始渐苏。翁媪视之，是好女子，甚喜，以为己女，携归。居数月，欲为择婿，女不可。逾十月，生一子，名曰寄生。王避雨其家，寄生方周岁也。王于是解装，入拜翁媪，遂为岳婿。居数日，始举家归。至，则孟翁坐待已两月矣。翁初至，见仆辈情词恍惚，心颇疑怪；既见始共欢慰。历述所遭，乃知其枝梧者有由也。

---

① 儇薄子：轻薄少年。作荡妇挑之：把我当作不庄重的妇女来挑引。
② 南海：指浙江省舟山市的普陀山。迷信传说，这里是观音菩萨修道的地方，因而信佛的人多到普陀山朝礼。
③ 疗控：指对溺水者的急救措施。控，覆身曲体，使之吐水。